Quatro casamentos
e uma moeda da sorte

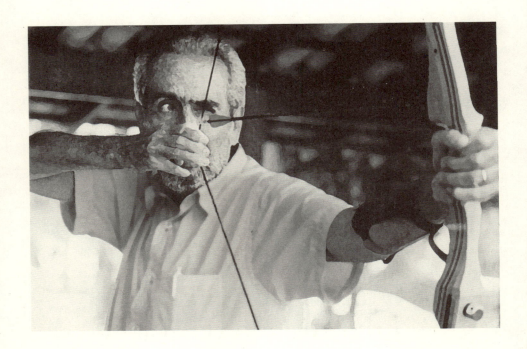

O Arqueiro

GERALDO JORDÃO PEREIRA (1938-2008) começou sua carreira aos 17 anos, quando foi trabalhar com seu pai, o célebre editor José Olympio, publicando obras marcantes como *O menino do dedo verde*, de Maurice Druon, e *Minha vida*, de Charles Chaplin.

Em 1976, fundou a Editora Salamandra com o propósito de formar uma nova geração de leitores e acabou criando um dos catálogos infantis mais premiados do Brasil. Em 1992, fugindo de sua linha editorial, lançou *Muitas vidas, muitos mestres*, de Brian Weiss, livro que deu origem à Editora Sextante.

Fã de histórias de suspense, Geraldo descobriu *O Código Da Vinci* antes mesmo de ele ser lançado nos Estados Unidos. A aposta em ficção, que não era o foco da Sextante, foi certeira: o título se transformou em um dos maiores fenômenos editoriais de todos os tempos.

Mas não foi só aos livros que se dedicou. Com seu desejo de ajudar o próximo, Geraldo desenvolveu diversos projetos sociais que se tornaram sua grande paixão.

Com a missão de publicar histórias empolgantes, tornar os livros cada vez mais acessíveis e despertar o amor pela leitura, a Editora Arqueiro é uma homenagem a esta figura extraordinária, capaz de enxergar mais além, mirar nas coisas verdadeiramente importantes e não perder o idealismo e a esperança diante dos desafios e contratempos da vida.

Julia Quinn

Stefanie Sloane ❦ *Elizabeth Boyle* ❦ *Laura Lee Guhrke*

Quatro casamentos e uma moeda da sorte

Título original: *Four Weddings and a Sixpence*

Títulos originais dos contos: "Something Old", "Something New",
"Something Borrowed", "Something Blue" e "... and a Sixpence in Her Shoe"
"Algo antigo" copyright © 2017 por Julie Cotler Pottinger
"Algo novo" copyright © 2017 por Stefanie Sloane
"Algo emprestado" copyright © 2017 por Elizabeth Boyle
"Algo azul" copyright © 2017 por Laura Lee Guhrke
"... e uma moeda de 6 *pence* no sapato" copyright © 2017 por Julie Cotler Pottinger
Copyright da tradução © 2022 por Editora Arqueiro Ltda.

Todos os direitos reservados. Nenhuma parte deste livro pode ser utilizada ou
reproduzida sob quaisquer meios existentes sem autorização por escrito dos editores.

tradução: Ana Rodrigues
preparo de originais: Sheila Til
revisão: Camila Figueiredo e Tereza da Rocha
diagramação: Ana Paula Daudt Brandão
capa: Raul Fernandes
imagem de capa: © Elena Alferova / Trevillion Images
impressão e acabamento: Bartira Gráfica

CIP-BRASIL. CATALOGAÇÃO NA PUBLICAÇÃO
SINDICATO NACIONAL DOS EDITORES DE LIVROS, RJ

Q33

Quatro casamentos e uma moeda da sorte / Julia Quinn ... [et al.] ; [tradução Ana Rodrigues]. - 1. ed. - São Paulo : Arqueiro, 2022.
352 p. ; 23 cm

Tradução de: Four weddings and a sixpence
ISBN 978-65-5565-373-1

1. Ficção americana. I. Quinn, Julia, 1970-. II. Rodrigues, Ana. III. Título.

22-79046

CDD: 813
CDU: 82-3(73)

Gabriela Faray Ferreira Lopes - Bibliotecária - CRB-7/6643

Todos os direitos reservados, no Brasil, por
Editora Arqueiro Ltda.
Rua Funchal, 538 – conjuntos 52 e 54 – Vila Olímpia
04551-060 – São Paulo – SP
Tel.: (11) 3868-4492 – Fax: (11) 3862-5818
E-mail: atendimento@editoraarqueiro.com.br
www.editoraarqueiro.com.br

SUMÁRIO

ALGO ANTIGO
Julia Quinn
7

ALGO NOVO
Stefanie Sloane
17

ALGO EMPRESTADO
Elizabeth Boyle
83

ALGO AZUL
Laura Lee Guhrke
195

... E UMA MOEDA DE 6 PENCE NO SAPATO
Julia Quinn
289

Julia Quinn

ALGO ANTIGO

PRÓLOGO

Kidmore End
Próximo a Reading
Abril de 1818

Como o nome já sugeria, a Escola Benevolente de Madame Rochambeaux para Moças não era nem um pouco rigorosa. As alunas tinham duas horas de aulas diárias, seguidas de dança, música ou desenho, dependendo do dia da semana. Não recebiam lições de línguas clássicas, como seus irmãos em Eton e Harrow, mas eram obrigadas a conhecer os nomes dos principais escritores gregos e latinos para que – como madame Rochambeaux lembrava com frequência – não parecessem ignorantes caso fossem convidadas a um jantar e o assunto surgisse.

Na verdade, aquele era um ponto crucial do currículo: *como não parecer tola em um jantar*. A Srta. Beatrice Heywood, que era aluna em regime de internato ali desde os 8 anos, certa vez sugerira que aquele se tornasse o lema da escola.

A ideia não fora bem-recebida.

Bea nunca se importara com a ausência de latim e grego no currículo, porém desejava que madame Rochambeaux contratasse um tutor para aulas de ciências, principalmente para lhes ensinar sobre as estrelas. Quando ela ia para casa – ou melhor, para a casa das tias, já que não tinha uma casa para chamar de sua –, adorava se deitar no jardim à noite e ficar observando o céu. Comprara um livro sobre astronomia que lhe custara todo o dinheiro que tinha para cobrir pequenas despesas. Vinha tentando aprender sozinha, mas seria muito mais fácil se tivesse a ajuda de alguém que entendesse do assunto.

Sem falar no telescópio.

A Srta. Cordelia Padley estava na casa de madame Rochambeaux havia quase tanto tempo quanto Bea, já que chegara lá aos 9 anos. Não era órfã, mas era como se fosse, já que o pai estava do outro lado do mundo, na Índia. Ao contrário de Bea, Cordelia vinha de uma família muito rica e chegara à escola levando na mala doze vestidos para o dia e quatro pares de sapatos, o que era quatro vezes o número de vestidos que Bea levara e o dobro de sapatos. Felizmente para as duas (já que dividiriam um quarto por exatos nove anos), o coração de Cordelia era gentil na mesma medida que sua bolsa era recheada.

Dois anos depois, outra cama fora colocada no dormitório e, para a surpresa de todas, lady Elinor Daventry se mudara para lá. Madame Rochambeaux tinha uma escola respeitável e razoavelmente bem-conceituada, mas jamais tivera uma verdadeira lady entre suas alunas.

Lady Elinor era a única filha de um conde e ninguém – nem a própria Ellie – conseguia entender por que ela fora mandada para a escola de madame Rochambeaux quando todas as primas Daventrys tinham sido educadas em Berkshire, na exclusiva Escola Badminton para Damas Corretas. Antes de seus dias na casa de madame Rochambeaux, Ellie contara com os serviços de uma preceptora – uma imigrante francesa elegante e enigmática que diziam ter o sangue azul como o dos Daventrys. (Ninguém tinha certeza disso e mademoiselle De la Clair não fazia nada para dissipar o ar de mistério que pairava ao seu redor como um bom perfume.)

Mesmo que a discreta mademoiselle não fosse uma ótima professora de literatura e história da Inglaterra, ela mais do que compensava isso com seu delicioso sotaque parisiense e, aos 6 anos, Ellie falava francês como uma nativa. Por isso não surpreendera ninguém que, ao saber que madame Rochambeaux nascera em Limoges, Ellie a tivesse cumprimentado, animada, em uma torrente de francês cadenciado. Madame Rochambeaux respondera no mesmo idioma, mas muito brevemente.

Perplexa, Ellie tentara de novo.

Talvez a mulher tivesse problemas de audição... Ela parecia mesmo já estar em idade avançada. Devia ter pelo menos 40 anos...

Porém madame Rochambeaux apenas murmurara uma resposta – um "não sei o quê" num francês mal pronunciado – e logo anunciara que precisavam dela em outro lugar.

Limoges nunca mais fora mencionada.

– O que estamos aprendendo aqui, pelo amor de Deus? – perguntara Cordelia em voz alta ao voltar para o quarto depois do primeiro dia de aula de Ellie.

– Não sei – murmurara Bea –, mas não acho que seja francês.

– *Combien de temps avez-vous étudié le français*? – perguntara Ellie.

– Eu sei o que isso quer dizer – anunciara Bea, satisfeita e aliviada por ter entendido.

A pergunta era "Por quanto tempo você estudou francês?". Contudo, a resposta que Ellie conseguira dar – *Depuis que je suis un éléphant*, ou seja, "Desde que virei um elefante" – não fora exatamente a esperada.

Algum tempo depois, o grupo de amigas conseguiu juntar as peças do segredo do passado de madame Rochambeaux. Infelizmente, não havia nada escandaloso a ser descoberto, apenas uma carta da irmã da diretora aconselhando-a a adotar um nome francês para soar mais aristocrático.

Tinha sido a Srta. Anne Brabourne, que chegara à escola dois anos depois de Ellie, quem descobrira a verdade.

– Não entendo por que ela mudou de nome – comentou Anne quando todas estavam sentadas em suas camas depois do jantar. – Quem quer parecer francês hoje em dia?

– Todo mundo – respondeu Cordelia, rindo. – A guerra acabou há séculos.

No momento em que as palavras saíram de sua boca, ela mordeu o lábio e lançou um rápido olhar a Ellie, assim como as outras, enquanto Ellie fingia um súbito interesse pela fivela do sapato. Nenhuma das meninas entendia direito os rumores que rondavam a família da amiga, só sabiam que envolviam o pai dela e coisas que ele talvez tivesse feito durante a guerra.

– Desculpe, Ellie – disse Cordelia depois de um instante.

A amiga ergueu os olhos e conseguiu sorrir.

– Tudo bem, Cordelia. Não posso esperar que o mundo pare de falar sobre a guerra só por causa de intrigas maliciosas.

– Mas a questão é que madame Rochambeaux é, na verdade, a Srta. Puddleford, de East Grinstead, em Sussex – disse Bea, habilmente desviando a conversa para não falarem do pai de Ellie.

Todas pararam para assimilar a informação. Ou melhor, para assimilar mais uma vez. Tinham encontrado a carta fazia dois dias. O fato de ainda estarem debatendo o assunto era prova da monotonia da vida no internato.

– Pode até ser – interveio Anne –, mas o que vamos fazer com essa informação?

– Eu gosto de madame Rochambeaux – declarou Cordelia.

– Eu também – afirmou Ellie. – O francês dela é terrível, mas, fora isso, ela tem sido um encanto conosco.

Anne deu de ombros.

– Se meu nome fosse Puddleford, imagino que eu também gostaria de virar uma Rochambeaux.

Todas olharam para Bea, que assentiu.

– Ela tem sido muito gentil comigo todos esses anos – declarou.

– Que estranho termos gastado tanta energia em busca da verdade para agora deixar tudo como estava – comentou Ellie.

– Foi pela busca do conhecimento – brincou Anne.

Ela se deixou cair de costas na cama.

– Ai!

– O que foi?

– Algo me espetou.

Bea se inclinou.

– Deve ter sido a ponta de uma pena do enchimento.

Anne resmungou algo enquanto usava o traseiro para afofar o colchão.

– Você está ridícula fazendo isso – declarou Ellie.

– Deve ser mesmo uma maldita pena. Estou tentando colocá-la de volta no fundo do colchão.

– Ah, pelo amor de Deus – disse Bea. – Deixe-me ajudá-la.

Juntas, elas tiraram os lençóis e tatearam o colchão até encontrarem a pena irritante.

– Consegue pegá-la? – perguntou Anne. – Acabei de cortar as unhas e não consigo puxar nada tão pequeno assim.

– Posso tentar.

Bea franziu a testa, concentrada. A ponta da pena mal encostava no tecido do colchão.

– Acho que talvez seja mais fácil mesmo empurrá-la de volta.

– Para que suba de novo e se crave nela durante a noite – brincou Ellie.

Anne lhe lançou um olhar ligeiramente aborrecido e se voltou para o colchão enquanto Bea murmurava:

– Que estranho.

– O quê?

– Isso no seu colchão. Acho que é uma...

Ela apalpou o objeto através do tecido.

– Acho que é uma moeda.

– Uma moeda?

Aquilo bastou para fazer com que todas as meninas levantassem de suas camas.

– No colchão da Anne? – indagou Cordelia. – Que estranho.

– Só Deus sabe quantos anos tem esse colchão – lembrou Anne. – Talvez seja um dobrão espanhol.

Ellie arqueou o pescoço para espiar melhor, embora não houvesse nada para ver.

– Isso poderia garantir o seu sustento pelo resto da vida.

– Como vamos tirá-la de dentro do colchão? – perguntou Cordelia.

Anne franziu o cenho.

– Acho que teremos que cortar o tecido.

Cordelia a encarou, estarrecida.

– Cortar o colchão?

– Não há outro jeito. Não deve ser difícil costurá-lo de volta quando terminarmos.

Realmente não seria. Todas as quatro meninas eram habilidosas com a agulha. Aquilo, pelo menos, estava no currículo da escola de madame Rochambeaux.

Assim, um grupo expedicionário foi enviado à cozinha para pegar uma faca e, dez minutos depois, Anne segurava não um dobrão espanhol, mas uma moeda inglesa de 6 *pence* bastante comum.

– Isso vai me sustentar por uma semana, pelo menos – comentou ela.

– Mais do que isso, eu acho – disse Bea, e pegou a moeda da mão da amiga. – Parece muito antiga.

Ela aproximou a moeda do lampião e estreitou os olhos.

– É a imagem da rainha Anne. Tem mais de cem anos.

– Espero que isso não signifique que o meu colchão tem mais de 100 anos – comentou Anne com o cenho franzido e uma expressão de nojo.

– Ah, aqui está a data – continuou Bea. – É de 1711. Vocês acham que vale mais do que 6 *pence*? Talvez para alguém que colecione moedas?

– Duvido – opinou Cordelia, aproximando-se para olhar. – Mas Anne pode guardar para quando se casar.

Anne levantou os olhos.

– O quê?

– Com certeza você conhece a tradição. "Algo antigo, algo novo, algo emprestado, algo azul..."

– "... e uma moeda de 6 *pence* no sapato" – recitaram Ellie e Bea, juntando-se a Cordelia.

– A noiva deixa a moeda dentro no sapato durante a cerimônia – explicou Ellie. – É para abençoar o casamento com riqueza.

– A minha mãe fez isso – murmurou Cordelia.

O grupo fez uma pausa para refletir sobre aquilo. Os pais de Cordelia não eram ricos na época em que se casaram – fora uma herança inesperada, três anos depois, que garantira à família a prosperidade que tinha no momento.

– O que será que aconteceria se a moça usasse a moeda no sapato antes de se casar? – ponderou Cordelia.

– Ficaria com uma bolha no pé – sugeriu Bea, perspicaz.

Cordelia revirou os olhos em resposta.

– Talvez isso a ajude a *encontrar* o marido.

– Uma moeda de 6 *pence* para dar sorte no noivado? – indagou Ellie com um sorriso.

– Se for esse o caso, então vou ficar com ela – anunciou Anne, pegando a moeda de volta. – Vocês sabem que preciso me casar antes de completar 25 anos.

– Ah, pelo amor de Deus! – ralhou Cordelia. – Ainda faltam *séculos* para isso. Você mal tem 14 anos.

– É muito improvável que ainda esteja solteira quando fizer 25 – comentou Ellie com bom senso. – Se seu tio tivesse determinado a idade de 18, ou mesmo 21 anos, seria outra história.

– Sim, mas ele precisa aprovar o casamento. E meu tio é maçante demais. Não consigo nem imaginar com que tipo de homem ele vai me forçar a casar.

– Com certeza ele não iria forçá-la... – murmurou Bea.

– Eu não vou ser amarrada e arrastada até o altar, se é isso que você quer dizer – retrucou Anne. – Mas essa vai ser a sensação.

– Uma de nós deveria usá-la primeiro – protestou Cordelia, dirigindo-se a Bea. – Somos mais velhas.

Era verdade. Anne era a caçula do grupo, quase um ano mais nova do que Ellie e dois anos mais nova do que as outras colegas de quarto. Por isso tivera que aprender a se defender e nem pestanejou antes de encarar Cordelia e dizer:

– Sinto muito, mas a moeda é de quem a encontrou. Eu preciso mais.

– Está certo – cedeu Cordelia, porque sabia que era verdade. – Mas, se funcionar, prometa passá-la a uma de nós depois que se casar.

– Vamos usá-la cada uma na sua vez – acrescentou Ellie.

– Vocês estão loucas – disse Bea.

– Não vai pensar assim quando nós três estivermos casadas e você ainda morar com as suas tias – alertou Ellie.

– Muito bem. Se todas vocês se casarem antes de mim, colocarei essa moeda boba no meu sapato e a deixarei dentro dele até encontrar meu verdadeiro amor.

– Combinado? – perguntou Cordelia com um sorriso.

Ellie colocou a mão em cima da dela.

– Combinado.

Anne deu de ombros e se juntou às amigas.

Todas olharam para Bea.

– Ah, está bem – disse ela. – Acho que devo fazer parte disso, já que fui eu que falei sobre a tradição da moeda. – Ela colocou a mão sobre a de Anne e, para completar, deslizou a outra mão por baixo da de Cordelia.

– Combinado.

Stefanie Sloane

ALGO NOVO

CAPÍTULO 1

Grosvenor Square, Londres
Cerca de dez anos depois

O empenho da Srta. Anne Brabourne na busca do marido ideal não vinha sendo recompensado. De pé na lateral do salão de baile da marquesa de Lipscombe, ela tomou um pequeno gole de licor enquanto observava os casais valsando à sua frente. Os vestidos das damas eram como redemoinhos coloridos cintilantes, em contraste com os trajes de noite escuros dos cavalheiros. Quase cinco anos depois de sua apresentação à sociedade, Anne perguntou a si mesma se "difícil" era a palavra certa para sua procura. Ela temia que "impossível" logo seria o termo mais adequado à sua situação.

Deixou a taça na bandeja de um criado que passava e se dirigiu ao outro lado do salão, onde sua acompanhante, lady Marguerite Stanley, era o centro das atenções de um grupo. Anne sorriu ao passar por conhecidos e seguiu rumo à acompanhante, diminuindo a velocidade à medida que se aproximava. Marguerite estava envolvida em uma conversa animada com alguns de seus amigos mais queridos. Percebendo que a mulher mais velha estava ocupada, Anne deixou o olhar correr pelos convidados.

Ao longo da parede oposta, portas de correr tinham sido abertas para ampliar o espaço e estimular os convidados a circularem. Com movimentos rápidos, Anne saiu do salão de baile para o corredor além das portas. Ali estava bem mais vazio e ela seguiu, determinada, em direção aos cômodos mais reservados da residência.

O som de risos, conversas e acordes musicais foi ficando mais baixo, tornando-se apenas um murmúrio enquanto ela avançava pela casa. Avistou uma porta entreaberta que deixava sair uma luz cálida e convidativa. Decidiu parar e dar uma olhada lá dentro.

Era uma biblioteca, com cadeiras dispostas diante da mesa imponente em uma extremidade. Em frente a ela, um fogo ardia na lareira sob um gracioso console. Velas cintilavam em castiçais suspensos acima de mesas de apoio à esquerda e à direita, mas Anne não viu ninguém. Satisfeita por estar sozinha, entrou e encostou a porta.

19

Um silêncio abençoado a envolveu. Ela soltou um suspiro de alívio, sentindo a tensão em seu pescoço diminuir conforme seus músculos relaxavam.

Au-au.

Assustada, Anne olhou em volta em busca da origem do som. Um cachorro grande estava deitado diante do amplo tapete da lareira, quase camuflado sobre os tons fortes da sua cama improvisada. Ele a observava com as orelhas levantadas e os olhos alertas, abanando o rabo, mas sem alarme.

– Ora, olá! – disse Anne, cumprimentando o grande mastim. – Você me surpreendeu.

O rabo do cachorro se agitou mais rápido, batendo contra o tapete grosso para lhe dar boas-vindas.

Anne riu baixinho e atravessou o cômodo. Ignorando a poltrona de couro, sentou-se na banqueta de apoio para os pés.

– É um prazer conhecê-lo também – disse baixinho.

Ela desabotoou e tirou uma das luvas compridas antes de estender a mão.

O mastim cheirou os dedos de Anne, lançando o hálito quente contra sua palma. Quando ele lambeu a mão à sua frente, claramente aprovando-a, Anne riu de novo, encantada com a recepção calorosa.

– Você está sozinho?

Ele enfiou a cabeça na mão dela, que logo atendeu ao pedido silencioso. Anne correu os dedos pela cabeça do animal e coçou com gentileza atrás das orelhas.

– Farei carinho em suas orelhas desde que prometa não me repreender por tirar uma folga da minha missão. Combinado?

O cachorro deu mais um latido e inclinou a cabeça para o lado com uma expressão de curiosidade.

– Ah, sim, esqueci. Você não está a par da missão.

Anne se aproximou mais e acariciou o pelo sedoso.

– Em resumo, tenho que encontrar um marido. E não qualquer marido – acrescentou Anne, sorrindo enquanto o cachorro suspirava de prazer. – Ele precisa me deixar fazer o que eu quiser... o que é uma característica impossível em um homem, se os últimos cinco anos me ensinaram algo. Ah, e tenho que encontrá-lo antes de completar 25 anos, o que acontecerá em menos de seis semanas.

Anne cruzou as mãos no colo e o cachorro resfolegou e enfiou o focinho nos dedos entrelaçados dela.

– Você pode questionar por que sequer me dou o trabalho de procurar – continuou Anne.

A estranheza de discutir seus assuntos particulares com um mastim começava a diminuir.

– Bem, não tenho escolha. Meu tio bem-intencionado mas equivocado insiste que eu me case até meu vigésimo quinto aniversário, senão serei despachada para o campo e ninguém nunca mais ouvirá falar de mim.

O cão se mexeu e deixou a cabeça grande cair no colo dela, fitando-a com uma expressão crítica.

– Está certo, estou sendo dramática – admitiu Anne. – Obrigada. Eu precisava que me lembrassem disso.

Um tronco se partiu na lareira, e o estalo e o clarão do fogo a assustaram. O cachorro, no entanto, não prestou atenção ao som e a cutucou mais uma vez.

– Você é bastante obstinado, não é mesmo?

Ela recomeçou a mover os dedos e o animal enorme voltou a resfolegar de prazer.

– Mas se contenta facilmente. Se ao menos meu tio aceitasse um cachorro como companheiro adequado para a sua única herdeira... Você seria o pretendente perfeito.

Uma risada abafada quebrou o silêncio.

Anne olhou depressa para a entrada. A pesada porta de painéis de carvalho permanecia fechada, como a deixara. O cachorro não se mexeu nem mostrou nenhum sinal de preocupação. Ainda assim, ela olhou mais uma vez ao redor. E percebeu um movimento na beira de uma das poltronas que estavam de costas para ela. Enquanto Anne olhava, desalentada, um homem se levantou, se virou e começou a caminhar na direção dela.

Alto e esguio, ele seguiu a passos tranquilos. A luz das velas e do fogo na lareira fazia cintilar os cabelos muito negros que emolduravam um belo semblante de traços fortes e queixo bem-definido. Olhos de um azul claro como gelo, delineados por cílios negros cheios, brilhavam com uma expressão bem-humorada enquanto o homem a fitava.

Anne engoliu em seco conforme ele se aproximava. Supôs que algumas mulheres o achariam um excelente exemplar do sexo masculino. E engoliu em seco mais uma vez. A quem estava tentando enganar? Ela mesma o achava o mais excelente exemplar do sexo masculino que já vira – e o homem só estava em sua linha de visão havia meros segundos.

De repente, Anne se deu conta de que o encarava. E de que sabia seu nome.

Rhys Alexander Hamilton, duque de Dorset, estudou a jovem enquanto ela se levantava às pressas. Era extraordinariamente bela, com cachos dourados presos em um coque, olhos verde-musgo e uma boca sedutora. O vestido rosa-chá que usava estava sendo iluminado por trás pelo fogo, o que o deixava um pouco transparente, revelando um corpo pequeno e curvilíneo. Uma delicada corrente de ouro ao redor do pescoço da jovem terminava oculta sob o decote do vestido. Rhys tentou imaginar o pingente e invejou sua posição.

Ele percebeu o momento exato em que ela o reconheceu, porque seus olhos se arregalaram um pouco. Para sua surpresa, a jovem franziu o cenho na mesma hora, com os lábios cerrados em uma linha firme.

Era uma linda boca, sem dúvida. Mas também era uma boca que, naquele momento, deixava claro o seu desagrado.

Rhys era um duque. Jovens damas não franziam o cenho ao vê-lo. Elas se agitavam, sorriam com afetação. Muitas vezes davam risadinhas nervosas e lançavam olhares tímidos para ele enquanto batiam as pestanas – comportamentos que Rhys achava incômodos. Até aquele momento.

Intrigado, ele parou a alguns passos dela e fez uma reverência.

– Peço perdão por me intrometer em seu momento privado – disse Rhys com delicadeza.

– Parece que fui eu que invadi a sua paz, Vossa Graça – retrucou Anne. – Se eu soubesse que estava aqui, não teria entrado.

– Ah, mas então eu não teria presenciado a sua deliciosa conversa com Jack – falou ele, incapaz de conter um sorriso. – E a sua expressão de... o quê? Desapontamento? Desagrado?

– Nenhuma das opções... não exatamente.

Um rubor coloriu o rosto dela enquanto seus dedos brincavam com os delicados elos da corrente ao redor do pescoço.

– Peço perdão por não ter revelado a minha presença mais cedo – disse Rhys, lamentando tê-la deixado constrangida. – Eu não deveria ter ficado ouvindo sem o seu conhecimento.

Ela dispensou o pedido de desculpas com um aceno despreocupado.

– Eu deveria ter mais bom senso e não confiar esse tipo de segredo a um mastim.

O rubor desapareceu de seu rosto, e a pele delicada voltou a ser clara e pálida.

– Todos sabem que é de um cão de caça que precisamos quando se trata de assuntos pessoais.

Rhys sorriu, contente com a inesperada demonstração de espirituosidade... e com algo mais. Algo absolutamente autêntico. Ele a encarou por um longo momento, demorando a perceber que era a sua vez de falar.

– Vamos começar de novo, então. Do modo correto, dessa vez. Não fomos apresentados – disse ele com desânimo fingido. – Eu sou...

– Eu sei quem é o senhor, Vossa Graça – interrompeu Anne e levantou a mão para impedi-lo de recitar seu pedigree.

– Ah, então está em vantagem em relação a mim – retrucou ele, retomando o ritmo fácil de conversa. – Pois não tive o prazer de lhe ser apresentado, lady...?

– Lady não – corrigiu Anne. – Srta. Anne Brabourne.

– É um prazer conhecê-la, Srta. Brabourne.

Ele se inclinou.

Anne esboçou uma mesura e inclinou a cabeça em um movimento gracioso e educado. Conseguiu fazer isso com toda a altivez de uma rainha cumprimentando um súdito.

Encantado com a atitude dela, apesar de sua irritação anterior, Rhys sorriu.

– Hesito em lembrar, Srta. Brabourne, mas está arriscando o que tenho certeza que é uma reputação impecável ao compartilhar comigo este espaço reconhecidamente grande, mas muito isolado. Não se pode confiar em meu bom comportamento.

Ela o fitou com desconfiança.

– Isso não pode ser verdade, Vossa Graça.

Ele ergueu as sobrancelhas, surpreso. Havia mesmo algo diferente naquela jovem. Algo que incendiava o sangue de Rhys como não acontecia havia algum tempo. Ela acreditava que seria capaz de resistir aos avanços dele? Ele estaria perdendo o encanto? Apenas três minutos na presença dela e seu corpo já implorava pela oportunidade de descobrir.

– E poderia fazer a gentileza de me dizer o motivo?

– Porque o senhor é... bem, o senhor.

Ela acenou novamente, encerrando o assunto.

– E eu sou eu.

– Se importaria de explicar melhor esse comentário bastante enigmático?

– O senhor – disse Anne e o indicou com um gesto de mão – é Rhys Alexander Hamilton, um duque e um cavalheiro conhecido por evitar mães casamenteiras e suas filhas casadoiras. É sabido por todos que não deseja se casar tão cedo. Eu, por outro lado, estou empenhada na ocupação típica de uma jovem dama que procura diligentemente um marido. Isso por si só me torna uma mulher que o senhor deseja evitar a todo custo.

Anne fez uma pausa e ficou olhando para Rhys como se temesse que ele não conseguisse acompanhar seu raciocínio.

– Também sou a sobrinha e única herdeira de lorde William Armbruster... general Armbruster. Por maiores que sejam os rumores de que o senhor é um libertino de primeira ordem, não é conhecido por ser insensível. E não teria nenhuma razão lógica para exercer seus poderes de sedução sobre mim. O senhor continuará com suas viúvas e mulheres casadas e infelizes. Envolver-se com uma jovem solteira provocaria um escândalo e levaria desgraça à sua família e ao nome ducal.

– A senhorita parece saber muito a respeito de mim – retrucou Rhys e deu um passo em direção a ela.

A jovem fora sincera – brutalmente sincera. Escandalosamente, até. E estava certa. Rhys valorizava demais seu tempo e sua independência para assumir a responsabilidade de ter uma esposa. Ah, ele cederia em algum momento, é claro. Não havia outra escolha para um homem em sua posição. Mas maldito fosse se não aproveitasse a vida ao máximo antes de ser derrotado pelo matrimônio – em uma idade avançada, se conseguisse.

Rhys resistiu ao desejo de acabar com a distância que os separava e traçar o comprimento do colar dela até onde ele terminava.

– E eu sei tão pouco da senhorita.

– Meu tio está determinado a me casar com um homem que seja um pilar da sociedade. Um homem com uma reputação impecável – explicou ela, quase se desculpando. – Faz parte das minhas atribuições conhecer o senhor e os do seu tipo, assim como os solteiros elegíveis respeitáveis. De que outra forma conseguiria chegar a um casamento adequado? Tenho uma lista. E o senhor não está nela.

– Seu entusiasmo pela missão me espanta – comentou ele com ironia, esforçando-se para não se sentir menosprezado pela declaração.

Afinal, era verdade. Ele tinha um apreço profundo pela família e não prejudicaria seu bom nome, bem como o bom nome da Srta. Brabourne. Ainda assim, ela precisava fazer com que ele soasse tão inofensivo?

Os olhos da jovem cintilaram com um humor contido.

– Eu com certeza deveria repreendê-lo por esse comentário, Vossa Graça, mas, infelizmente, o senhor está certo. Não desejo me casar com um pilar da sociedade nem com qualquer outro homem elegível. Não quero me casar de jeito nenhum.

– Não sei bem se deveria me sentir aliviado ou magoado depois de ver a mim e todos do meu gênero tão sumariamente dispensados ao mesmo tempo – comentou Rhys.

Ele deu mais um passo em direção a Anne e, de propósito, ergueu a sobrancelha em uma expressão que sabia já ter provocado vertigens em várias mulheres.

A Srta. Brabourne riu, um som baixo e melódico que mexeu com os sentidos dele.

Rhys deu um último passo e parou bem diante dela, percebendo que a jovem ficava ainda mais bonita à medida que ele avançava.

Um rosnado baixo e gutural se ergueu de trás da Srta. Brabourne. Rhys olhou além dela, para Jack, que estava reclinado perto da lareira, fitando-o com os olhos escuros e sábios.

Rhys piscou com força. Os encontros entre o duque de Dorset e as mulheres não costumavam ser daquele jeito. De alguma forma, os papéis tinham se invertido. Claramente, ele passara muito tempo sem ter uma viúva ou uma mulher casada e infeliz em sua cama.

Voltou a si e percebeu que deveria insistir para que a Srta. Brabourne saísse, apesar de ela acreditar que estava em segurança.

Olhou mais uma vez para Jack. Deveria mesmo mandá-la embora. Não se divertia tanto com uma mulher havia meses, para não dizer anos. Mas a verdade era que ele não estava pronto para deixá-la partir. Teria que fazer isso em algum momento, mas não de imediato.

Jack deixou escapar um segundo rosnado gutural de advertência.

Rhys negociou mentalmente com o mastim, prometendo se comportar – e dispondo-se a cumprir a palavra.

Naquele instante, as portas da biblioteca se abriram e o rangido do carvalho garantiu o tempo necessário para que a Srta. Brabourne colocasse uma distância segura entre ela e Rhys.

– Anne, o que está fazendo aqui? – perguntou lady Marguerite Stanley ao se juntar a eles. – E com Rhys? Eu não sabia que se conheciam.

Rhys olhou para a melhor amiga da tia dele.

– A Srta. Brabourne não sabia que eu estava aqui, lady Marguerite. Ela já estava indo embora.

– Isso não é bem verdade – começou a Srta. Brabourne quando Marguerite franziu a testa para Rhys.

– Vossa Graça, presumo que posso contar com a sua discrição, certo? – indagou Marguerite, interrompendo a Srta. Brabourne.

Rhys fez uma mesura para as duas mulheres.

– Têm a minha palavra. Vão, voltem para o baile. Esperarei aqui até que já tenha passado um tempo adequado para ir também.

– Algum de vocês está interessado no que eu tenho a dizer? – perguntou a Srta. Brabourne, aceitando o braço de Marguerite.

– Não, minha querida. Agora venha, senão seu tio pedirá a minha cabeça – respondeu a mulher mais velha, levando a Srta. Brabourne consigo às pressas.

Porém Anne parou abruptamente, se virou e dirigiu um sorriso encantador a Rhys.

– O senhor é muito menos assustador do que todos parecem achar, Vossa Graça – começou ela. – Mas guardarei seu segredo.

Rhys retribuiu o sorriso caloroso, só que sem erguer a sobrancelha dessa vez. Ou torcer os lábios, o que mostrava tão bem sua covinha. Ele nem sequer passou a mão pelo cabelo. Não, Rhys apenas sorriu com a pura alegria do momento – com a pura alegria que era conversar com a Srta. Brabourne.

Ele observou as duas mulheres saírem da sala. Depois esperou quinze minutos e voltou ao salão de baile, só para descobrir que a diversão que a noite prometia já não o atraía mais. Assim, foi até a tia, prometeu visitá-la em breve e, em vez de se juntar aos amigos em seu clube, foi para casa. Já acomodado na biblioteca com um copo de conhaque na mão, antes de ir para a cama, Rhys se deu conta de que havia gostado muito mais do que o normal do baile anual da tia.

E perguntou a si mesmo se a Srta. Brabourne sempre acompanhava lady Marguerite em suas visitas à tia dele.

CAPÍTULO 2

Anne abafou um bocejo quando a criada saiu e fechou a porta. A corrente de ouro com o relicário simples estava ao lado da escova e do pente, em cima da penteadeira. Ela segurou o colar na palma da mão e abriu o relicário, parando para contemplar a moeda de prata de 6 *pence* ali dentro.

– Você ainda não me trouxe um marido – murmurou enquanto passava o polegar pelo metal frio. – Amuleto da sorte, até parece... Não sei por que Cordelia, Bea e Ellie acharam que você seria mais que apenas uma moeda antiga.

Anne sorriu ao se lembrar das três amigas mais queridas enquanto fechava o relicário e o colocava em cima da penteadeira. Elas eram meninas ainda, no internato, quando descobriram a moeda escondida dentro de um colchão. Não conseguia recordar qual delas decidira que se tratava de uma moeda da sorte que traria a todas o amor verdadeiro, mas isso não importava. Elas eram mais irmãs do que amigas, na verdade, e Anne faria de bom grado o que fosse necessário para deixá-las felizes. Até mesmo fingir acreditar no poder de uma moeda qualquer.

Ela bocejou mais uma vez, se deitou na cama preparada para recebê-la e se aconchegou ao travesseiro.

Era prática demais para acreditar que a moeda lhe traria um marido e o amor verdadeiro. Não que buscasse o amor verdadeiro, pensou com um suspiro sonolento. Acompanhar o casamento apaixonado e emocionalmente explosivo dos pais durante os primeiros 12 anos de sua vida lhe ensinara que o amor garantia momentos intermitentes e raros de pura alegria e outros de infelicidade e sofrimento.

Não, pensou, não queria um casamento por amor. Mas queria, ou melhor, era-lhe exigido que tivesse um marido. E encontrar tal cavalheiro vinha se provando ser extremamente difícil.

– Vou escrever para Cordelia, Bea e Ellie pela manhã e pedir conselhos – decidiu em voz alta.

Com certeza, uma das três teria alguma ideia inteligente que levaria Anne ao homem certo.

A recordação da luz do fogo realçando o rosto de Rhys Hamilton enquanto ele ria a fez estremecer.

– Ele não é um pretendente adequado – murmurou. – Preciso de um marido dócil. Alguém manejável e disposto a satisfazer as exigências do meu tio. O duque não é nada disso.

Anne fechou os olhos, cansada. No caminho de volta para casa na carruagem, naquela noite, Marguerite lhe perguntara quanto tempo ela passara sozinha com o duque na biblioteca. Anne assegurara à sua acompanhante que fora um instante, na melhor das hipóteses, mas mordera a língua para não acrescentar: "Nem de longe o bastante."

Tinha certeza de que o duque estava prestes a beijá-la quando Marguerite entrara. Anne ainda podia sentir o calor do corpo dele em sua pele. Era como se seu cheiro ainda roçasse nas narinas dela, mesmo tanto tempo depois de terem saído do baile. E os lábios... Os lábios daquele homem haviam sido feitos para beijar. Ela quase desejara que o duque a tivesse tomado nos braços. Algum tipo de loucura sutil, mas ardente, a dominara e insistia em não ir embora. Talvez ela estivesse errada sobre ele... O duque teria intenção de acrescentar moças solteiras à sua lista de conquistas?

Anne puxou as cobertas até o queixo e fechou os olhos com força. O duque de Dorset não fora feito para inspirar sonhos decorosos. Ela precisava pensar em outro assunto. Uma cena campestre, talvez?

– Não, ele não foi feito para inspirar sonhos decorosos – concordou consigo mesma em voz alta. – Mas sonhos deliciosos...?

Anne gemeu com a própria sugestão e visualizou vacas. Muitas e muitas vacas lentas e simples.

A agenda social de Anne a manteve ocupada pelos dois dias seguintes – tão ocupada, na verdade, que ela se convenceu de que esquecera o interlúdio com o duque na biblioteca.

Na terceira manhã, Anne acompanhou Marguerite em uma visita a lady Sylvia Lipscombe. Uma onda de prazer genuíno a invadiu ao ver o duque ao lado da tia, tomando chá, mas Anne apenas sorriu com educação enquanto a sensação de que tinha algo a esconder cutucava o fundo de sua mente.

As duas mulheres, amigas desde o berço, trocaram cumprimentos calorosos. Rhys se inclinou para beijar o rosto de Marguerite.

– É uma surpresa encantadora vê-lo aqui, Rhys – disse ela com um sorriso sincero.

Então ergueu uma sobrancelha e olhou para Sylvia. Anne notou o olhar expressivo que as duas trocaram. Contudo, não teve tempo sequer de perguntar a si mesma o que aquilo significava, pois Sylvia se virou abruptamente para Rhys e começou a falar.

– Acredito que já conheça a Srta. Brabourne, não?

Assim que Rhys meneou a cabeça, ela voltou a falar, sem ao menos lhe permitir uma palavra.

– Ótimo! Agora, se fizer a gentileza de levar Anne para passear no jardim, tenho um assunto de certa urgência para discutir com Marguerite em particular. Se não me engano, as rosas estão muito bonitas no momento.

Ela os dispensou com um gesto de mão, e o lenço de renda esvoaçou.

Anne arregalou os olhos diante da ordem abrupta, mas Rhys deu um sorrisinho irônico enquanto se curvava em uma reverência.

– Srta. Brabourne, creio que já recebemos nossas ordens. Vamos?

Ele indicou as portas francesas que davam para uma varanda com vista para o jardim.

Anne assentiu e passou por ele. Rhys se adiantou para abrir a porta e seu braço roçou o dela. Anne se afastou depressa, assustada com o arrepio que o breve contato provocou.

– Veja onde pisa – murmurou o duque.

Pegou o braço dela enquanto os dois deixavam a varanda em direção à trilha que levava ao jardim.

Anne o fitou de soslaio. O duque agora caminhava ao lado dela, com as mãos cruzadas às costas e os olhos fixos nas flores ao longo do caminho.

Era bastante injusto que ele parecesse tão pouco afetado pela presença dela enquanto ela... Anne perguntou a si mesma para onde estavam indo seus pensamentos e decidiu não seguir aquele rumo.

– Não foi uma sugestão muito sutil – comentou Anne, perspicaz, guiando a conversa para longe dela e do duque.

Um sorriso curvou os lábios dele.

– Não, mas isso é muito comum quando se trata daquelas duas. Não detêm as maquinações diante de ninguém... homem ou mulher. Pelo que soube, lady Marguerite e minha tia passam muitas manhãs aqui.

Anne encontrou o olhar dele, riu e parou.

– O senhor visitou a sua tia de propósito hoje, para ver Marguerite?

– Não. Vim na esperança de ver a senhorita.

Ele desviou o olhar para as janelas que davam para o jardim.

– Talvez devêssemos procurar pelas rosas, como minha tia sugeriu.

29

Ele gesticulou em direção à trilha.

– Acredito que a roseira fique logo depois daquela curva.

O duque se inclinou na direção de Anne.

– Onde felizmente estaremos longe dos olhos aguçados de minha tia Sylvia – sussurrou.

Anne inspirou o perfume irresistível do homem ao seu lado e sentiu um frio na barriga.

– Devo temer pelo fato de não estar sendo vista, Vossa Graça?

– Minha cara Srta. Brabourne, achei que estivéssemos de acordo quanto a esse assunto – disse ele com falso pesar, balançando a cabeça. – A senhorita precisa de um marido, enquanto eu – prosseguiu, levando a mão ao peito – venho evitando com afinco qualquer coisa que remeta a casamento. Estará tão segura quanto as joias da Coroa, minha cara Anne.

Ela estava flertando e gostando. Gostando demais.

Ele não é um pretendente adequado. E, mesmo que fosse, o duque não quer saber de casamento, assinalou Anne para si mesma duas vezes, então mais uma vez, por garantia.

Sem dúvida, era o momento de visualizar mais uma vez as vacas no campo. Anne tentou se concentrar.

Eles seguiram passeando pela trilha no jardim, e a brisa forte fez com que voasse uma mecha do cabelo preso dela.

O duque tocou seu braço e a virou para que o encarasse.

– Seu penteado está se desarrumando – brincou.

Ele estendeu a mão para prender a mecha atrás da orelha dela. Seus dedos roçaram o rosto de Anne e se demoraram um pouco mais do que o necessário.

Vacas. Seria um mugido baixo e triste que ela estaria ouvindo?

– Conte-me: por que não se casará por amor?

A pergunta inesperada do duque conseguiu o que as vacas imaginárias não haviam conseguido. Anne recuou e examinou o rosto do homem.

– Por quê? – perguntou, sentindo-se vulnerável.

O duque apontou para uma roseira um pouco adiante no caminho e guiou Anne até lá.

– Tudo será revelado. Mas, primeiro, conte-me.

– Bem, suponho que o senhor mereça saber a verdade – declarou Anne, fitando-o com curiosidade e depois voltando os olhos para a trilha. – Já ouviu metade dela... e apenas metade de uma história nunca é o bastante.

CAPÍTULO 3

— Meus pais se casaram por amor – começou Anne, os olhos fixos à frente. – Um amor de proporções shakespearianas. Minha mãe tinha talento para tomar decisões precipitadas. E meu pai foi uma das escolhas mais imprudentes que ela fez.

Rhys a observou cruzar os braços. Percebeu que o mero ato de contar a história provocara nela uma reação física de autoproteção.

– Devo deduzir que não houve um final feliz?

– Ah, não, Vossa Graça – respondeu Anne, fitando-o nos olhos com expressão sombria. – Eu mencionei Shakespeare, não é mesmo? Eles se amavam, brigavam e faziam as pazes com igual ferocidade. E morreram juntos em um acidente de carruagem após uma dessas discussões épicas, logo depois que completei 12 anos. Meus pais me deixaram com pouquíssimo apreço por encontros amorosos em geral e nenhuma vontade de ter essa experiência em particular.

Era loucura, mas o que Rhys mais desejava naquele momento era tomá-la nos braços e aliviar a dor que tão claramente apertava seu coração. Ele a conhecia fazia menos de quatro dias, mas ainda assim...

Aquele era o problema – Rhys não podia dizer o que viria depois do *ainda assim*... ou não podia *se forçar* a dizer.

Anne tentou sorrir, mas mal conseguiu disfarçar o desespero em seu semblante.

– Eu lhe disse: proporções shakespearianas.

– Ora, seu casamento não terminará em tragédia – afirmou Rhys com determinação.

Anne vacilou e Rhys estendeu a mão para firmá-la, apreciando muito a sensação de tê-la nos braços.

– Não estou entendendo, Vossa Graça – retrucou.

Rhys sentiu que ela estremecia sob seu toque, notou que Anne conteve a respiração quando fixou os olhos nos dele. Ele precisou lutar contra o desejo de silenciar a questão com um beijo.

– Vou ajudá-la a encontrar o par certo.

Se outro homem, mais merecedor, seria o dono do futuro de Anne, será que não poderia reivindicar para si um pouco da dádiva que ela era? Estava sendo egoísta, mas precisava de mais tempo com a Srta. Brabourne.

Ansiava por ela como um homem perdido no deserto busca um pouco de água. Sim, era puro egoísmo, e ele pagaria o preço quando ela se casasse e desaparecesse de sua vida. Mas era tudo o que tinha.

– Não há ninguém mais capaz de encontrar um marido para a senhorita do que eu – explicou Rhys.

Ele se assegurou de que a jovem estivesse firme sobre as próprias pernas de novo antes de soltá-la e continuar a caminhar em direção às rosas.

– A senhorita pode ter estudado o guia de etiqueta e de títulos da nobreza até ficar vesga, mas eu conheço os homens que aparecem no guia e sei quem são, não quem querem que a senhorita acredite que sejam. Não há dúvida de que lhe serei útil. E não estou disposto a ficar apenas olhando enquanto perde tempo até ser banida para o campo. A senhorita me aceita?

Rhys amaldiçoou suas últimas palavras. Apressou-se a acrescentar:

– Digo, aceita minha ajuda?

Eles chegaram às rosas. Anne tocou as pétalas macias de um botão vermelho, mantendo o cenho franzido enquanto considerava a proposta dele.

– É uma oferta bastante generosa – respondeu sem rodeios. – E não vejo nenhuma razão para recusar, Vossa Graça.

– Excelente! – respondeu Rhys, dando um suspiro de alívio.

Ele a teria... ao menos por mais algum tempo.

Minha caríssima Bea,

Embora eu saiba que vai achar difícil acreditar, tenho que perguntar a mim mesma se a moeda estaria me trazendo um pouco de sorte. O duque de Dorset se ofereceu para ajudar na minha busca de um marido.

Anne parou para mergulhar a pena no tinteiro e descobriu que não conseguia escrever a frase seguinte. Deveria revelar a Beatrice que, por um instante, achara que o duque iria pedi-la em casamento? E que a mera ideia acelerara seus batimentos cardíacos a ponto de Anne ter certeza de que poderiam ser ouvidos por toda a cidade? E que ela nem sequer precisara pensar no que responderia?

Anne largou a pena e olhou pela janela, vendo a cidade se preparar para receber a noite, vestida em um céu noturno negro. Horas haviam se passado e Anne continuava a se sentir ridícula. Era óbvio que o duque não pediria a mão dela em casamento. Eles mal se conheciam, mesmo que a amizade entre os dois tivesse se aprofundado muito mais depressa do que

Anne já experimentara. O duque só estava sendo prático – algo que ela mesma afirmava ser.

Anne pegou mais uma vez a pena e roçou os lábios na extremidade macia. Tinha certeza de que aquele anseio era resultado apenas do seu aniversário que se aproximava. Todo homem começava a se tornar uma perspectiva muito mais atraente, mesmo aqueles que não seriam *de forma alguma* uma perspectiva, por já terem deixado isso bem claro. Nenhum homem que estivesse considerando a possibilidade de tomar uma determinada mulher como esposa se ofereceria para encontrar um marido para ela.

Anne lutou contra a onda de tristeza que aquele último pensamento provocou. Não era hora de abandonar quem ela era e o que queria. Deixaria o amor e o felizes para sempre para as amigas.

Ela pousou novamente a pena no papel de carta.

Admito que eu não havia considerado essa estratégia antes. Porém, diante do meu fracasso em encontrar um marido adequado a esta altura, não sei se tenho escolha. Além disso, quem seria melhor para encontrar o homem com quem eu deveria me casar do que o homem com quem eu jamais poderia me casar?

CAPÍTULO 4

Três noites depois
Baile de lady Abingdon
Berkeley Square, Londres

— stou lhe dizendo, Anne, ele é uma escolha ruim.
Rhys estava sentado em uma poltrona de couro, com um copo de conhaque em uma das mãos.

– Mas não me deu nenhuma razão para achar isso!

Anne, que andava de um lado para outro entre o sofá de brocado e a lareira perto de Rhys, parou para confrontá-lo.

– Declarar que Henry Effingham "simplesmente não serve" não é uma razão boa o bastante para tirá-lo da minha lista. Estou correndo contra o tempo. Faltam apenas cinco semanas para o meu vigésimo quinto aniversário.

Ela o encarou, irritada, e a frustração fez seu corpo vibrar.

– Ele bebe demais – disse Rhys sem rodeios.

A verdade era que Rhys achava o homem um idiota e não conseguia entender por que Anne se interessara por ele.

Anne jogou as mãos para o ar.

– Todo homem que conheci bebe demais.

Ela apontou para o copo na mão dele.

– Inclusive o senhor, ao que tudo indica.

– Eu não bebo demais – declarou Rhys.

– Ah, está certo – admitiu ela a contragosto. – Exagerar na bebida é um dos poucos pecados que a aristocracia não lhe atribui. Por sinal, também não ouvi esse pecado em particular ser colocado na conta de lorde Effingham.

Rhys bufou.

– Só porque ele não bebe em excesso em eventos da alta sociedade. Se os fofoqueiros pudessem vê-lo nas casas de apostas, contariam uma história diferente.

– Entregar-se à bebida eventualmente é o único excesso de lorde Effingham? – perguntou Anne, encarando Rhys com desconfiança.

– E também sua tendência doentia a obedecer à mãe.

Rhys não conseguiu evitar. Ele sabia como essa última afirmação irritaria Anne.

Ela se deixou cair na poltrona em frente a ele.

– Muito bem, suponho que terei que eliminar lorde Effingham da lista.

– Não sei por que precisa dessa maldita lista – resmungou Rhys.

Por mais satisfeito que estivesse por Anne ter abandonado a ideia de Effingham como um pretendente, a busca contínua da jovem por um marido sem nome e sem personalidade era muito frustrante.

Na verdade, na calada da noite, enfiado embaixo de cobertores pesados, Rhys teria admitido que era a própria busca de Anne por um marido que o enfurecia. Mas não estavam na calada da noite. E ele não estava na cama. Portanto, afastou o assunto da mente.

– A senhorita possui um bom dote e uma linhagem impecável. Por que seu tio não permite que espere até que o homem certo apareça? Por que ele não cede e lhe permite parar de caçar um marido?

– Toda dama da minha idade está à caça de um marido – respondeu Anne com ironia. – Por isso passa tanto tempo evitando as mães delas.

– Isso é diferente – argumentou Rhys. – Elas querem título e dinheiro. A senhorita quer independência.

Anne respirou fundo e o vestido de seda verde se colou mais à curva dos seios.

Rhys nem sequer tentou desviar o olhar. Passara a noite toda tentando lutar contra a atração que sentia por ela e fracassara todas as vezes. Tudo em Anne parecia ressoar dentro dele, atraí-lo, exigir que ele a reivindicasse para si. Mas aquela era Anne. Ela queria um marido adequado. Ele não queria uma esposa. Quando se oferecera para ajudá-la, sabia como seria difícil abrir mão dela, mas não levara em consideração a dificuldade de se conter enquanto estivessem juntos.

Anne estava falando. Rhys se obrigou a se concentrar na conversa.

– Exatamente. É por isso que preciso encontrar um homem disposto a se casar comigo que também concorde com minha independência. O senhor se lembra por que está aqui, não é? Deveria ajudar, não atrapalhar.

– É claro que me lembro – respondeu ele, tomando um longo gole de conhaque.

Como ele poderia esquecer?

– Meu tio não vai me forçar a um casamento que eu não queira, mas também não vai me dar tempo ilimitado para escolher um marido aceitável.

– Ouvi dizer que ele está vindo para a cidade – comentou Rhys enquanto a examinava.

E não gostou de ver seus lábios se curvarem para baixo, em uma expressão de abatimento. Os ombros de Anne também caíram em uma postura de tristeza que ecoava o desânimo dela. Rhys sentiu uma pontada de culpa por saber que a causa daquilo provavelmente fora a descrição que ele fizera do caráter desagradável de Effingham.

Anne olhou para ele através dos cílios cheios e Rhys sentiu a respiração presa na garganta.

Toda vez que ela faz isso eu tenho uma ereção. Maldição.

– Sim, a negócios, eu presumo. Marguerite foi bastante vaga.

Atrás dela, o grande relógio de pêndulo marcou a meia hora em badaladas profundas. Anne gemeu, com um sorriso pesaroso.

– Preciso voltar.

Ela se levantou e sacudiu a saia, passando a mão sobre um leve amassado na seda verde.

– Tenho certeza de que, a esta altura, Marguerite já deve estar me procurando – disse Anne.

– Vá na frente. Eu vou em um instante.

Anne assentiu e se virou.

– Anne.

Ela parou e olhou para trás.

– Vamos encontrar um marido para a senhorita. Não perca a esperança.

– Não deixarei de ter esperança, mas confesso que estou começando a perder a fé no meu plano. Vou escrever para as minhas amigas. Isso sempre levanta o meu ânimo.

Ele riu, divertido, sentindo o próprio humor sombrio melhorar.

– Eu disse que era um plano absurdo. Deveria ter concordado comigo. Tenho certeza de que as suas amigas concordariam.

Anne revirou os olhos.

– É claro. Porque, sendo homem e duque, está sempre certo.

– Exato.

Ele riu quando ela lhe lançou um olhar falsamente furioso.

– Nossa, como é brava! – brincou.

– Boa noite, Vossa Graça – disse Anne, então se virou e desapareceu pela porta.

Rhys ficou olhando o vazio deixado por ela. A sala ficou quieta demais sem Anne. Só recentemente ele se permitira aceitar que, em poucas semanas, seria sempre assim. Anne se casaria ou se mudaria para o campo. De qualquer modo, não haveria mais conversas em bibliotecas silenciosas durante um baile, nada de passeios no jardim enquanto a acompanhante dela e a tia dele tomavam chá.

Ele sentiria falta dos comentários perspicazes e irônicos de Anne sobre os caprichos que a alta sociedade exibia em suas rivalidades mesquinhas e ações nobres. Sentiria falta da forma como sempre conseguia levá-lo a rir quando ele estava de mau humor.

Sentiria falta dela, maldição.

Isso era inaceitável. Precisava fazer algo para mantê-la em Londres e na vida dele.

CAPÍTULO 5

O tio materno de Anne, lorde William Armbruster, tinha sido chamado à sua casa em Londres por uma mensagem vaga e misteriosa enviada por lady Marguerite. Inquieto com a ausência de maiores explicações, ele ficara cada vez mais preocupado ao longo da viagem que o levava de sua propriedade no campo até a mansão na Belgrave Square. A cidade grande nunca era agradável. Pessoas demais. Interações demais. Lorde Armbruster conquistara o direito à vida tranquila que levava no campo. Lady Marguerite tinha sido a melhor amiga da única irmã dele e o conhecia desde a infância – estava bem ciente da sua antipatia pela cidade. No entanto, insistira para que ele se juntasse a ela em Londres o mais rápido possível. As notícias não poderiam ser boas.

Ele entrou no número 812 da Belgrave Square e entregou o chapéu, a capa e a bengala ao mordomo, Timms.

– Onde está lady Marguerite? – perguntou de pronto, cumprimentando o homem com um aceno de cabeça.

– Ela e lady Lipscombe estão tomando chá no salão amarelo, milorde.

– Obrigado, Timms.

– Vai ficar na cidade por muito tempo, senhor?

– Isso depende – respondeu o general em um tom soturno.

– Está certo, milorde.

William seguiu pelo corredor de sua casa londrina e entrou na sala aconchegante com vista para a Brook Street.

– Senhoras.

Ele se curvou num breve cumprimento, fitando as duas com um ar de preocupação.

– Estou aqui, conforme solicitado. Agora, façam o favor de me dizer por que fui convocado a atravessar meia Inglaterra de uma hora para outra. Por que a urgência? Aconteceu algo com Anne? Ela está bem?

– Meu Deus, William, sempre presume o pior – apressou-se a tranquilizá-lo Marguerite, dando uma palmadinha camarada em seu braço. – Por favor, sente-se. Não podemos conversar com você pairando acima de nós.

Ele olhou para lady Lipscombe, com o cenho ainda mais franzido.

– Marguerite está certa – declarou a outra mulher antes que ele pudesse dizer algo mais. – Ficar pairando acima de nós de cenho franzido não vai nos intimidar nem um pouco. Você já deveria saber disso. Além do mais – disse ela, sorrindo de um jeito que fez uma covinha surgir no canto de sua boca –, tenho certeza de que deve estar faminto depois da viagem e pedimos que preparassem seus bolos favoritos para acompanhar seu chá.

Ele a encarou com intenção de se manter firme e percebeu, não pela primeira vez em seu longo tempo de amizade, que nunca conseguira fazer aquilo em relação às duas. As tropas francesas não passavam de crianças irritantes em comparação com Marguerite e Sylvia.

– Está certo. Sabem muito bem que nunca fui capaz de resistir a vocês duas, ainda mais quando estão juntas. Quando eram jovens e se uniam a Bella, eu estava perdido.

– Nós sabemos.

O rosto das damas refletia a tristeza que sempre acompanhava a mera menção ao nome da mãe de Anne.

Nos tempos de escola, Bella e as outras duas tinham sido um trio inseparável, e assim permaneceram quando, mais tarde, se tornaram jovens casadas. A morte dela as reduzira a uma dupla. A condição de viúva de Marguerite e a estreita conexão com Bella tinham sido os fatores que fizeram com que William lhe pedisse para se responsabilizar pela entrada de Anne na sociedade.

Além disso, ele gostava da ideia de as duas ajudarem Anne a conhecer aquele que se tornaria o seu mundo. Nunca admitiria para elas, mas significavam tanto para ele quanto a própria irmã.

Marguerite serviu o chá e eles conversaram sobre amenidades até William ter aliviado a fome. Por fim, ele deixou de lado a xícara e o prato.

– Muito bem, já estou alimentado e tomei duas xícaras de chá. Agora me diga: por que fez com que eu deixasse o campo?

Marguerite trocou um olhar expressivo com Sylvia antes de se virar para William.

– Acreditamos que Anne e Rhys estão se aproximando.

– Anne e Rhys?

William pensou por um momento antes de repetir a pergunta.

– Anne e Rhys?

– O duque de Dorset – acrescentou Marguerite, prestativa.

Mas aquilo não ajudou. Em nada.

– Dorset? – perguntou William, imaginando a sobrinha e...

Ele ergueu uma sobrancelha e voltou sua atenção para Sylvia.

– O seu sobrinho Rhys?

William empurrou a cadeira para trás e se levantou abruptamente, embora não soubesse bem o que planejava fazer a seguir.

– William – disseram as duas mulheres, como se acalmassem um animal selvagem.

O general percebeu que ainda segurava o guardanapo. Ele jogou o pedaço de tecido em cima da mesa e encontrou o olhar de Marguerite com uma expressão furiosa.

– Como pôde deixar que isso acontecesse?

– Entendo as suas reservas, William – começou a dizer Marguerite, levantando-se devagar. – Mas lhe asseguro que se trata de uma boa notícia.

– Não consigo imaginar um cenário em que essa informação possa ser vista como boa – retrucou ele.

Marguerite o fitou com cautela.

– William, espere um instante.

– Eu confiei em você, Marguerite... e em você, Sylvia! – falou ele em um tom acusador, virando-se para confrontar a outra mulher.

– Sim, William, confiou em mim para encontrar um pretendente adequado para Anne. E foi o que fiz – argumentou Marguerite.

Aquilo renovou a fúria dele.

– Não vejo Anne desde antes de a temporada de eventos sociais começar. Embora ela tenha concordado com minha exigência, não fiquei convencido de que pretendesse se esforçar para encontrar um marido adequado.

– Suponho que Anne tenha sido bastante honesta sobre procurar um marido que fosse aceitável para ela – disse Marguerite. – Mas não estou tão convencida assim de que ela acredite que a sua ideia de marido aceitável corresponda à lista de requisitos dela.

– O que você quer dizer?

O olhar de William ficou mais atento e ele voltou a franzir o cenho.

– Ora, você deixou bem claro que quer que ela se case com um homem que cuide dela e administre seus assuntos com discrição e tranquilidade.

– E não é isso que todo tutor deseja para a sua tutelada? – indagou William, ofendido.

– Claro, William – disse Sylvia, acalmando-o.

Ela trocou mais um olhar expressivo com Marguerite, então se inclinou para fitá-lo com uma expressão atenta.

– Porém não é o que Anne quer.

Ele bufou e balançou a cabeça, desgostoso.

– Suponho que ela procure amor verdadeiro – grunhiu ele. – Ora, isso eu não vou aceitar.

Ele olhou para Sylvia, com os punhos fortemente cerrados.

– Não vou permitir que se acorrente a um jovem libertino ensandecido. Não vou perdê-la como perdi minha irmã.

– Anne não é nada parecida com a mãe – retrucou Sylvia, exasperada. – Para ser sincera, ela é muito mais parecida com você.

Ele a encarou, boquiaberto, pego de surpresa.

– É verdade – concordou Marguerite. – Anne é muito prática. Na verdade, temo que a opinião dela sobre casamento por amor se assemelhe à sua. Ela procura um marido que seja manejável, um homem que permita que ela mantenha e gerencie os próprios investimentos, um homem que seja sossegado, impassível e banal em todos os sentidos.

– Então o que a faz pensar que esteja interessada no seu sobrinho? – perguntou a Sylvia. – O pai dele e eu estudamos juntos em Eton e eu o conhecia bem. "Sossegado" e "banal" não são palavras que eu usaria para descrevê-lo. E já ouvi de amigos que Rhys puxou ao pai.

– É verdade – garantiu Sylvia com orgulho. – Rhys é muito parecido com meu falecido cunhado. Mas precisa concordar que isso é bom, William. Assim como o pai, Rhys é um cavalheiro. Ele administra suas propriedades e seus investimentos com responsabilidade e uma inteligência brilhante. Além disso, sua posição na sociedade é irrepreensível. Qualquer jovem ficaria muito feliz em merecer o interesse de um duque.

– Tudo isso só serve para provar meu ponto de vista, Sylvia – rebateu William. – Se Anne quer um marido a quem possa manobrar, ela não escolherá um cavalheiro com inteligência e senso de responsabilidade. Tais atributos significariam que ele exigiria ter influência na vida dela.

William franziu o cenho.

– Além do mais, se não me falha a memória, Rhys é famoso por evitar mulheres com intenção de se casarem.

– Isso mesmo – ressaltou Marguerite e bateu palmas de satisfação. – No entanto, ele procura Anne em todas as oportunidades. Ela e eu nos juntamos a Sylvia para tomar chá, em uma longa visita, várias vezes por semana. Rhys muitas vezes escolhe exatamente esse momento para visitar a tia favorita.

– Se as atenções dele são tão declaradas, por que não li nada a respeito nos jornais?

– Rhys é muito cauteloso – apressou-se a tranquilizá-lo Sylvia. – Ele não tomaria qualquer atitude que pudesse causar um escândalo ou fofocas – disse com firmeza. – No entanto, para quem conhece bem Rhys... e Anne – prosseguiu ela, e indicou Marguerite com um gesto –, fica claro que eles se sentem atraídos um pelo outro.

– Sylvia e eu achamos sábio encorajar a amizade. Mas não podemos exagerar, senão Anne vai se rebelar. Eles devem descobrir seus sentimentos um pelo outro por conta própria.

– Entendo.

William ponderou sobre os comentários das amigas.

Marguerite e Sylvia não levariam Anne pelo mesmo caminho que Bella trilhara, disso ele tinha certeza. Elas poderiam estar erradas sobre o duque? Como aquelas duas o conheciam melhor do que ele próprio, aquilo era improvável. Ainda assim, havia uma possibilidade... E se não estivessem erradas? Anne seria uma duquesa, com uma vida tranquila e serena, como merecia.

William sabia que não tinha escolha senão confiar nelas. Maldição, tinha a sensação de estar de volta ao campo de batalha, sem opções convenientes.

– Muito bem, qual é o plano, então? Imagino que tenham um.

– Vamos ficar atentas aos dois e o atualizaremos regularmente sobre a situação – disse Marguerite. – Você deve rejeitar qualquer oferta de outros pretendentes.

– E ele? Acham que vai esperar até que Anne pense como vocês?

As duas mulheres caíram na gargalhada.

– Ah, William – conseguiu dizer Sylvia depois de algum tempo. – Rhys não tem ideia de que Anne é a mulher certa para ele. E se esse pensamento lhe ocorresse mesmo que por um instante, aposto que ele o negaria imediatamente.

– Rhys precisa de tanto tempo quanto Anne para se dar conta do que Sylvia e eu percebemos em uma semana – contou Marguerite e deu um sorriso animado.

William balançou a cabeça.

– Mulheres. Nunca vou entendê-las.

CAPÍTULO 6

Concerto anual das Maldens
Mayfair, Londres

— etesto concertos — resmungou tio William enquanto conduzia Marguerite e Anne até o grande salão de música dos Maldens.

Anne abafou uma risada enquanto Marguerite o repreendia gentilmente e apontava para onde as cadeiras estavam dispostas, diante de vários instrumentos.

— Vamos logo, William. Comporte-se. Há assentos na primeira fila para todos nós. E ao lado de lady Lipscombe. Que sorte!

— Isso não é sorte, Marguerite — retrucou tio William, com o passo mais lento. — Muito pelo contrário. Não nos deixa nenhuma rota de fuga caso a noite se mostre insuportável.

Anne deu uma palmadinha nas costas do tio e apontou para as cadeiras.

— É sorte, tio. Tanto o senhor quanto lady Lipscombe têm a mesma opinião quanto a concertos. Poderão compartilhar o que sentem a respeito — garantiu ela, olhando ao redor do salão em busca do duque. — Podem ir. Eu os encontrarei em um instante.

Tio William bufou de desgosto, mas fez o que ela dizia e permitiu que Marguerite fosse na frente.

— Detesto concertos — disse uma voz baixa muito perto do ouvido de Anne.

Ela tentou conter um arrepio de prazer.

— O senhor e meu tio — comentou Anne, virando-se para encarar o duque. — Para sua alegria, porém, ele não está aqui pela música.

A única esperança de Anne de conseguir dominar a reação preocupante que sua mente e seu corpo manifestavam na presença do duque era se ater ao plano original. Precisava encontrar um marido. E o duque precisava se mostrar mais útil. E logo.

Anne olhou por cima do ombro direito do duque e assentiu.

— Lorde Abrams está aqui, pelo que vejo.

O duque se virou para o homem e voltou a olhar para Anne quase de imediato, com uma expressão de desaprovação nos olhos.

43

– Um apostador contumaz. Reduziria seu dote a nada em um ano.

Anne sufocou um grunhido. Não poderia tolerar um homem que jogasse dinheiro fora de forma tão leviana... e muito provavelmente a vida dele e a dela também.

– Está certo. E lorde Finch?

– Acredita que uma mulher deve ter pelo menos seis filhos se quiser manter a cabeça erguida em público – respondeu o duque com ironia, olhando com severidade para o conde bastante corpulento. – E, dizem, tem um interesse apaixonado pelos dedos dos pés das mulheres.

– Eu nunca disse que me recusaria a ter filhos – argumentou Anne enquanto avaliava se a paixão por dedos dos pés riscava o homem da sua lista.

Depois de decidir que sim, ela voltou a examinar o salão.

– Ah, agora sim: lorde John Thorpe. Certamente não será capaz de encontrar falhas nele.

Anne sentiu uma onda de satisfação. O duque não poderia ter nada a dizer contra lorde Thorpe. Ninguém nunca tinha.

– Ele planeja se mudar para a América assim que a mãe autoritária falecer.

– Ah – disse Anne, tentando manter a animação. – Bem, admito que nunca pensei em ir tão longe. Seria uma aventura, imagino.

O duque a fitou com desconfiança, então se aproximou, falando baixo.

– E deixar suas três amigas queridas para trás?

Anne forçou o corpo a ignorar a proximidade do duque e se concentrou na informação recém-descoberta. Partia seu coração pensar em Ellie, Bea e Cordelia tão, tão longe.

E o duque também, sussurrou uma vozinha interior.

– Por que está fazendo isso? – perguntou ela em um sussurro, sentindo-se quente.

Rhys inclinou o queixo dela para cima com um ar de preocupação nos olhos.

– Está se sentindo bem, Anne? Parece ruborizada demais.

Quase todos os pedaços do coração de Anne queriam que ele respondesse à pergunta que fizera. Mas o último pedaço? Aquele último pedaço sabia que ela não suportaria ouvir a verdade.

– Estou cansada, só isso – falou por fim, olhando para onde o tio e Marguerite a esperavam. – Cansada de esperar que encontre um pretendente adequado para mim. Não quero parecer ingrata, mas ainda não me apresentou a nenhum possível candidato. Estou ficando sem tempo, Vossa Graça.

– Eu sei – resmungou ele.

Seu tom severo fez com que Anne se virasse para encará-lo. O azul brilhante de seus olhos estava escuro como um céu ameaçando tempestade.

– Eu disse que ajudaria, Anne, mas nunca disse que faria concessões. A senhorita merece o melhor.

– Não importa o que eu mereço – respondeu ela, surpresa com a paixão que sublinhava as palavras dele.

O salão estava quente demais. Anne podia sentir a transpiração se acumulando em sua nuca. A ideia do que queria para si vinha mudando. O que aquele homem tinha feito com ela?

– Nunca diga uma coisa dessas, Anne – falou Rhys, aborrecido. – A senhorita merece o melhor. E cuidarei para que consiga ter.

Não hoje. Não esta noite.

As jovens Maldens caminharam em direção a seus instrumentos. As pessoas que ainda circulavam pelo salão ocuparam seus assentos.

– Venha, temos que nos juntar aos outros – chamou Anne, recusando-se a encontrar o olhar do duque.

– Anne – disse ele, e estendeu a mão para segurá-la pelo braço.

Anne evitou os dedos dele por pouco e seguiu em direção ao tio e Marguerite, onde ficaria em segurança naquele momento. Longe do perigo que era o duque.

CAPÍTULO 7

Na manhã seguinte, Anne sentou-se à escrivaninha em seu quarto. A luz do sol entrava pelas janelas altas lançando faixas de um amarelo brilhante e quente sobre o tapete azul, dourado e vermelho. Com a pena na mão, ela se inclinou sobre uma folha de papel. Havia uma carta amassada e já muito lida aberta sobre a superfície de cerejeira encerada do móvel.

Ela releu a carta mais uma vez, sorrindo com as notícias da amiga, e mergulhou a pena no tinteiro para responder.

Querida Bea,

Fiquei muito feliz em receber sua correspondência. Como sinto falta de você, Ellie e Cordelia e como desejo ter todas aqui, na cidade, comigo! Os eventos da sociedade são lamentavelmente tediosos sem a sua companhia, mas têm sido mais emocionantes graças à assistência do duque de Dorset na minha busca. Embora seja verdade que ainda não encontrei um marido, tenho certeza de que a ajuda do duque me levará a um casamento.

Meu tio se juntou a nós em Belgrave Square, então somos um trio agora. Sei que alguns o consideram desagradável, mas eu o adoro, mesmo que ele esteja equivocado no que diz respeito ao meu futuro.

Preciso encerrar esta carta, minha cara Bea, pois prometi me juntar a Marguerite e a lady Lipscombe para uma visita ao museu. Por favor, escreva logo e me conte tudo. Adoro ouvir sobre os seus dias no vilarejo, embora preferisse que você estivesse perto de mim, aqui em Londres.

Com amor,

Anne

Anne não mentira. Apenas omitira um pouco da verdade. O duque certamente levava emoção aos eventos sociais, por assim dizer. O concerto das Maldens na noite anterior teria sido menos frustrante, irritante e algumas outras palavras não muito lisonjeiras se não fosse pelo duque. Ele alegava estar do lado de Anne, até mesmo ser seu paladino na busca por um marido. No entanto, nada menos que três candidatos em potencial tinham sido eliminados da lista dela, graças a ele.

Qual era a estratégia daquele homem? Anne sinceramente não sabia.

Mas uma coisa era certa: ele precisava parar. Ela estava ficando sem tempo e sem homens na lista. E desconfiava que seu coração não aguentaria muito mais o tipo de ajuda que o duque oferecia.

⌒

– Por que estamos em um museu, não no Tattersall's examinando os cavalos recém-chegados ao mercado?

Rhys olhou de lado para o amigo e reparou na expressão aborrecida.

– Não precisava ter vindo comigo, Lucien – ressaltou com calma. – Eu disse que o encontraria mais tarde.

A expressão do conde de Penbrooke ficou ainda mais carrancuda.

– Não queria correr o risco de que você se atrasasse pela sua tia.

– Prometi me juntar a ela e um grupo de amigas esta tarde para conferir a exposição. Mas não prometi passar o dia aqui. Estaremos no Tattersall's em uma hora.

– Não sei por que concordou em passear por um maldito museu com um bando de mulheres – resmungou Lucien.

Distraído, Rhys mal ouviu os resmungos do amigo enquanto eles saíam da antessala e entravam no amplo espaço que abrigava uma nova exposição de artefatos egípcios. Damas e cavalheiros elegantemente trajados passeavam pelo salão com piso de mármore, parando para ver uma obra ou se reunindo em grupos para conversarem. Impaciente, Rhys examinou os rostos ao redor, mas não viu sua tia Sylvia.

– Lá está ela – avisou Lucien, meneando a cabeça para o lado esquerdo.

Rhys se virou e encontrou a tia no centro do longo salão, de pé com um grupo de mulheres. Naquele momento, ela o viu e ergueu a mão em um gesto gracioso, acenando para chamá-lo. Ele assentiu de leve para mostrar que a vira, mas, antes que pudesse se adiantar, a atenção de Anne foi atraída pelo aceno de Sylvia. Suas feições se iluminaram de prazer quando ela se virou e o viu, com os olhos verdes cintilando. Os cabelos dela brilhavam como ouro contra a moldura do chapéu azul-celeste com fitas creme que combinava com a peliça ao redor dos seus ombros.

Foi como se o mundo clareasse. Maldição, pensou Rhys, desconcertado com o sorriso dela e sem se dar conta de que sorria em resposta. De alguma forma, Anne fazia com que até as relíquias egípcias parecessem irresistíveis.

– Ora, ora! – falou Lucien com a voz carregada de bom humor e de um claro interesse masculino. – Agora entendi por que insistiu em se juntar à sua tia. Quem é a dama?

– Ninguém que seja da sua conta.

Rhys avançou, ignorando a risada de Lucien, que o seguiu.

– Bom dia, damas.

Rhys fez uma reverência, passando os olhos pelas cinco mulheres que estavam paradas com a tia dele.

– Estão gostando da exposição?

– Sim, estamos – respondeu a tia. – Foi gentil da sua parte vir se juntar a nós, Rhys. E o senhor também, lorde Penbrooke.

Rhys murmurou automaticamente os cumprimentos apropriados enquanto a tia o apresentava às três jovens damas que ele ainda não conhecia. Quando ela apresentou Lucien a Anne, no entanto, a atenção de Rhys se aguçou. Ele mal conseguiu conter o instinto de se colocar na frente de Anne e bloquear a visão Lucien.

– É um prazer, Srta. Brabourne – cumprimentou Lucien, e o interesse fez com que seus olhos faiscassem quando ele se inclinou para roçar os lábios nos dedos enluvados delas.

Lucien deu um passo para trás e encontrou o olhar de Rhys.

– Por que não nos apresentou antes, Rhys?

Rhys estreitou os olhos para o amigo.

– Talvez porque você se recuse a comparecer a qualquer ocasião social decente, onde tais apresentações são feitas.

– Ai de mim!

Lucien pressionou a palma da mão no peito e deu um suspiro teatral.

– Se tivesse me dito como suas amigas eram lindas e encantadoras, eu teria comparecido, sem dúvida.

Rhys se conteve para não soltar um palavrão.

– Até parece.

A ironia em sua voz era óbvia e os olhos de Anne cintilaram quando seu olhar encontrou o dele.

– Vamos seguir em frente – interrompeu Sylvia. – Há muito para ver e eu gostaria de apreciar cada item em exibição.

– É claro – concordou Rhys, e estendeu o braço para Anne. – Srta. Brabourne, vamos?

– Sim, Vossa Graça, vamos.

Anne deu o braço a ele e os dois se afastaram, juntando-se a uma multidão que se deslocava sem pressa pelo longo salão.

– Não sabia que o senhor estaria aqui hoje – comentou.

– Prometi à tia Sylvia que viria.

Rhys olhou para ela. O tecido azul do chapéu emoldurou seu cabelo e seu rosto quando ela inclinou a cabeça para trás, com uma expressão sincera e cordial. Anne sempre olhava para ele sem artifícios, sem reservas, como se enxergasse Rhys, o homem, não Rhys, o duque. Ele se deu conta de que nenhuma outra mulher que conhecia o fitava daquele jeito. E gostava disso. Gostava do jeito como aquele olhar aquecia o seu coração e apagava a distância que normalmente sentia dos amigos. Rhys nunca havia pensado em si mesmo como uma pessoa solitária. Agora achava que poderia se sentir daquela forma caso Anne desaparecesse da sua vida.

– É um admirador de artefatos egípcios? – perguntou Anne.

– É claro.

– Sua resposta foi tão serena que desconfio que o senhor não esteja sendo totalmente sincero – brincou ela, e seus olhos cintilaram mais uma vez ao fitá-lo. – Mas vou relevar.

– Tenho curiosidade sobre a história egípcia – corrigiu Rhys –, mas detesto móveis desconfortáveis com braços e pernas em forma de pés de crocodilo.

– Ah, mais uma coisa em que podemos concordar.

Ela o puxou pelo braço, conduzindo-o em direção a um sarcófago exposto contra a parede.

– Venha, vamos investigar essa peça intrigante.

Rhys e Anne atravessavam o piso de mármore examinando objetos grandes e pequenos. Por mais que ele estivesse consciente dos comentários e vozes do restante do grupo que os seguia, prestava pouca atenção neles.

Em dado momento, Rhys e Anne se viram em uma alcova, examinando as adagas cravejadas de joias expostas em um balcão de madeira com tampo de vidro.

Rhys estava atrás de Anne quando apoiou as mãos na madeira em torno dela e se inclinou para a frente, cingindo a silhueta tão menor que a dele. A aba do chapéu de Anne o mantinha afastado da sua pele, mas os ombros femininos esbeltos encostavam no peito dele e a curva do quadril dela ficou a poucos centímetros do dele.

– Está fascinada pelos punhais ou foram as pedras preciosas que capturaram sua atenção? – murmurou ele, satisfeito quando ela virou a cabeça para fitá-lo.

– Foi o talento artístico – respondeu Anne, em um sussurro cadenciado. – Tudo aqui é bonito demais.

Rhys não desviou os olhos para a vitrine. E continuou a fitar Anne quando falou:

– Sim, é.

Anne enrubesceu e cerrou os punhos sobre o vidro, ao lado das mãos dele.

– Vossa Graça – murmurou, quase como um apelo. – Lorde Penbrooke está aqui para que eu o avalie como um possível pretendente? Admito que ele nunca esteve na minha lista, mas confio que o senhor esteja empenhado em me ajudar. E, como bem sabe, meu tempo está se esgotando. Não quero perder a fé em suas habilidades, mas, depois de ontem à noite, estou começando a questionar se seus padrões não são mais altos do que os do meu tio.

Uma risadinha estridente interrompeu a privacidade silenciosa da alcova.

– Precisamos encontrar as adagas com pedras preciosas, Abigail. Tenho certeza de que lorde Endsley disse que estavam ao longo desta parede.

Rhys respirou fundo e deu um passo para trás. Então recorreu a todo o seu autocontrole, encaixou a mão de Anne na curva de seu braço e a guiou para fora da alcova.

– Não, lorde Penbrooke não está aqui para a sua avaliação. E não duvide de mim. Vou encontrar um marido para a senhorita mesmo que seja a última coisa que eu faça na vida.

Anne inclinou a cabeça para trás e o observou, e seus olhos cintilaram com um turbilhão de emoções antes que ela se concentrasse na explicação dada por um guia do museu. Rhys respirou fundo mais uma vez e se forçou a focar a atenção no discurso monótono do guia, embora não registrasse uma única palavra que ele dizia.

Mais de uma hora depois, ele e Lucien se despediram das mulheres e chegaram à rua.

– Bem, foi um passeio bastante esclarecedor – comentou Lucien enquanto se acomodava na carruagem do duque.

Em frente a ele, Rhys também se recostou no assento.

– Por que esclarecedor? Achou a companhia da minha tia realmente agradável?

– É claro, a marquesa é sempre divertida – respondeu Lucien. – Mas ainda mais interessante foi assistir você interagindo com a adorável Srta. Brabourne.

Ele apontou um dedo para Rhys, e um sorriso curvou a boca rígida.

– Você, meu amigo, foi fisgado.

– O quê?

Rhys encarou Lucien.

– Você me ouviu. Foi fisgado. Enredado pelos encantos de uma bela mulher. Nunca pensei que veria esse dia chegar.

Lucien balançou a cabeça em fingido desânimo.

– Daqui a pouco o veremos acorrentado em um casamento, passando as noites em casa. Não gosto dessa perspectiva, pois isso significa que irei sozinho aos antros de apostas. Por outro lado, isso provavelmente também significa que não vou perder tanto para você nas cartas. Tem tido uma sorte irritante nos últimos tempos.

– Talvez devêssemos deixar o Tattersall's para outra ocasião e ir ao Jackson's. Estou sentindo uma enorme vontade de nocauteá-lo no ringue.

– Terei que recusar.

Lucien afastou a ideia com um gesto negligente da mão.

– Você prometeu olhar as baias do Tattersall's e quero a sua opinião. Mais tarde, se ainda sentir a necessidade de me dar um soco, podemos visitar o clube.

– Duvido que a minha ânsia de machucá-lo vá diminuir – retrucou Rhys com ironia, sem achar nenhuma graça no amigo. – No entanto, não sou homem de quebrar promessas. Vamos ao Tattersall's, então.

CAPÍTULO 8

Querida Anne,

Bendita seja por escrever tão prontamente, já que também aprecio receber cartas de amigas contando novidades. Confesso que estou intrigada com as suas observações sobre o duque de Dorset, pois não sabia que você o conhecia. Minha vizinha contou que o duque tem fama de ser um pouco libertino. Porém, se Marguerite aprova sua amizade com ele, deve estar tudo bem. O bom senso dela em relação a tais assuntos sempre se mostrou confiável. É muita sorte que seu tio a tenha escolhido para ser sua acompanhante. Adoro Marguerite! Estou muito feliz por você ter a companhia do duque e também por ele ter sido convocado para ajudar na sua busca por um marido. Devo admitir que nunca teria me ocorrido empregar tais táticas, mas faz bastante sentido.

Tudo está bem por aqui e temos desfrutado de um clima agradável e com céu claro, que, como sabe, adoro observar. Agora tenho que ir, pois a esposa do vigário precisa da minha companhia em uma visita às lojas de Wallingford. Por favor, escreva logo - juro que estou prendendo o fôlego de expectativa, aguardando mais notícias do seu progresso.

Com amor,

Bea

Vai ser um prazer jantar em casa esta noite – comentou Marguerite.

Anne ergueu os olhos para fitar a mulher mais velha do outro lado da mesa onde almoçavam.

– Está se sentindo mal, Marguerite? Não precisamos sair todas as noites, se achar que precisa de descanso. E é provável que recusar alguns convites nos torne mais desejadas pelas anfitriãs.

– Tolice.

Marguerite descartou a ideia com um aceno de mão.

– Estou perfeitamente bem. No entanto, confesso que espero ansiosamente para desfrutar do conforto da nossa sala de jantar.

– Meu tio se juntará a nós? – perguntou Anne.

A sopa de rabada estava deliciosa.

– Sim – respondeu Marguerite. – Ele saiu para resolver algum assunto de negócios não faz muito tempo, mas disse para esperarmos por ele.

– Seremos três, então – concluiu Anne.

Elas tomaram chá em silêncio antes que Marguerite continuasse.

– Sylvia recebeu uma carta da irmã, a mãe de Rhys. Ela torceu o tornozelo e vai demorar para vir a Londres.

– Ah, espero que ela esteja bem – exclamou Anne.

Tarde demais, percebeu que havia mostrado um interesse excessivo pelo ocorrido.

– E há as irmãs dele a serem levadas em consideração também, é claro – prosseguiu Anne. – Elas devem ter ficado decepcionadas com o atraso.

– Sim – concordou Marguerite. – Se Rhys fosse casado, é claro, as irmãs poderiam ter a esposa dele como acompanhante.

– Então a mãe e as irmãs do duque estão ansiosas para que ele se case?

Anne tentou fazer a pergunta em tom casual, mas temeu não ter conseguido, pois Marguerite sorriu para ela com afeto.

– Que mãe não quer que o filho se case e lhe dê netos? E também há a necessidade de continuar a linhagem familiar. Dito isso, Sylvia e o restante da família parecem querer, acima de tudo, que Rhys se case com uma mulher que aprecie suas excelentes qualidades. Não há dúvida de que ele seria um bom marido. Tendo sido criado com seis irmãs, o rapaz poderá entender as necessidades de uma esposa muito melhor do que tantos outros homens.

– De que forma?

Marguerite sorriu com carinho.

– Parece que ele as mima e as apoia, mas também espera que elas estejam à altura de padrões normalmente estabelecidos para os homens. Quando Rhys tinha 8 anos, sua irmã Mary, um ano mais nova, queria estudar matemática. Ele exigiu que ela tivesse permissão de acompanhá-lo às aulas. O professor ficou um pouco surpreso, mas Sylvia disse que o pai apenas deu de ombros e concordou. Depois disso, todas as meninas passaram a frequentar as aulas de Rhys. São todas mulheres muito inteligentes. O que – continuou Marguerite com um suspiro – significa, como está se tornando cada vez mais evidente, que será difícil encontrar maridos para elas.

– Que história maravilhosa!

Fascinada, Anne tentou imaginar como teria sido a vida em uma casa cheia de irmãos, livros e tendo acesso a todas as aulas que um duque poderia pagar para os filhos.

– Deve ter sido fantástico crescer em um lar assim – comentou Anne com sinceridade.

– De fato.

A expressão de Marguerite se suavizou quando ela encontrou o olhar de Anne.

– Eu amava muito a sua mãe, mas lidar com o comportamento dramático dela não deve ter sido fácil. Ainda mais quando seu pai tinha a mesma característica.

– Isso é verdade – concordou Anne em um tom prático, grata pelo lembrete. – Muitas vezes senti como se fosse eu a adulta sensata, e mamãe, a criança temperamental. Na maioria das vezes, mamãe e papai pareciam apaixonadamente felizes ou desesperadamente desgostosos. Nunca houve equilíbrio... para nenhum de nós.

– Imagino que a experiência com eles deva ter influenciado sua visão do que seria um casamento aceitável – comentou Marguerite com gentileza.

– E como poderia não influenciar? – indagou Anne, dirigindo-se tanto a Marguerite quanto a si mesma.

Qualquer um seria tolo se ignorasse uma lição daquelas, não seria?

– Eles eram pessoas muito apaixonadas. Infelizmente, era da natureza de ambos reagir a circunstâncias comuns com uma explosão de talento dramático – concordou Marguerite. – Mas nem todo casamento se desenrola dessa forma, minha querida. Sabe disso, não é?

– É claro – disse Anne. – Conheci muitos casais que se portam de modo sereno na companhia um do outro. Eles parecem ter uma vida confortável e não consigo imaginar que enfrentem brigas diárias. É improvável que a paixão e as explosões de temperamento tenham lugar em seu mundo. É o que eu quero no meu casamento – acrescentou ela com firmeza. – Paz. Dias previsíveis. Um marido disposto a me deixar determinar minhas atividades enquanto eu o deixo com as dele. Essa seria a situação perfeita para uma mulher como eu.

– Mas, Anne, você não está incluindo afeto, amor, para não mencionar paixão, nessa sua visão de casamento – protestou Marguerite.

– Acho que eu gostaria de ter um casamento com afeto. Mas amor? Paixão? Não.

Anne balançou a cabeça e torceu para que parecesse tão determinada quanto antes sobre o assunto.

– Não é possível que realmente pense assim.

O espanto de Marguerite se refletiu em sua voz e na expressão em seu rosto.

– Penso, sim.

Anne não se deu conta da força com que segurava a xícara de chá até pousá-la sobre o pires e ouvir a porcelana tilintar. Ela entrelaçou as mãos na tentativa de fazer com que parassem de tremer.

– Meu pai e minha mãe tiveram uma briga terrível no almoço naquele dia. Implorei à mamãe que não saísse, mas ela não quis me ouvir. Afirmou que precisava ir à modista para fazer a prova do vestido que usaria na festa dos Standishes. Em cima da hora, papai decidiu levá-la. Nunca vou esquecer como me senti quando eles foram embora. Impotente. E com raiva. Já naquela época eu conseguia perceber toda a destruição que aqueles sentimentos tão intensos poderiam causar.

– Foi um acidente, Anne. Um veículo de carga entrou na frente deles. Não havia nada que seu pai pudesse ter feito para evitar o acidente. Não foi culpa dele.

– Foi o que meu tio disse depois que eles morreram – confirmou Anne.

– E não acredita nele?

Anne suspirou.

– Entendo o ponto de vista dele sobre a situação. Obviamente não acho que meu tio nem você mentiriam para mim. Mas isso não muda o que vi naquele dia... na verdade, o que vi e ouvi quase todos os dias nos primeiros doze anos da minha vida. Meus pais se amavam e se digladiavam com a mesma paixão. E morreram depois de uma discussão muito acalorada. Mesmo que aquela briga não tenha tido nada a ver com suas mortes, não quero de forma alguma ter um casamento como o deles. Os gritos constantes, as lágrimas e portas batendo tornavam os dias insuportáveis. Não quero um casamento com paixão.

Anne ergueu o queixo.

– Não terei um casamento assim.

Anne não estava mentindo. Mas começava a perguntar a si mesma se o amor viria sempre acompanhado por discussões e desentendimentos, raiva cega e ações sem sentido.

– Ah, Anne...

Os olhos de Marguerite cintilavam com lágrimas não derramadas.

– Se sua mãe estivesse aqui, juro que eu daria uma boa sacudida nela. Bella não lhe ensinou sobre as alegrias do casamento e, como você a perdeu ainda tão menina, não consegue se lembrar de nada além das adversidades.

Marguerite respirou fundo e também ergueu o queixo redondo com determinação.

– Terei que mudar isso.

Cara Srta. Brabourne,

Rhys estava sentado diante da escrivaninha, relendo as palavras que acabara de escrever.

– Isso é o melhor que consegue? – perguntou ao silêncio que o cercava no escritório.

Como ninguém respondeu, Rhys pegou o copo de cristal e tomou um gole de conhaque. Anne dissera que escrever para as amigas sempre a animava. Ele nunca fora de escrever cartas e não conseguia se lembrar da última vez que fizera aquilo. Ainda assim, valia a pena tentar. Depois da visita ao museu, algo precisava ser feito para aliviar a tensão que corria em suas veias. Rhys voltou a pegar a pena.

Cara Anne,

Deixe-me começar dizendo que a culpa é sua. Até o momento em que a conheci, evitei com sucesso envolvimentos emocionais de qualquer tipo. Então a senhorita apareceu. A senhorita é atraente? Sim, mas outras mulheres que conheci também são. A questão é que a senhorita foi, é algo completamente diferente. Eu não deveria ter me oferecido para ajudá-la a encontrar um marido. Foi egoísmo da minha parte, pois desejava apenas garantir mais tempo ao seu lado. Porém agora estou sendo castigado, porque só o que desejo é reivindicá-la para mim, mesmo sabendo desde o começo que jamais poderei fazer isso. A senhorita mesma disse que sou um pretendente inadequado e, embora muitos pudessem discordar disso, seu tio não seria uma dessas pessoas. Estou em uma situação impossível - e atribuo à senhorita toda a culpa. Porque esta carta é minha e escreverei nela o que eu quiser.

Rhys jogou a pena no chão e amassou o papel dentro do punho. Então soltou um suspiro longo e pesado. O texto era infantil. Egoísta. E um tanto mentiroso. Mas Anne tinha razão. Cartas eram capazes de animar o espírito, só que não da forma como Rhys esperava. Aquela carta nunca seria enviada, nem uma única palavra que estava nela seria lida, mas, por um momento, escrevê-la fez com que ele se permitisse sentir o que tanto vinha tentando negar: que ele amava Anne Brabourne.

CAPÍTULO 9

Anne desceu a escada na manhã seguinte e encontrou Rhys esperando por ela no saguão com piso de mármore.
– Bom dia – disse ela.

Calçou as luvas de montaria e ignorou o tremor de constrangimento que atravessou seu corpo enquanto o olhar dele a percorria de cima a baixo. De repente, o veludo azul de seu traje de montaria pareceu fino demais e muito justo nos seios.

– Está muito alerta esta manhã – observou Rhys, e a voz normalmente profunda soou rouca e densa. – Desconfiei que ficaria acordada até muito tarde ontem à noite lendo o romance que comprou na semana passada.

– Como soube disso? – perguntou Anne. – Não me lembro de ter mencionado que adquiri um novo romance.

– Não mencionou – respondeu ele.

O olhar do duque mais uma vez se demorou no corpo dela. Anne teve a sensação de que ele a tocava.

– Marguerite contou a Sylvia. E, por alguma razão, minha tia achou que eu deveria saber.

– Humm, que estranho...

Anne deu de ombros.

– Quanto ao romance, devo confessar que achei muito divertido.

– É mesmo?

Ele ergueu uma sobrancelha, encarando-a com perplexidade.

– Soou demais como um conto de fadas... Sylvia mencionou uma herdeira sequestrada e um conde disfarçado de salteador mascarado.

O homem parecia realmente confuso e Anne não conseguiu conter uma risada.

– Talvez não seja o tipo de romance que o senhor escolheria.

– Não – garantiu Rhys e balançou a cabeça enquanto fazia uma careta. – Com certeza, não. Mas não é isso que estou estranhando. O que me intriga é que não parece o tipo de livro que a senhorita leria. Fantasioso demais para o seu gosto, concorda?

Na verdade, Anne concordaria, só que não em voz alta. Se o fizesse, teria que explicar por que aquela história subitamente a atraíra. E não confessaria aquilo ao duque. Não poderia.

– O senhor permitiria que suas irmãs lessem um romance tão fantasioso se elas desejassem? – perguntou Anne, redirecionando a conversa para que não girasse mais ao redor dela.

– É claro. Por que não?

Rhys estreitou os olhos.

– Está sugerindo que acredita que eu deveria monitorá-las?

– Não – retrucou ela com firmeza. – De forma alguma. Estava apenas ponderando se o senhor acredita que um homem, um duque – ela revirou os olhos de brincadeira e sorriu –, deveria ter o direito de dizer às irmãs o que devem ler.

Rhys balançou a cabeça, incrédulo.

– A senhorita não conhece minhas irmãs. Do contrário, jamais imaginaria que elas concordariam com algo assim. E também é óbvio – acrescentou ele – que deve me considerar o pior tipo de tirano para imaginar que eu seria capaz de lhes negar tais prazeres.

– Muitos homens não se consideram autoritários, mas acreditam que o dever exige que supervisionem as escolhas das irmãs.

– Muitos homens não foram criados com seis irmãs – zombou Rhys. – Meu pai me deu conselhos sábios quando eu ainda era muito jovem. Ele disse que um homem inteligente entende que seu conforto depende de viver em paz com as mulheres em sua vida e em não tentar controlá-las.

Os olhos dele se iluminaram com um brilho travesso.

– Ele me disse isso depois que reclamei em alto e bom som que minhas irmãs tinham se recusado a obedecer às minhas ordens como tripulantes do meu navio pirata. Como elas haviam acabado de se amotinar e me espancado com travesseiros e chapéus de pirata, levei a sério as palavras do meu pai. Acredito que havia algumas espadas de madeira envolvidas também. Se bem me lembro, fiquei com hematomas.

Anne caiu na gargalhada.

– Eu teria amado conhecer o senhor e suas irmãs quando eram crianças. Vocês devem ter se divertido muito juntos.

– Sim, é verdade.

Timms manteve a porta aberta enquanto eles deixavam a casa silenciosa. O tio de Anne e Marguerite ainda estavam no andar de cima, e o silêncio tranquilo era quebrado apenas pelo som ocasional dos passos de um criado.

Uma teimosa camada de neblina cobria as árvores no parque da Belgrave

Square enquanto eles desciam os degraus. Um cavalariço segurava as rédeas de uma bela égua castanha e de um capão negro.

– Bom dia, George – falou Anne.

– Bom dia, senhorita.

O cavalariço gentil a cumprimentou com um meneio de cabeça.

Anne parou para acariciar a mancha na testa da égua e murmurou de alegria quando o animal relinchou e enfiou carinhosamente o focinho na palma de sua mão. Depois de uma última palmadinha carinhosa, Anne se afastou, mas, antes que pudesse usar o bloco no chão para tomar impulso e montar, Rhys a segurou pela cintura e a ergueu nos braços.

Surpresa, ela agarrou os braços dele e sentiu o calor e a flexão dos músculos poderosos quando ele a colocou na sela. As mãos de Rhys se demoraram em sua cintura, firmando Anne até que ela se equilibrasse. Por um momento, o olhar dele encontrou o dela, e o calor ardia nas profundezas azuis. Ele a apertou um pouco mais, então a soltou abruptamente e recuou para montar no próprio cavalo.

O cavalariço cavalgava atrás de Rhys e Anne com discrição enquanto deixavam a Belgrave Square e se dirigiam ao Hyde Park. Os operários começavam a trabalhar e as ruas estavam cheias de carroças e picaretas; ainda assim, o tráfego estava muito mais leve do que seria no final do dia. Eles chegaram aos portões do parque, deixando a rua movimentada para trás, e seguiram trotando pela trilha de cascalho tranquila e deserta que saía no lago Serpentine.

Anne olhou de relance para o lado e percebeu o brilho nos olhos de Rhys.

– Vamos deixá-los esticar as pernas? – sugeriu ele.

Anne assentiu e, sem esperar pela resposta, instigou sua égua a correr.

Rhys a seguiu, encantado pela visão da linda silhueta de Anne em cima da igualmente bela puro-sangue destacada pela luz que atravessara o nevoeiro. Distraído, ele demorou a perceber que segurava as rédeas com força excessiva e que seu cavalo começava a se rebelar. Anne olhou para ele por cima do ombro, com o rosto enrubescido, os olhos verdes cintilando, desafiadores, antes de se inclinar para a frente e incitar a égua a ir mais rápido.

Rhys afrouxou as rédeas e seu cavalo também deixou o cavalariço para trás enquanto disparava a galope, fazendo barulho com os cascos, até chegar a uma área sombreada pelas árvores. Rhys estava no encalço de Anne, quase emparelhando com ela, quando a égua de Anne vacilou e desacelerou.

O cavalo de Rhys obedeceu na mesma hora ao movimento das rédeas. Ainda assim, só alguns metros à frente de Anne Rhys conseguiu fazer com que sua montaria parasse e retornasse. Quando se aproximou, Anne já desmontara e conduzia a égua pela grama para debaixo de uma árvore.

A égua estava mancando da pata dianteira esquerda.

– O que aconteceu? – perguntou Rhys, desmontando também.

– Acredito que ela tenha pisado em uma pedra – respondeu Anne, erguendo o olhar quando ele a alcançou.

Ela passou a mão pelo focinho do animal, preocupada.

– Está mancando.

– Vamos dar uma olhada.

Rhys entregou a Anne as rédeas do capão e se inclinou para levantar o casco da égua.

Havia uma pedra presa na ferradura. Rhys a tirou com um puxão rápido e cuidadoso, depois soltou a pata da égua. Ela se agitou, inquieta, e voltou a mancar na mesma hora.

– Acho que a pata pode estar dolorida – comentou ele. – Nada que um descanso não resolva.

– Tem certeza? – perguntou Anne, olhando para ele com preocupação.

– Sim, mas temo que não vá mais poder montá-la hoje.

Rhys olhou para a trilha de cascalho que eles tinham acabado de atravessar, mas a pista estava vazia. Eles estavam sozinhos ali, na sombra do carvalho grande e antigo.

– Vamos esperar seu cavalariço. Eu a colocarei no cavalo dele e o rapaz levará sua égua para casa.

Anne soltou um gemido profundo.

– A culpa é minha. Se eu não tivesse me esforçado para ganhar a corrida...

– Não, a culpa não é sua. Acidentes acontecem.

O olhar de Anne buscou o dele, então ela assentiu de leve, com uma expressão mais tranquila.

Ela descalçou uma das luvas, enfiou a mão em um bolso escondido na saia e tirou um torrão de açúcar.

– Minha pobre Guinevere – murmurou enquanto o animal capturava a guloseima na palma da mão dela.

Dentes fortes mastigaram depressa o doce e as orelhas da égua se levantaram enquanto ela esperava por mais. Anne riu baixinho.

– Ela gosta de guloseimas.

Mais três torrões de açúcar foram logo devorados, então Anne acariciou mais uma vez o focinho do cavalo.

– Desculpe, mas era tudo o que eu tinha.

Guinevere cutucou a palma da mão dela e Anne riu e deu uma última palmadinha carinhosa no animal antes de se virar e dar um passo em direção a Rhys.

– Parece que o açúcar consegue curar todos os males – comentou ela. – Talvez eu devesse...

Nesse momento, a égua enfiou o focinho nas costas de Anne, pedindo atenção. Anne foi pega de surpresa, já no meio da passada, e se desequilibrou.

Ela bateu contra o peito de Rhys, que a segurou, envolvendo-a por instinto com um braço em torno da cintura dela e o outro apoiando as costas.

Ele ficou paralisado ao sentir o volume dos seios contra o próprio peito e a curva da cintura fina sob a mão. Quando respirou fundo, o perfume de lavanda invadiu seus sentidos. Rhys teve profunda consciência da mulher doce e quente em seus braços, com o corpo apoiado com confiança no dele, as saias emaranhadas em torno das pernas de ambos, e subitamente se viu seduzido.

Anne inclinou a cabeça para trás e os rostos de ambos ficaram separados por poucos centímetros quando ela olhou para Rhys. Os olhos emoldurados por cílios cheios estavam arregalados de surpresa e os lábios dela se afastaram quando Anne prendeu a respiração, o que fez com que os seios cobertos pelo veludo do vestido fossem pressionados com mais firmeza contra o peito de Rhys. Ela deslizou a ponta da língua pelo lábio superior em um movimento rápido e inconscientemente sedutor.

Atraído pela curva carnuda e rosada da boca de Anne, Rhys cobriu a curta distância entre eles e deixou os lábios traçarem o caminho úmido que a língua dela havia deixado ao longo da boca exuberante.

Anne arquejou e agarrou as lapelas do paletó dele.

O sabor dela era tudo o que Rhys sempre desejara e nunca encontrara. Ele ansiava por mais e, devagar, colou a boca à dela, e sua mão deixou a cintura fina da jovem para emoldurar o rosto dela, puxando-a para mais perto, para tê-la no ponto exato onde a queria, onde precisava dela.

Anne não protestou; enquanto ele testava o ângulo do beijo e a posição da boca junto à sua, ela apenas murmurou sua concordância. Rhys estava perdido, submerso em um calor ardente e na necessidade de possuí-la, atordoado pela intensidade do prazer que o inundava.

Uma batida rítmica o interrompeu, repetindo-se insistentemente no limite dos seus sentidos. Ele tentou ignorar o som, afastá-lo, mas o barulho ficou mais alto, atraindo sua atenção de volta ao que estava ao seu redor.

Maldição. Batidas de cascos no solo.

Era o trote lento e ritmado de um cavalo se aproximando. Ele sabia que precisava soltar Anne naquele instante, senão se arriscariam a ser descobertos.

Rhys levantou a cabeça com relutância, respirou fundo e quase se perdeu mais uma vez quando Anne abriu os olhos atordoados e o fitou.

– O que houve?

– Sinto muito – murmurou Rhys, forçando-se a recuar um passo.

Ela oscilou e ele a firmou, segurando-a pelos braços enquanto se colocava entre ela e o caminho atrás deles, bloqueando-a da vista.

– Alguém está se aproximando.

Anne continuou a fitá-lo, sem entender, então seu corpo ficou tenso e ela deu um passo para trás, afastando-se dele. Seus olhos se desviaram para olhar por cima do ombro dele, para a trilha de cascalho, e o pânico em suas feições logo deu lugar a uma expressão de reconhecimento e alívio.

– É George – disse ela, referindo-se ao cavalariço.

– Ótimo – disse Rhys. – Ele provavelmente não nos viu. E, caso tenha visto, conversarei com ele.

O duque buscou os olhos de Anne, mas a jovem não levantou a cabeça.

– Anne – murmurou ele. – Sinto muito. Isso não deveria ter acontecido.

Ela estremeceu, seu corpo ficou rígido e seu olhar encontrou o dele. Rhys viu mágoa, rejeição, desolação arderem nas profundezas cor de esmeralda antes que ela abaixasse o olhar.

– Eu sei – disse Anne com certa calma. – E vamos fingir que não aconteceu.

– Não, não foi isso que eu quis dizer.

Rhys amaldiçoou as próprias palavras desajeitadas. Estendeu a mão para Anne na intenção de dizer que lamentava que o primeiro beijo deles tivesse acontecido ao lado de uma passagem pública. Não se arrependia do beijo em si. Pelo contrário. Embora soubesse que aquilo não levaria a lugar nenhum, Rhys não se arrependia. Não, ele guardaria aquele momento como um tesouro, para o resto da vida.

Anne recuou, evitando-o, atravessou o trecho gramado perto da árvore até a trilha de cascalho e levantou a mão para acenar para o cavalariço.

– George – chamou. – Por aqui.

O cavalariço instigou a montaria, apressando-se na direção deles, e sua presença impediu qualquer conversa privada enquanto os três se concentravam na égua e em como levá-la para casa em segurança.

Anne insistiu em acompanhar o cavalariço e a égua de volta para casa. Assim, conseguiu impedir que Rhys dissesse qualquer palavra que não fosse algum comentário educado ocasional. A presença de George se mostrou tão eficaz quanto a de uma dama de companhia enquanto o trio atravessava devagar o Hyde Park até a Belgrave Square. Para completar a sorte de Anne, o tio vinha descendo os degraus de casa quando eles chegaram. Ele ajudou Anne a desmontar, então deteve o duque para conversarem sobre o machucado da égua. Quando George levou os cavalos para a estrebaria nos fundos, Anne entrou em casa, deixando William e Rhys conversando antes de cada um seguir seu caminho.

Frustrado, Rhys montou seu capão e deixou a Belgrave Square.

Anne não poderia evitá-lo para sempre. Ele teria a oportunidade de esclarecer o mal-entendido naquela noite, já que ambos deveriam comparecer a um evento na casa dos Hanscombs.

Contudo Rhys procurou em vão por Anne no baile. No fim da noite, localizou Marguerite e foi informado de que Anne ficara em casa, com dor de cabeça.

Rhys teve certeza de que o problema dela, na verdade, era uma profunda aversão à ideia de vê-lo.

Maldição. Ela não pode me evitar para sempre, não é?

No quarto dia, ele começava a questionar se ela poderia.

Determinado a falar com Anne, Rhys partiu para a Belgrave Square logo depois do almoço.

CAPÍTULO 10

Timms recebeu Rhys e o levou até a antessala, prometendo perguntar se a Srta. Anne estava em casa para receber visitas. Um instante depois, o mordomo voltou, acompanhou Rhys até a sala de estar, deixou-o ali e fechou a porta.

Embora o mordomo não tivesse prometido que Anne o aguardaria ali, Rhys esperava vê-la naquela sala decorada em tons de azul e dourado. Ficou decepcionado quando não a encontrou sentada no divã nem em qualquer uma das poltronas que combinavam com ele.

– Ela não está aqui.

Rhys se virou depressa e olhou ao redor da sala. O tio de Anne saiu das sombras onde uma cortina de brocado azul com borlas douradas quase o ocultava por completo e atravessou o cômodo, parando a vários metros de distância.

– Boa tarde, general.

– Isso nós ainda vamos ver – respondeu o homem mais velho.

O tom do general foi frio, carregado de uma fúria latente. Rhys se preparou.

– Quais são suas intenções em relação à minha sobrinha, rapaz?

Pronto, acontecera. Rhys ficou surpreso por o tio de Anne não tê-lo abordado muito antes. Como detestava qualquer tipo de farsa, sentiu uma onda de alívio ao ver que o momento por fim chegara.

Ainda assim, não tinha certeza se queria ser totalmente sincero. Ainda não.

– O que o senhor quer dizer?

– Não seja idiota, filho.

O general indicou o ambiente tranquilo e íntimo ao redor deles com um gesto de mão.

– Vocês dois têm passado bastante tempo juntos em salas como esta há semanas. Sabe que está pondo a reputação dela em risco. Portanto, vou perguntar de novo: quais são suas intenções em relação à minha sobrinha?

Rhys suspirou.

– Eu lhe asseguro que são apenas as mais honradas, general.

– Então vou esperar que me visite amanhã cedo para pedir a mão de Anne em casamento.

– Perdão, senhor, mas não posso fazer isso.

O homem mais velho enrijeceu o corpo e pareceu maior e mais intimidante.

– Explique-se.

– A sua sobrinha...

Rhys fez uma pausa à procura de palavras que não desnudassem sua alma. Não encontrou nenhuma. A verdade contundente parecia ser a única opção.

– Anne quer um marido dócil, sem o fardo incômodo do amor. E me vejo incapaz de atender aos requisitos dela.

William estreitou os olhos, sondando, enquanto examinava Rhys.

– Sei o que minha sobrinha busca no casamento e não concordo. Eu não esperaria que lhe permitisse administrar os próprios investimentos.

Rhys passou a mão pelo cabelo, afastando-o da testa com um gesto frustrado.

– Não me interessa nem um pouco o que Anne faz com o dinheiro dela. No que diz respeito a mim, ela pode jogá-lo na lareira e queimá-lo. Tenho muito mais do que a fortuna dela, muitas vezes mais. Não preciso dos investimentos de Anne.

Ele lançou um olhar irritado para o general.

– Então – voltou a falar William, em um tom quase cordial agora, relaxando o corpo em uma postura menos ameaçadora –, se a questão não é a fortuna dela nem como Anne pretende gastá-la, o que o detém?

Rhys cerrou os dentes, nem um pouco disposto a responder. O general, no entanto, continuou em silêncio, com uma expressão tranquila. Parecia disposto a ficar naquela sala para sempre, se necessário, até conseguir uma resposta.

– Antes de tudo, não sou dócil. Só porque não me importo com a maldita fortuna dela, isso não significa que eu permitiria que ela tivesse rédea solta em tudo. Quero uma companheira para a vida, senhor. Alguém que esteja tão interessada em opinar sobre os meus assuntos quanto eu estaria interessado nos dela.

– Uma atitude um tanto progressista da sua parte, Dorset, mas não de todo insana.

O general assentiu.

– E a segunda coisa?

– Não gosto da ideia de passar o resto da vida com uma mulher que não...

Rhys não conseguiu se forçar a dizer "me ame".

– Uma mulher que não tenha sentimentos por mim, que só se casaria comigo para conseguir o controle da própria fortuna.

– Humm.

William o fitou, pensativo.

– No entanto, essa é a base da maioria dos casamentos da aristocracia – argumentou o general em um tom tranquilo. – O homem provê os meios de sustento, enquanto a mulher é de boa família e está disposta a ser mãe dos filhos dele. Por que sua situação com Anne seria diferente?

– Porque ela não é qualquer mulher e nossa situação não é comparável à maioria dos casamentos da aristocracia – insistiu Rhys.

– Vá direto ao ponto! – bradou William. – Diga logo. Por que o arranjo habitual de casamento não é bom o bastante para vocês dois?

– Porque eu amo Anne! – gritou Rhys. – Eu amo Anne – repetiu em um sussurro, saboreando a sensação das palavras em seus lábios.

William o fitou com uma expressão indecifrável. Então grunhiu, e o som pareceu um primo distante dos adoráveis grunhidos de Anne. Por fim, bateu com a mão pesada no ombro de Rhys.

– Marguerite e Sylvia me garantiram que você cairia em si. Com toda a sinceridade, eu tinha dúvida se teria coragem de assumir seus sentimentos em voz alta.

O general se virou e atravessou a sala em direção à coleção de garrafas de cristal que ficava em uma bandeja de prata, em cima de um aparador.

– Vamos beber às mulheres, filho. Elas nunca são fáceis, essa é a verdade.

Ele olhou para Rhys.

– Eu lhe darei um pouco mais de tempo para convencer Anne, mas saiba que espero que resolva isso entre vocês. E logo. Direi ao meu advogado que comece a preparar o contrato de casamento.

– Sim, senhor.

Rhys pegou o copo, brindou com William e tomou o conhaque, sem acreditar no que acabara de acontecer.

– O senhor está a par da minha reputação?

O general assentiu e terminou o conhaque em um grande gole.

– E, ainda assim, vai permitir que Anne se case comigo? – pressionou Rhys.

Estava ciente de que colocava a própria sorte em risco, mas precisava ter certeza de que não estava dormindo e sonhando com aquela conversa.

O general serviu uma segunda dose a ambos.

– Sou militar, da cabeça aos pés. Grandes demonstrações de afeto não estão em mim. Mas deixe-me esclarecer uma questão: eu não poderia amar mais aquela moça mesmo se ela fosse minha filha. Quando Marguerite e

Sylvia me contaram sobre o plano delas, eu me senti inclinado a matá-lo. Mas elas me garantiram que é o homem certo para Anne. Portanto, não estrague isso, meu jovem. Ou *matarei* você.

Ele tinha a aprovação do general para cortejar Anne. Agora só precisava do consentimento da própria Anne. Rhys tomou o segundo copo de conhaque e perguntou a si mesmo se poderia ser mais difícil convencer um general condecorado do que convencer a mulher que amava.

Então estendeu o copo para uma terceira dose.

Anne andava de um lado para outro sobre o tapete do quarto. Então sentou à escrivaninha e passou um longo tempo encarando a folha de papel em branco. Por fim, se levantou e voltou a andar.

Não conseguia sossegar. Nunca se sentira tão indecisa e emocionalmente sobrecarregada em toda a vida. Era patético.

Ela gemeu. Até seu gemido soava patético.

Não posso evitar Rhys para sempre, mas como conseguirei enfrentá-lo?

Era aterrorizante não saber se seria capaz de controlar as próprias emoções caso tivesse que dizer mais do que um "olá" para ele. Rhys se arrependera de beijá-la. Depois de ter destruído a crença de Anne em que ela era imune à paixão e de fazê-la repensar suas convicções sobre relacionamentos românticos, ele se arrependera de beijá-la. Saber que Rhys não compartilhara com ela aquela sensação de ter o mundo virado de cabeça para baixo era devastador.

E se trava de Rhys. Um homem que, sem dúvida, já beijara muitas mulheres, talvez dezenas ou centenas. Como ela poderia enfrentá-lo sabendo que era uma entre muitas e que só ela fora afetada pelo beijo que trocaram?

Ah, Deus! Não suportava pensar nisso.

Anne apoiou o rosto nas mãos sentindo-se arder de vergonha, arrependimento e dor. O muro que erguera para se defender de qualquer paixão havia desmoronado e desaparecido quando a boca de Rhys se colara à dela... e ele queria que Anne esquecesse que tinha acontecido. Como poderia?

Ela tentara recuperar o controle dos próprios sentimentos ao longo dos dias que se passaram desde que ele a abraçara no Hyde Park. E fracassara por completo. Aqueles momentos continuavam a ser revividos em sua mente. O calor do corpo de Rhys contra o dela, a força de seus braços, o calor da mão desnuda emoldurando o rosto dela, a ânsia por algo mais quando ele a afastou...

Anne não conseguia parar de pensar em Rhys e em como ele a fizera se sentir, o que a fizera querer, como fizera o corpo dela arder de um modo que nunca acontecera antes.

Era aquilo que a mãe sentira pelo pai dela? Se fosse esse o caso, Anne já não tinha dúvida do motivo de agir com tamanho abandono.

Eu não vou me tornar a minha mãe. Não vou.

Talvez ela precisasse manter distância de Rhys para recuperar o equilíbrio. Ir para a propriedade rural do tio poderia ser uma boa ideia. Com certeza uma pausa na agitação da temporada de eventos sociais a renovaria e lhe devolveria o bom senso.

O delicado relógio francês no console da lareira soou a hora. Com passos firmes, Anne saiu do quarto em direção à sala de jantar, para tomar o café da manhã com Marguerite.

CAPÍTULO 11

í está você – falou Marguerite.

Já à mesa, ela ergueu os olhos assim que Anne entrou.

– Estou feliz por você estar se sentindo bem o bastante para se juntar a mim, embora pareça um pouco pálida. Como está a sua dor de cabeça, querida?

– Muito melhor, obrigada.

Anne se acomodou em uma cadeira em frente a Marguerite. Não gostava de mentir para sua acompanhante, mas não tinha escolha. A verdade era dolorosa demais para ser compartilhada.

– Fico muito feliz em ouvir isso.

O sorriso de Marguerite era carregado de afeto.

– Eu estava ficando bastante preocupada.

As duas tiveram uma conversa descontraída sobre a visita de Marguerite à modista na véspera e o andamento do novo vestido. Demoraram-se tomando chá e Anne se preparou para falar de seu desejo de passar algumas semanas no campo. Antes que pudesse comentar a respeito, porém, Marguerite se inclinou para a frente e a encarou com uma expressão séria.

– Anne, eu realmente acho que deveria me acompanhar hoje. Nossos amigos estão perguntando por você e sei que ficarão muito aliviados em vê-la. Podemos visitar apenas um grupo seleto e ficar o mínimo de tempo necessário.

– Acha mesmo que é preciso, Marguerite?

Anne mordiscou um último pedaço de torrada com geleia para adiar um pouco mais o que diria, mas no fim encarou a mulher mais velha.

– Não estou com vontade de sair. Temo ainda não estar me sentindo totalmente bem. Na verdade, venho considerando os benefícios de passar algumas semanas no campo, na propriedade de tio William. Tinha a esperança de que você quisesse me acompanhar.

– Não.

Marguerite pousou a xícara no pires com um tinido decidido.

– Acredito que isso não será possível, de forma nenhuma.

Ela observou Anne com atenção, então seu olhar preocupado se suavizou e ela deixou escapar um suspiro.

– Anne, não quer me dizer qual é o problema? Rhys perguntou por você

69

no baile dos Hanscombs na outra noite e parecia preocupado. Eu sei que vocês dois são bons amigos. Aconteceu algo para mudar isso?

Anne tomou um gole de chá enquanto pensava em como deveria agir. Não se sentia à vontade para compartilhar toda a história. Mas talvez houvesse uma forma de responder sem responder.

– Acredito que não somos mais tão bons amigos como éramos – disse por fim.

– Lamento muito ouvir isso – falou a mulher mais velha. – Pode me contar o que aconteceu?

Ora, pelo amor de Deus. A mulher não estava jogando limpo. O mais educado a fazer seria mudar de assunto. E, se Marguerite não se dispunha a isso, Anne teria que fazê-lo.

– Uma temporada no campo não seria adorável nesta época do ano?

– Está evitando a minha pergunta – retrucou Marguerite, sem rodeios e sem morder a isca. – Anne, o que aconteceu entre você e Rhys?

Ora, Marguerite era obstinada, Anne teve que reconhecer. Mas ela era mais.

– Nós...

Anne se interrompeu. Uma emoção terrível, absurda, travava sua garganta.

– Eu temo que...

Ela pousou a xícara no pires, com os olhos fixos na estampa da porcelana, num esforço para não chorar.

O silêncio se estendeu. Marguerite se inclinou para a frente e seus dedos finos e frios envolveram os de Anne, que seguravam com força a toalha de linho.

– Minha querida Anne, por algum tempo achei que você pudesse estar desenvolvendo um...

A senhora fez uma pausa delicada para buscar as palavras.

– ... um *sentimento* por Rhys. E ele por você. Aconteceu algo de natureza romântica entre vocês?

Anne virou a mão e segurou os dedos de Marguerite. Aquilo era exaustivo. E claramente sem sentido. A mulher tinha muito mais anos de experiência e truques a que recorrer.

– Sim.

– Entendo.

Marguerite apertou a mão de Anne em um gesto encorajador.

– Foi quando vocês saíram juntos a cavalo, alguns dias atrás?

Anne assentiu.

– Estávamos exercitando os cavalos. Uma pedra se prendeu no casco de Guinevere e paramos para cuidar dela. Enquanto esperávamos que o cavalariço nos alcançasse, Guinevere me empurrou com o focinho. E Rhys me amparou. E...

Anne olhou para cima e encarou os olhos gentis de Marguerite.

– ... ele me beijou.

– Isso é tudo?

– Sim. Mas então ele me disse que aquilo não deveria ter acontecido. Eu respondi que ele estava certo, é claro, e que nós deveríamos fingir que não tinha acontecido.

– E depois?

– George chegou quase na mesma hora e voltamos para casa. Tio William estava saindo quando chegamos. Eu deixei os dois conversando sobre o machucado de Guinevere e entrei. Não vejo Rhys desde então.

– Entendo.

Marguerite a observou.

– Estou certa em supor que anda evitando Rhys?

– Ora, sim. O que mais devo fazer?

– Você ficou aborrecida com o beijo? Gostaria que ele não a tivesse beijado?

Anne deixou a xícara e o pires na mesa.

– Sim, eu fiquei aborrecida... estou aborrecida. O próprio Rhys disse que não deveríamos ter feito aquilo. Ele obviamente ficou aborrecido também. Parece natural em uma situação dessas.

Marguerite estremeceu.

– Pode me contar o que a aborreceu? O beijo não foi do seu agrado?

Anne suspirou.

– Foi adorável. Enquanto estava acontecendo – apressou-se a acrescentar. – Mas depois... Rhys se arrependeu. Claramente, não foi do agrado dele. E, para ser honesta, a verdade é que não gosto do caos emocional que resultou daquele beijo. Tudo isso – disse ela, fazendo um gesto amplo com a mão no ar – por causa de um único beijo tolo.

Marguerite encarou a jovem à sua frente com uma expressão pensativa nas feições de ossos finos.

– Minha querida, duvido muito que Rhys não tenha gostado de beijá-la. Mas estou preocupada por você parecer tão perturbada com o que aconteceu.

A palavra "perturbada" pareceu ecoar nos ouvidos de Anne, provocando uma repentina onda de pânico por todo o seu corpo.

– Não se preocupe comigo, Marguerite. Sabe que eu não sou uma pessoa dramática. Só preciso ficar algum tempo afastada.

Anne segurou os dedos de Marguerite com mais força e se inclinou um pouco para a frente para dar mais ênfase ao que iria dizer.

– É por isso que quero me recolher no campo. Apenas para reencontrar o equilíbrio. Você irá comigo?

– Anne, temo que partir de Londres não adiante nada.

– Mas eu...

Marguerite balançou a cabeça e falou em uma voz suave mas firme.

– Não importa a distância que coloque entre você e Rhys, Anne. Aonde quer que vá, levará a si mesma junto. Precisa ver Rhys e esclarecer o que, com certeza, foi um mal-entendido.

Anne adorava Marguerite, mas começava a se irritar com ela.

– Não preciso vê-lo por causa de um mal-entendido tolo.

– Sim, precisa.

– Não, não preciso – declarou Anne com determinação, ao mesmo tempo que empurrava a cadeira para trás e se levantava. – Isso é a última coisa que preciso fazer.

– Porque seus sentimentos por Rhys mudaram de amizade para amor, ouso dizer? – perguntou Marguerite com gentileza.

Anne prendeu a respiração. Lágrimas transbordaram de seus olhos e escorreram lentamente por seu rosto. Ela começou a andar pelo cômodo desejando poder continuar andando para sempre, para longe.

– Não quero amá-lo – confessou, com a voz embargada. – Não quero amar ninguém.

– Ah, minha querida Anne.

Marguerite se levantou e se apressou a acompanhar o passo da jovem.

– Não há nada a temer – tranquilizou-a. – Vai dar tudo certo, eu lhe garanto.

Anne não conseguiu responder. E, assim, as duas percorreram toda a extensão da sala de jantar, indo de uma extremidade à outra, ela não saberia dizer por quanto tempo. Mas foi tempo suficiente para Anne pensar com cuidado nas palavras da amiga querida e no anseio de seu coração. Ela puxou a corrente de ouro que levava ao redor do pescoço e pegou o medalhão, desejando saber exatamente o que a moeda estaria tramando.

Na manhã seguinte, Anne acordou revigorada e sentindo-se muito mais ela mesma, finalmente capaz de contemplar com certa calma a situação em que se encontrava. Embora suas emoções em relação a Rhys a deixassem vulnerável e insegura, ela o enfrentaria – e a si mesma – e descobriria o que ele quisera dizer ao declarar que não deveria tê-la beijado. Marguerite afirmara que se tratava de um mal-entendido. Rhys na certa estaria na casa de lady Lipscombe naquela tarde e Anne se certificaria de encontrar um momento para conversar com ele a sós.

Anne se juntou a Marguerite nas visitas sociais do dia, parando para tomar chá e conversar em várias casas. Quando a carruagem se deteve diante da elegante residência da marquesa de Lipscombe, Anne tentou acalmar os nervos. Sentiu-se ainda mais tensa quando elas entraram e foram anunciadas. Uma olhada rápida ao redor revelou que o salão de lady Lipscombe estava ocupado por um grupo de mulheres e dois cavalheiros mais jovens.

Rhys não estava ali. Anne suspirou, decepcionada, só então se dando conta de que prendera o fôlego de tanta apreensão.

– Você está bem, minha querida? – perguntou Marguerite, baixinho, enquanto elas se acomodavam ao lado de Sylvia.

Anne conseguiu dar um sorriso.

– Sim, claro.

Marguerite lhe lançou um olhar rápido e astuto, depois assentiu e se virou para Sylvia.

– Penelope Gainesbury vai se juntar a nós? Anotei a receita da torta de limão da minha cozinheira de que ela tanto gosta.

– Receio que não – respondeu Sylvia. – Ela mandou um bilhete esta manhã para avisar que iria a Bath com os Athertons para uma breve visita. Mas imagino que estará de volta em algumas semanas. Se quiser deixar a receita comigo, será um prazer entregar a ela.

– Seria perfeito.

Marguerite pegou o papel dobrado dentro da bolsa e o passou para Sylvia.

– E como está se sentindo, Anne? – perguntou Sylvia. – Dores de cabeça podem ser muito debilitantes. Fiquei bastante preocupado com você.

– Estou muito melhor, obrigada – garantiu Anne.

73

– Fico muito feliz em saber que está bem. Posso jurar que tem havido uma onda de damas afligidas por dores diversas nos últimos tempos. Estou convencida de que é o ar de Londres que está causando tantos problemas – declarou Sylvia com firmeza. – A neblina estava bastante densa quando voltei para casa esta manhã.

Marguerite assentiu solenemente.

– Eu comentei exatamente sobre isso cerca de três noites atrás, não é mesmo, Anne?

Antes que Anne pudesse concordar, a porta do salão se abriu e três moças entraram. O mordomo as anunciou, porém, em sua empolgação, elas faziam tanto barulho que ele não foi ouvido. A dama idosa que as acompanhava tentava refreá-las, mas sem o menor sucesso.

Anne teve dificuldade em entender o que diziam, já que falavam todas ao mesmo tempo, e parecia que cada uma tentava ser a primeira a contar a novidade, o mais alto possível.

– Damas, damas!

Sylvia bateu palmas com elegância. As três se interromperam na mesma hora, com os olhos arregalados diante do tom de comando.

– Por favor, sentem-se. Não estamos entendendo uma palavra do que qualquer uma de vocês está dizendo.

As três se acomodaram na mesma hora em cadeiras forradas de seda. Todas tinham a pele clara, cabelos castanhos e olhos azuis. Anne deduziu que fossem irmãs.

– Muito bem – falou Sylvia e as fitou com um olhar de reprovação. – Deduzo que algo digno de nota tenha acontecido.

Ela se virou para uma das moças, cujo rosto muito jovem deixava claro que ela mal tinha idade para frequentar eventos sociais.

– Srta. Sheridan, como é a mais velha, talvez possa nos informar o motivo de tamanha agitação.

Constrangida, a jovem enrubesceu diante da repreensão sutil.

– Peço que nos perdoe, lady Lipscombe. Por favor, desculpe a forma como chegamos. É que se trata de uma notícia muito alarmante. E o duque é seu sobrinho. Não esperávamos ser as primeiras a compartilhar...

Anne prendeu a respiração.

– Diga, por favor: com que mexerico irá nos brindar?

O tom de Sylvia se tornara muito frio e ela encarava as três jovens com o cenho franzido.

– Parece que o duque e lorde Penbrooke estavam participando de uma corrida – interveio uma das outras jovens, sem fôlego ante a importância da notícia – e, numa curva muito fechada, a carruagem do duque virou.

O assombro fez Anne ficar paralisada, apertando os dedos no colo. Marguerite se inclinou em sua direção, fechando a mão sobre a dela, ancorando-a enquanto o mundo parecia girar rápido demais.

– Onde ouviu isso? – perguntou Sylvia com rispidez.

Anne desviou os olhos para a mulher mais velha e viu que seu rosto perdera a cor.

– Havia alguns cavalheiros da alta sociedade lá, para assistir e fazer apostas, e eles informaram às esposas, que nos contaram.

– Mas ninguém sabe quem se machucou – lembrou a terceira jovem. – Parece que não era o duque que estava conduzindo o veículo, mas seu amigo, lorde Penbrooke. Há certa confusão sobre quem foi ferido, se lorde Penbrooke ou o duque.

– Eu preciso ir – sussurrou Anne para Marguerite em um tom determinado. – Agora.

– Mas Anne...

– Eu preciso.

– Sylvia enviará um lacaio à casa de Rhys para obter mais informações, Anne – murmurou Marguerite. – Não há necessidade de você ir até lá. E, se fosse vista, os comentários maldosos arruinariam sua reputação.

– Tenho que ver por mim mesma se ele está bem. Se Rhys se machucou...

Anne se interrompeu, com medo de começar a chorar.

– Se ele estiver ferido, eu preciso estar lá.

Ela já não se sentia confusa, dividida entre querer evitar Rhys e desejar vê-lo. A perspectiva de que ele estivesse ferido apagara de vez sua indecisão, permitindo que visse com nitidez a natureza da ligação entre eles. Diante da possibilidade de um ferimento ou da morte, não havia dúvida do que sentia em relação a Rhys. Nem de onde deveria estar.

– Eu entendo.

Os olhos de Marguerite cintilaram com um brilho de compreensão. Ela deu uma palmadinha carinhosa nas mãos de Anne e se inclinou para sussurrar algo no ouvido de Sylvia. O olhar da outra mulher se desviou para encontrar o de Anne e ela assentiu uma vez, com um movimento sutil da cabeça. Então murmurou uma resposta e Marguerite se levantou, puxando Anne consigo.

As duas se despediram em meio à confusão e às especulações. Sua partida mal foi notada pelas outras mulheres, que não paravam de falar. Anne teve que se esforçar para obedecer ao aperto de ferro de Marguerite em seu braço e caminhar de forma casual. Mas, no instante em que a porta do salão se fechou atrás delas, as duas apressaram o passo no corredor e desceram a escada até o saguão de entrada.

– Sylvia deu ordens para que o cocheiro dela esperasse do lado de fora para levar você à casa de Rhys. Não seria nada bom que fosse vista chegando sozinha à casa de um cavalheiro, e nossa carruagem tem nosso brasão em destaque. Mas ninguém comentaria sobre um veículo da tia de Rhys em sua residência. Nosso cocheiro me levará para casa e aguardarei notícias suas sobre a situação.

Elas desceram depressa os degraus de mármore até onde duas carruagens esperavam, com as portas entreabertas e os degraus abaixados.

Marguerite deteve Anne quando a jovem já estava prestes a entrar na carruagem de Sylvia.

– Envie-me uma mensagem assim que puder. Se Rhys estiver ferido, voltarei correndo para fazer companhia a Sylvia.

– Farei isso.

Anne deu um abraço rápido e apertado na amiga.

– Eu prometo.

CAPÍTULO 12

nne segurou a saia e entrou na carruagem. No momento em que a porta se fechou, o cocheiro partiu, mantendo os cavalos em um trote rápido, apesar do tráfego das ruas de Londres.

Ainda assim, a curta viagem pareceu interminável. Por fim, a carruagem parou diante da casa imponente do duque e ela voltou a segurar a saia, dessa vez para descer. Um criado de libré abriu a porta para ela.

A vontade de Anne era subir correndo os degraus de mármore até o pórtico, mas ela conseguiu conter o impulso e caminhou o mais rápido que seria aceitável, em passos acelerados. Esperou com impaciência que o mordomo abrisse a porta.

– Bom dia, milady.

O mordomo uniformizado se curvou e a conduziu até o saguão de entrada.

– Posso ajudá-la?

– Rhys... Sua Graça – emendou ela. – Eu vim para saber se ele está ferido.

– Não estou ferido.

Anne se virou, com a mão no pescoço. Rhys atravessava o saguão em direção a ela. Deixando qualquer decoro de lado, Anne correu para encontrá-lo e segurou as mãos dele enquanto examinava seu rosto, ileso a não ser por uma mancha de terra em uma das faces. Uma rápida inspeção frenética revelou uma manga rasgada e manchas de terra na calça, enquanto as botas pretas que costumavam estar impecavelmente engraxadas também estavam sujas e arranhadas.

– Você está ileso? De verdade? – perguntou ela com a voz trêmula.

Não se incomodou por estar sendo dominada pela emoção. Só lhe importava vê-lo bem e inteiro.

Rhys segurou o rosto dela entre as mãos; os olhos azuis eram intensos.

– É verdade, não estou ferido. Mas Lucien, sim. Ele está lá em cima. O médico acabou de sair.

Rhys olhou por cima da cabeça dela, em direção à entrada.

– Andrews, não estou em casa para receber nenhuma outra visita.

– Sim, Vossa Graça.

– Venha.

Ele puxou Anne contra a lateral do corpo, mantendo-a firme com o braço junto à pele quente, e a levou para um dos salões da casa.

77

No instante em que a porta se fechou, Anne começou a chorar. Rhys a puxou para um abraço e ela colou o corpo ao dele, passando os braços por baixo do paletó e apertando-o com força para sentir a rigidez dos músculos e ossos e o abençoado calor da vida sob suas mãos.

– Anne – chamou-a, com a voz carregada de preocupação. – Está tremendo.

Ele a puxou para mais perto e deixou uma das mãos correr suavemente ao longo das costas dela, da cintura até a nuca e de volta.

– Meu bem, eu estou ileso.

– Mas poderia ter morrido.

A voz dela estava abalada, ecoando o tremor que percorria seu corpo.

– Mas não morri – tranquilizou-a. – Lucien quebrou a perna e sofreu alguns arranhões, mas vai se recuperar.

– Corridas de carruagem são perigosas – falou Anne, recuperando o fôlego enquanto se esforçava para parar de tremer.

Ela inclinou a cabeça para trás para olhar para ele.

– Precisa me prometer que não vai correr de novo. O que faríamos se algo acontecesse com você? Eu ficaria com o coração partido e as crianças...

Ela se interrompeu, e as lágrimas nublaram sua visão.

– As crianças?

Rhys passou os polegares sob os olhos dela, secando as lágrimas.

– Que crianças?

Ele franziu a testa, confuso, então seus olhos se arregalaram e um sorriso débil e hesitante curvou seus lábios.

– Nossos filhos?

– É claro – respondeu ela, impaciente. – Pelo amor de Deus, Rhys, você às vezes é tão...

De repente Anne se deu conta do que acabara de dizer, calou-se e o encarou com os olhos arregalados.

O calor nos olhos azuis dele pareceu arder nela, misturado a um humor irônico.

– Prometo que não vou me matar antes de termos filhos.

A voz dele soou mais profunda, mais rouca, como em um juramento.

– Isso significa que não está mais com raiva de mim, Anne?

Ele segurou o rosto dela entre as mãos e deixou a ponta do polegar acariciar a pele macia. Então abaixou os olhos, que se fixaram na boca de Anne. Fascinada, ela mal se deu conta de que levantava o corpo para encontrar o dele.

Os lábios de Rhys roçaram os dela por um instante breve demais, então ele se afastou para fitá-la.

– Também precisa me prometer uma coisa.

Ela franziu o cenho, confusa.

– O quê?

– Prometa que nunca mais vai se recusar a falar comigo por dias.

Ele estreitou os olhos para ela.

– Não gosto disso.

Ela assentiu e deixou escapar um grunhido baixo.

– Eu também não.

– Ótimo. Então estamos de acordo.

Ele sorriu e Anne teve vontade de lamber aqueles lábios.

– Também concordamos que vamos nos casar o mais rápido possível? – prosseguiu ele.

– O quê?

Anne o encarou, confusa.

– Eu não...

Ela franziu o cenho, depois soltou seu doce grunhido e encarou o belo rosto dele.

– Você me enganou, não foi? – provocou ela.

– Eu?

– Sim.

Ela tentou soar brava, mas fracassou assim que sentiu a ponta ligeiramente áspera do polegar dele correr por seu lábio.

– Era para sermos amigos. Você não será um marido manipulável.

Rhys riu, e seus olhos cintilaram de afeição.

– Desconfio que você conseguirá me manobrar bastante bem. E espero que sejamos sempre amigos. E você também precisa saber – continuou ele quando ela grunhiu mais uma vez – que não quero a sua fortuna. Pode fazer o que quiser com ela. E, sim, o advogado estipulará isso no contrato de casamento. Mas espero que me permita recomendar um bom conselheiro financeiro, pois o meu vem provando ser muito sábio.

– Muito bem, então – conseguiu dizer Anne, sentindo-se tão inundada de emoções que seus joelhos estavam bambos. – Suponho que agora só reste o meu tio.

– Isso já foi resolvido. O homem quase ordenou que eu me casasse com você.

Ele roçou os lábios nos dela mais uma vez, deixando um rastro de beijos pelas faces, pelas têmporas, até chegar ao ponto sensível logo abaixo da orelha.

Anne inclinou a cabeça desejando silenciosamente que Rhys repetisse os beijos que a faziam ansiar por mais.

– Eu não sei o que dizer – admitiu ela.

Ainda tinha medo de acreditar em como tudo se encaixava com tanta perfeição. Talvez os 6 *pence* guardassem mesmo alguma magia, afinal.

– Então não diga nada.

A mão grande e quente que a segurava pela nuca logo começou a descer devagar pelo pescoço até chegar aos seios fartos. Os lábios de Rhys seguiram o caminho de suas mãos, e a sensação dos beijos quentes e úmidos fez com que o coração de Anne acelerasse. Ela agarrou com força a camisa de linho sob o colete dele.

Rhys puxou para baixo a manga do vestido dela e seus lábios correram pela pele nua, deixando beijos ardentes pelo caminho. Ele envolveu os seios dela com as mãos, então seus lábios capturaram o mamilo e o calor úmido da língua fez com que Anne se esquecesse de qualquer coisa que não fosse aquele momento.

Ela murmurou, pressionando o corpo junto ao dele, desesperada, roçando-se impacientemente nele. A boca de Rhys encontrou a dela e ele a tirou do chão. Anne sentiu a parede contra as costas e logo ele erguia a saia dela para acariciar seus joelhos e suas coxas.

Rhys espalmou a mão na curva do sexo dela, roçando com a ponta dos dedos os pelos sedosos, provocando-a.

– Meu bem – murmurou contra a boca de Anne, com a voz rouca. – Você está pronta para mim.

Anne se sentiu dominada por uma tensão e um calor intensos que se espalhavam como brasa pelo seu corpo enquanto Rhys a acariciava, a apalpava, e os movimentos preguiçosos contrastavam com a pressão quente de sua boca e a rigidez de seus músculos.

Anne murmurou em protesto quando ele afastou os dedos da carne dela para desabotoar a própria calça. Rhys a silenciou com um beijo profundo e a ergueu mais alto.

– Passe as pernas ao redor da minha cintura, Anne – orientou ele.

Quando ela obedeceu, ele gemeu e ficou imóvel.

Anne já não conseguia pensar racionalmente, com os sentidos dominados pelos lábios sensuais que a reivindicavam e pelo deslizar quente de pele contra pele. Ela se mexeu, estremecendo ao sentir a pressão do membro dele contra o centro sensível de seu corpo, e percebeu a mão de Rhys no espaço entre seus corpos, ajustando-os.

A necessidade de tê-lo dentro de si era imperiosa. Anne agarrou a camisa de Rhys, frustrada por ele insistir em ir devagar, embora ela sentisse o tremor em seus músculos cada vez que ele arremetia um pouco mais fundo. Por fim, ele avançou até o final, penetrando-a por completo.

– Você está bem, meu amor? – perguntou Rhys, com a voz rouca junto ao ouvido dela e a respiração entrecortada.

– Sim.

Ela se deu conta de que havia passado os braços ao redor do pescoço dele e enfiara os dedos em seu cabelo, puxando as mechas sedosas.

– Mais – exigiu.

Rhys grunhiu de desejo. E começou a se mover.

Anne teve a sensação de que se desligava da terra e do seu antigo eu. Havia apenas Rhys cercando-a, arremetendo dentro dela, calor e um prazer incrível e crescente que provocava, atormentava, consumia. Quando o mundo explodiu e Rhys estremeceu, deixando a cabeça cair contra a parede ao lado dela, ela o abraçou com força, recusando-se a deixá-lo sair. Ele nem tentou. Em vez disso, distribuiu beijos pelo rosto dela, pelas têmporas, quase tocando cada lado da boca até ela murmurar um protesto sem palavras e ele colar os lábios aos dela em um beijo longo e preguiçoso. Quando finalmente respirou de novo, Anne só conseguia sorrir.

Rhys levantou a cabeça e olhou para ela.

– Preciso de outra promessa sua – disse ela baixinho.

Ele a fitou com uma expressão cautelosa.

– Qual seria?

Anne segurou o rosto dele entre as mãos.

– Precisamos fazer isso ao menos uma vez por dia.

Surpresa e depois deleite se espalharam pelo rosto dele.

– Essa é uma promessa que posso cumprir.

Rhys saiu dela e permitiu que Anne deslizasse lentamente contra o corpo dele até seus pés tocarem o chão, então fez uma pausa para fechar os botões e a ergueu nos braços. Ele a carregou até o sofá e sentou-se com ela no colo, com um braço ao redor dos ombros de Anne e a outra mão em seu joelho, sob o vestido.

– Estou muito feliz por você ter vindo aqui hoje, Srta. Brabourne – disse Rhys, e o tom sério contrastava com o brilho travesso nos olhos azuis.

– Eu também, Vossa Graça – respondeu ela de forma educada, acariciando o peito dele no ponto em que a gravata e a camisa soltas davam acesso fácil à pele quente.

– Acho mesmo que devemos nos casar logo.

Ele prendeu uma mecha solta de cabelo atrás da orelha dela e Anne estremeceu com seu toque.

– Terei prazer em marcar uma data o mais cedo possível, mas tenho certeza de que Marguerite vai querer organizar uma festa de casamento. Isso certamente não acontecerá tão rápido. E quero minhas melhores amigas comigo quando eu caminhar até o altar.

Anne ergueu os olhos para ele, mais uma vez impressionada com a beleza de seu Rhys. Seu Rhys. De repente, ela se deu conta de que pensava nele como sendo dela já havia algum tempo.

– Suas amigas irão me aprovar?

Anne olhou para Rhys e sentiu que não precisava de nada além dele, e permitiu que aquela doce constatação tomasse conta dela.

– Como poderiam não aprovar?

Rhys a abraçou com mais força.

– Sabe o que seu tio me disse? Ele me avisou para não estragar tudo. Senão ele me mataria.

Anne examinou o rosto dele, a expressão determinada e feroz em seus olhos azuis, a rigidez do maxilar. Ele nunca seria um marido dócil, mas talvez pudesse ser administrado. Ela sorriu.

– Terá que se acostumar com os modos bastante diretos dele – apontou ela. Então o beijou com carinho.

– E ele não estava brincando sobre não estragar tudo. Ele o mataria. Em um piscar de olhos – acrescentou.

A ferocidade nos olhos azuis de Rhys se dissipou, dando lugar a um ardor que parecia fazer o ar estalar.

Ah, sim, pensou Anne enquanto ele retribuía o beijo. *Este é o marido de que eu preciso. Meu Algo Novo.*

Elizabeth Boyle

ALGO EMPRESTADO

CAPÍTULO 1

North Audley Street, Londres
Menos de uma semana antes do casamento
do duque de Dorset e da Srta. Anne Brabourne

Querida Cordelia,
    Aqui está a moeda que encontramos há tantos anos. Como havia prome-
tido, estou passando-a para você. Sem dúvida, sua fé nos poderes dela tinha
fundamento, já que ela funcionou para mim. Agora, cara amiga, é a sua
vez - mesmo que, como escreveu sua tia Aldora, você já tenha encontrado um
bom partido. Torço e rezo para que essa moeda assegure que ele seja o homem
certo e que ele a acompanhe ao meu casamento. Se não levar tal modelo de
perfeição a Hamilton Hall, como suas tias e eu poderemos avaliá-lo?
    Sua eterna amiga,
    Anne

A Srta. Cordelia Padley pousou a carta e virou na mão a velha moeda de 6 *pence* que chegara junto dela. Apesar de sua fé em que aquele amuleto traria felicidade às quatro amigas, Cordelia agora se via cheia de incertezas.

Pois ali estava Anne, esperando que ela chegasse com o homem com quem pretendia se casar.

Só havia um pequeno problema. Cordelia não tinha um noivo.

– Essa é a famosa moeda? – perguntou Kate Harrington.

A mulher contratada para ser acompanhante de Cordelia deixou de lado o jornal da manhã e olhou com desconfiança para o objeto de prata envelhecido.

Cordelia já se preparava para concordar, mas então se deu conta de algo: nunca contara a Kate sobre a moeda.

– O que sabe sobre isso?

Kate bufou baixinho e voltou a pegar o jornal, mostrando um interesse renovado pelas colunas de fofocas.

– Só o que está escrito no seu diário.

– No meu diário?

Cordelia pousou a moeda ao lado da carta de Anne.

– Leu o meu diário?

Kate empinou o nariz e virou a página.

– Não precisa ficar tão espantada.

– O meu diário é particular.

– Não quando é tão sem graça. E, agora que estou vendo a moeda, ela também me parece bastante sem graça. Dificilmente levaria alguém a encontrar o amor verdadeiro.

– Parece que funcionou para Anne – retrucou Cordelia e ergueu a carta da amiga de escola. – Ela está noiva do duque de Dorset.

A menção de uma perspectiva tão grandiosa despertou o interesse de Kate, mas não da forma que Cordelia poderia ter suposto.

– Essa Anne é bonita?

Cordelia assentiu.

– Não a vejo desde que saí da escola, mas acredito que continue muito bonita. Era uma menina linda.

Aquilo pareceu apaziguar a curiosidade de Kate.

– Então eu diria que a boa sorte dela se deve ao belo rosto, não a uma moeda antiga.

A acompanhante retornou mais uma vez ao jornal, então fez uma pausa.

– O que dizia o bilhete do advogado do seu pai?

Kate olhou de relance para a correspondência fechada do advogado, o ilustríssimo Sr. Abernathy Pickworth, que Cordelia deixara de lado mais cedo.

– Não faço ideia. Acredito que terei que me encontrar com ele em breve.

Se a situação fosse semelhante a quando Cordelia deixara a Índia – e tivera que usar quase todo o seu dinheiro para pagar as dívidas restantes do pai –, ela evitaria o encontro o máximo que pudesse.

Cordelia pudera contar com o conforto da fortuna da família enquanto estava na escola de madame Rochambeaux, mas, nos anos seguintes, o pai havia perdido quase tudo em investimentos imprudentes e especulações temerárias.

Pelo menos ainda restava aquela casa. Muito bem-situada em Mayfair, estivera alugada por anos e precisaria voltar a ser. Não que Cordelia fosse apegada ao lugar. Ela não morava mais ali desde os 9 anos, desde que...

Bem, desde que a mãe dela morrera em Paris e tudo mudara. Com a perda da amada esposa, sir Horace abandonara a Inglaterra e partira para a Índia sob o pretexto de fazer explorações científicas, deixando Cordelia na escola. Então, quando o pai morrera, havia um ano, Cordelia descobrira que o verdadeiro legado que ele deixara não era de trabalhos intelectuais, mas de dívidas e despesas a pagar.

Ela poderia apostar em que o bilhete de Pickworth traria outra notícia ruim. Por isso esticou o dedo, empurrou-o para debaixo de um guardanapo e mudou de assunto.

Ou melhor, voltou ao assunto anterior.

– Kate, você não acredita em amor à primeira vista?

– Não.

A resposta foi direta e firme.

– A menos que o cavalheiro em questão esteja diante de sua ampla e próspera propriedade, com um batalhão de criados atrás, todos prontos para cumprir as minhas ordens – emendou ela. – Tenho certeza de que, a essa altura, eu ficaria muito apaixonada. E você deveria pensar da mesma forma em vez de escrever sobre marinheiros humildes.

Cordelia enrubesceu.

– Por que vasculhou meus pertences?

Afinal, ela mantinha o diário no fundo do baú, por baixo de suas roupas íntimas, exatamente para garantir sua privacidade.

Kate suspirou.

– Foram cinco longos meses naquele navio vindo de Bombaim. O que mais eu ficaria lendo toda noite, quando você insistia em subir para olhar as estrelas? E, para responder à sua outra grande pergunta, não, não acho que você tenha corrido o menor risco de ser beijada por aquele imediato... ele estava interessado em um dos rapazes.

Cordelia balançou a cabeça. Ela sabia que contratar Kate, contrariando o conselho de todas as matronas emproadas de Bombaim, não tinha sido sua decisão mais sábia, mas Cordelia gostava daquela viúva franca e direta – por todos os motivos que naquele momento a assombravam, principalmente por Kate Harrington não se opor a um pouco de insubordinação ou descompostura. E, na época, seu conhecimento de mundo – que ia além dos salões de visitas e da aristocracia – parecera mais uma vantagem do que um risco.

Obviamente aquilo fora antes de a mulher desencavar o diário de Cordelia e lê-lo.

Enquanto isso, Kate continuava a encará-la como se esperasse algo. Conhecendo-a bem, provavelmente aguardava um pedido de desculpas. Ou que Cordelia agradecesse por sua percepção aguçada em relação ao imediato do navio.

Cordelia, por sua vez, preferiu voltar ao assunto original.

– Sim, bem, esta é a famosa moeda, embora eu não consiga imaginar como ela poderia me tirar da minha situação atual.

– Ainda pode mudar de ideia sobre aquele vendedor de carvão – sugeriu Kate enquanto examinava os anúncios na primeira página do jornal.

– Ele vende sebo para velas – corrigiu Cordelia.

A julgar pelo nariz franzido de Kate, ela não via diferença.

A verdade era que não havia nenhuma.

E aí estava o obstáculo: para as tias, eram todos iguais. A única coisa que importava era ser um bom partido em busca de uma esposa.

– Acho que eu não deveria ter escrito aquela carta para tia Aldora – admitiu Cordelia.

Kate torceu o nariz. Não precisava dizer nada, já que sua expressão era clara. *É mesmo?*

Porém Cordelia escrevera. Contara às tias que estava prometida a um cavalheiro absolutamente adequado e encantador. Só fizera aquilo para que elas parassem de enviar longas cartas exaltando as virtudes do novo vigário ou oferecendo o filho do primo de segundo grau de sir Randolph – que, apesar de, infelizmente, ter um cisto, representava "grandes esperanças de uma carreira promissora no negócio do sebo", como o descrevera tia Aldora.

Sebo. Cordelia estremeceu. Não, não! Caso chegasse sozinha a Hamilton Hall, sua mentira seria desmascarada e as tias na mesma hora passariam a se dedicar a encontrar outro vigário (porque o delas já arrumara uma noiva) ou parente distante com duas gerações de diferença (pois até mesmo o primo de sir Randolph com seu estranho apego a sebo achara uma candidata ao matrimônio) ou qualquer outro homem – vivo ou do jeito que fosse – que pudessem colocar ao lado da sobrinha diante do vigário local para vê-la *devida* e *prontamente* casada.

Cordelia pegou a moeda e a virou algumas vezes nas mãos, lembrando-se de quando ela e as amigas a haviam encontrado dentro daquele colchão velho e horrível.

Do outro lado da mesa, Kate fungou.

– Não consigo imaginar como essa moeda possa evocar um sujeito adequado... Seria mais fácil encontrar um candidato promissor nas colunas de fofocas. Veja, por exemplo, esse aqui, capitão Talcott. Você o conhece, não é?

– Sim, mas já faz muito tempo que não o vejo – respondeu Cordelia, sem se dar o trabalho de perguntar a Kate como ela soube de Kipp.

Afinal, ele aparecia com frequência no diário dela... com a mesma frequência com que Cordelia via uma menção a ele no jornal.

O que, dada a esplêndida carreira do capitão na Marinha, acontecia com bastante frequência.

– Ele é um verdadeiro libertino... se é que se pode acreditar no que se lê nos jornais. Que infelicidade o título de conde ter ficado com o irmão dele... um homem tedioso e enfadonho, segundo todos os relatos.

Kate torceu o nariz, lamentando o desperdício de um bom título.

– Mas o seu capitão Talcott, céus! É um demônio. Dançarinas da ópera. Já houve também uma menção ao coração partido da filha de lorde W...

Kate fez uma pausa por um momento enquanto tentava decifrar quem poderia ser, mas depois descartou a ideia como se não tivesse importância.

– Ele serviria.

Cordelia balançou a cabeça.

– Serviria para quê?

– Para ser seu noivo, sua tolinha. Você poderia pegá-lo emprestado para fazer esse papel por uma semana. Ele seria o homem perfeito para abandoná-la logo depois e partir seu coração.

– Pegá-lo emprestado? Não se trata de uma fita de cabelo ou de uma meia sobressalente para ser usada em uma emergência.

Kate foi direto ao ponto.

– Eu diria que o apuro em que se encontra no momento se qualificaria como "emergência". Ou gosta da ideia de cheirar sebo pelo resto da vida?

Bem, naquele ponto, Kate tinha razão. Mas voltar a ver Kipp não seria tanto uma emergência; seria mais uma espécie de acerto de contas.

Um cintilar chamou a atenção de Cordelia e a fez olhar para a moeda, que parecia estar piscando. Contudo, depois de fechar os olhos e tornar a abri-los, a jovem percebeu que fora só uma ilusão causada por um facho de luz que vinha da janela. E, pela mesma janela, ela viu o jardim onde costumava brincar quando criança. A trilha curva tão conhecida, que levava à casa ao lado, com todas as lembranças que ela guardava...

E as promessas feitas um dia.

Cordelia se deteve. Não. Ela não poderia. Não se atreveria. No entanto, não conseguia afastar a lembrança de algo antigo e extremamente oportuno.

Ela se levantou da mesa e foi até a janela como se puxada por um fio, por aquele juramento de tanto tempo, e observou a casa ao lado. Talvez Kate tivesse lhe oferecido o plano perfeito.

– Será... – murmurou.

E teve certeza de que, logo atrás dela, Kate sorria como um gato satisfeito.

– Acordou cedo!

Winston Christopher Talcott, décimo quarto conde de Thornton, ignorou a surpresa do irmão e assumiu o lugar que lhe era devido, à cabeceira da mesa.

– Não consegui dormir.

– A perspectiva do casamento faz isso com um homem – comentou o capitão Andrew Talcott, erguendo os olhos do bilhete que lia.

– Ainda nem estou noivo, Drew.

– Ah, mas estará antes do fim do dia – afirmou o irmão... provocou, na verdade.

Deixou de lado o bilhete que estava lendo e se levantou para se servir mais uma vez.

– Gostaria que tivesse me dito que estava na disputa pela mão da Srta. Holt. Eu poderia ter ganhado uma fortuna em apostas. Acho que seu nome nem foi mencionado.

– Eu mesmo mal consigo acreditar. Mas o próprio Holt me assegurou na outra noite que a filha estava inclinada a aceitar meu pedido. Agora só resta um passo a tomar.

Kipp deu uma olhada no aparador bem-abastecido e estremeceu de leve. Percebeu que não tinha estômago para nada daquilo, nem mesmo para o bacon.

Já o irmão mais novo se acomodara de novo à mesa e comia com entusiasmo. Tendo retornado recentemente do mar, o muito condecorado e celebrado capitão Talcott devorava cada prato como se não experimentasse uma refeição decente havia anos.

Mas a verdade era que o peso da perspectiva de um casamento não estava sobre os ombros dele.

De repente Drew pareceu sentir a relutância do irmão mais velho e pousou o garfo – o que era um feito e tanto.

– Pelo amor de Deus, não se case com a moça se não quiser.

– Não é o que eu quero o que importa. As propriedades estão... ora, você sabe muito bem como papai...

Kipp não precisava terminar a frase. Os dois tinham consciência de como o pai deles deixara tudo: uma ruína completa e absoluta. Assim como o avô e o bisavô deles. Por quase um século, as propriedades dos Thorntons, antes tão prósperas, foram cada vez mais negligenciadas. E nenhum antepassado deles tivera tempo (ou firmeza) para recompor a fortuna da família, que continuava a minguar.

E agora sobrara para aquele conde de Thornton resolver o problema. Apesar de todo o trabalho duro de Kipp e de suas tentativas de salvar o navio naufragado, ele chegara à triste conclusão de que não importava o que fizesse, seria tudo em vão se não tivesse um item importante: ouro.

E muito. O que Josiah Holt tinha em abundância e estava disposto a compartilhar com o homem que elevaria sua única e amada filha, a Srta. Pamela Holt, a uma posição de relevância na sociedade.

No caso, a de condessa.

– Você sabe que eu tenho dinheiro... – começou Drew.

– Não!

Não havia como dizer aquela palavra com mais ênfase. De forma nenhuma levaria aquela hipótese em consideração.

Era uma discussão que eles já haviam tido várias vezes – Drew oferecia o dinheiro que ganhara com seu trabalho e Kipp o recusava.

Contudo, antes que Drew pudesse continuar – o que ele sempre fazia –, a porta do salão de jantar se abriu e os dois irmãos levantaram os olhos.

– Sim, Tydsley...? – perguntou Kipp ao mordomo.

Porém o homem tinha o olhar fixo em Drew.

– Capitão Talcott, sua visita está se tornando muito insistente. Ela afirma que o assunto é de certa urgência.

Ao ouvir isso, Drew gemeu.

– Temos visita? – indagou Kipp, desviando os olhos para o irmão.

Então se voltou para o mordomo, ao prestar mais atenção em suas palavras.

– Tydsley, você disse "ela"?

– Sim, milorde.

As sobrancelhas espessas e cinzentas do mordomo se ergueram em sinal de desaprovação.

– E trata-se de uma jovem muito arrogante. E impertinente. Entrou direto, sem esperar convite – acrescentou Tydsley, provavelmente em defesa própria.

– Que inferno, Drew! – disse Kipp, afastando a cadeira da mesa. – Quantas vezes tenho que dizer que não pode fazer desta casa seu harém particular?

– Ah, isso foi só uma vez – retrucou o irmão, irritado, e voltou a pegar o bilhete que descartara mais cedo. – Ora, isso tudo é uma loucura – continuou ele, sacudindo o pedaço de papel. – A perdidazinha não consegue nem assinar o nome sem deixar uma mancha de tinta.

Ele deixou o bilhete de lado mais uma vez.

– Loucura ou não, eu a quero fora daqui – determinou o conde.

Drew gemeu e se levantou devagar.

– É só uma moça tentando me fisgar.

– É mesmo? – respondeu Kipp.

Era verdade que Drew era rico por mérito próprio, mas aquilo era demais.

– Se for esse o caso, então é melhor nós dois irmos até lá e descobrirmos que esquema essa moça engendrou, para que ela não possa alegar que você a arruinou sob o meu teto... a menos que já tenha feito isso.

– Com certeza não fiz.

Drew deixou escapar um suspiro, como se não tivesse tempo para aquele tipo de bobagem, quando, na verdade, não tinha nada além de tempo para suas aventuras.

– Como eu disse, ela é só uma maluquinha qualquer que vou despachar num instante.

– Não preciso de um escândalo explodindo em cima de mim agora. Isso arruinaria tudo – disse Kipp, levantando-se.

Ele estava prestes a seguir o irmão até a porta, mas o bilhete descartado chamou sua atenção. Kipp o pegou e foi seguindo Drew para o vestíbulo.

– Ah, sim, como eu pude esquecer? – falou Drew em um tom entediado. – A correta Srta. Holt e tal. Seria uma pena se *ela* não estivesse mais disposta a aceitar sua corte.

Kipp ergueu os olhos do bilhete misterioso.

– A Srta. Holt tem padrões de conduta muito exigentes e eu não vou deixar que você estrague tudo com um de seus flertes.

Drew parou diante da porta do salão.

– Meus flertes? Seria bom que passasse algum tempo com um dos meus flertes. Traria um pouco de paixão para a sua vida.

– Não tenho tempo para paixão – respondeu ele. – Tenho uma propriedade para salvar.

Ele ouviu o irmão bufar de impaciência em resposta.

– Ainda assim, um pouco de paixão poderia deixá-lo menos tenso e
tedioso. Estou lhe dizendo, Kipp, essa Srta. Holt o deixou terrivelmente
enfadonho. Não quero nem pensar no que ela vai fazer com você depois
que estiverem...

Porém Kipp já quase não o ouvia, pois voltara a ler o bilhete.

Drew encostou o dedo no papel.

– Eu lhe disse, esse bilhete não faz sentido – falou o mais novo, balançando a cabeça. – Olhe o que ela escreveu: "Preciso dos seus serviços" – leu
Drew, com uma entonação particular. – O que ensinam a essas senhoritas
hoje em dia?

– Quem é RSE? – perguntou Kipp.

No entanto, assim que a pergunta saiu de sua boca, as iniciais avivaram
uma lembrança antiga e o levaram a olhar mais uma vez para a pequena
"mancha" que Drew mencionara – que, no fim, não era caligrafia desleixa-
da, mas uma rosa dos ventos pequena e perfeita.

Uma voz do passado sussurrou em seu ouvido. *Deve ser uma bússola.
Pois a RSE irá a todos os lugares. Nós iremos, Kipp. Você e eu.*

Kipp sentiu todo o corpo estremecer e seu olhar disparou para a porta
diante deles. Não... *não era possível.*

Tydsley os anunciou e, por cima do ombro de Drew, Kipp pôde ver uma
figura delgada se virar da janela que dava para o jardim.

O feitio do rosto, como o de uma fada, o cabelo castanho macio, os olhos
azuis da cor de centáureas, tudo continuava igual. No entanto, aqueles mesmos traços que o intrigavam quando criança agora pertenciam a uma mulher adulta.

Cordelia.

E, pela primeira vez no que pareceu uma vida inteira, o coração de Kipp
fez algo muito estranho: disparou em uma cadência alucinada.

Seria possível dizer até... apaixonada.

CAPÍTULO 2

ordelia se virou quando ouviu a porta se abrir e o mordomo anunciar quem entrava no salão. Ela não sabia ao certo o que esperar. Por um momento, só conseguiu ficar em pé ali, com a moeda de 6 *pence* na mão.

Porém estava tudo errado. O homem parado à porta diante dela dificilmente era o que Cordelia esperava. Ah, ele tinha o mesmo cabelo escuro, os mesmos olhos azuis, mas de alguma forma as peças não se encaixavam.

– Capitão Talcott?

– Sim.

Havia um tom inquisitivo em sua resposta quando ele entrou de modo hesitante no salão, com a cabeça inclinada enquanto a examinava.

– Nós nos conhecemos? – indagou ele.

Cordelia soltou o ar que vinha prendendo. Então, distraída, guardou a moeda no bolso e deu um passo adiante, estendendo-lhe a mão.

– É você mesmo, Kipp? Sou eu, Cordelia.

Contudo o capitão Talcott não pareceu feliz em vê-la, pois deu um passo para trás, então se virou.

– Kipp, veja só! – disse ele. – Agora, de quem são mesmo os serviços requisitados? – perguntou, não a ela, mas ao homem atrás dele, em quem Cordelia ainda não havia reparado.

No momento em que o homem passou pelo capitão Talcott e parou diante dela, no entanto, o mundo de Cordelia voltou ao eixo. Bem, não, na verdade ele se inclinou da forma mais aleatória possível.

Pois ali todas as peças se encaixavam. O peito largo, o maxilar rígido, os lábios firmes. E os olhos, tão azuis e límpidos como se pudessem ver muito além do horizonte.

Era daquela forma que Cordelia imaginara Christopher Talcott adulto. Mas não previra como poderia se sentir ao vê-lo – sua boca ficou seca e os joelhos vacilaram junto de sua determinação.

Porque, na expressão dele, não havia nada da intensidade de que ela se lembrava. Aquela luz aventureira nos olhos. Algo, alguém, havia extinguido a curiosidade que havia ali, o lado dele que adorava simplesmente viver.

E, pior, Kipp estacou pouco antes de pegar as mãos estendidas dela – as mãos dele chegaram a se mover em direção às dela e, então, como se caísse em si, ele as deixou pender de novo ao lado do corpo.

– Srta. Padley? É mesmo a senhorita?

Uma saudação tão formal e rígida não era um bom presságio.

– De fato, Kipp, sou eu.

Cordelia recolheu as próprias mãos, sentindo-se terrivelmente tola.

– Fico feliz por se lembrar.

– Lembrar? Como eu poderia não lembrar?

– Sob pena de morte – disseram ambos ao mesmo tempo.

E lá estava uma centelha do Kipp de que ela se lembrava da infância. Certa malícia no olhar... ao menos até o outro homem entrar na conversa.

– Ah, isso vai ser ótimo – murmurou ele enquanto se adiantava no salão.

– Deixe-nos a sós, Drew – disse Kipp a ele.

– Ah, acho que não. Isso é muito mais interessante do que o jornal da manhã.

O homem se acomodou no sofá e cruzou as mãos atrás da cabeça, colocando-se à vontade.

– Além do mais, quero saber sobre os tais serviços.

– Drew...

Cordelia se virou para o capitão.

– *Você* é o Andrew?

– Eu mesmo. Mas ainda não sei quem é a senhorita.

Kipp interveio.

– Drew, não se lembra de Cordelia, que morava na casa ao lado e que você chamava de Comandante Cara-de-Manjar?

O rosto de Drew se iluminou e ele riu.

– Meu Deus, a filha gaiata de sir Horace agora é adulta. Uma bela adulta, por sinal.

Então o patife teve a audácia de piscar para ela. Ora, ele era tão libertino quanto Kate dissera, talvez pior. Cordelia enrubesceu, mas não podia deixar de corrigir o comentário.

– Foi você quem me apelidou de Comandante Cara-de-Manjar, Kipp.

Então ela se virou para Drew.

– Você costumava puxar meu cabelo e uma vez me desafiou a comer uma minhoca – lembrou ela. – O que dificilmente seria um bom começo para um futuro vigário.

O homem soltou uma gargalhada.

– Ah, bom Deus! Eu nem lembrava que era isso que eu supostamente seria. Sim, bem, quis o destino que eu fosse enviado para o mar – disse Drew.

– Ai, meu Deus, estou confusa – confessou Cordelia, depois se virou para Kipp. – Por todo esse tempo pensei que *você* fosse o capitão Talcott.

– Ele?

Atrás dela, Drew riu de novo e Cordelia olhou para ele por cima do ombro.

– Dificilmente – comentou Drew. – Nada tão banal para meu irmão, Srta. Padley, ou, se bem me lembro, para o Major Pernas-de-Pudim, como gostava de chamá-lo.

Foi a vez de Kipp se encolher.

Com um floreio de mão e uma leve reverência, o mais jovem o apresentou:

– Tem a honra de se dirigir ao mais honrado e diligente conde de Thornton.

– Lorde Thornton? Ah, não pode ser – disse ela, arrasada, enquanto se deixava afundar em uma cadeira próxima. – Kipp, pelo amor de Deus, isso estraga tudo! Como pôde?

Kipp recuou um passo. Como ele pôde o quê? Herdar o título? Como se tivesse escolha. E, para ser mais objetivo, que diabo Cordelia Padley estava fazendo ali? E logo naquele dia.

– Você realmente herdou o título? – perguntou Cordelia.

Ela não precisava soar tão horrorizada. A maioria das pessoas considerava um imenso golpe de sorte herdar um condado. Embora, para ser honesto, ele compartilhasse do sentimento dela.

A mudança abrupta na linha de sucessão virara seu futuro de cabeça para baixo.

– Sim, herdei. Meu irmão mais velho... talvez se lembre dele...

Cordelia assentiu.

– Bem, ele morreu em um acidente, pouco depois que você partiu.

– Ah, que coisa terrível – disse ela, olhando dele para Drew.

– Isso mudou tudo – acrescentou Drew. – Em vez de Kipp ser enviado para o mar, *eu* fui para Portsmouth e ele foi estudar em Eton.

Nada daquilo parecia relevante para a questão mais essencial. Kipp endireitou o corpo, com uma estranha sensação de mau presságio pressionando seu peito.

Como se sua vida estivesse prestes a ser transformada mais uma vez.

– Srta. Padley, o que está fazendo aqui? Quando voltou do Egito?

– Egito não, eu não estava...

Ela balançou a cabeça.

– Nunca fui ao Egito. Eu estive na Índia.

– Índia?

Durante todos aqueles anos, ele a imaginara navegando pelo Nilo e explorando túmulos antigos com o pai erudito.

– Sim, Índia. Infelizmente é uma longa história e pouco importa agora, pois me encontro em um apuro terrível e não sabia a quem recorrer...

Ela olhou de um irmão para o outro.

– Ah, sei que vou criar uma confusão falando tudo isso, mas acho que é melhor dizer logo.

Cordelia fez uma pausa e respirou fundo.

– Preciso de alguém disposto a se casar comigo.

Atrás deles, Drew ficou de pé.

– Casar?

Ele arqueou as sobrancelhas em uma expressão de pânico.

– Opa! É esse tipo de apuro? É demais para mim. Vou sair daqui.

Ele passou pelos outros dois, mas não sem antes dar um tapa nas costas de Kipp.

– Boa sorte para você em relação a esse pequeno *apuro*.

Cordelia se sentiu enrubescer quando se deu conta do tipo de problema a que Drew se referia.

– Não se trata disso...

– Ora, bem, só conheço um tipo de apuro assim – disse Drew a ela enquanto saía às pressas do salão.

Então ele se fora. Drew, sem dúvida, era capaz de enfrentar os inimigos da Inglaterra sem pestanejar, mas bastava mencionar algo que sugerisse a necessidade de um "casamento" apressado que ele seria o primeiro a zarpar em direção ao mar aberto.

– Ah, Deus, não me expressei nada bem – murmurou ela, mais para si mesma.

Kipp não sabia se Cordelia poderia ter se expressado de outra forma, mas a verdade era que não tinha a menor noção do que ela estava sugerindo, ou melhor, do que estava pedindo. E, conforme Cordelia continuava a falar, ele foi ficando ainda mais confuso.

– Não seria um noivado de verdade – explicou ela –, apenas temporário. Até que meu problema esteja resolvido. Ou melhor, até que minhas tias tenham sido aplacadas.

Tias. Kipp se lembrava vagamente delas. Um trio de damas idosas dignas de *Macbeth*. Na verdade, eram tias do pai de Cordelia, se não estava enganado. Ora, elas deviam estar *bem* idosas àquela altura.

E, ao que tudo indicava, ainda eram intrometidas.

Enquanto isso, Cordelia continuava a falar.

– Sim, bem, temo ser culpada de certa dissimulação. Há anos venho enganando minhas tias em relação a certo assunto difícil.

Kipp só conhecia um assunto difícil. Um assunto no qual ele mesmo estava atolado no momento.

– Casamento?

Cordelia deixou escapar um suspiro como se estivesse aliviada por ele ter entendido.

Só que Kipp não entendia. Mas aquela era Cordelia. Ela sempre fora vigorosa e um tanto absurda.

Ele respirou fundo, ciente de que, em algum momento, tudo aquilo faria sentido. Ao menos esperava que sim.

– Minhas tias insistiam em me apresentar à mais terrível lista de pretendentes... homens que elas estavam convencidas de que seriam maridos bons e adequados para mim... e foram se tornando cada vez mais insistentes para que eu escolhesse algum deles. Principalmente depois que papai...

Ela parou de falar e desviou o olhar.

– Depois que ele...

Cordelia não precisou terminar, pois Kipp adivinhou a que ela se referia ao ver o lampejo de tristeza em seus olhos. Sir Horace falecera.

Mas a solução lhe parecia bastante fácil.

– Por que não recusá-los?

Ela bufou de forma não muito elegante. Kipp duvidava de que houvesse outra jovem dama em Londres que ousaria emitir um som tão pouco feminino, mas aquela era Cordelia, a moça que nunca se encaixara nas convenções sociais.

– Não conhece as minhas tias. Agora que estou de volta à Inglaterra, elas vão insistir para que eu me case, ainda mais depois que descobrirem...

Ela mordeu o lábio inferior, interrompendo o que estava prestes a dizer.

Levando em consideração o que Cordelia já confessara até ali, Kipp não sabia se queria ouvir mais. Ele olhou para a porta e perguntou a si mesmo se os instintos de Drew estariam corretos.

– Descobrirem o quê?

Cordelia suspirou de novo e ergueu os olhos para encará-lo.

– Bem, escrevi para minhas tias dizendo... só para que elas parassem de se intrometer... dizendo que já estava comprometida com certo cavalheiro.

Kipp ficou imóvel ao se dar conta do rumo que aquela conversa tomava. Ou o rumo que ele *achava* que a conversa tomava.

– E esse cavalheiro em particular a recusou?

Ela balançou a cabeça.

– Eu não sei. Estou perguntando a ele neste momento.

Quando compreendeu o que ela acabara de dizer, Kipp a encarou, confuso. Não era possível que tivesse ouvido direito, mas, conforme os segundos passavam e Cordelia permanecia sentada ali, fitando-o com uma expressão de grande expectativa, ele percebeu que sua audição continuava perfeita.

– Eu? Você disse a elas que nós estávamos noivos?

Cordelia mordeu de novo o lábio e deu de ombros devagar, inclinando a cabeça.

– Ora, é muito difícil encontrar um homem disposto a fazer o que preciso... ao menos um homem que seja minimamente tolerável. E a verdade é que você é o único que conheço. Ou o único que achei que conhecesse.

As palavras saíram em um fluxo acelerado, como se ela esperasse que assim pudessem diminuir o impacto que produziam.

– Disse a elas que *nós* estamos noivos? – Kipp precisou perguntar de novo, porque parecia muito importante se certificar do que ela dissera.

– Se insiste em ser tão preciso sobre o assunto, então, sim.

Sim, ele realmente queria ser preciso. Então quis se sentar. Não, *precisou* se sentar, percebeu enquanto deixava o corpo afundar em sua poltrona favorita.

Se aquilo se espalhasse pela cidade...

– Não precisa se casar comigo – apressou-se a acrescentar Cordelia. – Nosso noivado só precisa durar alguns dias.

– Alguns dias?

Kipp balançou a cabeça.

Ele tinha outro assunto para resolver nos dias seguintes. Nas *horas* seguintes, para ser exato. Mais precisamente, às três da tarde a Srta. Pamela Holt esperava receber a visita dele.

99

E também esperava receber certo pedido decisivo.

Enquanto isso, Cordelia se esforçava ao máximo para disfarçar o pânico que a dominava.

– Então você pode romper nosso compromisso e partir meu coração.

Ela disse aquilo de forma tão pragmática...

Romper o compromisso, é claro...

Ele nunca tomaria uma atitude tão desonrosa.

Kipp fitou Cordelia. O rosto dela estava enrubescido, os lábios, entreabertos e havia uma expressão de profunda carência em seus olhos.

Naquele breve instante, ele teve a mais estranha certeza. *A última coisa que eu faria na vida seria partir seu coração.*

– Eu jamais... – começou, e se deteve um instante depois, ao se dar conta do feitiço que ela parecia lançar nele.

– Por que não? É essencial que me abandone. Que me deixe arrasada. Assim minhas tias não ousarão tentar me empurrar algum pobre vigário do campo. Ao menos não por um ano. Talvez dois, se eu tiver sorte. Entenda, estou determinada a não me casar por nenhum motivo que não seja o desejo do meu coração.

Kipp endireitou o corpo como se fosse atraído pelas palavras dela. Ah, quanta tentação aquelas palavras guardavam!

Porém ele não poderia se dar ao luxo de se entregar àquela tentação.

– Então, escreva para elas dizendo que já fiz isso – sugeriu Kipp. – Que rompi com você e parti seu coração.

Aquela parecia uma escolha sensata. Mas, se aquilo fosse verdade, Cordelia não teria precisado procurá-lo.

Seguir o desejo do coração, ora veja!

Kipp olhou de relance para ela mais uma vez, para o queixo erguido, os olhos azuis. Sim, por alguma razão louca e indizível, ele estava muito feliz por Cordelia estar ali.

Por ela *precisar dele.*

Porque ver Cordelia era como se deparar com a luz de uma vela distante em uma noite escura e tempestuosa. Embora ele ainda não soubesse ao certo se ela era a vela ou a tempestade.

Entretanto Kipp logo chegou à conclusão de que ela era a tempestade, já que estava ali, mais impulsiva do que nunca, arrastando-o para seus planos desastrosos. O que, ele lembrou a si mesmo, sempre o colocara em uma série de confusões.

Cordelia, por outro lado, estava balançando a cabeça diante da sugestão dele.

– Não, não, uma carta não seria suficiente. Elas precisam vê-lo. Encontrar você. Ou vão suspeitar que eu...

Ela se interrompeu, mordendo o lábio inferior.

Todavia Kipp percebeu o que Cordelia estivera prestes a confessar – aparentemente, as tias conheciam bem as travessuras da sobrinha.

– Que você inventou a situação toda? – sugeriu ele.

Ela assentiu.

– Sim, temo que sim. Se elas me virem com você, se me virem apaixonada e, logo depois, arrasada pelo fim do nosso compromisso, então acreditarão em toda a farsa.

Kipp gemeu. Ela queria que ele fingisse um noivado, depois a abandonasse. Ora, aquilo era loucura.

Cordelia continuava a falar, embora Kipp mal a escutasse. Até que ela chegou a uma informação essencial.

– Preciso ir ao casamento de Anne com o duque. Acontece que Anne sempre teve muito carinho pelas minhas tias, e o sentimento é mútuo, portanto também as convidou para o casamento.

Aquela única palavra fez com que Kipp voltasse sua plena atenção à conversa.

– Casamento?

– Sim, eu expliquei tudo isso. Minha querida amiga, Srta. Brabourne, que frequentou a escola de madame Rochambeaux comigo, vai se casar, e preciso comparecer. Com você, é claro.

A teia que ela estava tecendo começava a enredá-lo.

– Quando será esse casamento? – ousou perguntar.

– Sábado.

– Quando as suas tias chegam a Londres?

– Londres?

Cordelia balançou a cabeça.

– Não, não, você entendeu mal. O casamento não será em Londres.

Cordelia respirou fundo e continuou:

– Temo que seja aí que o favor se torna um pouco complicado...

Nesse momento, Kipp não conseguiu se conter e abriu um sorriso.

– Mais?

Ela deu uma risadinha.

– Sim. Bem, suponho que tudo isso lhe pareça uma grande confusão. Mas, na verdade, é muito simples. O casamento será em Hamilton Hall.

– Não é lá que o duque de Dorset...

– Sim. O duque vai se casar com Anne.

– Mas Hamilton Hall fica perto de Bath, não é mesmo?

Cordelia assentiu de novo.

– A dois dias e meio de Londres – argumentou ele.

– Ah, sim, imagino que sim.

Ela cerrou os lábios e suspirou.

– Ah, que perturbação! Imagino que meu pedido vá exigir mais do que alguns poucos dias do seu tempo. Mas não mais do que uma semana... no máximo.

Cordelia sorriu. Os lábios tremeram ligeiramente e seu olhar tinha uma expressão de cautela. Então ela foi até Kipp e pegou a mão dele sem hesitar, como costumava fazer quando eram crianças.

Ele abaixou os olhos para os dedos dela ao redor dos dele e se deu conta de que, por mais que estivesse consciente de quão impróprio era aquilo e de que deveria se levantar e sair dali antes que Cordelia conseguisse convencê--lo a fazer parte daquela loucura, não era capaz.

– Ah, Kipp, sei que já se passaram séculos e sei que o que estou lhe pedindo é inesperado e quase impraticável, mas preciso da sua ajuda. Desesperadamente. E, se não tiver nada importante que o prenda aqui na próxima semana, eu seria eternamente grata se pudesse...

Ele já estava balançando a cabeça, pronto para se desvencilhar das mãos dela, por mais que o calor dos dedos de Cordelia fosse... fosse...

Cativante. Sedutor.

E Drew estivera certo sobre uma coisa: a vida do irmão vinha sendo tediosa demais fazia muito tempo. E previsível. E enfadonha.

Até o momento em que ela entrara naquele salão.

– Cordelia, eu não vejo como...

– Você estaria me garantindo um apoio importante – apressou-se a acrescentar ela. – O que, deve se lembrar, é a primeira regra do juramento da RSE.

Aquelas palavras, aquele juramento, trouxeram à tona todo o resto das lembranças que Kipp tinha de Cordelia, do estatuto da Real Sociedade de Exploradores. RSE. Ela fora inflexível na determinação de que eles sempre estariam disponíveis para ajudar uns aos outros. Aquele era o cerne de uma boa sociedade, insistira.

E Kipp se lembrou de outra regra que Cordelia também insistira em acrescentar. E, mais uma vez, uma centelha estranha e travessa pareceu se acender dentro dele.

– E quanto à Regra 18? – perguntou ele, só para implicar com ela. – Também permanece válida?

Kipp não tinha ideia de por que dissera aquilo ou por que sequer pensara naquilo, mas o resultado foi ver Cordelia enrubescer lindamente.

– Eu... eu... eu... eu... não vejo... digo, não acho que essa regra seja relevante nesta situação.

Ela endireitou um pouco o corpo, como se reunindo toda a coragem e toda a determinação que possuía.

– Só preciso da sua ajuda. Não *daquilo*.

– Que pena – retrucou Kipp. – Do meu ponto de vista, as duas coisas parecem andar de mãos dadas.

– Agora está parecendo seu irmão – devolveu ela.

– Isso não é justo. E também não vai ajudá-la a garantir meu auxílio.

– Então você vai...

– Vou o quê?

Kipp se inclinou um pouco mais para perto dela.

Para sua decepção, Cordelia ergueu as sobrancelhas e se recostou na poltrona.

– Vai comigo ao casamento de Anne?

Dessa vez ela sorriu, curvando ligeiramente os lábios, e Kipp percebeu que, por mais que Cordelia fosse corajosa e intrépida, de fato o via como sua única esperança.

E aquilo o comoveu.

– Se você recusar... – começou ela.

– Sim, sim, eu sei: "Sob pena de morte."

Mas a verdade era: que escolha ele tinha?

CAPÍTULO 3

ais tarde naquele dia, o conde de Thornton se viu sendo conduzido a um salão com uma decoração elaborada – uma ostentação da lendária riqueza do Sr. Josiah Holt.

Era verdade que Josiah talvez sofresse algum preconceito por suas origens humildes, mas nem mesmo a mais esnobe das matronas poderia negar que seu maior tesouro, a amada filha única, Srta. Pamela Holt, era nada menos que o mais raro dos diamantes. Isso ficava claro naquele momento, quando ela estava sentada ao lado da janela, com a luz do sol refletida como um halo em seus cabelos claros.

A jovem provocara uma comoção tremenda ao debutar – tanto por sua beleza quanto pelo imenso valor de seu dote. Mas Pamela era bem filha de Josiah, sagaz e inteligente, e guardava suas preferências para si mesma. Por isso pretendentes de todas as partes apareciam para cortejá-la, para tentar conquistar aquele prêmio tão cobiçado.

– Meu caro lorde Thornton, que agradável surpresa vê-lo – disse ela, sorrindo e cumprimentando-o com um breve aceno de cabeça, dignando-se regiamente a aceitá-lo em sua presença.

Seria um espanto para a maior parte da aristocracia se as preferências dela se voltassem para ele, um conde empobrecido, quando todos apostavam desde o início da temporada de eventos sociais em que a jovem de pele clara poderia começar o verão tendo um título de duquesa.

Ainda assim, por algum motivo, tranquila e discretamente, Pamela voltara seu olhar atento para Kipp e ele, depois de passar por todos os testes para conquistar aquela dama cobiçada, agora se via diante do último obstáculo: fazer o pedido.

Acabe com isso de uma vez, tentou dizer Kipp a si mesmo.

Ele tossiu baixinho, tentando aliviar o aperto que sentia na garganta. Kipp não tinha ideia de por que aquilo se tornara tão difícil. Ele acordara naquela manhã determinado a fazer o que precisava.

Pedir aquela herdeira em casamento e, assim, salvar suas terras e seu título da ruína.

Então *ela* chegara.

Cordelia Padley. Com aquele pedido absurdo de que ele a ajudasse, como qualquer membro honrado da RSE faria.

A questão era que ele fizera aquela promessa quando tinha 8 anos. E não existia nenhuma Real Sociedade de Exploradores – com todos os seus códigos de honra. Kipp tivera que recusar o pedido de Cordelia.

Ele tinha responsabilidades a cumprir. Com seus arrendatários. Com o futuro do nome da família.

Até mesmo Drew, por mais desajuizado e temerário que fosse, concordara com relutância que aquele era o único curso de ação.

– Tia Charity – chamou a Srta. Holt, voltando a atenção para a dama mais velha sentada como uma gárgula do outro lado do salão. – Faria o favor de pedir a Ruskin que traga a bandeja de chá?

A tia, que estava ali no papel de acompanhante da jovem, hesitou por um momento, torcendo os lábios em uma expressão de desagrado diante da ideia de abandonar a pupila. Outro olhar firme da sobrinha fez com que ela saísse para fazer o que lhe fora pedido, mas não antes de fitar Kipp de forma severa.

Então os dois ficaram a sós. Ele e a Srta. Holt. O que deveria ser o estímulo que faltava para que ele fizesse a declaração grandiosa.

Contudo, em vez de seguir com o esperado, Kipp se pegou olhando ao redor do salão esplêndido, uma exibição de riqueza e elegância. Não ficou impressionado com os elegantes toques dourados nem com a mobília cara – ao contrário, teve um lampejo de mau presságio de que, não demoraria muito, estaria vendo sua velha e amada Mallow Hills decorada da mesma forma.

Não, não, ele não podia pensar daquele jeito. Precisava se lembrar de todas as melhorias que poderia fazer na propriedade. Ele teria condição de drenar os campos e reformar os chalés. Os estábulos passariam a abrigar cavalos premiados. E ovelhas gordas se espalhariam pelos prados.

– Milorde, algum problema? – perguntou a Srta. Holt enquanto pousava as mãos com cuidado sobre os babados do vestido...

Era o tipo de vestido que uma dama usaria em um passeio de carruagem – o que, Kipp presumiu, seria a sugestão da Srta. Holt depois que ele fizesse o pedido que supostamente estava ali para fazer. Assim, ela poderia passear pelo parque com ele e a notícia do noivado dos dois se espalharia mais depressa.

Linda e astuta. Sem dúvida, filha do pai dela.

– Não, não – disse Kipp, passando a mão pelo cabelo. – Problema nenhum.

Na verdade, estava tudo errado. Tinha a sensação de caminhar na prancha de um navio sob a mira de uma espada.

Kipp se esforçou para lembrar que aquilo não passava de uma questão de negócios a ser resolvida e sacramentada. Para ela, significaria o título de condessa; para ele, a segurança de uma fortuna.

Uma troca justa e correta.

Porém um pensamento passou pela cabeça de Kipp.

Estou determinada a não me casar por nenhum motivo que não seja o desejo do meu coração.

Ah, maldita fosse Cordelia por fazê-lo lembrar-se de outra coisa impossível.

Amor.

Só mesmo ela para renegar segurança e prestígio social em nome de um sentimento tão caprichoso e cheio de mistérios.

Ele quase deixou escapar um gemido. Amor... Ora essa!

Ao olhar para a Srta. Holt, Kipp teve a certeza de que nunca veria uma centelha de uma emoção tão inútil em seus olhos. Não; quando olhava para ele, Pamela não via mais do que segurança e ascensão social para seu futuro, tornando-se lady Thornton e uma anfitriã importante de Londres.

Um futuro tão gravado em pedra, tão estático, tão arraigado, que, antes que pudesse se conter, Kipp se viu soltando uma torrente apavorada de palavras.

– Temo ter uma notícia ruim para lhe dar.

As palavras surpreenderam até a si mesmo. Santo Deus, o que acabara de dizer? Kipp tentou se forçar a retirar o que dissera, mas *aquelas* palavras se recusaram a ser pronunciadas. Como ele já colocara o elefante no meio da sala, agora não tinha como expulsá-lo.

E, para seu imenso espanto, ele também não queria fazer aquilo. Kipp endireitou o corpo, e a determinação trouxe consigo a sensação de algo havia muito perdido que acabara de ser subitamente encontrado.

Enquanto isso, Pamela sorria como se não tivesse escutado bem o que ele dissera.

– É difícil crer que isso seja possível – retrucou, segura do próprio valor, da própria posição.

O olhar dela encontrou o de Kipp, incitando-o em silêncio, como se dissesse: *Nós dois sabemos por que está aqui. Ande logo com isso.*

Sim, era o que ele precisava fazer: *andar logo com aquilo.* Porém Kipp tinha a sensação de estar parado em cima de concreto ainda úmido – caso não saísse logo dali, ficaria preso.

Pelo resto da vida.

Assim como a herança que recebera extinguira a futura vida de aventuras de que antes se vangloriava com Cordelia. Ele seria um cartógrafo famoso. Percorreria colinas, montanhas e ilhas nunca antes visitadas. Conquistaria todas elas.

Teria todo o planeta para descobrir.

Tudo aquilo havia desaparecido no momento em que fora promovido de herdeiro sobressalente a herdeiro de fato.

Reencontrar Cordelia, porém, trouxera à tona aquele anseio por aventura que ele imaginara ter desaparecido para sempre. Ah, aquilo tinha a marca distinta daquele ser pérfido: o Destino. De que outra forma explicar por que Cordelia voltara à vida dele exatamente naquele dia? Para lhe oferecer uma última aventura antes que o cimento sob os pés dele endurecesse.

"Mas você tem que ir comigo. Sob pena de morte", provocara Cordelia, com um sorrisinho travesso nos lábios e um brilho intenso nos olhos.

Kipp olhou para Pamela, que também sorria, curvando os lábios de forma tão sedutora que faria com que os poetas entre os seus admiradores corressem para eternizá-lo no papel.

Naquele momento, contudo, ele percebeu que o sorriso dela nunca chegava aos olhos. Não como acontecia com Cordie.

– Preciso deixar Londres – disse Kipp.

Já não sentia que se afogava em pânico, os pés estavam firmes agora.

– Amanhã de manhã, bem cedo.

– Amanhã? Não vejo como...

Ela torceu o nariz, aborrecida.

– É uma questão de honra, Srta. Holt. Preciso ir.

– *Precisa?*

Ela franziu o cenho também e o sorriso abandonou seus lábios, deixando uma linha reta e severa no lugar.

Como a Srta. Holt fora criada tendo todos os desejos atendidos e cada expectativa preenchida, Kipp poderia muito bem estar falando sânscrito, pois ela não conseguiria imaginar nada que fosse mais importante que o pedido de casamento que ele supostamente estava ali para fazer.

A ela.

Agora que lançara seu navio no mar, contudo, Kipp se pegou sendo puxado tanto pela maré quanto pelo vento favorável.

– Sim, fiz uma promessa a uma pessoa amiga. Muito tempo atrás. A notícia... o pedido de ajuda, na verdade... chegou esta manhã.

Na forma da mulher mais louca e impossível que alguém poderia conhecer. Mas Kipp achou mais sábio deixar aquela parte de fora.

– Não posso me omitir em relação a essa pessoa em um momento de tamanho desespero – acrescentou Kipp. – Como eu disse, é uma questão de *honra*.

Diante do que era a mais aristocrática das exigências, Pamela dificilmente poderia protestar, caso contrário pareceria o que era – a filha vaidosa de um ex-negociante de trapos. Ela se recompôs, endireitou o corpo e assentiu, concordando.

– Eu não esperaria nada menos do senhor, milorde.

Então a jovem voltou ao assunto que lhe interessava.

– Quando retornará?

Ali estava o problema.

– Em uma semana, no máximo quinze dias.

– *Quinze dias!* Mas...

Ela se deteve e levou a mão à boca para se impedir de pronunciar as palavras autoritárias que ameaçavam escapar. E, provavelmente, porque ouvira no próprio tom de protesto – assim como ele – a estridência de uma megera.

– Sinto muito, mas, como eu disse, é uma questão de honra. Agradeço muito sua compreensão e sua paciência, Srta. Holt.

Ele fez um meneio para se despedir e partiu.

Isto é...

Praticamente fugiu.

Na manhã seguinte, Cordelia estava do lado de fora, supervisionando a grande quantidade de baús, valises e caixas que era arrumada dentro e no alto da carruagem. Por mais que aquilo fosse tarefa do mordomo, ela já a fizera tantas vezes ao longo dos anos para o pai que ainda preferia assumi-la.

Se a vida pudesse ser organizada com a mesma facilidade...

Cordelia ergueu os olhos para a casa ao lado e sua mão buscou instintivamente a moeda de 6 *pence* no bolso.

– Procurar por ele e desejar que ele chegue não vai fazer com que isso aconteça – comentou Kate, lendo os pensamentos de Cordelia com a astúcia irritante que lhe era característica.

– Não estou desejando nada disso – mentiu Cordelia.

– Anda sonhando acordada desde ontem.

– Isso não parece provável – retrucou Cordelia.

Não era exatamente sonhar acordada quando a pessoa não conseguia tirar algo da cabeça, não importava quanto tentasse. Como, por exemplo, o contorno do maxilar de Kipp. Ou a linha firme dos lábios dele.

Para não mencionar a Regra 18.

– O que o homem lhe disse para deixá-la nesse estado? – perguntou Kate, com a clareza surpreendente de sempre.

– Não estou em "estado" nenhum – retrucou Cordelia, com acidez. – E já lhe contei o que ele falou. Que tinha outros compromissos e não poderia me ajudar.

E era melhor assim. Ainda mais à luz da súbita preocupação dela em relação a como Kipp estava. Tão taciturno. Tão bem-composto. Tão lindo. Tão beijável...

Céus, lá ia ela de novo.

Enquanto Cordelia estava perdida em pensamentos, Kate, que não era de guardar suas opiniões para si mesma, continuou.

– Eu lhe disse para não usar aquele vestido horrível.

– Como se algum outro vestido fosse alterar o fato de ele já ter assumido outros compromissos – retrucou Cordelia.

– Ficaria surpresa com a quantidade de compromissos que um homem está disposto a esquecer quando uma dama usa o vestido certo.

Cordelia preferiu ignorar o comentário da companheira experiente, já que no momento aquilo seria apenas um anseio vão.

E anseios não trariam de volta o Kipp de que ela se lembrava. Aquele Kipp se perdera havia muito tempo.

O Kipp com quem ela passara horas quando criança, os dois deitados lado a lado no chão da biblioteca, folheando atlas e planejando as próprias expedições. Kipp traçando a rota e Cordelia fazendo listas intermináveis do que eles iriam precisar.

Aquele Kipp que não se incomodava com o que ela usasse, só se importava que ela amasse aventuras tanto quanto ele.

– Como logo você não sabia que ele havia herdado o condado?

Kate ainda não conseguia acreditar que Cordelia – sempre atenta a cada detalhe – deixara escapar aquela informação.

– Depois que minha mãe morreu, nós nunca mais retornamos a esta casa. Passei todos aqueles anos na escola, depois segui papai até a Índia. Eu não fazia ideia de que ele era... de que ele não era...

O Kipp dela.

Afinal, Cordelia passara anos a imaginá-lo enfrentado com bravura um furacão ou mapeando águas distantes, parado no deque do próprio navio, parecendo-se em tudo com um bom membro da RSE.

E, só de imaginar que ele havia conseguido conquistar seu maior desejo, quando ela não conseguira, Cordelia já sentia seu coração se aquecer um pouco.

Cordelia cerrou os lábios ao se lembrar do homem que ele se tornara – um nobre reservado e na defensiva, carregando o peso do mundo nos ombros. Muito longe do explorador livre e intrépido de quem ela tanto gostara.

O que mais a surpreendia era a constatação que a acordara no meio da noite: talvez Kipp precisasse ser resgatado tanto quanto ela. Porém Cordelia não tinha a menor ideia de como fazer isso. E também não tinha tempo. Afinal, precisava resolver os próprios problemas.

Naquele momento, o cocheiro terminou de prender a última corda na parte de trás da carruagem.

– Pronto, senhorita, está tudo como pediu. Podemos partir.

Chegara a hora de Cordelia enfrentar as consequências de seu falso noivado.

Se...

Então, como se uma tábua de salvação surgisse do nada, alguém perguntou:

– Há lugar para mim?

Cordelia fez uma pausa de apenas um segundo, porque aquela voz, aquelas palavras foram como uma corda num pião, e a fizeram dar meia-volta.

– Kipp? – disse ela e balançou a cabeça. – Quero dizer, milorde...

Porque, apesar de ser a voz de Kipp, diante dela estava um perfeito cavalheiro inglês – uma criatura majestosa e intimidante trajando um elegante casaco de viagem com botões de prata que cintilavam ao sol.

Muito imponente e respeitável. E muito belo. Cordelia sabia que o encarava, boquiaberta, mas como evitar? Porque ali estava ele, como um cavaleiro errante, pronto para salvá-la.

Ele estava ali para salvá-la, não estava?

– E para mim também – acrescentou outra pessoa, arrancando Cordelia de seu transe.

Só então ela se deu conta de que Kipp não estava só, que o irmão libertino dele também estava ali. Drew. Os dois estavam parados um ao lado do outro, puxando seus cavalos e segurando valises que pareciam muito gastas.

Cordelia tentou dizer algo, mas ainda estava um pouco perplexa por ver Kipp.

– Consegui reorganizar meus compromissos – contou ele.

As palavras saíram em um tom um pouco rígido, mas, se Cordelia não estava enganada, havia uma centelha da antiga chama em seus olhos.

– Não poderia permitir que uma companheira da RSE viajasse sozinha – acrescentou ele, curvando os lábios num esboço de sorriso. – Isto é, se ainda não tiver encontrado outro membro da Real Sociedade...

Kipp olhou ao redor como se esperasse ver outro companheiro em roupas de viagem esperando por perto.

Ela balançou a cabeça.

– Não. Acho que terei que me contentar com você – conseguiu dizer, sentindo-se imediatamente tola por não ter dito algo mais sedutor.

Porém a verdade era que aquilo era melhor do que a confissão que quase escapou dos lábios dela.

Por que eu iria querer outra pessoa?

Kate, por outro lado, depois de avaliar a situação em um piscar de olhos, se adiantou.

– Lorde Thornton, imagino?

Ela estendeu a mão, que o conde pegou, inclinando-se em uma cortesia.

– Sou a Sra. Harrington, dama de companhia da Srta. Padley.

O olhar de Kate já pousara no homem atrás do conde e seus lábios formaram um sorriso travesso.

– E o senhor deve ser o capitão Talcott.

Ela avaliou Drew de cima a baixo.

– Eu o imaginava mais alto, a julgar pelas histórias de suas proezas.

E, sem esperar por resposta, saiu andando em direção à carruagem, para que o criado a ajudasse a se acomodar, deixando Drew boquiaberto às suas costas.

Ah, sim, Kate sabia como lançar uma isca.

Cordelia se apressou a segui-la, em parte por medo de que Kipp mudasse de ideia – embora, pela expressão no rosto de Drew, estivesse claro que o capitão as seguiria até o fim do mundo.

Bem, seguiria Kate.

– Bem, vamos acrescentar nossa bagagem às outras e partiremos – falou Kipp, cutucando o irmão ainda perplexo para que o seguisse.

Dentro da carruagem, Kate estava descalçando as luvas.

– Você não comentou que lorde Thornton era tão bonito. Se eu fosse você, me esforçaria para transformar esse noivado inventado em um compromisso de verdade.

A dama de companhia ergueu ligeiramente as sobrancelhas.

Pelo amor de Deus, pensou Cordelia, Kate estava ficando pior do que as tias.

– Não quero me casar. E Kipp, quero dizer, o conde só está me ajudando por causa de uma promessa que fizemos um ao outro anos atrás.

Kate bufou baixinho e olhou pela janela, admirando a vista. Que, por acaso, era o capitão Talcott montando seu cavalo.

– Essa é a única razão?

Cordelia a ignorou.

Não que Kate tivesse terminado.

– Mas ele está aqui. O que já significa algo. Ainda mais depois de você estar tão certa...

– Ele disse que não viria – lembrou Cordelia. – Não houve nenhuma ambiguidade.

– Ainda assim, aqui está ele. E ainda trouxe o irmão.

Kate sorriu de novo e deixou o corpo afundar no assento enquanto a carruagem começava a se movimentar.

– Isso é muito curioso. O que será que o fez mudar de ideia?

CAPÍTULO 4

Mais tarde naquele dia, Cordelia saiu da estalagem e olhou ao redor com seu estojo de desenho na mão. Haviam parado naquele vilarejo singular para passarem a noite. Inquieta depois de um dia inteiro enfurnada na carruagem, Cordelia esperava que uma caminhada e a oportunidade de desenhar um pouco desembaralhassem seus pensamentos.

Para sua decepção, Kipp cavalgara o tempo todo em silêncio, enquanto Drew aproveitara toda oportunidade para emparelhar sua montaria com a carruagem e apontar para algumas vistas, regalando-as com histórias de seus feitos.

Lá pela metade do caminho, Cordelia quisera bradar: *Sim, sim, você é um grande herói aventureiro, capitão Talcott, mas o que seu irmão está fazendo aqui? O que o fez mudar de ideia?*

E ela queria mesmo saber? Afinal, não desejava um noivado de verdade. Estava apenas pegando o conde emprestado como noivo. Depois o devolveria, feliz, a Londres. E com prazer.

Porém a irritava que Kipp invadisse cada pensamento seu mas não se dignasse sequer a olhar para ela.

Melhor assim, disse a si mesma – ao menos até virar ligeiramente o corpo e descobrir Kipp parado bem ao seu lado.

Cordelia se sobressaltou e deu um gritinho.

– Aonde você pensa que vai?

Ele se trocara e agora usava um paletó preto liso e calça de montaria, o que o deixava com uma aparência menos imponente, mas ainda bastante conservadora.

– Vou sair para desenhar – disse ela, erguendo o estojo de desenho. – E, no futuro, não se esgueire perto de mim. É muito desconfortável.

Porque, naquele momento, o coração dela batia descompassadamente.

– Não estou me esgueirando. E por que está aqui sem a Sra. Harrington?

Sim, sem dúvida conservador. E esse era o motivo pelo qual ela não queria um noivo, ou qualquer homem, dirigindo a sua vida.

– Ela não desenha – retrucou Cordelia, ignorando o tom de consternação e desaprovação da pergunta.

Estava acostumada com aquele tipo de reação diante da sua "independência desenfreada", como comentavam as matronas de Bombaim. Ela levantou a bainha da saia e começou a atravessar o pátio do estábulo.

– Espere – falou Kipp.

Ele a alcançou logo, com as botas rangendo na lama.

– Não pode andar por aí desacompanhada.

– Ah, pelo amor de Deus!

Cordelia parou e se virou para encará-lo.

– Eu viajei por toda a Índia e contornei o Chifre da África até chegar à Inglaterra.

Ela acenou com a mão livre, mostrando o ambiente bucólico diante deles... a pequena estalagem e a fileira de lojas mais além, as árvores verdes e os jardins floridos que tornavam a vista agradável e convidativa.

– Acho difícil que este vilarejo abrigue um covil de ladrões à espreita para roubar minha pena e meus papéis.

Ela continuou a andar, mas, para seu desgosto, Kipp permaneceu a seu lado, ainda repreendendo-a.

– Não terminamos ainda, Srta. Padley – disse ele.

Ele não a chamou de Cordie. Ou de Cordelia. Não usou nem mesmo aquele terrível apelido de Comandante Cara-de-Manjar. Ela preferiria qualquer um desses à escolha rígida e formal dele. Srta. Padley, sinceramente!

– E se você se perder? – argumentou Kipp.

Aquilo foi a gota d'água. Cordelia se virou para encará-lo.

– Como isso poderia acontecer, milorde?

Ela ergueu um pouco o queixo.

– Estamos em uma ilha. Em algum momento eu chegaria ao seu limite.

Aquilo o pegou de surpresa, calando-o por um instante. Então um ligeiro sorriso se insinuou em seu rosto e, para a surpresa de Cordelia, ele riu.

– Então é melhor eu acompanhá-la... para garantir que não caia no mar.

Ele estendeu a mão e pegou o estojo que ela segurava. Se Cordelia não estivesse tão surpresa com o som precioso do riso dele e com o arrepio que aquela risada provocou ao longo de sua espinha, teria tido a presença de espírito de impedi-lo.

Ora, que arrogância...

– Sou capaz de carregar meu estojo.

Ela tentou pegá-lo de volta, mas Kipp o manteve fora do seu alcance.

– Tenho certeza disso.

Então ele segurou o estojo do outro lado do corpo e lançou a Cordelia um daqueles olhares firmes de que apenas um lorde inglês era capaz. Do tipo que não deixava espaço para ser contrariado.

Do tipo que dizia: *Você pode ir aonde quiser, mas irá comigo.*

Kipp voltou a caminhar, deixando Cordelia sem escolha a não ser segui-lo. Afinal, o homem estava com o estojo de desenho dela.

Só que Cordelia não pretendia desistir tão facilmente.

– Membros da RSE sempre carregam os próprios fardos.

– Eu dificilmente chamaria isso de fardo – retrucou Kipp, cerrando os lábios em uma expressão obstinada.

Bem, ao menos nisso ele não mudara: Christopher Talcott ainda era o homem mais teimoso do mundo.

De que outras maneiras ele não mudara? Aquela dúvida provocou a curiosidade insaciável de Cordelia.

– Por que você... – começou ela.

Nunca partiu para o mar? Nem seguiu seus sonhos? Virou uma criatura tão enfadonha?

– Por que o quê?

– Não foi para o mar como planejava. Sei que herdou o título e tudo o mais, mas isso não me parece uma boa razão...

Ele se retesou discretamente e Cordelia notou que a curiosidade a fizera ir longe demais.

Mas agora que começara...

– Você ainda poderia ter ido – continuou ela.

Reparou na ruga entre as sobrancelhas de Kipp, nos lábios cerrados. Na perturbação por trás daquelas reações.

Frustração. Raiva. Mágoa.

Sentimentos que Cordelia conhecia bem demais.

Ela balançou a cabeça.

– Com certeza não se lembra do meu pai – falou ele.

Cordelia pensou por um momento e se deu conta de que não se lembrava mesmo do antigo conde. Mas a verdade era que não passava de uma criança na época e dificilmente teria sido apresentada ao lorde dono da casa vizinha.

– Ele tinha verdadeiro horror à ideia de Drew herdar o título – explicou Kipp.

Cordelia não conseguiu se conter e deixou escapar uma risadinha.

– Não sem razão. Drew era um malandro terrível.

115

– Ainda é – falou ele. – Eu, se fosse você, alertaria a Sra. Harrington.

Cordelia assentiu de modo educado. Seria melhor alertar o capitão Talcott a respeito da Sra. Harrington, mas não diria isso a Kipp, dada a obsessão por decoro que ele mostrava no momento.

Ela preferiu voltar ao assunto anterior.

– Então você ficou para trás.

– Sim, e Drew partiu para o mar no meu lugar.

Cordelia parou de andar e Kipp fez o mesmo.

– Sinto muito – disse ela e pousou a mão na manga dele.

Cordelia não saberia explicar por que fizera isso, mas, no momento em que seus dedos se curvaram ao redor do braço dele, ela se arrependeu. Pois, de repente, aquilo fez com que toda a farsa do noivado parecesse muito real.

Kipp abaixou os olhos para a mão dela, então seus olhares se encontraram e Cordelia se deu conta de que a camaradagem que compartilhavam quando crianças era bem diferente de serem íntimos quando adultos – próximos como estavam, ela só conseguia pensar na Regra 18 e em tudo o que ela implicava.

O que oferecia. O que prometia.

E, pelo brilho cauteloso no olhar de Kipp, ela não conseguiu evitar imaginar se ele estaria pensando o mesmo. E se estivesse...

Cordelia entrou em pânico e retirou a mão depressa. *Ah, isso não daria certo.*

Por isso continuou a andar, com Kipp logo atrás, os dois ignorando o momento desconfortável.

Era uma pena, pensou ela, olhando de relance para Kipp, que ele não fosse mais parecido com o malandro do irmão.

– Você mudou, se não se importa que eu diga – falou Cordelia.

– Você não.

Aquilo não soou muito como um elogio. Não que esperasse por elogios, mas, ainda assim, o comentário incomodou seu coração feminino.

– Nem um pouco?

Ele olhou de relance para Cordelia.

– Ah, você se tornou adulta.

– Ora, obrigada por perceber.

– Seria difícil não notar.

Cordelia imaginou que *aquilo* talvez fosse um elogio, mas, como nunca recebera nenhum de um homem, não tinha ideia do que esperar. Mas também achava que a pessoa deveria ser mais efusiva quando quisesse fazer um elogio.

Eles dobraram uma curva e o motivo pelo qual Cordelia escolhera aquele caminho surgiu à vista. Bem ao lado da estrada se erguia um antigo castelo em ruínas que era mais uma pilha de escombros do que uma fortaleza, já que os muros antes imponentes haviam sido pilhados por séculos pelos moradores dos vilarejos próximos.

No horizonte ao longe o sol começava a se pôr, preparando-se para dar lugar à noite e encerrar os trabalhos do dia ao banhar o céu com tons fortes de rosa e vermelho enquanto as pedras amarelas das ruínas do castelo cintilavam com um fogo ancestral. Era naquela luz do crepúsculo que o dia e a noite se abraçavam.

Cordelia e Kipp pararam. Ela não conseguiu se conter e pegou a mão dele.

– Você já viu...

– Não, não vi. Ao menos não em muito tempo.

Então ele a pegou de surpresa.

– Obrigado, Cordelia, por me pedir para... para vir com você e tudo o mais. Eu havia esquecido...

Ela assentiu, pois sabia o que ele queria dizer. Já fazia muito tempo que ela não ficava ao lado de alguém que entendesse. Que *a* entendesse.

– Se vai desenhar, é melhor se apressar – disse Kipp.

– Ah, Deus, quase esqueci.

Ela soltou a mão de Kipp com relutância e pegou o estojo de desenho. De posse dele, sentou-se em um trecho gramado, pegou o material que pretendia usar e abriu seu caderno de esboços.

Então Cordelia fechou os olhos e respirou fundo.

Depois de algum tempo, Kipp tossiu baixinho e perguntou:

– O que está fazendo?

Ela abriu os olhos devagar.

– Estou me concentrando com todos os meus sentidos. Se vou desenhar esta cena, quero ser parte dela... de toda ela. O vento, a relva, os pássaros...

Cordelia inclinou a cabeça na direção de uma sebe próxima, de onde saíam trinados de um pássaro escondido.

– É um tordo?

Kipp também prestou atenção.

– Não, uma cotovia.

Ela sorriu e assentiu, registrando a informação.

– Um amigo do meu pai, um sacerdote hindu que também gostava de desenhar, sempre dizia que, se quisermos capturar um momento, precisamos estar no momento. Sentir o lugar.

Cordelia ergueu os olhos e o pegou fitando-a com atenção.

– Tente. Feche os olhos.

– Eu dificilmente faria isso. Conhecendo você como conheço, esse deve ser um dos seus truques para escapar de mim.

– Se eu quisesse, já teria escapado – declarou ela em um tom sarcástico.

– Então vou tomar sua presença aqui como um elogio.

– Então você sabe o que é isso – murmurou Cordelia, sem pensar.

– Como disse?

– Ah, nada – apressou-se ela a falar.

Então mudou de assunto enquanto observava o castelo e o horizonte à procura do melhor ângulo.

– É mesmo magnífico – comentou, examinando o céu com a cabeça ligeiramente inclinada.

Kipp assentiu, concordando.

– Em Londres, não se tem a chance de... isto é, eu não consigo... bem, com minhas responsabilidades e tudo o mais.

– Sinto muito.

Embora não tivesse certeza se lamentava a perda dos sonhos dele ou tê-lo tocado de forma tão impetuosa poucos minutos antes. Por isso fez questão de ser mais clara.

– Por você ter herdado o condado.

– Não é o que se costuma ouvir nesse caso. A maior parte das pessoas acha que tive uma sorte dos diabos.

Ele foi até uma das pedras caídas e se sentou.

Quando voltou a erguer os olhos, Cordelia teve uma visão de Kipp que não conseguiria explicar, sentado naquela pedra antiga, como um rei do passado. Na mesma hora ela virou a página do caderno e recomeçou.

– Qualquer um que não compreenda obviamente não é membro fundador da RSE – disse Cordelia, empinando o nariz.

Kipp riu de novo.

– *Se a vida não for uma aventura, dificilmente vale a pena ser vivida.*

Aquelas palavras a pegaram de surpresa, desviando sua atenção do esboço que estava à sua frente.

– Ah, você se lembra!

– É claro que me lembro. É um ótimo lema para uma sociedade.

– Sociedade secreta – corrigiu Cordelia.

– Ah, sim, muito secreta. O que é ótimo. Porque, se não me engano, há um aditamento sobre canibalismo na nossa lista de regras. Como membro da Casa dos Lordes, não seria bom se alguém soubesse que já endossei a ideia de meus amigos aristocratas serem devorados.

– Sim, mas só em caso de fome extrema – lembrou ela. – E, pelo que me lembro, apenas aristocratas hierarquicamente abaixo dos condes poderiam ser consumidos.

Os dois se entreolharam e começaram a rir. Com vontade.

Deus, ela não conseguia se lembrar da última vez que rira daquele jeito.

– Sim, suponho que seja bom que o cânone da RSE tenha se perdido no tempo – comentou Cordelia.

Ele ergueu um pouco as sobrancelhas e desviou os olhos.

– Kipp, ele se perdeu, não é?

Ele deu de ombros.

– Até algumas semanas atrás, eu teria dito que sim, mas quis a sorte que eu estivesse examinando a biblioteca e o encontrasse enfiado atrás daquele atlas gigante que costumávamos arrastar para todo lado.

– Muito providencial! – disse ela.

Não era de espantar que ele se lembrasse da Regra 18.

– Teria facilitado a minha missão ontem se eu o tivesse em mãos, para citá-lo.

– Eu tinha me esquecido da maior parte das tolices que escrevemos nele.

Kipp olhou de relance para ela e, se Cordelia não estava muito enganada, seus olhos cintilavam com um brilho travesso muito semelhante àquele de que ela se lembrava – embora, mesmo sendo ainda um menino na época, Kipp tivesse se oposto fervorosamente ao acréscimo da Regra 18 ao estatuto da sociedade.

Ele se levantou e foi se sentar ao lado dela.

– O que está desenhando?

Quando Kipp estendeu a mão para o caderno de desenho, Cordelia se colocou rapidamente de pé.

– Ah, nada. Além do mais, a luz mudou. Preciso recomeçar.

Ele também se levantou, olhou para o horizonte e depois para ela.

– Não acho que o sol tenha se movido tanto assim. O que está escondendo, Cordie?

Cordie...

Ah, ele ainda a conhecia. Cordelia ergueu os olhos e descobriu que Kipp se aproximara mais. O aroma sutil de colônia, cavalos e algo mais, extremamente másculo, provocou seus sentidos. Estavam tão próximos que Cordelia conseguia ver a sombra de sua barba feita. Se ficasse na ponta dos pés e segurasse a lapela do paletó de Kipp, se erguesse os lábios na direção dos dele...

– Não estou escondendo... quero dizer... não é nada demais – disse ela, segurando o caderno de desenho atrás das costas.

Quando, na verdade, era tudo.

Então Kipp se inclinou para pegar o caderno e, de repente, os corpos dos dois ficaram colados.

Kipp estendeu a mão para firmar Cordelia e se viu abraçando-a, cercado pelo perfume exótico dela e pelas curvas suaves do corpo feminino pressionado contra o dele.

No mesmo instante, ele percebeu que não deveria ter entrado naquela aventura insana – porque ali estava toda a ruína que ele vinha reprovando em Drew desde que o irmão voltara do mar.

Ainda assim, com Cordie em seus braços, ele só conseguia pensar na Regra 18. Aquela única linha que o fizera sorrir quando a lera.

Na improvável circunstância de que um membro da RSE nunca se case e chegue à idade avançada de 25 anos...

Cordelia insistira na inclusão daquele aditamento ao estatuto da sociedade, mesmo sob protestos veementes de Kipp. Agora, fitando os olhos cintilantes dela e a curva sedutora dos lábios, entreabertos como em um convite, ele não conseguia pensar em uma objeção sequer à regra de Cordelia.

E fora a regra *dela*. No momento, só o que Kipp precisava fazer era endossá-la.

Ele inclinou o corpo, espantado com a própria reação ao ter aquela dama inadequada em seus braços. Deveria se afastar, se desculpar, fazer qualquer coisa que o devolvesse ao seu lugar adequado. Que fizesse com que ambos se lembrassem de que o motivo daquela viagem era apenas uma invenção, um fingimento.

Mas como recuar quando estava diante de uma Cordelia Padley adulta, uma mulher?

Os cabelos dela estavam desarrumados, as mechas, soltas em um estado sedutor de desalinho. Kipp estendeu a mão e prendeu uma mecha atrás da orelha de Cordelia. Ficou encantado ao perceber o tremor que percorreu o corpo dela.

Aquilo o estimulou a se aproximar mais.

De alguma forma, ela soubera, tantos anos antes, que um dia eles voltariam a se encontrar e... se veriam naquela situação...

Foram as notas agudas do trinado da cotovia em um arbusto próximo que trouxeram Kipp de volta a si – junto do som de cascos de cavalo se aproximando e do barulho de rodas de carruagem, anunciando que eles não continuariam sozinhos por muito tempo.

Ele ergueu os olhos para o fazendeiro que fazia a curva na estrada. O homem de aparência cansada fitou o casal com o cenho franzido e um ar de desaprovação, semelhante ao que Josiah Holt lançava aos desocupados e libertinos que ousavam se aproximar demais da filha dele.

Foi um olhar que arrastou Kipp de volta ao seu lugar. Ao lugar do conde de Thornton. Que estava quase noivo.

De outra pessoa.

Portanto, não importava o que tivesse jurado tantos anos antes, aquela era uma promessa que ele não poderia mais cumprir.

– Sim, ora, se não quer me mostrar o seu desenho, tudo bem – conseguiu dizer.

Ele ajudou Cordelia a se firmar de pé e então se afastou, até o aroma sedutor do perfume dela não envolvê-lo mais.

Da sua parte, Cordelia endireitou o corpo com o ar indignado de um gato que fora acariciado da forma errada, e o feitiço sedutor que os envolvera se estilhaçou.

– Não é nada demais – disse ela enquanto passava as mãos pelo cabelo e colocava os fios soltos no lugar.

Contudo, cada vez que ajeitava uma mecha rebelde, outra parecia se soltar. Os cabelos de Cordelia eram sua fiel representação: absolutamente indomáveis.

Mas, ah, como seria tentar...?

– O que não é nada demais? – perguntou Kipp, distraído, com a atenção ainda fixa nos cabelos desalinhados dela.

– O desenho que você queria ver.

Ah, sim, o desenho. Kipp esquecera.

Cordelia abriu o caderno e o estendeu para ele. O desenho mostrava um esboço rápido do castelo, com a linha do horizonte muito suave atrás.

– Santo Deus, está excelente! – disse Kipp, colocando-se ao lado dela. – Você tem muito talento.

– Não, minha mãe é que era talentosa. Eu sou uma parca imitação.

Ela abaixou os olhos para o caderno.

– Mas este desenho ficará muito melhor quando eu tiver a oportunidade de colori-lo com aquarela.

Cordelia deu um sorriso cauteloso, depois se afastou dele, se acomodou a poucos metros de distância e continuou a desenhar.

Kipp voltou para a mesma pedra em que sentara antes, grato por permanecerem em silêncio por algum tempo. Até o barulho do lápis no papel cessar.

– Ainda desenha mapas? – perguntou Cordelia, erguendo os olhos do trabalho.

Ele balançou a cabeça.

– Não. Não teria por quê.

Ela pousou o lápis e se virou para ele.

– Por que não? Sempre foi o que mais desejou fazer.

– Você ainda deseja o mesmo que desejava aos 8 anos? – indagou Kipp, incapaz de se conter.

Ele ergueu um pouco as sobrancelhas, para implicar com ela.

Cordelia enrubesceu, como uma pincelada de aquarela se espalhando por uma folha de papel. Mas o instante de constrangimento não durou muito. Ela logo endireitou o corpo.

– Está se referindo a explorar a África?

Kipp deu uma risadinha.

– Sim, se é assim que prefere chamar.

Cordelia fez questão de ignorar a provocação.

– Levando em consideração que não posso nem atravessar um vilarejo sozinha, presumo que a ideia de uma dama se aventurando até os extremos da África também não seria bem-vista.

– Eu me arrisco a dizer que isso é verdade – concordou ele, em um tom mais severo do que o que ela gostaria de ouvir.

Cordelia fechou o caderno de desenho com força.

– Ah, não, você também...

– Srta. Padley, isso simplesmente não se faz.

Ela começou a recolher seus pertences.

– Você pode fazer o que lhe der na cabeça, lorde Thornton. Viajar. Desenhar mapas. Explorar o mundo... Embora, por alguma razão inexplicável, tenha decidido deixar de lado todos os seus sonhos.

Segurando da melhor forma que podia tudo o que recolhera, de lábios franzidos e olhos em chamas, Cordelia se levantou e o encarou.

Algo na ira dela o irritou.

– Eu cresci e deixei para trás essas ideias infantis – retrucou.

– Ah, pelo amor de Deus! – rebateu ela com igual irritação.

De repente, era como se tivesse 8 anos de novo, indignada com as declarações de Kipp de que ela não poderia formar uma real sociedade, que não poderia explorar o mundo, apenas pelo mero e absurdo acaso de ser mulher.

Ele ignorou o fato de que a própria Cordelia o fizera mudar de ideia na época.

– Não sei como são as coisas na Índia, mas, aqui na Inglaterra, há uma forma determinada para tudo. Para o que se considera apropriado.

Kipp não conseguia imaginar Pamela fazendo uma sugestão daquelas. O mais próximo que Pamela chegaria do Nilo seriam as pernas do sofá da casa dela, entalhadas com desenhos de crocodilos.

– Apropriado?

Uma nova centelha de irritação iluminou ainda mais os olhos de Cordelia. Como um alerta. Ela deixou seus pertences de lado e se adiantou até ele, pisando firme, até parar à sua frente e fincar o dedo no peito dele.

– Você, lorde Thornton, pode colocar em prática qualquer uma daquelas aventuras que planejamos, só porque é homem.

– Como pode achar que isso é tão simples?

– Porque é – retrucou ela. – Um homem pode determinar o curso da própria vida, enquanto uma mulher é...

– Uma mulher é o quê?

Ele se lembrou novamente de Pamela, que mantinha quase todos os homens solteiros de Londres babando na barra de suas saias.

– Ser mulher nunca a deteve. Meu Deus! Como você mesma argumentou, já foi à Índia e voltou.

– Ainda assim, aqui estou eu, tentando me livrar de uma exigência da sociedade para que eu me acorrente a algum vendedor de sebo para velas para não ser vista como algo menos do que uma mulher. Sim, devo me casar, senão, horror dos horrores, serei uma solteirona.

Uma solteirona. Kipp quase caiu na gargalhada. A última coisa que Cordelia Padley pareceria aos seus olhos era uma solteirona apagada, ainda mais quando o perfume dela voltava a envolvê-lo, sedutor, incitando imagens de um mundo exótico que ele nunca conheceria, nunca veria.

– Milorde, se está tão preocupado com o que é apropriado, se realmente deixou seus sonhos para trás, como alega, o que está fazendo aqui? Por que veio comigo?

A pergunta o pegou de surpresa.

Por quê?

Kipp olhou ao redor para o cenário tão inglês, para as ruínas diante deles, e se lembrou de seus próprios deveres urgentes. De suas responsabilidades. As mesmas que haviam aterrissado em seus ombros no dia em que herdara o condado do pai.

O dever o mantinha no país. Distante dos cenários e cantos dispersos do mundo em que Cordelia pisara. E Kipp sentiu uma pontada de raiva atingir seu peito.

Ele era um Thornton. E não escolhera aquilo, tanto quanto ela não escolhera nascer mulher. Mas fora o que coubera a ambos e ele estava determinado a cumprir o seu dever.

– Por que abandonou seus sonhos? – repetiu Cordelia, em uma voz sussurrada que acalmou o espírito perturbado dele. – Não sonha mais com o Egito?

– É claro que sim, mas... – respondeu Kipp, sem pensar.

Ele desviou os olhos. Como era possível que ela soubesse? Como conseguira encontrar aquela pequena rachadura na armadura ele? Aquela única rachadura em sua vida cuidadosamente ordenada.

Kipp se resignara havia muito tempo com a ideia de que seus desejos, seus sonhos eram insignificantes. Mesmo assim, não fora capaz de cortar aquele último fio dourado que restava.

E ali estava Cordelia, puxando aquele fio, abalando a prudência dele.

– Também penso nisso – confessou ela. – Em subir o Nilo em uma faluca. Você se lembra?

– Sim.

Só que agora Kipp via aquele sonho sob uma nova luz. Via os dois de pé na proa do barco sob uma brisa quente e sensual que brincava com os cabelos rebeldes e indomados de Cordelia, fazendo com que longas mechas oscilassem no ar como borboletas.

E aqueles olhos, os gloriosos olhos azuis de Cordelia, cintilando de empolgação enquanto o cenário exótico passava por eles.

– Cordelia – disse Kipp, inclinando-se e respirando fundo, sentindo um aroma de sândalo envolvê-lo. – Aquilo eram só sonhos.

Ele suspeitou estar dizendo tais palavras mais para si mesmo do que para ela, mas nem mesmo aquele alerta o impediu de passar as mãos ao redor da cintura de Cordelia e puxá-la para mais perto.

Ela se colou a ele e entreabriu os lábios, surpresa diante da proximidade.

Cordelia pousara de volta na vida dele como um pássaro de penas brilhantes desnorteado que viera de um lugar distante e perdera o rumo em uma tempestade violenta. Perdido e, acima de tudo, precisando de abrigo.

E os braços dele se tornaram seu refúgio.

– Kipp?

A palavra saiu de seus lábios como um sussurro. Teria sido uma pergunta ou um pedido?

Ele deu sua interpretação: se inclinou e capturou os lábios dela, descobrindo, então, que Cordelia Padley trazia consigo uma tempestade como nenhuma outra.

Sua boca fresca se abriu para ele e a aventura começou.

Kipp a desvendou devagar, deixando a língua provocar os lábios dela, acariciando-a com gentileza enquanto a puxava para mais perto, com a mão na curva do seu traseiro, deslizando pela superfície arredondada, ansiosa para encontrar o outro lado, enquanto ela cambaleava para mais perto dele, colidindo com o corpo de Kipp como um navio encurralado, pego entre as ondas e as rochas.

Kipp a segurou com força, firmando-a, deixando as mãos correrem pelo corpo dela até encontrar a elevação dos seios. O beijo ficou mais intenso enquanto seus dedos envolviam a carne macia, acariciando-a até sentir o mamilo enrijecer.

– *Oh!* – arquejou Cordelia, surpresa, sentindo uma onda de prazer percorrer seu corpo.

Ela espalmou a mão sobre o peito dele, deixou os dedos subirem pelo ombro e o puxou para mais perto, movendo o quadril junto ao dele.

– Kipp, por favor...

Mas, antes que ele pudesse dizer algo, uma série de sons estridentes se elevou atrás deles, embora dessa vez não fosse uma cotovia.

– Ela disse que viria desenhar logo depois dessa curva...

Kipp e Cordelia se afastaram de imediato, mas foi tarde demais, pois, quando se voltaram ao mesmo tempo, viram uma Sra. Harrington boquiaberta parada no meio da estrada. E, para o horror de Kipp, ao lado da acompanhante da Srta. Padley estava Drew, balançando-se nos calcanhares, com as mãos cruzadas atrás das costas e um largo sorriso no rosto, como se tivesse acabado de descobrir um delicioso segredo.

O que, obviamente, era verdade.

– Ora, ora, isso não me parece desenhar – comentou Drew. – Concorda, Sra. Harrington?

Cordelia deu mais um passo para longe de Kipp e um abismo se abriu entre eles.

A expressão horrorizada dele só serviu para tornar a situação ainda pior. Santo Deus, beijá-la fora tão horrível assim?

Ela cerrou os lábios e tentou conter um último arrepio que percorria suas costas.

Ele a beijara.

E ela que achava que nada poderia se comparar à sensação de contornar o Cabo das Tormentas durante um furacão... Porque, naquele instante, sentia-se como se suas entranhas tivessem sido jogadas de um lado para outro, e ela estava tão zonza quanto isso poderia deixá-la – só que de uma forma muito diferente.

Como poderia não estar? Fora como ficar no deque de um navio vendo uma tempestade se aproximar. Aquele momento de ansiedade enquanto ela não sabia se Kipp iria mesmo... ou não... até que... Ah, a alegria dos lábios dele se colando com força aos dela, o modo como a instigara para que se abrisse para ele.

E ela permitira que ele explorasse seus lábios. Como poderia não permitir? Afinal, fora ela quem insistira na inclusão da Regra 18. Mas, aos 8 anos, Cordelia sonhara com um beijo casto no rosto, não com a língua de Kipp instigando a dela, seu hálito misturando-se ao dela; não imaginara o imenso desejo que sentiria de absorver cada mínima parte do prazer que ele oferecia.

Os lábios de Kipp... as mãos dele...

Ele a puxara bem para junto do corpo, envolvendo o quadril dela com a palma da mão enquanto a outra mão pressionava suas costas... então ele deixara as mãos percorrerem o corpo dela, segurando seu seio, fazendo-a arquejar, sem fôlego, conforme o toque íntimo a deixava zonza, trêmula de desejo.

Ele a cercara e ela se rendera sem luta. Como lutar, quando tudo fora tão... tão *perfeito.*

Bem, até...

Cordelia ergueu o olhar para Kate, que se esforçava para parecer furiosa, mas o tremor divertido de seus lábios, a agitação da franja vermelha de seu xale e o brilho travesso nos olhos sugeriam que no fundo ela aprovava o comportamento condenável da pupila.

Também não havia dúvida do que Drew pensava. Um largo sorriso se estendia de orelha a orelha em seu rosto. É claro que aprovaria aquilo.

Contudo, a opinião dele não importava. Na verdade, o único que importava era Kipp e, para o horror de Cordelia, a expressão dele – de choque e consternação – deixava muito claro que se arrependia do comportamento imprudente. Que se arrependia *profundamente.*

Uma onda de mortificação percorreu Cordelia e ela supôs que seu rosto estaria tão vermelho quanto o xale de Kate.

– Ora, bem, presumo que o jantar esteja pronto – comentou Cordelia, fazendo o melhor possível para olhar para qualquer lugar, menos para Kipp.

De jeito nenhum para *ele.*

Ela se apressou a recolher seu material de desenho e, a passos largos, afastou-se do conde e dos outros sem olhar para trás.

Uma pergunta terrível e lancinante a perseguiu durante o caminho de volta até a estalagem: o que era pior, a humilhação de ter que confessar para as tias e para as amigas que seu "noivado" era uma mentira ou ver aquela expressão de arrependimento no rosto duro de Kipp depois de tê-la beijado?

CAPÍTULO 5

ir Brandon Warrick olhava pela janela da estalagem tentando entender o que via: uma jovem dama atravessando o pátio às pressas. Mas o que mais o intrigou foi o cavalheiro que vinha logo atrás dela.

Olhou com mais atenção, sem acreditar nos próprios olhos.

– Que diabos é isso?

Então a porta foi aberta com força e a jovem de aparência extraordinária entrou intempestivamente no salão comum da estalagem, em certo estado de desalinho e com uma expressão furiosa no rosto.

Ela não parou nem olhou ao redor, apenas atravessou o salão e seguiu em direção aos fundos, onde Brandon sabia que o estalajadeiro mantinha salas de refeição particulares.

A porta da estalagem voltou a ser aberta com força e dessa vez foi o cavalheiro que entrou de modo intempestivo.

– Cordelia! Cordelia, volte aqui.

O homem parou por um segundo, praguejando baixinho.

Brandon ficou boquiaberto, já que nunca vira Thornton – sempre tão correto e tedioso – naquele estado.

– A senhora viu para onde foi a Srta. Padley? – perguntou o conde à esposa do estalajadeiro, que saía da cozinha.

Na verdade, ele inquiriu.

A mulher de rosto ruborizado, já acostumada com os modos arrogantes da nobreza, apenas inclinou a cabeça na direção das salas nos fundos.

– Está lá atrás, milorde. Na sala onde servi o jantar de vocês.

O conde assentiu.

– Poderia se certificar de que não seremos perturbados?

– Como desejar, milorde.

Então Thornton se afastou depressa, mais ou menos como a jovem dama fizera antes dele.

Brandon balançou a cabeça.

– Que curioso... – disse para si mesmo.

Contudo, logo descobriu que não estava sozinho.

– O que é curioso?

Ele se virou e viu uma mulher alta e majestosa trajando um elegante vestido de viagem azul-escuro de seda, com um longo xale vermelho jogado despretensiosamente ao redor dos ombros – como um acréscimo de última hora. Ela o fitava com uma expressão sedutora experiente.

Brandon, que se considerava um homem bastante vivido, tropeçou nas palavras diante da visão inesperada daquela criatura magnífica.

– Isto é... eu quis dizer...

A beldade madura parou de ajeitar as luvas nos dedos e lançou um olhar avaliador a Brandon, do tipo que deixa um homem perguntando a si mesmo se ele atenderia aos altos padrões dela.

– Sim, claro – disse ela, parecendo... entediada, para o horror de Brandon. – O senhor viu uma jovem dama passar apressadamente por aqui?

Brandon a encarou, confuso.

– O que disse?

– Uma jovem dama – repetiu a mulher.

Seus lábios cheios se curvaram em um sorriso discreto, como se ela estivesse acostumada a deixar os homens naquele estado de encantamento.

Uma jovem dama? Ah, sim, ele então se lembrou. A criatura ímpar atrás de quem Thornton saíra correndo.

– Sim, vi – respondeu Brandon.

Deixou o resto da frase no ar, em resposta aos olhares de desdém que ela lançava.

E aquilo deu resultado, pois a dama sorriu ao perceber a brincadeira.

Ah, sim, os dois podiam brincar.

– Temo ter perdido a minha pupila. Uma jovem dama cabeça-dura, sem dúvida. Por acaso viu para onde ela foi?

– Está se referindo à Srta. Padley?

Aquilo fez com que ela arregalasse os olhos escuros.

– Ora, sim. O senhor a conhece, lorde...?

Ela se interrompeu para permitir que ele se apresentasse de forma adequada. Ou, pelo menos, da forma mais adequada possível, dadas as circunstâncias. Mas Brandon não supunha que aquela dama em particular se prendesse demais às regras.

Ele se inclinou.

– Sir Brandon Warrick, a seu dispor.

– Sir Brandon – repetiu ela, avaliando o nome da mesma forma que o avaliara com aquele primeiro olhar. – Se me permite perguntar, de onde conhece a Srta. Padley?

– Não conheço.

Ela ergueu ligeiramente as sobrancelhas.

– Então...

– Lorde Thornton perguntou à esposa do estalajadeiro se ela sabia para onde tinha ido a Srta. Padley. Então, acredito que a pergunta mais pertinente seria: o que fez a pobre moça passar por aqui com tanta pressa? Concorda?

– Não, não concordo – retrucou a dama. – Mas lorde Thornton a seguiu, não é mesmo?

Brandon assentiu.

– E ele está com ela agora?

– Sim.

Brandon se afastou da janela.

– Devo admitir que estou surpreso por ver o conde tão longe de Londres. Tive a impressão de que ele pretendia ficar lá até o fim da temporada de eventos sociais.

– Então é óbvio que o conde mudou de ideia.

Óbvio. Que diabos estava acontecendo? Brandon precisava descobrir.

A dama seguiu na direção da escada, então olhou para ele por cima do ombro.

– O senhor conhece o conde?

– Sim.

Depois de uma breve pausa, ela assentiu para que ele continuasse.

– Digamos que ele e eu temos um interesse em comum.

A Srta. Pamela Holt. A herdeira dera esperanças a Brandon por toda a temporada e, apenas recentemente, deixara claro que o título de baronete que ele possuía não estava à altura de suas aspirações e que outra pessoa conquistara seu afeto... ou melhor, seu rico dote.

E o desgraçado sortudo era o conde de Thornton.

Brandon deixara a cidade para lamber suas feridas, mas, ao que parecia, ele abandonara suas esperanças cedo demais.

– Como o conde conheceu a Srta. Padley? Só pergunto porque os dois pareceram bastante... *íntimos.*

A dama deu de ombros, descartando a insinuação dele.

– Só porque são velhos e queridos amigos.

– Estou um pouco confuso... não conheço a Srta. Padley e achei que conhecesse todas as jovens damas...

– Ela acabou de retornar da Índia.

– Da Índia, é mesmo?

Brandon olhou de novo na direção do saguão de entrada. Aquilo explicava muita coisa. As roupas excêntricas, o interesse de Thornton.

Ele poderia apostar até o seu último *penny* que aquela Srta. Padley era herdeira de uma grande fortuna. Tinha que ser.

– Que o diabo o carregue – resmungou Brandon, sem perceber.

– O que disse?

A dama retirara o xale e o jogara sobre o braço. A franja capturava os últimos raios de sol que entravam pela janela.

Brandon balançou a cabeça e se recompôs. Se Thornton estava ali e Pamela continuava em Londres...

– Presumo que a senhora e a Srta. Padley estejam com o conde, certo?

Ah, a dama não se fez de desentendida.

– Exato. Lorde Thornton está fazendo a gentileza de nos acompanhar ao casamento do duque de Dorset. A Srta. Padley e a Srta. Brabourne são amigas antigas, da época da escola.

Brandon fez as contas. Thornton ficaria longe de Londres por pelo menos uma semana, provavelmente duas.

– Muito inesperado – comentou.

– Não vejo por quê – retrucou a mulher, parecendo ter se entediado com a conversa. – Aliás, vai passar a noite aqui, sir Brandon?

Havia certo convite naquela pergunta, mas, lamentavelmente, ele teria que ignorá-lo.

– Não, temo que não, minha cara dama. Parece que terei que retornar a Londres mais depressa do que havia planejado – falou ele, mas, como sempre procurava se garantir, acrescentou: – Se eu tivesse mais tempo para conhecê-la melhor...

Pegou a mão dela e a levou aos lábios.

– Lady...?

– *Senhora* Harrington – respondeu ela, depois soltou a mão da dele sem pressa.

– Meus cumprimentos ao Sr. Harrington – retrucou ele, inclinando-se em uma nova cortesia.

– Se ele algum dia for encontrado, transmitirei seus cumprimentos.

Então ela passou o xale ao redor dos ombros e seguiu na direção dos fundos da estalagem.

Ah, sim, um simples noivado falso. Que mal poderia haver nisso?

Kipp gemeu. Nenhum, se o *falso* noivo não vacilasse no meio do caminho e começasse a beijar a *falsa* noiva.

Quando entrou na sala particular, seu olhar se fixou em um único ponto: Cordelia, de costas para a porta.

De costas para ele, na verdade.

Kipp passou a mão pelo cabelo e se perguntou como se colocara naquela situação. Ao menos até se dar conta de como era bela a silhueta dela delineada pela luz do fogo na lareira.

Cheia de curvas, arredondada. Macia e flexível. Um corpo que se encaixava de forma tão perfeita ao dele que Kipp de repente se imaginou beijando-a de novo, só que na cama dele, com seu corpo cobrindo o dela.

Ele respirou fundo para acalmar o coração que disparara mais uma vez. Bem, agora tinha a resposta para a pergunta que fizera a si mesmo. E, sim, havia ultrapassado os limites do acordo deles.

Cordelia olhou para ele por sobre o ombro e seu cenho franzido foi bem eloquente. Dizia: *Você nunca deveria ter me beijado.*

Com ou sem a Regra 18. Ainda mais por, naquele momento, ele só conseguir pensar nisso.

– Cordelia.

O nome dela saiu em um sussurro, por medo de assustá-la. E de vê-la partir mais uma vez. Levando o coração dele junto.

Não, não foi nada assim tão terrível, Kipp tentou dizer a si mesmo. *Foi...*

Ora, ele não sabia o que fora, mas de uma coisa tinha certeza.

– Peço perdão por ter sido tão... – começou ele. – Tão...

Por ter sido tão bom beijar você?

Por ter tanta vontade de fazer isso de novo?

– Tão impróprio – completou Kipp.

– E foi?

– Sim – confirmou Kipp, para ela e para si mesmo.

Cordelia se virou e soltou um suspiro rápido.

– Bem, enfim... Imagino que tenha sido – falou ela.

Ela imaginava?

– Sim, totalmente impróprio – repetiu ele.

Mais uma vez, suspeitou de que dizia aquilo para si mesmo.

– Não precisa se preocupar, milorde – garantiu ela. – Não estou ofendida.

– Não?

Ela deu um sorrisinho.

– Sei que só estava cumprindo com o seu dever de membro da Real Sociedade.

Dever? Aquela era a última palavra que ele usaria para descrever o que fora beijar Cordelia.

– Sim, bem, talvez tenha apressado um pouco as coisas – dizia Cordelia. – Creio que eu não seja considerada uma solteirona... ainda.

Ele ergueu os olhos e a fitou parada junto ao fogo. Parecia terrivelmente tentadora mais uma vez.

– Não, com certeza não é uma solteirona.

Kipp sentiu que seus pés queriam impulsionar as botas para que ele vencesse a distância que o separava de Cordelia e a beijasse de novo. Não que aquela fosse a única parte dele que estremecia de desejo naquele momento.

– Sinto muito – falou Kipp, endireitando o corpo e lembrando a si mesmo quem ele era.

Não que ela estivesse disposta a ajudá-lo.

– Gostaria que não sentisse.

Ele julgou que aquela era a frase mais honesta que qualquer um dos dois dissera nos últimos cinco minutos. Ainda assim...

– Sendo eu um cavalheiro, e você, uma jovem dama sob meus cuidados e minha proteção, temo ter me excedido... talvez eu a tenha levado...

– Tenha me levado? – indagou Cordelia, bastante indignada. – Pare agora mesmo, milorde. Meus pés são meus... assim como as minhas escolhas. Não sou nenhuma menina volúvel arruinada por um capricho passageiro. Por isso peço que tranquilize a sua consciência. De minha parte, já esqueci o que se passou entre nós.

Ela esquecera?

– É mesmo?

– É claro – retrucou Cordelia.

Ela atravessou a sala, parou diante da mesa, onde os pratos do jantar aguardavam, e ergueu um dos panos que protegiam as travessas. Então olhou de novo por cima do ombro.

– Agradeço por estar cumprindo seu dever, mas devo lembrar que nosso acordo é uma ficção.

– Sim, claro – concordou ele.

Ela assentiu.

– Só precisamos enganar minhas tias e não nos desviarmos dos planos em nome de um capricho passageiro. Afinal, se fôssemos pegos...

Eles já haviam sido, na verdade, mas Cordelia parecia determinada a ignorar aquele fato.

– Ah, sim – concordou Kipp. – Se fôssemos pegos... Exatamente.

– Presumo que foi por isso que pareceu tão horrorizado – acrescentou ela. – Porque achou que talvez tivéssemos que...

Tivéssemos que nos casar.

Kipp ficou estupefato ao ver que foi Cordelia quem estremeceu diante da ideia.

– Ah, pelo amor de Deus, isso seria terrível! – concluiu ela.

Ele ergueu os olhos depressa.

– Seria?

– É claro – respondeu ela. – Não quero me casar. Esse é o motivo desta farsa.

Depois de uma temporada inteira de eventos sociais sendo caçado por moças casadouras, Kipp não tinha certeza de que ouvira direito.

– É?

– Sim – insistiu ela. – Por que mais eu faria tudo isso?

Verdade, por que mais...

– Está sendo muito gentil por me ajudar a sair desse apuro – falou Cordelia.

Ela foi na direção do conde e pegou a mão dele.

– Ah, Kipp, eu não poderia fazer isso sem você.

E ali estavam os dois ligados mais uma vez, tão próximos que era impossível para Kipp pensar com clareza. Lembrar-se de que aquilo era uma farsa. Ele abaixou os olhos e encontrou os dela, os cílios muito longos, os lábios entreabertos.

Cordelia parecia estar prestes a dizer algo mais, porém se conteve e sorriu para um ponto logo além do ombro dele.

– Aí está você, Kate. Imagino que esteja faminta, e aqui está um belo jantar.

Ela soltou a mão de Kipp e aquela sensação inquietante de estarem conectados começou a se esvair. Kipp cerrou o punho, como se tentasse guardar algo tão etéreo. Mas só o que conseguiu foi uma sensação de vazio.

Então Cordelia se virou de novo para ele e perguntou:

– Milorde, está com fome?

Com fome? Dificilmente essa seria a melhor forma de descrever a sensação torturante que o dominava. Na verdade, ele se sentia faminto apenas de mais beijos de Cordelia.

Quando Kate e Drew entraram no salão de visitas, Cordelia se colocou de costas para todos. Em especial para Kipp. Ela só esperava que ele não percebesse a mentira por trás de suas bravatas.

Que ideia fora aquela? Um falso noivado. E com Kipp, ninguém menos. Teria sido melhor se tivesse contratado um homem qualquer na rua ou em uma estalagem próxima. Porque, apesar dos modos e dos discursos conservadores, no fundo do coração ele ainda era o Kipp dela.

O beijo provara aquilo. Ainda assim...

Ela cerrou o punho numa tentativa de guardar o restinho do calor das mãos dele.

Que tolice ela dissera mesmo? "De minha parte, já esqueci o que se passou entre nós." Como fora fácil dizer aquelas palavras. Mas aquilo não era verdade. Porque o que acontecera entre eles começara anos antes, quando ela subira o muro que separava o pátio das casas deles e os dois logo se tornaram amigos.

Ela jamais esquecera um só dia daquela amizade. As horas que passaram aninhados em uma das grandes poltronas da biblioteca do pai dele, revezando-se na leitura de relatos de viagem da China. As ideias para o estatuto da Real Sociedade de Exploradores. Os planos de atravessar o Nilo em um barco. Como se sentira confortável e segura lá, com ele... e como o fato de os dois ficarem tão bem, juntos naquela poltrona grande, parecia prever que permaneceriam para sempre assim.

Isto é, até que ela fosse embora de Londres com os pais rumo ao Egito e ele fosse escalado para se tornar um homem do mar.

Mesmo naquela época, ela jurara jamais esquecer. E agora? Ora, teria que acrescentar mais uma lembrança ao seu baú de tesouros, porque seria impossível esquecer a sensação do abraço de Kipp.

– Qual é o problema? – perguntou Drew na manhã seguinte ao irmão, quando já estavam de volta à estrada. – Está emburrado feito a tia Nabby desde ontem à noite.

– Esta aventura foi uma péssima ideia.

Kipp relanceou o olhar por cima do ombro, na direção da carruagem atrás deles.

– E só se deu conta disso agora? – indagou Drew e balançou a cabeça. – É meio tarde para reclamações, não acha? Ou preferiria ainda estar em Londres, sendo exibido por toda parte pela Srta. Holt como um troféu?

Kipp se encolheu diante dessa sugestão. Sobretudo porque aquilo era de fato o que teria acontecido se ele tivesse ignorado o pedido de Cordelia e se ajoelhado diante da Srta. Holt para pedi-la em casamento.

Ele estremeceu sem querer.

– Sim, sim, entendo por que está tão abatido – comentou Drew, rindo.

O mais jovem incitou o cavalo a ir um pouco mais rápido. Sorria para o sol que banhava a estrada à frente.

– Em que situação terrível nos encontrávamos...

– Fale por si – replicou Kipp. – É bem provável que eu tenha jogado fora uma união que poderia recuperar Mallow Hills. Que poderia salvar nossa família da ruína.

Para o desalento do irmão, Drew pareceu mais entediado do que alarmado. Mas a verdade era que Drew sempre se comportava daquela forma quando Kipp tentava conscientizá-lo da seriedade da situação.

– Dificilmente. Ela vai estar lá quando voltarmos – argumentou Drew. – Só fico feliz por ver Mallow Hills uma última vez.

– Como assim? A casa não vai sair do lugar.

– Mas não vai ser mais a mesma depois que aquela moça colocar as mãos nela.

– Na verdade, a casa precisa de algumas melhorias – lembrou Kipp.

– Sim, mas ela verá a importância de consertar o telhado, fazer novos fossos e cercas, reformar os chalés dos arrendatários. E bastará um único olhar para o longo corredor para querer banir cada detalhe da história da nossa família para o sótão ou, pior, para o lixo. Aposto que Srta. Holt já terá estripado metade da casa antes de a tinta secar na certidão de casamento de vocês.

– Não imagino que ela faria uma coisa dessas – retrucou Kipp.

Ainda assim, a imagem assustadora do salão dourado dos Holts surgiu mais uma vez em sua mente, como um espectro profano do futuro dele.

– Veremos.

O dar de ombros despreocupado de Drew sugeriu que um futuro como o que ele descrevera era muito mais provável do que Kipp queria acreditar. E ele ainda não terminara.

– Falando da Srta. Holt, o que você estava fazendo se engraçando com a Srta. Padley?

– Eu não estava...

– Não estava coisa nenhuma – interrompeu Drew. – Ou beijá-la não foi do seu gosto...

– Drew! – alertou-o o conde.

– ... ou, lamentavelmente, foi *muito* do seu gosto – especulou o irmão.

Eles cavalgaram em silêncio por algum tempo até Kipp não conseguir mais se conter e lançar outro olhar na direção da carruagem.

– Foi um momentâneo lapso de bom senso.

Drew assentiu.

– Se tivesse sido apenas isso, você não estaria com esse mau humor.

– Não estou de mau humor – retrucou Kipp, irritado.

O conde respirou fundo e se esforçou para se recompor.

– É só que ela...

– A Srta. Padley?

– Sim, é claro, a Srta. Padley...

Drew sorriu.

– A Srta. Holt jamais o colocaria em tal estado de paixão.

– A Srta. Holt jamais declararia o desejo de viajar pela África.

Drew balançou a cabeça como se não tivesse ouvido bem o irmão.

– África?

– Sim – retrucou Kipp. – A Srta. Padley acha que deveria poder sair pelo mundo e explorar o rio Nilo. Desacompanhada.

Drew riu.

– Não me diga! A nossa Srta. Padley? Que surpresa!

Os olhos dele tinham um brilho bem-humorado.

Kipp gemeu. Ah, aquilo não levaria a lugar nenhum.

– A Srta. Holt jamais consideraria uma hipótese tão imprópria.

Drew soltou uma gargalhada.

– Bom Deus, não! Duvido que a Srta. Holt conseguisse sequer encontrar a África em um mapa... da África.

Os lábios de Kipp se curvaram em um sorriso, apesar de seus esforços para permanecer sério e digno.

– Drew...

Mais irreverente do que nunca, o irmão continuou.

– Ora, ela não conseguiria.

Sim, bem, não deixava de ser verdade...

– A questão é que a Srta. Padley e a Srta. Holt não poderiam ser mais diferentes.

Drew deu uma risadinha debochada.

– Levou dois dias para perceber isso?

– É claro que eu já havia percebido – admitiu Kipp. – Mas nunca tinha me dado conta da extensão dessa diferença até ontem, quando ela começou a divagar sobre ir para a África. Como se fôssemos crianças de novo. Como se eu pudesse simplesmente sair pelo mundo.

Foi então que Drew mostrou por que fora promovido a capitão ainda tão jovem. Ele conseguia ver através da névoa mais densa, do maior dos blefes.

– Suponho que usou com ela seu argumento sobre *dever*. E *responsabilidades*.

– É claro. A Srta. Padley não tem a menor noção de...

Ele parou ao ver Drew erguer as sobrancelhas e percebeu que o irmão tinha um argumento. E ele o desenvolveu em um tom tranquilo e firme, que não representava uma implicância ou brincadeira, mas um mundo de experiências.

– Acredito que o que você queria ter dito a Cordelia era "Quando partimos?".

– Não seja absurdo – retrucou Kipp. – Sair pelo mundo com a Srta. Padley? Ora, isso é loucura.

Drew deu de ombros.

– Imagino que seria mesmo, se já não tivesse dado o primeiro passo. Por que diabos estamos na estrada para Bath com a dama em questão, se não em uma fuga? Mais ainda, o que estava fazendo beijando-a na noite passada? Se existe um caminho certo para a loucura, meu irmão, é esse.

Quando Kipp emparelhou com a carruagem, foi Kate quem falou primeiro.

– Milorde, quanto tempo falta?

– Mallow Hills está logo à frente, Sra. Harrington.

Ele olhou para Cordelia.

– Isto é, se não se importar se pararmos cedo. Poderíamos chegar a Hamilton Hall antes do anoitecer, se acelerarmos o passo.

Cordelia balançou a cabeça.

– Não, eu não gostaria de chegar cedo demais. Deixaria todos agitados.

Kate deu uma risadinha, porque sabia o que Cordelia queria dizer. *Não quero dar mais tempo às minhas tias para descobrirem a verdade.*

Cordelia ignorou a acompanhante.

– Estou empolgada para finalmente conhecer a infame casa dos Talcotts. Além do mais, gostaria muito de ver a masmorra.

– A o q-quê? – balbuciou Kipp.

– A masmorra – repetiu ela, olhando de relance para ele. – Você certa vez jurou que era o buraco mais fundo e mais escuro de toda a Inglaterra e, se bem me lembro, está cheio de ossos de traidores.

Kipp endireitou o corpo e voltou a olhar para a estrada.

– Sim, bem, talvez eu tenha exagerado um pouco.

– Talvez? – provocou ela, sem conseguir se conter.

Por mais que quisesse esquecer o beijo, toda vez que olhava para Kipp Cordelia se pegava cheia de um desejo perigoso e inquieto.

– Eu tinha 8 anos – defendeu-se ele.

Ela deu de ombros.

– E quanto a você? – arriscou Kipp. – Já domou um crocodilo?

– Não – respondeu Cordelia, como se achasse impossível algum dia ter proferido essa tolice.

– Ah, mas você disse...

– Bem, eu também tinha 8 anos.

Os dois riram, então Kipp apressou o passo do cavalo, que seguiu à frente da carruagem.

Kate lançou um longo olhar para a pupila.

– O que foi? – indagou Cordelia.

Tinha a sensação de estar sendo encurralada no assento da carruagem e interrogada a respeito de algum crime inconfesso. E, aparentemente, estava mesmo.

– Está flertando com aquele homem.

Cordelia endireitou o corpo no assento.

– Não estou, não.

A negação dela não pareceu convencer Kate nem um pouco.

– Tenha cuidado, minha cara, senão vai acabar se envolvendo, e aí...

Envolver-se... Ah, aquilo conjurava imagens maravilhosas. Ver-se nos braços dele. Envolvida em um beijo. *Envolvida.*

Em vez de continuar pensando nisso, porém, Cordelia resolveu ser direta.

– Para sua informação, lorde Thornton e eu conversamos sobre isso na noite passada, antes do jantar, e concordamos que qualquer... transgressão seria desastrosa.

Quando a jovem ergueu o olhar para ver se suas palavras tinham surtido algum efeito em Kate – e suspeitou que não –, apressou-se a acrescentar:

– Para nós dois.

– Você conversou sobre isso... com lorde Thornton?

A acompanhante balançou a cabeça como se nunca tivesse escutado tolice maior.

– Ah, pelo amor de Deus, tão civilizado da sua parte!

– Você faz com que soe como uma coisa ruim.

– E foi?

– Foi o quê?

– Beijar o conde? Foi ruim?

– Foi só um beijo – respondeu Cordelia.

Ela tivera esperança de que Kate e o capitão Talcott não tivessem visto.

– Foi? – pressionou Kate.

– Sim, foi um simples beijo.

E absolutamente maravilhoso.

– Hum...

Kate ficou olhando pela janela por algum tempo, para o cenário rural ao redor delas, então voltou a falar.

– E ele não significa nada para você?

– Não. Quer dizer, sim. Porque somos velhos amigos, mas não do modo como está sugerindo.

– Se eu fosse você, me esforçaria muito para transformar esse noivado falso em um verdadeiro.

Ah, não. Aquilo de novo não.

– Não seja absurda.

Cordelia balançou a cabeça. E, mais uma vez, sua objeção teve o silêncio como resposta.

– Ele se tornou conservador demais, não se parece com o homem que conheci.

A não ser quando está me beijando...

Não que ela fosse confessar *aquilo*.

Naquele exato momento, a carruagem saiu da estrada e se sacudiu ao pegar uma trilha esburacada.

– Minha nossa! – exclamou Kate, segurando-se para não cair.

Quando já estava segura no assento novamente, ela olhou pela janela.

– Ora, isso é um tanto decepcionante.

– O quê?

– A casa dele. Espero que haja mais para ver do que só uma masmorra.

– De que está falando?

Cordelia inclinou o corpo para a frente e olhou pela janela também, mas a visão não lhe pareceu tão terrível como Kate sugerira... era como se estivesse diante de uma relíquia antiga e grandiosa, exatamente como Kipp descrevera.

– Ah, Kate, é perfeita. Tão pitoresca!

Kate se dignou a lançar outro olhar para fora enquanto elas continuavam a subida até a casa.

– Precisa de um telhado novo – declarou a acompanhante.

A carruagem parou e as portas da frente da casa se abriram. Uma dama de certa idade, robusta, apressou-se a descer os degraus com um largo sorriso no rosto.

– Ah, meu Deus! Lorde Thornton! E o Sr. Andrew. Ah, seus malandros terríveis! Chegando assim, sem me avisar. Não tenho nada pronto.

Drew abriu a porta da carruagem e aproveitou para alertar as duas mulheres:

– Aquela é a Sra. Abbott, nossa governanta. Preparem-se para ser sufocadas de atenção.

Atrás dele, elas ouviram a mulher deixar escapar um som indignado.

– O que está aprontando, Sr. Andrew? – perguntou a Sra. Abbott.

Então ela viu que havia convidadas na carruagem.

– E devo dizer que a cozinheira vai ficar frenética. Não vai gostar nada disso.

Nesse momento, os olhos da mulher pousaram em Cordelia e se iluminaram. Ela ficou boquiaberta e levou as mãos ao peito.

– É isso mesmo que estou vendo? Lorde Thornton, o senhor finalmente pediu a Srta. Holt em casamento e aqui está ela!

CAPÍTULO 6

uando já estavam sozinhas em seus aposentos, Cordelia se virou para Kate.

– Quem é a Srta. Holt?

Kate, que estava desamarrando a fita do chapéu, fez uma pausa para responder:

– É a jovem dama com quem o conde pretende se casar.

A acompanhante disse aquilo como se fosse uma informação de conhecimento comum.

– Sim, sim, isso eu consegui entender, mas...

Se Cordelia tivesse ideia de que Kipp estava... bem, que estava prestes a...

– Mas o quê? – perguntou Kate.

Já tirara o chapéu e procurava um lugar para deixá-lo.

– Se ele está comprometido...

Cordelia não queria terminar aquela frase. Porque, se alguém no casamento de Anne soubesse que o conde de Thornton tinha a intenção de se casar com outra pessoa... ora, aquilo arruinaria os planos dela. Para não mencionar...

– É só que...

Ela não conseguiu transpor o resto de seu pensamento em palavras. *É só que gosto bastante dele. Poderia muito bem me apaixonar. Talvez isso até já tenha acontecido.*

Depois de deixar o chapéu enorme em cima da cômoda, Kate parou para examinar mais uma vez o quarto.

– O importante é que ele não está noivo dessa Srta. Holt.

– Tem certeza?

As palavras saíram um pouco rápido demais. Esperançosas demais.

Isso fez com que Kate arqueasse as sobrancelhas. Ela tirou o pó do vestido e abriu lentamente um sorriso.

– Tenho certeza.

– Como sabe disso? A governanta pareceu bastante convencida de que os dois estavam noivos.

– Sim, ora, governantas gostam de fofocar. No entanto, a pobre Sra. Abbott ainda não havia tido a oportunidade de ouvir a versão do capitão Talcott dos eventos.

Kate sentou-se na poltrona muito macia que estava em um canto e pousou os pés na banqueta à frente, colocando-se à vontade.

– Ou a ausência de uma versão – prosseguiu ela. – Que homem encantador aquele Andrew. Uma verdadeira fonte de conhecimentos.

Cordelia ignorou os arrulhos na voz da outra mulher e se sentou em um canto da cama. Kate sentia uma atração incontrolável por fofocas, insinuações... e homens. Cordelia torcia para que o interesse da mulher em Drew fosse mais por causa das fofocas...

– Então por que a Sra. Abbott acharia que Kipp, humm, o conde estava prestes a se casar?

Quem estava interessada em fofocas agora?

– Porque tudo indica que lorde Thornton estava prestes a pedir a Srta. Holt em casamento – falou Kate.

Aquilo chamou a atenção de Cordelia.

– O que o fez mudar de ideia?

– Você – declarou Kate, sem rodeios. – Ele planejava pedi-la em casamento exatamente no dia em que você foi visitá-lo. E, em vez de fazer isso, acabou dando uma desculpa à dama sobre uma promessa antiga de ajuda e partiu de Londres.

Satisfeita com a expressão de perplexidade no rosto de Cordelia, a acompanhante se levantou, foi até o baú e começou a examinar os vestidos que estavam ali dentro.

Cordelia mordeu o lábio inferior enquanto tentava compreender tudo aquilo.

– Por que ele faria isso?

– Talvez porque não esteja apaixonado pela moça – retrucou Kate enquanto sacudia um vestido para o dia. – Embora, pelo que ouvi, essa Srta. Holt seja uma beldade. Dizem em Londres que é um diamante. Além disso, ela traz consigo uma *fortuna*.

Porém Cordelia já não a ouvia: ficara presa ao fato de chamarem a moça de diamante em Londres.

Diamante... sinceramente. Ela ficou um pouco irritada. Ninguém a chamaria assim.

– Se eu fosse especular, diria que o conde entrou em pânico – prosseguiu Kate. – Pela minha experiência, a mera ideia de casamento faz com que os homens saiam correndo para se enfiar na primeira toca de coelho que encontrarem.

Cordelia puxou as fitas emboladas do próprio chapéu e só conseguiu deixá-las mais emaranhadas.

Mais ou menos como a vida dela.

– Entendo perfeitamente se ele não quiser se casar – disse Cordelia, tentando parecer despreocupada.

– Ora, a julgar pelo estado das coisas por aqui, parece que ele deveria – declarou Kate com certo desdém.

Cordelia estacou.

– O que quer dizer com isso?

– Não olhou ao redor? Os tapetes esfiapados. A mobília antiga. As cortinas velhas.

A acompanhante fungou em reprovação ao olhar para as cortinas desbotadas nas janelas com colunas centrais de pedra.

– O seu conde está em busca de uma fortuna e, a menos que você tenha alguma escondida, ele vai precisar se casar por dinheiro.

– Não, não tenho nenhuma fortuna.

Ela só possuía o bastante para levar uma vida independente, porém frugal.

– Que pena! – disse Kate, encolhendo os ombros. – Ainda mais porque parece que você e o conde se entendem muito bem. Além disso, eu tinha esperanças de que tivesse desistido dessas suas ideias absurdas de independência e aventuras para se casar com ele.

Casar-se com Kipp? Cordelia hesitou. As fitas do chapéu estavam emaranhadas de vez – da mesma forma que ela ficara no plano que arquitetara.

E, pior de tudo... Kipp estava prestes a se casar com outra. Uma mulher rica *e* bela. E, muito provavelmente, de boas maneiras e satisfeita com a ideia de viver como uma dama inglesa. Na Inglaterra. Sem nenhum pensamento sobre ir para a África. Ou para as costas distantes da China.

Ela gemeu – sobretudo por se dar conta de que nunca seria capaz de desembaraçar as fitas do chapéu... ou talvez fosse porque não tinha ideia de onde estava a tesoura.

No fim, Cordelia apenas arrancou as malditas fitas. Suspirou quando se viu livre, e balançou a cabeça, aliviada por não ter mais aquele maldito incômodo.

Livre do chapéu, sim. Livre de Kate? Bastou um olhar para a outra mulher para que Cordelia tivesse certeza de que a acompanhante não estava disposta a deixar aquele assunto de lado.

– Vou buscar uma xícara de chá – anunciou Cordelia, apressada e em pânico.

– Eles têm criados para isso – lembrou Kate enquanto a pupila disparava em direção à porta.

– Cuidei de mim mesma durante quase toda a vida e me arrisco a dizer que sou capaz de continuar a fazer isso agora – declarou Cordelia.

Sem um marido, teve vontade de acrescentar.

Afinal, parecia que o único homem que ela já quisera estava destinado a outra.

Kipp estremeceu ao se lembrar do espanto no rosto de Cordelia quando a Sra. Abbott, sem querer, expusera seu segredo.

– Você terá que encará-la em algum momento – advertiu Drew.

Ele instou o irmão mais velho a subir a escada, embora aquilo logo acabasse se mostrando desnecessário, já que Cordelia surgiu descendo-a às pressas naquele exato momento.

Quando Kipp olhou para trás, descobriu que o caçula tinha desaparecido, deixando-o sozinho com Cordelia.

Ele não sabia quem era mais covarde – se ele mesmo ou Drew.

Contudo a verdade era que não fora Drew quem se metera naquela confusão.

– Eu estava mesmo subindo para vê-la... – começou Kipp, com os olhos fixos nos sapatos dela.

– Está tudo... o quarto é... bastante agradável.

Ele se encolheu por dentro. Cordelia soava tão rígida e formal... tão diferente da Cordelia que ele conhecia...

Kipp ergueu os olhos, mas ela não o encarou.

– Sinto muito, Cordelia. Por tudo isso.

Por beijar você. Por gostar demais disso.

Só que ele não poderia dizer aquilo. Por isso continuou da forma mais desajeitada. Ao menos era assim que soava aos seus ouvidos.

– Eu tinha a intenção de lhe contar...

Ele hesitou, então usou o pouco de coragem que lhe restava.

– Sobre a Srta. Holt, quero dizer.

– Não importa. Eu lhe desejo tudo de bom.

As palavras dela foram como um nó apertado, que amarrava e finalizava tudo.

Porém não era o caso e, de repente, Kipp sentiu uma necessidade urgente de contar a ela todo o resto.

– Não está formalizado ainda. Nem tenho certeza de que ela aceitará meu pedido...

Cordelia se virou na direção dele.

– Ela será uma tola se não aceitar...

As palavras saíram de forma impulsiva. Não eram só palavras, eram uma espécie de confissão.

Kipp se sentiu aquecer por dentro.

– Não sou um partido tão bom assim...

Ela descartou a frase com um leve bufar, então foi direto ao cerne da questão.

– Você a ama?

Foi a vez de Kipp de confessar.

– Não.

– Então por que...

– Eu preciso.

Ele passou a mão pelo cabelo.

– Acho que você não compreenderia.

Porém aquela era Cordelia, e ela não era o tipo de mulher que deixava um problema sem solução.

– Então me explique; me ajude a compreender.

Explicar a ela? Explicar que os antepassados dele haviam arruinado o que já fora um legado próspero e respeitado? Ainda assim...

– Na verdade, é bastante óbvio.

Cordelia franziu o cenho.

– Do que se trata?

– A propriedade. Está em ruínas.

Ela olhou ao redor.

– Ah, também não é assim. Você tem um teto...

– Um teto que precisa de reparos.

Cordelia riu ao ouvir aquilo.

– Kate disse o mesmo quando chegamos. Temo não entender muito do estado de casas. Mas presumo que todos os tetos precisem de reparos em algum momento.

Ele riu também. Porque uma coisa era certa: Cordelia era prática ao extremo.

146

– Sim, imagino que sim.

– Mostre-me o que o faz sentir-se tão compelido a sacrificar seu coração, então verei se merece ser perdoado.

Ela estendeu a mão e Kipp não conseguiu se conter e a pegou. Sentiu os dedos dela envolverem os dele com intimidade, quentes e fortes, como a dama em questão.

Ele a levou na direção das portas que davam para o jardim, mas ela estacou.

– Kipp?

– Sim?

Ela o fitou com uma expressão tímida.

– Podemos começar pela passagem secreta que leva à masmorra?

– É claro que não – respondeu ele, puxando-a na direção das portas francesas que levavam aos jardins próximos das roseiras que cresciam sem qualquer controle. – Isso seria como comer o bolo antes do jantar.

– Nunca vi nenhum problema em fazer isso – resmungou ela baixinho.

Algumas horas mais tarde, Cordelia saiu da passagem secreta para um cômodo amplo e ensolarado.

Uma enorme biblioteca, para ser exata.

Ela olhou por cima do ombro para a porta que se fechava, com os mesmos painéis de madeira que cobriam o resto da parede, impossível de discernir.

– Aqui estão – anunciou Kipp. – A masmorra e a passagem secreta, como prometido. Corresponde às suas expectativas?

– Ah, sim – disse ela, entusiasmada. – Esta é a passagem secreta mais fantástica que já vi. Ou explorei.

– Quantas já viu?

– É a primeira – confessou Cordelia. – Portanto, ganha com facilidade.

Kipp riu enquanto ela ia até o meio da biblioteca e olhava de um lado para o outro, examinando a coleção de volumes.

– Ah, que maravilha! – declarou Cordelia, impressionada.

Ela levou as mãos ao quadril e se virou para encará-lo.

– Você nunca me contou sobre *isto*!

– Gosto de manter *isto* apenas para mim.

– Midas escondendo seu tesouro – acusou Cordelia.

A jovem se virou para olhar melhor uma das prateleiras.

– Ah, meu Deus! São os relatos de Halliday sobre a China? Ele dá algum dado novo sobre o que pode ter acontecido com o capitão Wood?

Kipp balançou a cabeça.

– Você é a única mulher do mundo que faria uma pergunta como essa.

Ela empinou o nariz.

– Eu imaginaria que uma expedição que desapareceu sem deixar rastros seria do interesse de todos.

Cordelia passou os dedos pelos volumes que estavam arrumados ali.

– *Cantão: a história de um viajante.* Ah, só de ouvir o nome desse lugar, Cantão, não sente uma vontade enorme de ver os pavilhões do imperador? Sir George foi até lá quando tinha apenas 12 anos.

– Ele também era um erudito em linguística.

– Algumas pessoas têm toda a sorte do mundo – comentou ela. – Ah, e aqui estão os relatos de McTavish sobre a natureza selvagem do Canadá.

– Do Nilo ao Canadá, passando pela China – disse Kipp, parando ao lado dela. – Sua curiosidade não tem fim?

Cordelia ergueu os olhos para ele, um pouco surpresa.

– Não, é claro que não! O mundo existe para ser explorado. Para ser visto. E estou determinada a ver o máximo que eu puder. Você não deseja mais isso?

Kipp balançou a cabeça.

– Não, acho que não.

– Não? Mas...

– Você não viu as terras, os campos?

– Sim, são encantadores. Não entendo...

– E estão vazios. E muito negligenciados. Algo deveria ter sido feito a respeito disso anos atrás.

– Mas um capataz poderia...

– Não!

A resposta dele foi tão enfática que deteve Cordelia.

– É exatamente por isso que os campos não foram drenados, que as cercas estão desmoronando, que os chalés dos arrendatários estão em um estado tão deplorável. Tudo isso foi negligenciado por tempo demais.

– Mas...

Ela olhou pela janela.

– Se você tivesse dinheiro...

– Se. Desejos não consertam cercas.

Ele suspirou.

– Talvez com o tempo. Depois que eu tiver organizado tudo ou, como diz Drew, tiver tudo sob controle. Mas até lá...

– Ah, Kipp...

– Não – disse ele. – Não vou aceitar isso. Se eu não lamento minha situação, não aceito que ninguém mais faça isso.

– Também é seu dever desistir de seus sonhos?

– Cordelia, já pensou na possibilidade de os meus sonhos terem se transformado?

Ela recuou um passo, já que aquilo era a última coisa que esperava ouvir. Kipp queria ficar ali.

– E essa Srta. Holt pode fazer tudo isso... consertar suas cercas e arrumar os telhados.

– Sim.

Cordelia achou que aquilo soava terrivelmente desagradável.

– Detesto a ideia de você preso a tudo isso. A ideia de você desistir.

– Não vejo a situação dessa forma. Não mais.

Ele pegou a mão dela e a afastou dos livros que guardavam as aventuras de outras pessoas.

– Venha, há algo que quero lhe mostrar.

Eles atravessaram o cômodo até uma mesa grande, coberta com rolos e pilhas de papéis.

Kipp procurou entre eles até encontrar uma folha grande, que abriu diante dela, prendendo os cantos com um vidro de tinta e pesos de papel.

Cordelia correu os olhos pelo desenho diante dela.

– Achei que já não fizesse mapas.

– Sim, bem, estava só fazendo um rascunho – explicou ele.

– Isso dificilmente pode ser chamado de rascunho – retrucou Cordelia.

Ela virou o corpo de modo que a luz que entrava por uma das longas janelas iluminasse o trabalho dele.

– É onde estamos... é Mallow Hills, não é? Ah, sim, deve ser, já que tem aquela linda campina que atravessamos.

Ela se virou para ele e sorriu.

– Sim, é – confirmou Kipp. – Há um antigo mapa das terras...

Ele voltou a procurar entre os papéis.

– Ah, aqui está. Não está muito bom, por isso, no verão passado, pensei em tentar fazer um novo.

Cordelia sorriu para o desenho.

– Fez um trabalho fantástico. Mas precisa de cor.

Ele balançou a cabeça.

– Não tenho talento para isso, mas está certa, os toques adequados de cor trariam vida ao mapa.

Cordelia voltou a examinar o mapa, com o olhar afiado de uma artista.

– Você mesmo fez o levantamento topográfico do terreno?

Kipp assentiu.

– Eu achei que conhecesse tudo a ponto de me lembrar dos detalhes, mas é muito diferente sair e andar pela terra, vendo cada canto, cada problema, de todos os ângulos. Um capataz não pode fazer isso por mim.

As palavras guardavam um tom de urgência e um anseio profundo. Cordelia mordeu o lábio por um momento, então olhou para ele sentindo uma pontada de culpa.

– Espero sinceramente que o pedido que lhe fiz não tenha aborrecido a Srta. Holt.

– Não. Acho difícil que uma semana ou duas façam alguma diferença. E, como não temos nada acertado ainda, ela não pode interferir no meu tempo.

No meu coração.

Não foi isso, porém, que ele disse. Era apenas o desejo de Cordelia.

– Caso isso se torne um problema, pode dizer a ela que eu só o peguei emprestado – brincou Cordelia.

– Pegou emprestado?

Ele deu uma gargalhada.

– É isso que eu sou... um livro que você pegou em uma biblioteca pública?

Ela deu um sorriso travesso.

– Em algum momento, terei que devolvê-lo.

– Sim, é claro – falou Kipp, tentando soar bem-humorado em relação ao arranjo.

Arranjo temporário, lembrou a si mesmo.

– Ela está apaixonada por você? A Srta. Holt?

– Duvido que esteja... Espere, deixe-me explicar melhor. Ela está apaixonada pela ideia de ser uma dama com um título de nobreza. Está determinada a isso. Se eu tivesse que dar um palpite, diria que a Srta. Holt ficou um pouco desapontada por ter que se contentar com um mero conde. Ouviu-se muito, no início dessa temporada, que, apesar de suas origens, ela conseguiria um duque ou um marquês.

– Porque ela tem fortuna?

– Sim, por isso e porque a Sra. Holt é uma reconhecida beldade.

– Você a desenhou?

Cordelia estendeu a mão para um caderno de desenhos, mas ele a deteve.

– Ah, pelo amor de Deus, não. Ela consideraria uma impertinência suprema. Além disso, não acho que a Srta. Holt gostaria de saber que seu futuro marido se dedica a algo tão boêmio quanto desenhar. Ela prefere me imaginar fazendo discursos grandiosos na Câmara dos Lordes ou sentado à cabeceira de um grande jantar, em que ela se destacaria como a joia da Coroa entre as anfitriãs.

– E você faz esse tipo de coisa?

– Preciso fazer – respondeu ele.

– Sim, imagino que sim.

Cordelia olhou ao redor, para aquele território que lhe era tão pouco familiar, pois os pais dela só se interessavam por artes e ciências.

– O pai da Srta. Holt é político?

– Não. Ele é comerciante. Muito rico. E quer um genro que possa ajudá-lo a ter mais lucro nos negócios.

Cordelia olhou mais uma vez para o mapa e traçou com os dedos os caminhos que os dois haviam acabado de percorrer.

– E o dinheiro dela, ou melhor, o dinheiro do pai dela vai resolver tudo isso?

– Sim, isso e mais.

No entanto, o olhar de Kipp estava perdido nos jardins e campinas muito reais do lado de fora das janelas.

– Minha família está aqui, em Mallow Hills, desde os tempos do rei Eduardo. Reis e rainhas visitaram esta casa. Ela sempre foi um grande orgulho para os Talcotts. E desejo que volte a ser. Não quero que seja apenas uma relíquia triste, uma pilha de pedras.

Ele parou e se voltou para Cordelia.

– Pode-se dizer que tenho meu próprio tipo de aventura pela frente. Restaurar Mallow Hills será uma aventura, tanto quanto seria explorar o Nilo.

Cordelia não sabia o que dizer.

Mas Kipp, sim.

– Além do mais, este é o meu *lar*.

Meu lar...

Aquelas palavras assombravam Cordelia enquanto ela subia para se trocar para o jantar.

Meu lar.

Ela nunca tivera um lar.

Ah, sim, poderiam questioná-la, alegar que tivera, sim. A casa de Londres. Embora só tivesse morado lá entre idas e vindas até completar 9 anos – os pais de Cordelia estavam sempre viajando, sempre partindo para alguma aventura. Nunca ficavam muito tempo em lugar nenhum.

Por algum tempo, quando estava na escola de madame Rochambeaux, Cordelia começara a compreender o que significava aquela palavra tão fugaz para ela. *Lar*. Não apenas ter um teto sobre a cabeça, um abrigo para a noite, mas um lar de verdade, cercada pelas pessoas que lhe eram mais caras. A sensação de compartilhar uma história de vida com elas.

Anne, Elinor e Bea. As três eram como irmãs para ela. Até mesmo madame Rochambeaux, com todos os seus defeitos, era o mais próximo de uma mãe que Cordelia já tivera.

Nem mesmo a casa das tias – onde ela e as amigas passaram vários verões – chegara perto disso, porque ficava muito claro que era o domínio delas.

Por isso, quando Kipp afirmara com tanta determinação, com tanta intensidade, que aquele lugar, Mallow Hills, era o *lar dele*, Cordelia tivera um vislumbre do que ele queria dizer, já que via evidências daquilo por toda parte. Os retratos dos antigos condes nas paredes – onde pistas e ecos das belas feições de Kipp a encaravam.

Cordelia se deitou e enrodilhou o corpo até se tornar um montinho solitário na cama grande. Mordeu o lábio inferior e pensou na própria história. A família dela não tivera raízes tão profundas: o pai fora apenas um segundo baronete, e o título se perdera, já que não havia herdeiro homem para assumi-lo – assim, não restavam raízes que o guardassem no passado ou que o mantivessem para que as futuras gerações o cultivassem.

Mesmo se ela tivesse todo o dinheiro do mundo, nunca seria capaz de comprar o que Kipp guardava naquelas simples palavras. *Meu lar.*

E, por mais que nunca pudesse reivindicar um lugar no mundo dele, Cordelia se levantou da cama e desceu a escada na ponta dos pés, determinada a deixar sua marca em algum lugar, da única forma que sabia.

CAPÍTULO 7

Mayfair, Londres

— la deixou que ele saísse da cidade sem fechar o acordo – reclamou o Sr. Josiah Holt em uma voz alta o bastante para ser ouvida do outro lado de Londres.

A verdade era que, ainda que ele tivesse sussurrado, Pamela teria sentido a mesma vontade de afundar na cadeira. Já era ruim o bastante que lorde Thornton tivesse saído correndo da cidade bem no memento em que um anúncio muito específico deveria ser feito, mas ali estava o pai dela, lamentando o fracasso da filha durante o jantar, diante de um convidado.

Sim, sim, era apenas sir Brandon ou, como o pai gostava de chamá-lo, "o pretendente reserva dela" querendo dizer que se Thornton não estivesse à altura do que se esperava, ela ainda teria um bom partido ao seu alcance. Ainda assim, era muito humilhante.

Quase tanto quanto a outra grande fonte de constrangimento para Pamela: o pai. Por mais rico que ele fosse, nenhum duque ou marquês se mostrara disposto a ter como parente um comerciante rude e mal-educado como Josiah Holt. Independentemente do dote dela.

Pamela se arriscou a lançar um olhar para o convidado e o pegou sorrindo para ela. O canalha teve até a audácia de dar uma piscadela.

Acalme-se, atrevida, Pamela quase conseguiu ouvi-lo dizer em seu tom excessivamente familiar. Mas a verdade era que ela desconfiava de que o baronete gostava de Josiah.

— Devo confessar que fiquei surpreso ao ver Thornton na estrada para Bath – falou sir Brandon. – Porque eu tinha quase certeza de que ele já havia se adiantado a mim.

— Pelo amor de Deus! Não entendo esses homens elegantes – ralhou Josiah. – Quando eu quero algo, eu marco território. Procuro ganhar espaço a todo custo. Quem quer uma coisa precisa deixar isso claro e aproveitar qualquer vantagem.

Sir Brandon inclinou a taça, concordando.

— Vou me lembrar disso, senhor.

– Está dizendo que viu lorde Thornton na estrada para Bath, sir Brandon? – perguntou Pamela. – Não é esse o caminho para a propriedade dele?

– Sim, acredito que ele iria fazer uma parada em Mallow Hills – confirmou sir Brandon. – Ele e os convidados.

Aquela última frase chamou a atenção de Josiah e fez com que erguesse os olhos do prato bem-abastecido.

– Convidados? Como assim?

– Eu lhe contei, papai – disse Pamela. – Lorde Thornton tinha uma questão de honra da qual precisava cuidar. A viagem dele deve tê-lo levado na direção de suas terras.

Daquela vez, foi sir Brandon quem balbuciou, surpreso:

– Uma questão d-de q-quê?

– De honra, milorde – retrucou Pamela. – Lorde Thornton se viu obrigado a sair da cidade para atender a uma questão de *honra*.

Sir Brandon se recostou no assento. Pareceu confuso com aquela informação.

– Tem certeza disso?

Até aquele momento, Pamela teria apostado o substancial valor de sua mesada no fato certo de o conde vir a pedi-la em casamento assim que voltasse para Londres. Porém havia um tom de superioridade na pergunta de sir Brandon, na forma irônica como ele ergueu as sobrancelhas, que levou Pamela a sentir um tremor estranho e desconhecido percorrer seu corpo.

Incerteza, alguns diriam, mas aquela era uma sensação desconhecida para ela, uma jovem dama que sempre se sentira muito segura graças a sua posição financeira privilegiada.

– Ouvi isso do próprio lorde Thornton – respondeu Pamela, em seu tom mais arrogante.

O tom que adquirira em uma escola muito cara e respeitável em Bath, cortesia da fortuna de Josiah.

– Sim, sim, já entendi esse disparate, mas se acha que Thornton está fora da cidade por causa de alguma causa nobre, detesto ser eu a lhe dizer, minha cara Srta. Holt, que ele a enganou.

Pamela fechou os dedos com força ao redor do guardanapo em seu colo, mas ainda assim apenas endireitou um pouco o corpo, o que só fez com que melhorasse sua postura.

– O senhor deve estar enganado, sir Brandon. O conde está apenas ajudando uma pessoa amiga, uma amizade antiga.

– É isso que a Srta. Padley é? Uma "amizade antiga"?

Srta. Padley?

Pamela suspeitou de que sua consternação ficara óbvia em seu rosto, porque o convidado atrevido sorriu de novo.

– Então a senhorita não sabia sobre *ela*, não é mesmo?

O Sr. Holt tossiu.

– Não aceitarei que histórias sobre mulheres de vida fácil sejam discutidas na frente de minha filha, senhor.

– Eu lhe garanto, Sr. Holt, que a Srta. Cordelia Padley não é nenhuma meretriz, por mais bonita que seja. Na verdade, a jovem é filha de sir Horace Padley, um cientista e acadêmico muito respeitado. Não imagino que tenha ouvido falar dele.

O insulto passou despercebido por Josiah, mas atingiu Pamela da cabeça aos pés, calçados com sapatos de seda importados.

Sir Brandon ergueu o copo, girando o vinho e examinando-o.

– Lorde Thornton está acompanhando a Srta. Padley ao casamento do duque de Dorset. Será um evento e tanto. Só os mais nobres foram convidados.

Ele olhou ao redor da mesa e, mais uma vez, a ofensa passou direto por Josiah, como a água de um riacho corre sob um pato. Então Brandon completou a cena com uma insinuação que, com certeza, Pamela compreenderia.

– Casamentos inspiram todo tipo de decisões impetuosas. Não é verdade, minha cara?

– Kipp! Acorde.

A voz do irmão o arrancou de um sono profundo.

– Que diabos, Drew! Mal amanheceu.

Ainda assim, ali estava o irmão, de pé e arrumado. Na certa já até teria ido aos estábulos.

– Sim, eu sei, mas precisa vir ver uma coisa.

– Se está pretendendo me pregar alguma peça...

– Não, não – insistiu Drew. – Mas você *tem* que ver isso.

E ali estava: Drew dando ordens como devia fazer em seu navio. Kipp não teria como rolar para o lado e voltar ao sonho delicioso que estava tendo com... ora, não importava com o quê, menos ainda com quem.

Cordelia. Despida e deitada em um divã. Enquanto ele a pintava. E a seduzia. E se deitava em cima dela.

– Kipp!

Drew já estava à porta, com a mão na maçaneta, como se esperasse que o irmão estivesse de pé atrás dele. Como havia ordenado.

– Dentro ou fora de casa? – perguntou Kipp enquanto jogava as cobertas para o lado.

– Dentro.

Pelo menos isso. Ele não estava com a menor vontade de calçar as botas e encontrar a calça e, assim, ainda havia alguma esperança de voltar para cama e dormir mais uma ou duas horas.

Por isso ele vestiu apenas o roupão, calçou os chinelos e saiu atrás de Drew.

Quando os dois chegaram à base da escada, Drew se virou e levou um dedo aos lábios, alertando o mais velho de que permanecesse em silêncio.

Mas... que diabos era aquilo? Kipp não se esgueirava pela casa atrás do irmão desde que eles eram crianças. O que Drew aprontara?

Então ele viu a resposta. No divã.

Relaxada, ali, como estivera no sonho dele. Cordelia. Com os cabelos soltos caindo pela beira do estofado em uma cascata de cachos escuros. Ela estava profundamente adormecida, como se não dormisse havia séculos.

Porém aquele não era o fim do mistério. Drew continuou biblioteca adentro, silencioso como um gato, e foi direto até a mesa dos mapas.

Kipp o seguiu, mal conseguindo afastar os olhos da figura adormecida. Isto é, até ver o motivo pelo qual Drew sorria de orelha a orelha.

Ele olhou de relance para a mesa e, como o artista que era, percebeu que estava tudo fora de ordem, para não mencionar a coleção de potinhos com água, pincéis e tinta que não lhe pertenciam.

Então Kipp viu. O trabalho de Cordelia. O trabalho dela junto ao dele. O mapa da propriedade Mallow Hills trazido à vida em cores vibrantes. As campinas verdes, os tons mais escuros das colinas arborizadas ao norte, os pontinhos amarelos, azuis e rosa ao lado das sebes e cercas, exatamente como as flores silvestres que cresciam ali. Linhas azuis onde os rios corriam ao lado dos campos.

O toque delicado de Cordelia dera vida a cada canto da propriedade. Cordelia chegara mesmo a acrescentar uma insinuação de nascer do sol no horizonte ao leste, como se um novo dia, um novo começo, estivesse prestes a surgir sobre o terreno antigo.

– Impressionante, não é? – falou Drew com um sorriso.

Era. Muito impressionante.

Mas Kipp viu algo mais. Ele viu como a mulher que caminhara por aqueles campos com ele, que subira e descera escadas, atravessara sem hesitar a antiga passagem secreta, havia capturado toda a alegria e a cor de Mallow Hills, preservando-a para sempre.

O que ela seria capaz de fazer ao longo de uma vida?

Kipp olhou para Cordelia, adormecida no divã, e se deu conta de como ela estava à vontade ali, cercada pelos livros dele e pelas relíquias de várias gerações de Talcotts. Como se fosse destinada àquele lugar. Mesmo que Cordelia afirmasse que ele e seu mundo fossem apenas um empréstimo.

Kipp respirou fundo. *Não quero ser devolvido como um livro a uma biblioteca pública. O que eu quero é...*

– Será que é preciso chamar alguém, a Sra. Harrington ou a Sra. Abbott? – perguntou Drew em um sussurro.

O irmão parecia sentir, como Kipp, que seria um crime acordá-la.

– Não.

Porque o que Kipp desejava mesmo era parar os relógios, paralisar o sol antes de ele se erguer no horizonte. Ele não queria que aquele momento terminasse nunca. Queria Cordelia. Mas aquilo era impossível. Tão impossível quanto atrasar a aurora.

Mas seria mesmo? Enquanto fitava Cordelia, adormecida como uma ninfa, ele se pegou estendendo a mão para o caderno de desenho e um lápis ao mesmo tempo que começava a listar em sua mente tudo o que queria capturar. Os cabelos dela caindo por sobre os ombros. O tom rosado dos seus lábios cheios, como se esperassem por um beijo.

Havia algo tão inocente, tão mágico em Cordelia, que o mundo ao redor de Kipp pareceu se apagar quando ele se acomodou na poltrona diante dela e começou a desenhar. Mal se dando conta que Drew murmurara algo sobre sair para ver os cavalos.

Não importava que ela não fosse dele, que ele não fosse dela. Porque naquele momento, de todo o coração, Kipp faria o que fosse preciso para se agarrar àquela cena, e ele sabia exatamente como capturá-la.

Cordelia se espreguiçou, despertando devagar. Depois de uma vida de viagens com o pai, ela estava acostumada a acordar em lugares estranhos. Por isso se ver deitada em um divã em um cômodo desconhecido dificilmente era tão incômodo para ela quanto seria para outra pessoa.

O que não esperava, contudo, era encontrar Kipp sentado diante dela, sorrindo.

– Bom dia! – disse ele.

Cordelia se sentou às pressas, passando a mão pelos olhos para afastar o resto de sono e olhando ao redor para se situar. O que Kipp estava fazendo ali no quarto...?

Então ela se lembrou de que não estava no quarto. Ela descera a escada na noite anterior e estava...

Ah, Deus!

– Pelo visto, ficou acordada até tarde – disse Kipp e olhou de relance na direção da mesa dos mapas.

Cordelia esfregou mais uma vez os olhos e assentiu.

– Espero que não se importe...

Ele não parecia se importar, já que continuava a sorrir.

– Pensei em deixá-lo pronto para que o descobrisse na próxima vez que viesse aqui... já que havíamos combinado partir cedo hoje.

– Estou feliz por já ter visto. E por ter encontrado você.

Ele fechou o livro que segurava e foi então que Cordelia percebeu que, na verdade, o que Kipp tinha nas mãos era um caderno de desenho. Havia também manchas de tinta em seus dedos e, é claro, a ruga de culpa em sua testa.

Algumas coisas não mudavam nunca. Kipp era tão culpado quanto ela. Porque ele a desenhara enquanto ela dormia.

Cordelia olhou para si mesma no mesmo instante, muito consciente de como devia estar sua aparência, de como ele provavelmente a desenhara – incluindo os pés descalços visíveis abaixo da barra da saia.

– Vai me mostrar o que fez?

– Não.

– Não?

– Definitivamente, não – decidiu ele.

Agora ela estava bem desperta.

– Você tirou vantagem de mim.

– Discordo – retrucou Kipp, recostando-se na cadeira e sorrindo.

Que audácia! Sob todo aquele verniz de moralidade, ele era tão devasso quanto o irmão mais novo.

– Você estava aí – continuou ele. – Uma natureza-morta perfeita. Afrodite pega desprevenida.

Afrodite, ora! Cordelia deu uma risadinha zombeteira ao ouvir aquilo e se esforçou para ignorar o ligeiro tremor de empolgação que a percorreu ao ouvi-lo chamá-la de "perfeita".

Um perfeito desastre, ela não pôde deixar de imaginar.

Porém os olhos dele estavam iluminados. Ardiam, na verdade. Com uma paixão que pedia uma reação. *Venha até mim, Cordelia. Deixe que eu lhe mostre o que pode ser perfeito...*

Ah, o que ela estava pensando? *Ele não é seu*, lembrou a si mesma. *É apenas emprestado.*

Então, mais uma vez, ela se pegou lembrando o que ele acabara de dizer. *Afrodite pega desprevenida.* Aquilo em geral significava que a dama em questão estava...

Cordelia olhou de novo para seus pés expostos e não pôde deixar de imaginar quanto mais da sua perna estivera aparente. Ela estendeu a mão.

– Eu gostaria de ver o que desenhou.

– Como eu disse, estava desenhando Afrodite.

Kipp indicou com a cabeça um ponto atrás dela. Quando se virou, Cordelia viu uma pequena estátua da deusa na mesa às suas costas. Ela enrubesceu, sentindo-se tola.

É claro que ele não falara dela. Afinal, tanto Kipp quanto Kate haviam dito que a Srta. Holt era uma beldade, certo? Por que ele iria querer desenhar a velha e despretensiosa Cordelia Padley?

Então Kipp riu, esticou o corpo para se levantar da poltrona funda e se ajoelhou diante dela. Ele deu uma piscadela, abriu o caderno de desenho, folheou-o até certa página e, então, o virou na direção dela.

E, para a surpresa de Cordelia, ali estava ela. Reclinada no sofá, com os cabelos desalinhados espalhando-se por toda parte. Cordelia levou a mão à cabeça, distraída, para ajeitar os fios soltos, tentando arrumá-los de alguma forma, porque a criatura que Kipp desenhara parecia... tão entregue... tão exposta.

Pelo amor de Deus, era daquela forma que ele a via? Que ele queria vê-la?

– Agora tenho você para sempre – declarou Kipp.

Seu sussurro rouco a deixou trêmula... e não porque estivesse com frio.

Porque o que poderia dizer em resposta a algo assim? Ora, com certeza não o que primeiro lhe veio à mente. *Eu seria sua para sempre se me quisesse... Fique comigo... me ame.*

Não que Cordelia tivesse que dizer nada, porque Kipp estendeu a mão e prendeu uma mecha de cabelo dela atrás da orelha, roçando os dedos quentes na curva da orelha, provocando nela arrepios de desejo.

– Cordelia, eu quero...

Porém, antes que ele pudesse terminar, Kate entrou no salão.

– Ah, aqui está você!

Ela parou atrás de Kipp e abaixou os olhos para o caderno de desenho.

– Lorde Thornton, o senhor tem um talento e tanto. Conseguiu capturá-la perfeitamente.

Kate piscou para Cordelia. Como sempre, a acompanhante nada perfeita.

– Embora eu torça para que ela não estivesse roncando enquanto o senhor a desenhava.

Kipp se sentou sobre os calcanhares para que Cordelia se levantasse. O rosto dela estava enrubescido. Céus, o que era pior: ser pega com Kipp daquele jeito ou enfrentar os comentários indelicados de Kate?

Ela escolheu a última opção.

– Eu não ronco.

– É o que diz – rebateu, muito prática, a outra mulher.

– Só um pouquinho – implicou Kipp, embora nenhuma das damas estivesse lhe dando a menor atenção no momento.

– Ora, não vamos perder mais tempo – anunciou Kate, dobrando o dedo para indicar que Cordelia a seguisse. – A Sra. Abbott nos serviu uma bela bandeja de café da manhã e está aflita por você não estar lá para aproveitar. Não foi nada adequado para mim não saber explicar seu paradeiro, e sabe como detesto ser assunto de fofoca.

Assim, Cordelia se viu sendo levada para longe de Kipp, escada acima.

Ela voltou os olhos para a biblioteca. Céus! O que ele estivera prestes a dizer?

Cordelia, eu quero...

Até onde ela sabia, o restante da frase bem poderia ser "arenque defumado no café da manhã".

– Se não tem intenção de se casar com o conde... – começou Kate assim que elas chegaram ao segundo patamar da escada.

Cordelia parou e se apoiou no corrimão.

– É claro que eu não...

Ela só desejou ter parecido mais convincente. Porque não queria se casar. Não queria.

Seu olhar se voltou para a base da escada.

Kate soltou um *humm* alto, pegou a mão de Cordelia e foi puxando-a escada acima, prosseguindo seu sermão pelo caminho.

– Então devo lembrá-la de que lorde Thornton não é seu noivo.

– Eu sei disso.

Cordelia fez o melhor possível para parecer ultrajada.

– Não tenho a menor ideia do que está insinuando.

Fracassou por completo, contudo, pois Kate balançou a cabeça regiamente.

– Cordelia, esse homem não é seu para que fique se engraçando com ele. E logo precisará ser devolvido.

– Estou bem consciente da situação – retrucou Cordelia, irritada. – Afinal, a ideia foi minha.

– Então sugiro que tome cuidado, antes que surjam mais complicações – concluiu Kate e continuou a subir, apressada.

Como se Cordelia precisasse que a lembrassem daquilo. Algo emprestado sempre precisava ser devolvido. Não precisava?

Cordelia não se dera conta de quanto se apegara a Mallow Hills até eles partirem de lá, uma hora depois.

Quando olhou por cima do ombro para as pedras gastas pelo tempo, teve a certeza de que nunca mais veria aquelas paredes. Não depois que Kipp se casasse com a Srta. Holt.

Aquele aperto no peito a manteve mais cautelosa em relação a Kipp pelo resto do dia. Bem, aquilo e o alerta de Kate. *Ele não é seu. E logo precisará ser devolvido.*

Assim, sempre que Kipp emparelhava o cavalo com a carruagem para apontar vistas que sabia que ela acharia interessantes ou para lhe entregar alguma flor silvestre para que ela guardasse dentro do livro, Cordelia se mostrava educada mas indiferente.

Como aquilo acontecera? Poucos dias antes, ela estivera, sim, curiosa para ver o velho amigo, mas suas esperanças eram só que ele a ajudasse a enganar as tias, para que ela pudesse continuar a viver como gostava.

Ao menos era o que dissera a si mesma. Só que tudo mudara. Em algum momento ao longo do caminho, entre observar a Sra. Abbott cuidando dos irmãos Talcotts como uma mãe devotada, passear pelas campinas verdes de Mallow Hills e subir a grande escadaria com todos os antepassados Talcott observando-a, Cordelia se apaixonara.

Obviamente acordar vendo Kipp diante dela, com aquele olhar cálido a acariciá-la, havia despertado um anseio que Cordelia desconhecia até então. Imaginar ter momentos como aquele, todos os dias...

Ela fechou os olhos ao se dar conta de quanto se enredara naquele nó. Mas... ah, como era difícil não sorrir quando Kipp piscava para ela ou quando o pegava fitando-a com a mesma paixão intensa que mostrara naquela manhã!

Pouco antes de Kate chegar e arruinar tudo. Não, pouco antes de a acompanhante salvá-la de fazer papel de tola.

Ele não é seu, lembrou Cordelia a si mesma.

Naquele momento, a carruagem fez uma curva fechada para a direita e saiu da estrada. Cordelia abriu os olhos e viu que seguiam por um caminho longo em curva. Depois de algum tempo, Hamilton Hall, a casa grandiosa do duque de Dorset, surgiu à vista.

Ao lado dela, Kate deixou escapar um assovio baixo.

– Sua amiga vai ser a senhora de tudo isso?

Não havia como negar o ar de aprovação da acompanhante.

– Ela tirou a sorte grande, não é mesmo?

Essa era a forma de Kate sugerir que Anne estava com as prioridades em dia. Porque, por mais que a acompanhante sorrisse com paciência ao ouvir os planos de Cordelia de deixar a Inglaterra e correr o mundo, ela também não escondia as próprias preferências por uma casa bem-organizada e um bando de criados para fazer o trabalho árduo.

Kate se debruçou na janela.

– Diante disso, as pedras de lorde Thornton parecem bastante deterioradas.

Ao ouvir aquilo, Cordelia reagiu.

– Mallow Hills não é nada disso. É um lar. É...

Ela fez uma pausa, porque quase dissera *um lugar perfeito para passar a vida*. Só que não poderia pronunciar essas palavras. Mas de uma coisa estava certa.

– Isso – falou ela, indicando a casa enorme com alas de cômodos destacando-se de todos os ângulos – é uma monstruosidade. Pobre Anne!

– Sim – disse Kate com um horror fingido. – Realmente... pobre Anne.

Cordelia não respondeu e elas seguiram em silêncio até a casa ampla se erguer diante das duas, ao mesmo tempo que a farsa que armara assomava sobre ela, pois o momento importante chegava. Alguém acreditaria que ela e Kipp eram...?

Ela cruzou os dedos com força no colo, morrendo de preocupação.

Era aquilo ou apostar todas as suas fichas no seu plano.

Kate pousou a mão com firmeza sobre a de Cordelia.

– Tem certeza de que quer proceder dessa forma?

Levando adiante seu plano maluco.

Felizmente, Kate não disse essas palavras. Nem precisava. Cordelia já sabia que o plano era, no mínimo, uma temeridade. Fingir que estava apaixonada por Kipp, depois simular um coração partido.

Só que agora Cordelia sabia que a parte de "simular" não seria assim tão difícil.

Nem a parte de "estar apaixonada".

Entretanto aquele foi também o momento em que o terrível espectro do vendedor de sebo para velas retornou. Cordelia desentrelaçou os dedos e endireitou o corpo no assento.

– Sim. Essa é a única forma.

– Você poderia ser sincera – sugeriu Kate.

– Não, agora não.

Porque, além de não querer confessar a farsa, Cordelia também não queria que seu conto de fadas chegasse ao fim. Ela queria passar aqueles poucos dias sendo a noiva apaixonada de Kipp.

Maldito Kipp com sua concepção de lar. E de dever. E de responsabilidade. Ele a ensinara muito nos últimos dias sobre o que era ser honrado, corajoso e aventureiro. Se... se ela pudesse ser a mulher que estaria ao lado dele, para ajudá-lo a salvar Mallow Hills...

A carruagem parou e Cordelia soltou o ar com força.

– Sim, bem, aqui estamos.

No alto da grande escadaria, as portas duplas foram abertas e os criados saíram, apressados, seguidos por várias damas.

Cordelia ouviu Kate arquejar atrás dela e murmurar:

– Pelos céus... aperte o cinto... ou o espartilho.

Sim, exatamente.

Cordelia não teria atravessado as planícies da Índia e as vastas extensões

163

de oceanos se não fosse corajosa, por isso ergueu o queixo e sorriu, apesar de o coração estar disparado.

É claro que aquilo talvez se devesse também ao fato de Kipp estar abrindo a porta da carruagem para ela. Ele sorria, e os olhos azuis estavam iluminados por um brilho travesso.

– Não pode estar se divertindo com isso – sussurrou Cordelia enquanto Kipp a ajudava a descer.

– Eu, me divertindo com isso?

Ele lançou um olhar por cima do ombro, para o enorme grupo que se aproximava, e fez uma careta, como se tivesse avaliado o terreno e as chances de sucesso do plano deles... e tivesse chegado à mesma conclusão que ela.

Os dois, sem dúvida, eram minoria.

– Não. Na verdade, estou apavorado.

– Eu também.

Ao ouvir aquilo, ele sorriu de novo.

– O que é isso, Comandante Cara-de-Manjar? Não vai fraquejar agora, não é? Vamos conquistar juntos esse povo!

Ela não conseguiu conter uma risada.

– Sim, tem razão, Major Pernas-de-Pudim. Acho que é o que precisamos fazer, agora que já estamos nisso até o pescoço.

Então Kipp pegou a mão dela e a pousou em seu braço. O calor e a força daquele braço musculoso sob a mão dela e o corpo vigoroso ao seu lado pareciam um escudo invencível a protegê-la. Cordelia não sabia se ele fizera aquilo para dar coragem a ela ou a si mesmo, porém que diferença faria? Eles conquistariam juntos aquele território.

– Acha que vai conseguir convencer suas tias de que está apaixonada por mim? – perguntou Kipp quando eles pararam diante da escadaria imponente.

Cordelia assentiu e ergueu os olhos para encontrar os dele.

– Sim, Kipp, eu vou conseguir.

CAPÍTULO 8

E depois daquela afirmação – *ou melhor, confissão* – Cordelia se viu afastada de sua "guarda".

Na verdade, nenhum deles teve escolha. Kipp e Drew foram requisitados pelo duque para se "fortificarem" um pouco. E, quando Drew mencionou algo sobre ver os famosos estábulos do duque, imediatamente foi organizada uma visita completa. Sem as damas.

Não que Kate fosse de alguma ajuda. Ao perceber que o outro lado estava em número muito superior, ela debandou do campo de batalha com a desculpa esfarrapada de que precisava "supervisionar a bagagem".

E Cordelia se viu por conta própria em um pequeno salão íntimo, cercada por suas amigas mais queridas. Sim, era sempre maravilhoso ver todas elas – Anne, Ellie e Bea –, suas amadas amigas da escola.

Contudo, além das amigas, ali também estavam as indomáveis tias do pai de Cordelia – Aldora, Bunty e Landon. Se aquilo já não fosse desafio suficiente a ser enfrentado, elas haviam levado reforços – várias acompanhantes e outras convidadas que Cordelia nunca vira, mas que agora estavam sentadas por todo o salão.

A conversa animada incluía uma cacofonia de perguntas e Cordelia ficou zonza tentando responder a todas.

– Isso é que dá não ter uma orientação adequada.

– Sim, é verdade. E o conde de Thornton? Como foi?

– Ora, eu poderia jurar que dizia na carta que estava noiva do Sr. Thornton, ou seja, do capitão Thornton – apressou-se a acrescentar tia Bunty.

Tia Landon deu uma risadinha de desdém e lançou um olhar contundente na direção da irmã mais nova.

– Você deve ter se confundido. Mais uma vez.

– Dificilmente – rebateu tia Bunty, irritada. – Li a carta duas vezes e você estava presente.

Anne, sempre diplomática, fitou as tias de Cordelia com um sorriso.

– É perfeito que esteja aqui, Cordelia – falou em um tom firme e educado, cortando a discussão.

Cordelia sorriu em resposta e se agarrou às palavras gentis de Anne como se fossem a tábua de salvação.

– Eu não poderia perder seu casamento.

– E logo a veremos casada também – acrescentou Bea e, insistente como era, continuou: – Como conseguiu essa proeza? O conde de Thornton!

Ela cerrou os lábios em uma indicação inequívoca de que estava catalogando os fatos disponíveis.

Aquilo não era um bom sinal, porque Cordelia apostaria a moeda de 6 *pence* em seu bolso em que se havia alguém capaz de descobrir a farsa que ela armara, esse alguém era a Srta. Beatrice Heywood.

E isso ficou ainda mais evidente quando ela continuou a falar.

– Ouvi dizer que o conde estava passando uma quantidade incomum de tempo na Russell Square, na companhia da Srta. Holt.

A menção ao nome da herdeira fez com que um súbito silêncio dominasse o salão. Ao que tudo indicava, a Srta. Holt era bastante conhecida.

Mas aquilo não durou muito, já que logo várias damas mais velhas fungaram em desaprovação.

– Criatura vulgar.

– Ela se acha melhor do que os outros – comentou uma das acompanhantes.

– Céus, parece que hoje em dia toda família de novos-ricos da Inglaterra tem uma filha que é uma beldade. Por que essas pessoas não podem ter moças sem graça em casa, condizentes com a posição social delas? – perguntou tia Aldora, inflamada.

Tia Bunty assentiu, concordando.

– Sem dúvida, é uma desvantagem para nós quando uma jovem dama é mais rica do que todas nós juntas.

– Sim, a Srta. Holt tem uma fortuna que lhe dá certa vantagem, mas você não tem nada a temer, Cordelia – assegurou Bea.

Cordelia se ajeitou na cadeira e olhou para a amiga.

– Não?

– É claro que não. O modo como lorde Thornton olha para você é prova disso.

– Prova de quê?

– De que ele a ama, sua tolinha – acrescentou Anne.

– Sim, é verdade – garantiu Ellie.

– É óbvio que ele a idolatra – falou Bea.

– É de surpreender que o conde ainda não tenha feito correr os proclamas – falou tia Landon para ninguém em particular.

Cordelia se forçou a colocar um sorriso nos lábios. A primeira parte de

166

seu plano – convencer todos de que seu noivado não era uma mentira – fora um sucesso.

Agora só o que precisava fazer era sobreviver aos próximos dias sendo a noiva perdidamente apaixonada de Kipp. E, depois, deixar que ele partisse seu coração.

⌒

A determinação de Cordelia de seguir adiante com a farsa, porém, só serviu para deixá-la com os nervos à flor da pele. E, para alguém que navegara ao redor do Chifre da África – *duas vezes* –, aquilo não era de pouca relevância.

A diligente mãe do duque – apesar de estar prejudicada por um tornozelo torcido – e as seis irmãs de Sua Graça tinham planejado cada minuto daquele período festivo até a hora do casamento, por isso Cordelia se viu constantemente cercada por outros convidados curiosos a lhe darem os parabéns, além da família dela e das amigas queridas.

Tia Aldora era a pior. Ela perdera o noivo apenas uma semana antes da data planejada para o casamento, fazia cerca de cinquenta anos. Seu amado Wigstam fora levado deste mundo, como tia Bunty costumava dizer, "por nada mais do que uma gripezinha".

E tia Aldora não estava disposta a ver o mesmo destino se abater sobre a sobrinha-neta mais querida. Por isso paparicava Kipp como se ele fosse um bezerro recém-nascido – ele comera bastante bife no jantar e pouco peixe? Sabia que as espinhas dos peixes podem causar problemas terríveis no intestino?

E, durante todo aquele tempo, lá estava Kipp, sorrindo para ela. Fazendo o melhor possível para parecer um noivo devotado. Por que ele não selara o cavalo e voltara correndo para Londres era uma incógnita para Cordelia.

Pior, toda vez que Kipp se aproximava dela, toda vez que falava com ela, Cordelia se via de volta àquela manhã, quando ele se ajoelhara diante dela na biblioteca e estava prestes a dizer algo... a fazer algo.

Ah, se Kate não tivesse escolhido aquele exato instante para decidir ser uma acompanhante de verdade...

Enfim, quando um novo dia nasceu, Cordelia tinha grandes esperanças de que as próximas 24 horas seriam mais fáceis, isto é, até ela parar na porta do salão de refeições bem no momento em que tia Aldora perguntava – da forma mais indelicada e em detalhes – sobre o estado da digestão de Kipp.

167

Enquanto o ouvia tentar encontrar uma resposta educada, algo dentro de Cordelia pareceu se romper e ela se deu conta de que era a exploradora intrépida que imaginara ser – porque de repente se viu bater em retirada, passar no quarto para pegar seu caderno de desenho e sair em disparada da casa imponente, como se o diabo em pessoa a perseguisse.

E parecia que era mesmo o caso.

– Aonde pensa que vai?

A pergunta a deteve no meio da fuga. Ela quase conseguira chegar ao fim do labirinto. Tivera esperança de alcançar a colina distante antes que alguém desse pela sua falta.

Mas alguém percebera sua ausência. A última pessoa que ela queria ver. A única pessoa que ela queria ver.

– E sem café da manhã – acrescentou Kipp.

Ele exibiu um farnel embrulhado em um guardanapo.

– Eu não gostaria que a sua digestão se tornasse inquieta.

Aquilo foi acrescentado nos tons agudos da tagarelice constante de tia Aldora, junto de um erguer de sobrancelhas. Para deixar bem claro.

Cordelia segurou a barra da saia, correu até onde estava Kipp, o pegou pelo braço e o puxou para que contornasse a sebe. Não parou até tê-lo arrastado para trás de um carvalho.

Bem longe da vista de todos.

– Você é muito implicante – disse ela enquanto ele lhe entregava o farnel e pegava o estojo de desenho dela.

Ela espiou dentro do embrulho e suspirou.

– Mas também é um amor.

– E aonde exatamente pensou que iria? – perguntou Kipp, observando-a comer, distraído.

– Acho que já ficou óbvio – declarou Cordelia entre uma mordida e outra.

Ela mal conseguira comer direito no jantar e seria a primeira a admitir que adorava um bom café da manhã. E aquele pãozinho estava divino.

– Vou desenhar.

– Sozinha?

Ele balançou a cabeça.

– Achei que já havíamos resolvido isso na estalagem.

– *Você* achou que havíamos resolvido – disse Cordelia.

Ela terminou o pão e deu uma mordida na fatia de bacon que Kipp roubara. Quem poderia imaginar que ele seria um ladrão de café da manhã tão talentoso?

– Vamos resolver de uma vez por todas: ou me permite acompanhá-la ou vou entrar e informar à duquesa e às suas tias que está andando sem rumo por aí. Sozinha.

Aquilo fez com que ela desviasse os olhos do café da manhã.

– Você não ousaria!

Depois de alguns minutos de silêncio agudo, ela percebeu que, sim, ele ousaria.

– Ah, pelo amor de Deus. Venha junto, se quiser.

– Achei que nunca me convidaria – falou Kipp.

Ele examinou com um longo olhar a paisagem ao redor deles.

– Para onde?

– Para o mais longe da casa que conseguirmos ir.

Cordelia indicou com um gesto de cabeça uma pequena elevação a distância e, assim, eles partiram.

Em algum momento ao longo do caminho, Kipp deu a mão a Cordelia e ela não protestou, porque o calor dos dedos dele entrelaçados aos dela foi o bastante para fazer com que arrepios de prazer subissem por sua espinha.

Isso só vai durar alguns dias, lembrou Cordelia a si mesma. *Que mal poderia haver?*

Muitos, ela logo se deu conta enquanto eles continuavam a caminhar, conversando sobre tudo – ao menos era o que parecia – com a mesma camaradagem agradável que fizera com que se tornassem amigos na infância.

Ela o regalou com histórias da Índia e Kipp a ouviu com um brilho distante nos olhos, como se estivesse caminhando por lá com ela – sentindo o perfume de sândalo, o calor do sol nas costas, o burburinho de dezenas de idiomas ao redor – em vez de ouvir o pio familiar de cotovias e tordos.

Quando chegaram ao topo da colina, uma cena bucólica se abriu diante deles – um vale amplo e muito verde, com espirais de fumaça subindo das chaminés dos chalés baixos aninhados ao longo dos campos bem-cuidados. A distância, um antigo campanário se erguia na direção do céu.

– É perfeito! – comentou Cordelia, sentindo o desejo familiar de pegar o lápis e o papel.

Sem pensar duas vezes, ela se sentou na grama. Kipp se juntou a ela, provando mais uma vez seu talento para o furto ao roubar papel e um toco de lápis. O cartógrafo nele não resistiu a fazer um esboço da paisagem.

– Não esqueça: feche os olhos primeiro – lembrou Cordelia, concentrando-se e deixando o cenário cercá-la.

Kipp riu e obedeceu, porém Cordelia supôs que foi só para fazer a vontade dela.

– Sim, sim, já faço parte da terra agora.

Ela torceu o nariz, mas teve esperanças de que um dia Kipp se daria conta de que ela estava certa.

Eles desenharam em silêncio, satisfeitos. Paravam apenas para ver o progresso um do outro. Conforme o sol subia no céu e o meio-dia se aproximava, porém, Cordelia compreendeu que, quanto mais tempo passassem longe, mais teriam que se explicar. Ela arrumou suas coisas em silêncio e Kipp devolveu os lápis e o carvão que pegara emprestados.

Quando Cordelia se levantou, Kipp viu algo no chão, perto dos pés dela.

– Deixou algo cair.

Ele pegou o objeto para ela e já estava prestes a devolvê-lo quando parou e examinou melhor a moeda de prata em sua mão.

– Isto é antigo.

– Minha moeda de 6 *pence*!

Cordelia pegou a moeda da mão dele. Sentiu o rosto enrubescer.

– Ah, meu Deus, eu estaria muito encrencada se perdesse isso. Ellie me mataria e me esquartejaria.

– É só uma moeda velha – comentou Kipp e pegou o estojo de desenho dela.

– Ah, não, não é só isso – retrucou Cordelia sem pensar, já guardando a moeda de prata no bolso.

Ela vinha carregando aquilo para todo lado como um talismã, mas agora se arrependia da tolice, pois ali estava Kipp, esperando por uma explicação para suas palavras descuidadas.

– É que encontramos isso há muito tempo... Bea, Anne, Ellie e eu. Dentro de um colchão, na escola de madame Rochambeaux. Foi lá que nos conhecemos. E achamos, naquela época, quero dizer, acreditamos que a moeda de 6 *pence* fosse...

Ah, Deus, ela precisava parar de falar de forma tão confusa.

– Achamos que ela pudesse nos trazer boa sorte. Anne ficou com a moeda, então a mandou para mim faz pouco tempo.

– É mesmo? E a boa sorte dela tem algo a ver com Dorset?

Cordelia se encolheu.

– Como você sabe?

– Esqueceu que acabei de passar a última temporada social cercado por moças recém-saídas das "escolas de Bath"? A propósito, o que ensinam nesses lugares?

Pelo modo como ele falou, parecia que as damas citadas haviam passado seus anos de formação aprendendo uma variedade de formas de trapacear e enganar.

Cordelia empinou o nariz.

– Como eu poderia saber? A escola de madame Rochambeaux não ficava em Bath.

– Obviamente.

Ele ajeitara o estojo na mão e já andava em direção à trilha. Cordelia se apressou a segui-lo.

– O que quis dizer com isso?

Kipp olhou por cima do ombro.

– Que você... e suas amigas... são únicas.

Cordelia estacou, as mãos na cintura.

– E o que quis dizer com *isso*?

Ele se virou devagar, sorriu, então voltou até onde ela estava, até pairar acima dela. Cordelia se pegou tremendo, mas não por indignação.

Kipp se inclinou, o hálito quente junto à curva da orelha dela.

– Minha caríssima Comandante Cara-de-Manjar, como eu poderia não achá-la diferente?

Incapaz de se conter, Cordelia pousou a mão no braço dele, nem que fosse apenas para ter algo sólido em que se apoiar enquanto o mundo todo parecia oscilar sob seus pés.

– E isso é bom? – conseguiu perguntar, obrigando-se a olhar pare ele.

Obrigando-se a encontrar aqueles olhos azuis tão límpidos que faziam Cordelia pensar nas águas cálidas da costa de Madagascar.

– A melhor coisa do mundo – garantiu Kipp.

Por um momento, Cordelia achou que ele iria beijá-la. De novo. E como desejava que ele fizesse aquilo... Ansiava por ter os braços de Kipp ao seu redor outra vez, os lábios vorazes colados aos dela.

Queria acreditar que um beijo daqueles poderia durar uma vida inteira. Porém, naquele instante, imagens de Mallow Hills surgiram em sua mente. E ela se lembrou de todo o dinheiro que era necessário para salvar a casa dele, um dinheiro que Kipp não tinha e, com certeza, ela também não.

Cordelia cambaleou para trás, colocando-se fora do alcance de Kipp, olhando para qualquer lugar, menos para ele.

– Bem, precisamos voltar. Não queremos nos atrasar para o almoço da duquesa.

– Se você insiste – concordou Kipp. – Sua tia Aldora vai querer um relatório completo da nossa manhã.

Cordelia riu.

– Está tentando me assustar?

– Talvez. Sei que *eu* estou apavorado. Mas ajuda saber que teremos bolo de sobremesa, não é? Daqueles com glacê de que você tanto gostava quando éramos pequenos.

– Um pouco – retrucou ela.

Os dois riram e, mais uma vez, Cordelia se pegou dizendo o que estava em seu coração.

– Queria que isso não precisasse terminar.

– Eu também – concordou Kipp, com um longo suspiro. – Mas temos até domingo. Vamos aproveitar o máximo até lá.

Cordelia desejou ser tão despreocupada.

– Não consigo não me preocupar com a possibilidade de que alguém descubra tudo.

Kipp encolheu os ombros.

– Não posso imaginar o que mais precisamos fazer para provar que nosso noivado é legítimo, a não ser...

Naquele momento eles chegaram a uma curva do caminho e lá estavam, pouco adiante, perto da curva seguinte, Anne e Dorset. Entrelaçados.

Era uma cena que resumia a linha de pensamento de Kipp. Porque o que mais eles poderiam fazer para que seu noivado parecesse motivado pelo amor...

Além de sermos surpreendidos em uma situação comprometedora...

– Por ali não – disse ele, guiando Cordelia em outra direção.

– Sim, acho que é melhor não – concordou ela.

Ainda assim, Cordelia não conseguiu evitar dar uma olhada de relance para trás – Anne imprensada contra o tronco largo da árvore pelo duque, que beijava com voracidade a futura esposa, os dois tão imersos no momento que nem ouviram Cordelia e Kipp se aproximarem.

Havia algo de tão íntimo, de tão apaixonado na cena que Cordelia enfiou os dedos no bolso e envolveu a moeda que estava ali. Aquele pedacinho de prata realmente ajudara Anne? Era difícil acreditar. Ainda assim, ali estava o mais improvável dos pares.

Cordelia seguiu Kipp para longe do casal. Ficou perguntando a si mesma se noivos sempre se comportavam daquela forma. Então outro pensamento lhe ocorreu e ela não conseguiu evitar. Precisava saber.

– É assim com você e a Srta. Holt?

É assim com você e a Srta. Holt?

O passo de Kipp vacilou por um instante e ele se virou para encará-la.

– Santo Deus! Com certeza, não!

A expressão de Cordelia demonstrou sua surpresa: ela não esperava uma resposta tão veemente. O próprio Kipp não se dera conta de quanto aquela ideia o horrorizava até as palavras escaparem de sua boca.

– É mesmo? Eu imaginei que... – começou Cordelia, olhando mais uma vez para trás. – É que... se vocês estão prestes a...

– Não!

Kipp já não estava certo do que queria dizer. Mas de uma coisa tinha certeza.

– Isso é, nós nunca... quero dizer... a Srta. Holt e eu não...

– Nunca?

Cordelia pareceu satisfeita demais diante daquela revelação. Ele nunca beijara a Srta. Holt.

E, de certa forma, aquilo foi uma revelação também para Kipp. Pensando a respeito, ele nunca desejara fazer aquilo – com certeza não com o fervor que parecia ter dominado Dorset e a noiva, deixando ambos entregues à paixão.

– Não acho que a Srta. Holt aprovaria... – apressou-se a explicar Kipp, como se aquilo tornasse tudo mais palatável.

– Um beijo? Seu?

Cordelia balançou a cabeça.

– Ela parece ser muito tola.

– Não creio que a Srta. Holt possa ser descrita assim – retrucou ele, colocando-se em defesa dela, embora não da forma vigorosa que se esperaria de alguém que fosse quase seu noivo. – É só que ela não... bem, acredito que ela acharia isso... que não seria de seu agrado. E, com certeza, eu não iria querer me impor à dama.

Cordelia não pareceu nada convencida.

– Se essa é a dama com quem deseja se casar de todo o coração e se ela também quer se casar com você... ora, beijá-lo... Bem, ela deveria pensar nisso o tempo todo. Deveria desejar isso o tempo todo.

E ali estava a questão. Porque os dois sabiam que Cordelia não estava falando sobre a Srta. Holt.

Ver Dorset e a Srta. Brabourne abraçados com tanto arrebatamento... Kipp não podia deixar de imaginar que Pamela quase desmaiaria de horror diante de uma cena de paixão tão inadequada.

E Pamela jamais permitiria aquele tipo de liberdade. Não antes de se casar. E, mesmo depois de receber a bênção do pároco, ele imaginava que ela não seria muito inclinada à paixão. Ah, sim, a jovem cumpriria com o dever de produzir o herdeiro necessário e outro filho sobressalente, mas depois... Dificilmente.

Então ele olhou para Cordelia. Ela jamais se disporia a uma união tão sem amor, tão sem paixão.

Não a Cordelia dele. E algo muito antigo e havia muito tempo esquecido pareceu rasgar a alma de Kipp. A mesma dor profunda que quase o rasgara ao meio quando a carruagem de sir Horace partira, fazia tantos anos, arrancando Cordie – sua Cordie – de sua vida.

Por algum motivo, ao longo dos anos, Kipp esquecera a sensação de pertencerem um ao outro. Que duas pessoas podiam combinar tão perfeitamente. Que estavam sempre de mãos dadas – arrastando um ao outro de uma aventura atrapalhada para a seguinte. Que um terminava a frase do outro, os desenhos do outro. Que ele não conseguia dormir até ver a vela se apagar no quarto dela.

E, agora que estavam juntos de novo, Kipp redescobrira as dezenas de motivos pelos quais Cordelia Padley sempre seria a centelha que acenderia seu coração. Ela era a chama que o iluminava.

– Cordelia?

– Sim?

– Seria muito ousado de minha parte... não, na verdade seria muito impróprio da minha parte lhe fazer um pedido... pedir que faça uma coisa?

Cordelia olhou para ele.

– Pedir que faça o quê?

– Que me beije, Cordelia – sussurrou ele. – Daquele jeito. Como se fôssemos noivos. Como se estivéssemos destinados a...

174

Ficar juntos.

Porém ele nunca chegou a pronunciar aquelas últimas palavras. Porque eles logo estavam...

Abraçados. Entrelaçados.

Kipp puxou Cordelia para si e a envolveu. Ela se esquivara antes, mas ele não deixaria aquela oportunidade passar. Porque talvez fosse a última.

Cordelia mal tivera tempo de pensar – em um instante estava parada na trilha e, no minuto seguinte, se viu nos braços de Kipp, que a beijava.

Não, na verdade, ele a devorava.

E ela se afogava. Ansiara por aquele momento desde a noite na estalagem e agora...

Ela tentou se afastar.

– Kipp, não devemos. E se formos surpreendidos?

Ela balançou a cabeça.

– Você tem responsabilidades a cumprir em outro lugar. Eu não serei a causa...

Ele balançou a cabeça e a puxou para mais perto.

– Cordelia, apenas feche os olhos e sinta.

O hálito dele roçava o ouvido dela, provocando-lhe arrepios de desejo por todo o corpo.

O suspiro que escapou dos lábios dela quando Kipp beijou a lateral do seu pescoço... Os tremores que pareciam fazer cada nervo de Cordelia vibrar, deixando-a ansiosa e quase delirante de prazer, ardendo pelo toque dele, para que acalmasse aquela agitação ou a enlouquecesse de vez.

Então Kipp encontrou mais uma vez a boca de Cordelia e a beijou de forma lenta e sedutora.

Ela não conseguiu mais se conter, estava perdida. E se abriu para ele, deixando que a língua de Kipp explorasse sua boca, que as mãos dele a mapeassem, a envolvessem. Quando sentiu os dedos dele envolvendo seus seios, Cordelia arqueou o corpo e Kipp a apoiou até ela se escorar em um carvalho.

Então ele a envolveu com o próprio corpo, firme como o tronco atrás dela, e Cordelia suspirou – por mais inocente que ela fosse, agora sabia o que significaria tê-lo, porque ele era rígido e grande e ela não conseguiu se conter: esticou a mão para tocá-lo, para senti-lo, para se permitir também mapear o corpo dele, acariciá-lo.

Kipp segurou a mão dela e a afastou.

– Você vai me deixar louco.

– Não mais do que você está me deixando – retrucou ela.

– Não chega nem perto disso.

Então, para provar o que dizia, ele libertou um dos seios dela do vestido, capturou o mamilo com os lábios e começou a sugá-lo.

Cordelia arquejou em busca de ar enquanto se sentia dominada por milhares de tentações perigosas que atravessavam seu corpo despertando cada terminação nervosa.

Cada desejo.

Kipp usou a outra mão para levantar o vestido dela e deixou os dedos subirem pela coxa, cada vez mais alto, até tocá-la bem no ponto onde o fogo que ele atiçava parecia se acumular. Com seu toque, ele incendiava a mais pura paixão.

– Ah! – ofegou Cordelia enquanto ele a tocava, a explorava.

Kipp deixou o polegar correr pelo ponto mais sensível do corpo dela e, de repente, Cordelia se viu na ponta dos pés – erguida pelo toque de Kipp e algo que parecia se avolumar dentro dela.

Kipp a acariciou, devagar a princípio e, então, conforme ela começou a movimentar o quadril, espalmou a mão sobre o sexo dela. Ele deslizou um dedo para dentro, espalhando sua umidade. Os dedos dele atenderam ao pedido silencioso de Cordelia, levando-a cada vez mais em direção ao clímax.

Cordelia tentou respirar, tentou compreender o que acontecia, mas tudo pareceu explodir ao seu redor. Ondas de prazer a dominaram primeiro em um crescendo de desejo, depois de alívio.

Ela abriu os olhos para fitar Kipp e o encontrou sorrindo. Extremamente orgulhoso por ter desemaranhado todos aqueles nós.

Kipp se inclinou e afundou o nariz no pescoço dela, os lábios quentes contra a pele úmida de suor.

– Ainda está na terra?

– Completamente – conseguiu dizer Cordelia.

Ele abaixou a cabeça para beijá-la de novo, mas o som de um galho se quebrando fez com que se afastassem. Por um segundo, eles ficaram apenas parados ali, olhando um para o outro, ofegantes, ambos tentando controlar a respiração.

Kipp estendeu a mão e prendeu uma mecha de cabelo atrás da orelha dela. Não foi muito útil para melhorar o estado de desalinho de Cordelia, mas levou um sorriso tímido aos lábios dela.

Ele pegou a mão dela e os dois saíram de trás da árvore, onde Dorset e a Srta. Brabourne – parecendo igualmente desalinhados e satisfeitos – os cumprimentaram.

– Cordelia! Aqui está você – disse Anne, com uma piscadela maliciosa. – Se a duquesa perguntar, nós quatro saímos juntos para uma caminhada.

– Nós saímos para desenhar – corrigiu Cordelia enquanto puxava Kipp na direção do estojo de desenho esquecido.

– Ah, sim, "desenhar" – concordou o duque de Dorset. – Uma das minhas atividades favoritas.

Então os quatro riram e continuaram o caminho de volta para casa.

CAPÍTULO 9

ais tarde naquela noite, enquanto descia a escada, Kipp estacou ao avistar o irmão e o anfitrião deles no saguão. E não conseguiu conter uma risada.

Drew se vestira de pirata – não era bem uma fantasia, dada sua reputação na terra e no mar. Mas foi Dorset quem o fez balançar a cabeça.

– Pronto para uma noite de loucura, Thornton?

Vestido de Baco, o duque ergueu o copo que segurava.

E os dois gargalharam.

– Onde conseguiu isso? – perguntou Drew, afastando-se da parede oposta e mirando o irmão da cabeça aos pés.

– É um mistério.

– Provavelmente, não – retrucou Drew.

Como Kipp se fantasiara de príncipe indiano, aquele não era um enigma muito difícil de resolver – um fato que Drew reconheceu com um balançar entediado de cabeça, depois voltou para o lado da Sra. Harrington.

Kipp não saberia explicar como Cordelia conseguira aquilo, mas de uma coisa ele tinha certeza: estava disposto a ser quem ela quisesse, pelo tempo que ela desejasse.

Até que ele fosse obrigado a voltar para Londres, porque precisava fazer aquilo para tranquilizar a consciência em relação à Srta. Holt. Porque... e se estivesse enganado e, na verdade, Pamela nutrisse algum sentimento por ele? Deus, o que ele faria então?

Kipp passou a mão pelo cabelo e o turbante quase desmoronou.

Como sua vida...

Ele olhou para o outro lado do saguão, para os convidados no salão de baile, à procura de Cordelia e, naquele momento, uma ideia... uma inspiração, na verdade, lhe surgiu.

Ela brincara com a Srta. Brabourne e Dorset mais cedo sobre estarem desenhando, mas o duque, que era um antigo colega de escola, mais tarde perguntara a Kipp se ele ainda desenhava mapas. Uma coisa levara a outra e, no fim, o duque vira o esboço do mapa que Kipp começara e, na mesma hora, lhe oferecera uma soma extraordinária por um mapa completo da propriedade.

Mas isso não é o bastante, argumentara o lado prático de Kipp. *Pois como vai ser quando esse dinheiro acabar?*

Levaria tempo para conseguir mais encomendas. Um tempo que ele não tinha.

Ah, se...

Ele se lembrou da moeda antiga de 6 *pence* que Cordelia carregava e desejou que pudesse mesmo fazer um milagre. Não que ele achasse isso provável.

Se a Srta. Holt o amasse, ele se veria obrigado a se casar com ela, a entrar em um casamento de conveniência por uma questão de honra. O que, na verdade, não era mais honrado do que pedir que Cordelia ficasse na Inglaterra. Que trabalhasse ao lado dele para que restaurassem Mallow Hills juntos. Dificilmente seria a vida de exploradora pela qual ela ansiava, mas era tudo o que ele poderia oferecer.

– Se me permite o atrevimento... – começou Dorset, interrompendo os pensamentos sombrios de Kipp.

– Essa não é uma prerrogativa sua? – indagou Kipp, desviando os olhos do salão cheio.

Dorset riu.

– Sim, imagino que sim. Mas preciso perguntar... e só porque Anne tem Cordelia em tão alta estima... o que está fazendo? Quero dizer, quem espera enganar com essa bobagem de noivado?

Bobagem? Ah, agora o homem ganhara toda a atenção de Kipp.

– Não sei do que está falando... – conseguiu dizer Kipp, esforçando-se para parecer indignado.

– Sabe, sim.

Dorset relanceou o olhar ao redor e abaixou a voz.

– Está esquecendo que eu também passei toda a temporada de eventos sociais em Londres.

Ele fez uma pausa para que suas palavras fossem absorvidas. Então indicou a porta da frente com um movimento de cabeça.

– O que também explicaria por que *ela* está aqui.

– Quem está aqui? – perguntou Kipp, voltando-se na direção que o outro homem indicara.

Ele ficou pasmo ao ver, à porta, ninguém menos do que a Srta. Pamela Holt e, logo atrás dela, como um buldogue, o pai, Josiah.

O coração de Kipp afundou no peito. *Que diabos era aquilo?*

Pamela olhou ao redor, para a aglomeração cintilante de convidados, semicerrando os olhos enquanto examinava a cena animada à sua frente. Deixou escapar um suspiro, segurou a saia e atravessou o portal de entrada como se tivessem lhe pedido para cruzar a rua mais suja de Londres.

– Lorde Thornton? – cumprimentou ela com uma ponta de desconfiança. Como se não tivesse certeza de que o encontrara.

– Srta. Holt? – respondeu Kipp, ainda incrédulo. – O que está fazendo aqui?

– Eu lhe perguntaria o mesmo – retrucou ela.

Josiah se aproximou e se postou em silêncio ao lado dela.

– Ouvi um rumor bastante impróprio em relação a sua partida de Londres – falou a jovem. – Não conseguiria descansar até descobrir a verdade. E agora vejo...

Pamela sacou o lénço, que segurou com firmeza e levou aos lábios, como se tentasse impedir que as palavras escapassem.

– Ora, para ser objetiva, achei que o senhor tivesse partido para cuidar de uma questão de honra, milorde, e agora o encontro em uma bacanal.

Atrás dele, Dorset não conseguiu conter a risada, então se virou para dar atenção a outros convidados.

– Esta festa dificilmente poderia ser chamada assim – retrucou Kipp.

Então, para piorar tudo, Cordelia desceu a escada e parou ao lado dele. Usando um sári, nada menos. Com um ombro nu, uma pedra colada na testa e os olhos delineados, ela era uma visão exótica e sedutora.

E Kipp conseguiu até perceber o aroma de sândalo que ela exalava e que o envolvia.

Atrevida como sempre, ela piscou para ele.

A Srta. Holt soltou um *humpf* ressentido.

– Suponho que seja a Srta. Padley, certo?

– Sou – respondeu Cordelia.

Ela se inclinou em uma mesura que a Srta. Holt não retribuiu. Em vez disso, a herdeira mirou Cordelia de cima a baixo, como se examinasse uma mercadoria de qualidade questionável.

– Talvez não compreenda, Srta. Padley, a situação difícil em que colocou lorde Thornton... como tudo isso parece impróprio.

Cordelia continuou a sorrir, sem se deixar abalar.

– Srta. Holt, não há nada impróprio acontecendo. Eu apenas peguei lorde Thornton emprestado.

– Parece que fez mais do que isso – retorquiu a herdeira.

Do outro lado do saguão, Drew tossiu e deu as costas à cena.

Kipp não saberia dizer se o irmão estava rindo ou se engasgando, mas torceu pela segunda possibilidade.

Pior, Cordelia parecia pronta para se erguer em defesa dele e falar da única forma que conhecia: com franqueza.

– Acho que é melhor conversarmos em particular, Srta. Holt – disse Kipp a ela, pegando-a pelo braço e afastando-a de Cordelia.

– De fato!

A Srta. Holt torceu o nariz e lançou um olhar desdenhoso na direção da suposta rival.

– Há uma pequena sala... – ofereceu Dorset em um aparte.

– Obrigado, Vossa Graça – falou Kipp.

Ele se afastou com a Srta. Holt sem olhar para trás porque, do contrário, sabia que nunca conseguiria fazer o que era preciso.

– Veja bem... – protestou Josiah quando se deu conta de que Kipp levava a filha dele embora.

– Agora não, Holt – retrucou Kipp e fechou a porta do salão na cara do homem.

Aquele era um assunto que precisava ser resolvido. *Em particular.*

– Há muito tempo ouço rumores sobre as inclinações de Sua Graça – começou Pamela, parando no meio do salão, bem longe dele, e com os olhos na porta. – Porém, nunca imaginaria que o senhor, lorde Thornton, se sentiria inclinado a participar dessas depravações.

Ela levou o lenço mais uma vez aos lábios trêmulos.

Kipp atravessou o salão.

– Então não imagine, Pamela. Diga que me ama e me beije.

A jovem se irritou.

– Não me lembro de ter lhe dado liberdade para me tratar com tanta familiaridade, milorde.

Ela se manteve firme, com a postura perfeita, exalando uma indignação burguesa. Kipp estendeu a mão para ela.

– Pamela, me beije.

Ela deixou escapar uma espécie de gritinho quando ele a tocou e se afastou depressa, colocando o sofá entre eles.

– Está louco?

Pamela olhou para a porta como se estivesse perguntando a si mesma por que o pai ainda não a arrombara. Quando ficou claro que não haveria resgate, ela recorreu à sua formação na escola em Bath. Jogou os ombros para trás e empinou o nariz.

– Essa orgia em que se envolveu comprometeu o seu bom senso, senhor.

– É um baile à fantasia, Pamela – esclareceu Kipp. – Não creio que possa ser considerado uma orgia.

– Discordo. Já que acabei de chegar aqui e o senhor começou a se dirigir a mim com tanta intimidade e a me propor atos impensáveis... me pedir...

– Pamela, me beije.

– Não. Vou. Beijá-lo.

– Por que não? – indagou ele, pois precisava saber. – Se me ama...

Ela se agitou como uma galinha molhada.

– Nem sequer estamos noivos. Não formalmente.

– E se estivéssemos?

Pamela cerrou o maxilar em uma expressão desafiadora. Por um momento, se pareceu muito com o pai – o que não era vantajoso para ela. Mas a expressão em seu rosto falava com muita clareza. Seu olhar dizia apenas uma coisa.

Com certeza, não.

Kipp andou de um lado para outro diante do sofá e olhou de relance para ela.

– Uma pessoa amiga me disse que se você me amasse de todo o coração e eu também a amasse, nós só pensaríamos no desejo que sentiríamos um pelo outro.

Ela o encarou sem entender, como se ele falasse sânscrito. Então respirou fundo de novo e se dirigiu a Kipp com toda a calma, escolhendo as palavras para que ele – em sua aparente insanidade – não a compreendesse mal.

– Só o que quero entre nós, milorde, é uma distância decorosa e respeitável.

– Pamela, a questão é muito simples – falou Kipp enquanto contornava lentamente o sofá. – Você me ama?

O olhar dela se desviou para a porta.

– Lorde Thornton, eu tinha a impressão de que havíamos chegado a um acordo adequado. E ainda acredito, mesmo à luz dos eventos recentes, que esse arranjo pode ser benéfico para nós dois.

Pamela respirou fundo outra vez e sorriu para ele com o toque encantador de encorajamento que provocara seu interesse antes.

– Estou disposta a ignorar sua indiscrição, essa suposta questão de honra, para garantir a nós dois nossa futura felicidade e *segurança*.

Segurança, não amor. Aquilo reverberou em Kipp com as notas familiares de uma canção tocada vezes sem conta. Ainda assim, não lhe ofereceu o mesmo conforto que lhe garantia até uma semana antes. Contudo foi um lembrete potente de que, sem Pamela, a propriedade dele e seu futuro estariam arruinados. Aquilo feria o orgulho dele, sua noção do papel que lhe cabia na vida. Pior, ameaçava extinguir a centelha que Cordelia reacendera em seu peito.

Naquele momento, Kipp se deu conta de que aquela centelha era muito mais valiosa que todo o ouro de Josiah Holt.

Nesse meio-tempo, Pamela havia se aproximado silenciosamente da porta e a abrira.

– Meu pai e eu alugamos quartos na estalagem do vilarejo – anunciou ela em uma voz alta o bastante para que Kipp e todos os que estivessem no saguão a ouvissem. – Vamos retornar a Londres pela manhã. Espero que se junte a nós.

Quando Kipp chegou à porta, só o que conseguiu ver foi a parte de trás da saia de Pamela, que descia regiamente os degraus da entrada deixando Josiah para trás, despedindo-se, constrangido.

– Peço perdão, Vossa Graciosidade, se chegamos em um momento ruim. Se interrompemos seu... – disse o homem, então olhou, nervoso, para a festa e balançou a cabeça. – Seja lá o que for.

Ele fez uma mesura desajeitada e se apressou em direção à porta, parando apenas pelo tempo necessário para se dirigir a Kipp.

– Mau negócio esse, Thornton. Não há outra maneira de descrever. Mas confio que cairá em si. Ambos temos muito a ganhar com isso.

Josiah meneou a cabeça e seguiu em direção à porta e escada abaixo até a carruagem que o aguardava.

Era de esperar que Kipp visse seus sonhos para Mallow Hills saírem voando como uma pena ao vento naquele instante. Em vez disso, ele enxergou seu futuro nas mesmas cores fortes, e um pouco extravagantes, que Cordelia pintara no mapa dele.

Ela levara a cor da vida de volta à alma dele, e Kipp não permitiria que nada nem ninguém extinguisse a paixão e o fogo que Cordelia acendera em seu coração.

Ao se dar conta disso, Kipp não conseguiu conter um largo sorriso. Talvez precisasse de uma vida inteira de encomendas de mapas para salvar Mallow Hills, mas seria uma vida passada com Cordelia.

Se ela o aceitasse.

Kipp se virou e encontrou um grupo de mulheres conhecidas fitando-o, boquiabertas. Estupefatas. Furiosas. Cheias de curiosidade.

Todas elas: as tias de Cordelia, a Sra. Harrington, a Srta. Brabourne, lady Elinor, a Srta. Heywood. E também vários convidados que haviam se aproximado ao sentirem o cheiro de escândalo.

Kipp não se importava nem um pouco com o que nenhuma daquelas pessoas pensava. Porque só havia uma pessoa que ele ansiava ver... e ela não estava ali.

Kipp olhou para Drew, que ficara parado perto da janela como que para garantir que a Srta. Holt realmente se fora.

– Onde ela está?

O irmão sabia a quem ele se referia e indicou com um movimento de cabeça as portas que davam para o jardim, no outro extremo do salão de baile.

Quando Kipp conseguiu abrir caminho através da multidão até as portas abertas, viu apenas um lampejo da seda do sári de Cordelia, que entrava correndo no labirinto. Ele disparou pelo jardim, entrou em meio às sebes e estacou.

O caminho ali seguia em três direções. Ele não tinha ideia de qual delas pegar. Maldição! Como conseguiria encontrá-la?

Então se lembrou do que ela dissera na outra noite, na estalagem. Fechar os olhos. Escutar. Deixar os sentidos guiarem sua mão. Tornar-se parte do ambiente a seu redor.

Foi o que ele fez: parou e fechou os olhos. À direita, ouviu o farfalhar distante da seda. Quando se virou naquela direção, sentiu o aroma leve de sândalo – muito diferente dos loureiros que o cercavam – animando-o a seguir por ali.

Kipp chegou a uma curva e não conseguiu decidir para onde ela teria ido.

– Cordelia – chamou baixinho. – Onde você está?

– Deixe-me em paz! – respondeu ela num arfar que o ajudou a decidir por onde seguir.

Um movimento rápido do outro lado da sebe chamou a atenção dele – mas não tinha ideia de como chegar lá.

– Se vai se esconder em um labirinto, deveria permanecer em silêncio.

A verdade era que Cordelia e o silêncio nunca haviam sido grandes amigos.

Um soluço alto veio do outro lado da sebe.

– Sinto tanto. *Snif... snif.* Nunca tive a intenção de... isto é, eu não teria pedido que me ajudasse se soubesse que isso arruinaria... *snif... snif...* seus sonhos. Seus planos.

Ela fungava e se desculpava e Kipp acompanhava sua voz.

Ele sentiu a brisa que levava o perfume de Cordelia e seguiu aquele aroma como se fossem migalhas de pão até virar em uma curva, depois em outra, e finalmente conseguir vê-la.

– O que está fazendo aqui? Deveria ficar com a Srta. Holt – protestou Cordelia enquanto ele a encurralava no meio do labirinto.

– Prometa-me uma coisa – pediu Kipp, aproximando-se.

– O que quiser – apressou-se a dizer Cordelia.

– Nunca mais mencione esse nome – falou ele.

Então a tomou nos braços e colou os lábios nos dela.

Milhares de perguntas atravessavam a mente de Cordelia minutos antes de ela se ver nos braços de Kipp, de ele capturar seus lábios. Então todas deixaram de importar. Porque ali estava Kipp. *Beijando-a.*

– Eu quero você – grunhiu ele com tamanha intensidade que Cordelia estremeceu.

Porque aquilo era tudo que ela queria. Só que...

– Mas Kipp...

Cordelia arquejou quando ele começou a beijar sua nuca e soltou seus cabelos.

Os protestos dela se perderam no ar quando a mão quente de Kipp deslizou por seu ombro nu, ergueu a ponta do sári e começou a soltá-lo.

– Está me ouvindo?

A voz dele era profunda e hipnótica. Ou talvez fosse o modo como ele a acariciava, a beijava, mas o fato era que Cordelia se viu dominada por um furacão de desejo.

– Eu quero você – repetiu Kipp. – Só você. Diga que me quer também.

O que ela queria mesmo?

Cordelia ergueu os olhos para encontrar os dele e viu as águas claras do oceano Índico – ou seria o céu sobre Mallow Hills? Ela viu o rosto de Kipp bronzeado pelo sol do Saara – ou seria pelo trabalho nos campos da propriedade, ao lado dos arrendatários dele?

Mais importante ainda: ela se viu ao lado dele. E não fazia diferença para onde a vida os levasse, Cordelia sabia que sempre seria uma aventura. Ela não precisava andar pelas ruas de Cantão quando poderia caminhar pelas campinas de Wiltshire, de mãos dadas com Kipp, ou eles poderiam explorar juntos as termas romanas de Bath, onde ele lhe mostraria lugares interessantes. Seu coração ficaria pleno assim.

– Sim, Kipp – disse Cordelia, sorrindo para ele. – Eu quero.

Então ele a beijou de novo, terna e profundamente, acariciando-a enquanto desenrolava a longa extensão de seda que envolvia o corpo dela.

Quando os seios de Cordelia ficaram livres, Kipp os beijou, um mamilo de cada vez, sugando-os com voracidade até que ficassem rígidos e o corpo dela ardesse de desejo.

Cordelia passou a mão por baixo da túnica que ele usava – a que ela mesma comprara em um impulso, com parte do dinheiro que economizara. Como sua camareira na Índia dissera, um dia aquilo seria o presente perfeito para o futuro marido dela. E, de certo modo, a túnica levara Kipp a ela.

Assim como, talvez, a moeda encontrada na escola de madame Rochambeaux.

Porém Cordelia não tinha tempo para divagar sobre nada daquilo. Não naquele momento. Não enquanto despia Kipp da túnica elaborada e do restante de suas roupas. E assim Cordelia começou sua própria expedição, explorando o corpo musculoso dele, maravilhando-se com a firmeza e os contornos bem-marcados do peito.

Ela afundou o rosto nos pelos escuros e inspirou, deixando seus sentidos serem invadidos pelo cheiro másculo dele.

Kipp conseguira abrir o sári de Cordelia, que estava nua à sua frente. Ele a pegou no colo e a deitou na grama, em cima das roupas descartadas. Então a cobriu com o próprio corpo, atraindo-a com o calor de sua pele para mais perto.

Kipp brincou com as mechas do cabelo dela, enrolando-as nos dedos, e logo se inclinou para beijá-la outra vez. Cordelia arqueou o corpo na direção do dele e achou que deveria se sentir tímida, talvez até envergonhada, mas ela vivera na Índia por quase dez anos. Vira as estátuas de amantes que eram tão comuns no país, lera histórias de amor indianas e ouvira segredos de alcova que teriam feito até Kate corar.

Entretanto ali estava a diferença entre ler um mapa e percorrer a região que ele representa. O toque de Kipp coloria todas as páginas que antes eram em preto e branco, levava calor e paixão à fria natureza-morta de uma obra em mármore.

Cordelia sentiu o corpo vibrar de desejo ao se ver entrelaçada a Kipp, com os lábios dele deslizando na pele dela, espalhando beijos do ombro ao peito, com o hálito quente e úmido junto a seu abdômen. E teve que se conter para não gritar quando ele abriu caminho entre suas pernas e a tocou intimamente, instigando-a.

– Ah, Deus! – conseguiu dizer Cordelia.

Era como se seu corpo já não lhe pertencesse, como se Kipp houvesse tomado posse dele e agora a dominasse e levasse para lugares que ela desconhecia.

Kipp a acariciava e as pernas de Cordelia se abriam para ele. Seu corpo estava pronto para recebê-lo quando ele deixou um dedo deslizar para dentro dela. E logo era a boca de Kipp que provocava seu sexo até os lábios de Cordelia se entreabrirem, embora as palavras ficassem presas na garganta. Ela arquejou, com o corpo trêmulo a caminho do gozo, e seu único pensamento foi agarrar Kipp e puxá-lo para mais perto.

E, no instante em que Cordelia começou a estremecer de forma violenta, Kipp cobriu o corpo dela e a penetrou devagar, empurrando-a de vez no abismo, e ela chegou ao clímax rápida e intensamente enquanto ele também encontrava alívio.

– Minha – sussurrou Kipp em um arquejo.

E os dois se entregaram ao júbilo.

Cordelia acordou em um sofá, em uma das saletas da casa do duque, enrolada na capa do traje principesco de Kipp.

Por um momento, ela sorriu para si mesma, pensando em como tinham sido as últimas horas com ele – nos braços dele, sob o corpo dele. Cordelia suspirou e passou os braços ao redor do corpo, como se abraçasse com força aquelas lembranças preciosas.

Eles haviam voltado para a casa na ponta dos pés, como uma dupla de ladrões, então se entregaram à paixão por mais algum tempo naquele mesmo sofá em que ela estava.

Cordelia se envolveu melhor na capa, para se aquecer, então abriu os olhos e suspirou. Quase na mesma hora, ela ouviu o farfalhar revelador da seda.

Kipp.

Quando olhou ao redor, percebeu que de fato não estava sozinha. Mas não era Kipp ali. Paradas à porta estavam suas tias. As três.

– Cordelia Prudence Anastasia Padley, exijo uma explicação detalhada desta cena. Não me satisfarei com nada menos que isso – declarou tia Landon, fazendo com que as irmãs entrassem na sala.

Depois de uma olhada rápida para trás, ela fechou a porta.

– O que aconteceu com você, menina? – perguntou tia Bunty, aproximando-se e sentando-se ao lado de Cordelia.

Ela viu a capa. Depois de observar melhor, arquejou baixinho.

– Não é mais uma menina – comentou tia Landon.

Tia Aldora começou a chorar.

– Eu sabia que isso não daria em nada.

– Não daria em nada? – perguntou Cordelia, sentando-se e fitando a expressão severa no rosto delas. – Não, não, vocês não estão entendendo. Eu vou me casar.

Tia Aldora passou a chorar ainda mais alto e tia Bunty fez o melhor possível para consolar a irmã.

Tia Landon suspirou.

– Não vejo como, já que lorde Talcott a trocou por aquela horrível Srta. Holt.

CAPÍTULO 10

— De que estão falando? Ele partiu?

Cordelia endireitou o corpo, trazendo consigo a capa de Kipp.

— Sim, ele partiu. Foi embora. Seguiu para o vilarejo.

Tia Landon não era do tipo que aceitava perguntas tolas.

— Ele a abandonou – concluiu.

— Se ele soubesse... – lamentou tia Bunty.

— E se ele soubesse? Ora, nós estamos bem cientes agora de que o rapaz não está à altura dela. Canalha! – exclamou tia Aldora, já conseguindo falar entre as lágrimas que lhe eram tão características. – Eu disse o tempo todo que precisávamos encontrar um cavalheiro que não tivesse intenção de se casar com a menina por causa da fortuna dela.

Cordelia ainda não tinha conseguido assimilar o fato de Kipp ter partido. De ter ido atrás *dela*, a mulher cujo nome não deveria nem ser mencionado, a herdeira de...

Espere um pouco. Ela desviou os olhos na direção de tia Aldora.

— Da minha o quê?

As três irmãs se entreolharam com uma expressão de culpa e demoraram a responder.

— Ah, Deus, eu esperava que o Sr. Pickworth tivesse lhe contado – falou tia Bunty por fim, com um sorrisinho débil.

A tia se referia ao advogado do pai de Cordelia. O mesmo que ela vinha evitando. Cordelia se lembrou, com uma pontada de remorso, da pilha de cartas ainda fechadas do Sr. Pickworth que a esperava na escrivaninha dela, em Londres.

— Eu tenho uma fortuna?

— Sim, pode-se dizer que sim – respondeu tia Aldora. – Quando se casar.

— É muito complicado – apressou-se a dizer tia Bunty. – E é tudo obra da Landon.

Ela sorriu ao jogar a responsabilidade na irmã.

Tia Landon torceu o nariz, mas não pareceu se importar muito.

— Entenda, foi para que o seu futuro não fosse destruído – falou ela.

— Tudo começou com o caro Wigstam – acrescentou tia Aldora.

189

Então, como sempre fazia quando mencionava o noivo falecido havia muito tempo, começou a chorar.

– Wigstam? – repetiu Cordelia.

Ela balançou a cabeça e olhou para tia Landon em busca de explicação, já que Aldora não estava em condições de explicar mais nada.

– Entenda, o Sr. Wigstam... – começou tia Landon.

– Que Deus o guarde – acrescentou tia Aldora.

Landon bufou de leve e continuou, olhando com severidade para as irmãs, de um modo que sugeria que mais nenhuma interrupção seria tolerada.

– Sim, bem... Wigstam, por mais que não fosse um modelo de boa saúde, era, sim, muito abastado. Ele conseguiu fazer fortuna com o comércio e, quando decidiu se casar com Aldora, refez seu testamento, deixando tudo para ela.

Cordelia deduziu o resto.

– Então tia Aldora é rica...

A tia franziu os lábios, como se o assunto fosse de mau gosto.

– Sim – confirmou Aldora. – Sempre achei essas questões comerciais muito desagradáveis. Além do mais, temos nosso dinheiro, deixado pelo papai, que Landon sempre administrou de forma brilhante.

Cordelia nunca pensara a respeito, mas as tias viviam muito bem. Jamais questionara de onde vinha o dinheiro delas.

Ao ouvir aquilo, porém, virou-se para tia Landon.

– Bem, quando você nasceu, nós concordamos que a maior parte do dinheiro de Wigstam deveria ser sua... um dote que lhe garantiria um bom lugar na sociedade.

– Lamento dizer, mas não confiávamos no seu pai e na sua mãe para administrarem a herança com o mesmo cuidado que Landon – confessou tia Aldora.

Tia Landon colocou a questão de forma mais direta:

– Seu pai não tinha cabeça para dinheiro nem para os negócios.

Cordelia assentiu. Era verdade que o pai gastara como se tivesse uma fortuna, sem nunca pensar no que o futuro poderia trazer.

Tendo definido aquilo, Landon continuou com a explicação.

– Assim, com a ajuda do Sr. Pickworth, consegui administrar seu dote.

– Você tem uma linha férrea – comentou tia Aldora com um sorriso de felicidade.

– Uma linha férrea? – indagou Cordelia, ciente de que estava boquiaberta.

– É bem interessante. É como uma carruagem sobre trilhos – explicou tia Aldora.

– Sim, ouvi falar delas.

– Na verdade, você tem duas linhas férreas – corrigiu tia Landon. – E ações de companhias de navegação. E uma grande participação em uma empresa de importações. E ficará muito bem com as terras em que investi no Norte. Acabamos descobrindo muito carvão lá. E a área tem boa ligação com os canais em que também estamos investindo.

– Por que não me contaram? – perguntou Cordelia.

As três irmãs trocaram mais um olhar contrito.

– Não contamos a ninguém – revelou tia Landon.

– A não ser ao bom Sr. Pickworth – acrescentou tia Bunty, que sempre gostara de ser bem clara.

– Entenda: depois que Wigstam morreu, houve comentários de que eu tinha herdado a fortuna dele... e, por Deus, que tipos terríveis tentaram se aproximar de mim – comentou tia Aldora, parecendo tão sensata quanto tia Landon. – Todos queriam apenas o dinheiro.

– Assim, resolvemos que você deveria se casar por amor, caso contrário nós encontraríamos um homem gentil, sério... – começou tia Bunty.

– ... e maleável – continuou tia Landon.

– ... para se casar com você, alguém que não tivesse ideia de que herdaria tantos bens – acrescentou tia Aldora e suspirou. – Tínhamos certeza de que você havia encontrado o par perfeito em lorde Thornton.

– Não sei como pudemos nos enganar tanto – falou tia Bunty para ninguém em particular.

Cordelia, porém, ouviu.

Olhou mais uma vez pela janela, para a escuridão que ainda mantinha a aurora a alguma distância, e se perguntou como também pudera estar tão errada.

Cordelia acordou sobressaltada quando o dia começou a clarear. Provavelmente cochilara. Levou um instante até se localizar. Estava em seu quarto – as tias a haviam acompanhado até lá depois de lhe contarem tudo o que ela herdaria. A princípio, sem conseguir dormir, ela se acomodara no assento junto à janela, mas devia ter pegado no sono por fim, porque o dia estava nascendo e um pouco de luz atravessava a neblina grossa que cobria o campo.

Uma das tias roncava em algum lugar ali perto.

Então Cordelia se lembrou de tudo. O baile. A Srta. Holt. Kipp encontrando-a no labirinto. Os dois fazendo amor. Depois, despertar e descobrir que ele se fora.

Cordelia olhou mais uma vez para fora, para o cenário enevoado, e piscou algumas vezes para enxergar melhor.

Através da neblina, ela viu uma figura solitária se aproximando a cavalo.

Kipp!

Cordelia saiu em disparada pela casa, passou pela porta da frente e só parou quando chegou a poucos metros dele. Foi então que lembrou que estava de roupão.

Ele a cumprimentou.

– Esse é o uniforme oficial da Real Sociedade de Exploradores?

Kipp a mirou de cima a baixo.

– Se for, está aprovado.

Ele atravessou a distância que os separava.

– Iniciando uma exploração.

Então ele a puxou para seus braços e a beijou. Com paixão.

Quando se afastaram para tomar fôlego, Cordelia falou:

– Isto parece mais um ato de pirataria.

– E é. Vou raptá-la. Vou levá-la para Mallow Hills, me casar com você e, caso se recuse, a trancarei na masmorra.

– Eu sei como sair de lá.

– É, acho que sabe...

Ela ergueu os olhos para ele e sorriu.

– E se eu for de boa vontade?

Kipp recuou um pouco e a fitou.

– Você iria?

– Sim, Kipp. Eu iria. Eu lhe disse isso ontem. Só que muita coisa mudou desde então.

– Sim, mudou – concordou ele, e afundou o nariz no pescoço dela.

– Não – falou Cordelia, rindo e afastando-o. – Agora eu não irei sozinha.

Ele arqueou as sobrancelhas e desviou rapidamente os olhos para a casa.

– Não se refere às suas tias, não é?

Ela riu e balançou a cabeça.

– Não. Levarei minha fortuna comigo.

Kipp ficou imóvel, encarando-a.

– Você tem uma fortuna?

– Parece que sim.

Então ela explicou a ele o que as tias haviam lhe contado.

– Não acho que chegue nem perto do dote da Srta. Holt...

Ele estremeceu.

– Você prometeu não mencionar esse nome.

– Mas *você* foi até ela...

– Sim. Para me desculpar. Mas ela já havia partido. Deixou apenas um bilhete seco sobre eu ter escondido dela minhas predileções...

– Predileções? – indagou Cordelia e riu. – De minha parte, adoro suas predileções.

– Então é melhor se preparar para conviver com elas pelo resto da vida – falou Kipp.

Ele a tomou de novo nos braços e começou a mordiscar a orelha dela.

Aquilo tornava muito difícil conversar com ele, mas Cordelia fez o melhor que pôde.

– Isso é uma ordem, major?

– Sim, comandante.

Cordelia sorriu. Kipp era dela, para sempre. Ah, pensar nas aventuras que os aguardavam a deixava sem fôlego.

– Quem sou eu para discutir com um membro da Real Sociedade?

– Membro fundador – corrigiu ele, já deslizando a mão para dentro do roupão dela e envolvendo um seio enquanto beijava sua nuca.

– Perdão – disse Cordelia.

Dadas as circunstâncias, Kipp se dispôs a perdoar aquele erro.

Laura Lee Guhrke

ALGO AZUL

CAPÍTULO 1

Casa das Srtas. Aldora, Bunty e
Landon Padley em Berkshire
Algumas horas após o casamento do
conde de Thornton com a Srta. Cordelia Padley

Para qualquer um que tivesse a chance de observá-las, o trio de jovens damas em um canto afastado do jardim não teria parecido nada incomum. O café da manhã em comemoração ao casamento terminara, e os noivos estavam prestes a partir para sua viagem de núpcias. O dia estava lindo, e as rosas, em plena floração. Que momento e lugar poderiam ser mais adequados para que as melhores amigas da noiva se reunissem para comentar um pouco sobre a festa?

No entanto, Lawrence Blackthorne sabia que aquela reunião era mais do que uma conversa inocente. Graças a sua amizade com o noivo, descobrira que havia um plano em ação, concebido pela mente brilhante de uma das amigas da noiva, lady Elinor Daventry. E, como tudo relacionado à família Daventry era de grande interesse dele, Lawrence achara necessário fazer um reconhecimento de terreno.

Para ajudá-lo na missão havia o fato de as tias da noiva do conde de Thornton serem apaixonadas por jardinagem. A sebe alta que cercava o jardim lhe daria uma excelente cobertura, desde que ele se lembrasse de manter a cabeça baixa.

Enquanto Lawrence contornava o perímetro para chegar até onde as damas estavam reunidas, ouviu a voz de Elinor por cima da sebe.

– Ela vem, não é mesmo? Depois de insistir em termos esta conversa, era de imaginar que Cordelia ao menos seria pontual. Será que ela esqueceu?

– Cordelia? – questionou a duquesa de Dorset com uma risadinha zombeteira. – Ela nunca seria tão indelicada.

– Em situações normais não, mas hoje é o dia do casamento dela. E Cordelia sempre foi meio impetuosa.

Ellie parecia inquieta, o que aumentou a curiosidade de Lawrence. O que significava tudo aquilo? De acordo com Thornton, a noiva dele insistira em fazer uma breve reunião com as amigas – em particular e sem interrupções

– antes de partir com ele para a viagem de núpcias, declarando que o futuro de lady Elinor estava em jogo. Lawrence tentara obter mais informações, mas o conde, às voltas com os eventos do dia, não se sentira inclinado a abordar o assunto com Cordelia. Assim, Lawrence tinha poucos detalhes, o que era frustrante.

Ele sabia que qualquer questão sobre o futuro de Ellie também poderia envolver o pai dela e, se a jovem estivesse elaborando algum plano para livrar aquele canalha, Lawrence precisava descobrir qual era e impedi-lo. Ele passara mais de seis meses reunindo evidências contra Daventry e não estava disposto a ver seu trabalho ir por água abaixo, não agora, não com o conde tão perto de receber a punição que merecia.

– Ela vai chegar logo, eu espero – dizia a Srta. Beatrice Heywood quando Lawrence parou do outro lado da sebe. – Cordelia provavelmente foi detida por algum parente de Thornton desejoso de lhe dar as boas-vindas à família. Ou talvez a esposa do vigário a tenha puxado de lado para lembrá-la de seus deveres para com a paróquia, agora que está casada.

Ellie gemeu.

– Se foi a esposa do vigário, vamos esperar por séculos. Ela segura a pessoa com quem está falando, para impedir qualquer possibilidade de fuga.

– Por que tanta preocupação com o tempo, Ellie? – perguntou a duquesa. – Está com pressa de ir embora?

– Estou. Tenho um compromisso importante em Londres ainda esta noite e, como lady Wolford também deseja retornar à capital hoje, ela concordou em me ceder um lugar em sua carruagem. Mas também deixou claro que se eu não estiver em Wolford Grange até a uma da tarde, partirá para Londres sem mim.

– Tenha paciência – aconselhou a Srta. Heywood. – Cordelia logo estará aqui, tenho certeza.

– Espero que sim, pois eu detestaria ser obrigada a partir sem me despedir. Ainda mais porque ela prometeu trazer a moeda de 6 *pence*.

Aquela tolice de moeda velha? Lawrence revirou os olhos. Bom Deus, aquele era o motivo da reunião?

Na época da escola, Ellie e as amigas haviam se convencido de que a tal moeda que tinham encontrado teria o poder mágico de providenciar um marido para cada uma, mas aquilo dificilmente seria motivo suficiente para uma reunião particular pouco mais de uma hora depois da cerimônia de casamento de Cordelia. E por que, perguntou a si mesmo

Lawrence, sentindo-se desconfortável por razões que não desejava investigar, Ellie estaria tão preocupada com casamento?

As palavras seguintes dela esclareceram um pouco a questão.

– Lorde Bluestone irá a Portman Square jantar com papai esta noite e preciso estar lá.

O visconde Bluestone? Aquele idiota pomposo? Lawrence deixou escapar um murmúrio de desdém e se arrependeu na mesma hora.

– O que foi isso? – perguntou Ellie. – Acho que ouvi um barulho.

– Nossa, como você está ansiosa! – implicou a duquesa. – Esse lorde Bluestone deve ser mesmo extraordinário para deixar nossa Ellie tão agitada.

Dessa vez, Lawrence conseguiu evitar qualquer expressão vocal de sua opinião, mas aquilo exigiu uma boa dose de esforço. Bluestone era tão extraordinário como uma tigela de mingau frio – e, provavelmente, tão inteligente quanto uma. Era um absurdo que Ellie, tão esperta e sagaz, pudesse ter qualquer interesse pelo homem. Aquilo era ridículo, disse Lawrence a si mesmo, com determinação.

– Tenho motivo para estar nervosa – disse Ellie, interrompendo os esforços de Lawrence para tirar a jovem e Bluestone do pensamento. – O visconde deu sinais no baile Delamere de que havia se interessado por mim.

– Imagino que sim – comentou a Srta. Heywood, rindo enquanto as tentativas de negação de Lawrence iam por água abaixo. – Bluestone lhe pediu três danças. Ou ouvi errado?

– Ouviu certo, Bea. Quando estávamos à mesa de aperitivos, ele mencionou seu dever por ser o próximo duque e a necessidade de fazer um bom casamento. E mal parou para respirar antes de acrescentar que o convite para jantar do meu pai era muito fortuito. Ah, se ele me pedir em casamento...

Ela se interrompeu no meio da frase, mas a empolgação em sua voz era inegável, o que deixou Lawrence estranhamente abalado, como se o mundo tivesse acabado de sair um pouco do eixo.

Ele se inclinou para mais perto. Contudo, antes que Ellie pudesse revelar mais, passos apressados soaram no caminho de pedra e outra voz chegou aos ouvidos de Lawrence.

– Sinto muito pelo atraso – disse Cordelia assim que se juntou às outras três, com a voz ofegante por causa da corrida. – Foi a Sra. Cranchester. Ela não soltava a manga do meu vestido.

– Imaginamos que pudesse ser isso – comentou a Srta. Heywood. – Ellie está inquieta.

– Fico feliz por você finalmente ter chegado – falou Ellie para a amiga. – Preciso ir embora, senão perderei o lugar na carruagem de lady Wolford de volta para Londres.

– Uma circunstância que eu não poderia lamentar – retrucou Cordelia. – Ah, Ellie, eu queria tanto mudar o curso das coisas para você...

– É por isso que estava tão determinada a me ver antes de partir para Mallow Hills?

A condessa provavelmente assentira, porque Ellie continuou:

– Não adianta, Cordelia, porque também estou determinada. Bluestone seria um excelente casamento para mim.

Para Lawrence, aquele ponto era bastante questionável, mas ele não poderia surgir do nada, no alto da sebe, como um boneco de mola saltando de uma caixa, e dar sua opinião. E, mesmo se pudesse, não tinha o direito de fazer aquilo.

– Por que tanta preocupação, Cordelia? – perguntou a duquesa. – Pelo que sei, Bluestone é um cavalheiro com dinheiro e propriedades e, sem dúvida, vem de uma família antiga e poderosa. Se ele se apaixonou por Ellie e ela por ele...

– É exatamente esse o ponto – interrompeu a condessa. – Amor não tem nada a ver com isso.

Uma onda de alívio invadiu Lawrence ao ouvir aquela declaração, um alívio tão profundo que o fez fechar os olhos. Mas ele logo voltou a abri-los ao escutar as palavras seguintes de Ellie, que deixaram claro o fato brutal de o coração dela não ser mais problema dele.

– Se eu me casar com Bluestone – disse ela –, vou salvar meu pai da ruína.

Então ele estivera certo.

Lawrence se afastou da sebe e soltou um suspiro lento. Não era surpresa que Ellie tentasse salvar Daventry de um destino merecido, pois Lawrence conhecia melhor do que ninguém a lealdade cega da jovem para com o pai. Mas salvá-lo acorrentando-se pelo resto da vida a um homem pedante como Bluestone? De todas as ideias idiotas, irritantes e precipitadas que...

– Espere.

A voz da Srta. Heywood, forte e incisiva, cortou o fluxo exasperante de pensamentos de Lawrence.

– Ellie, você não ama esse homem, e pensa em se casar com ele?

– Pois é – respondeu Cordelia, antes que Ellie tivesse oportunidade de fazer isso. – E como ela poderia? Bluestone é um poço de estupidez, de jeito nenhum está à altura da nossa Ellie.

Lawrence concordava plenamente e aplaudiria Cordelia por seu bom senso. Ele só desejava que a condessa conseguisse emprestar um pouco daquele bom senso a Elinor, que parecia não ter mais nenhum.

– Já discutimos isso, Cordelia – respondeu Ellie com impaciência. – Como já lhe afirmei inúmeras vezes, estou decidida.

– Mas, Ellie, um casamento sem amor, sem sequer algum afeto, é uma perspectiva terrível – argumentou a duquesa.

– Que bela frase vinda de uma mulher que certa vez declarou que jamais se casaria por amor – retrucou Ellie. – Não posso me dar ao luxo de esperar até que me apaixone, Anne. Também não tenho esse desejo. Ter sofrido por isso uma vez já foi o bastante para mim.

– Nem todo homem é como Lawrence Blackthorne.

– Graças a Deus! – falou Ellie.

Aquelas palavras foram como um soco no peito de Lawrence.

– Mas, já que estamos falando do Sr. Blackthorne – continuou ela, com a voz carregada de ódio ao dizer o nome dele –, ele é o motivo pelo qual não tenho tempo a perder. O Sr. Blackthorne convenceu o secretário do Interior a abrir uma investigação oficial contra meu pai. Todos aqueles rumores absurdos da guerra serão trazidos à tona mais uma vez e o nome do meu pai será arrastado na lama. E se, por algum erro judicial, Lawrence conseguir convencer o comitê de sir Robert Peel a prender papai e levá-lo diante da Câmara dos Lordes? Não sou ingênua a ponto de achar que a inocência dele seria suficiente para salvá-lo.

Inocência? Lawrence se agitou, impaciente. O homem era culpado.

– Sim, Ellie, mas você não sabe se ele será preso – argumentou lady Thornton. – Teria que haver alguma prova e, pelo que você disse, Lawrence não tem nenhuma.

Ah, mas ele tinha provas, sim. Lawrence cerrou o maxilar com uma expressão severa. Só não eram suficientes ainda para levar o caso a sir Peel. Mas logo seriam. Então Daventry seria preso e condenado pelos crimes que cometera durante a guerra. Ellie finalmente teria que encarar a verdade.

– Mesmo que ele não tenha provas – disse Ellie, atraindo de novo a atenção de Lawrence para a conversa das damas –, o mero fato de ser aberta uma investigação formal seria o bastante para convencer muitos na sociedade de que aqueles antigos rumores são verdadeiros. As pessoas dirão que onde há fumaça, há fogo. Não consigo suportar a ideia de ver papai e nossa família passarem por tamanha humilhação. Não, pretendo pôr fim nisso agora, antes que a reputação dele seja manchada.

– Não estou entendendo – falou a Srta. Heywood. – Como se casar com Bluestone poderá deter o que quer que seja?

– O pai de Bluestone, o duque de Wilchelsey, faz parte do comitê de Peel.

E, pensou Lawrence, completando a frase em sua mente, *o duque não iria querer que o bom nome do pai da nora fosse arruinado por um escândalo.*

Apesar de se ver forçado a admitir que aquele era um bom plano, Lawrence pretendia cortar o mal pela raiz. A questão era como fazer isso... Porém, antes que tivesse tempo de considerar qualquer possibilidade, a Srta. Heywood voltou a falar.

– Mas, Ellie, se você não ama Bluestone, está arriscando sua felicidade e seu futuro...

– Futuro? – ecoou Ellie, com um toque de amargura na voz. – Que futuro? Os anos em que eu tinha mais chance de encontrar um bom casamento foram desperdiçados à espera de Lawrence Blackthorne. Agora já tenho 25. Se as pessoas se convencerem de que meu pai foi um especulador desonesto durante a guerra, o que me aguarda no futuro é ser uma solteirona. A vergonha do meu pai será minha também. E o mesmo acontecerá com minhas primas e meus primos, tias e tios... Toda a minha família sofrerá humilhação e desonra.

– Não há como afirmar isso – argumentou Cordelia.

As outras duas concordaram, mas as palavras seguintes de Ellie deixaram claro que o conselho delas era inútil.

– Vocês são uns amores por se preocuparem comigo dessa forma. Mas não há necessidade. Estou satisfeita com o rumo que escolhi para minha vida. Se for para proteger minha família, garantir o futuro de todos nós e preservar a reputação do meu pai, estou disposta a me casar com Bluestone, caso ele deseje. O que me lembra... Você a trouxe, Cordelia?

– Sim.

A condessa fez uma pausa e Lawrence afastou com cuidado a densa folhagem da sebe à sua frente, puxando alguns galhos para o lado para espiar as damas, e viu Cordelia entregar a moeda de 6 *pence* à amiga.

– Aqui está, embora, nas atuais circunstâncias, talvez eu devesse me recusar a entregá-la a você.

– Prefiro que me deseje boa sorte com ela.

– Quero que seja feliz, Ellie.

– Estarei contente.

Não era o mesmo, e a expressão no rosto da condessa deixou claro para Lawrence que ele não era o único a perceber a diferença. Ellie, porém, pegou a moeda antes que a amiga pudesse estender o assunto, e a prata cintilou sob o sol quando ela a segurou entre os dedos.

– Algo antigo – disse baixinho.

A duquesa passou os dedos enluvados ao redor dos de Ellie.

– Algo novo.

Cordelia ergueu a mão, hesitou um momento, então a pousou sobre a da duquesa.

– Algo emprestado.

– Algo azul – falou Ellie.

Ela tirou a mão de baixo das outras, ainda com a moeda entre os dedos.

– Aliás, Bluestone quer dizer "pedra azul", então o visconde já tem azul no sobrenome – disse Ellie. – Vamos torcer para que seja ele.

Não será, jurou Lawrence para si mesmo. *Não enquanto ainda me restar um sopro de vida.*

– Preciso voltar – disse Cordelia, interrompendo os pensamentos dele. – A esta altura, Kipp com certeza está andando de um lado para outro, porque quer que cheguemos a Mallow Hills antes de escurecer.

– Vamos acompanhá-la – declarou a Srta. Heywood, rindo. – Assim a manteremos a salvo da Sra. Cranchester até que você esteja acomodada na carruagem, partindo em direção à propriedade Thornton.

Para o alívio de Lawrence, Ellie não poderia acompanhar as outras.

– Preciso me despedir aqui. Como eu disse antes, devo retornar imediatamente para Wolford Grange. Cordelia, eu lhe desejo uma vida de felicidade em seu casamento.

– Detesto vê-la se portar com tanta nobreza – resmungou a condessa –, porque me obriga a fazer o mesmo e não desejo isso, não neste caso. Não existe nenhuma outra forma de salvar seu pai?

– E desafiar a moeda de 6 *pence*? – retrucou Ellie, com uma leveza na voz que Lawrence torceu para que fosse forçada. – Eu nem sonharia com isso. Agora, minhas caras amigas, realmente preciso ir.

Despedidas se seguiram e desejos de boa sorte foram trocados junto de mais algumas poucas tentativas da parte de Cordelia de dissuadir Ellie de levar seu plano adiante. Depois de algum tempo, as outras três se afastaram em direção à casa, conversando, e Lawrence espiou mais uma vez por entre a abertura que fizera na sebe, na intenção de descobrir por onde Ellie sairia do jardim. Para sua surpresa, no entanto, ele viu que, apesar da alegada pressa de partir, ela não se movera. Olhava, pensativa, para a moeda em sua mão, o que deu a Lawrence a chance de observá-la com mais atenção.

Ele logo viu que Ellie deixara o chapéu para trás, o que indicava quão preocupada estava. Uma dama jamais se aventurava fora de casa sem seu chapéu e, até onde Lawrence conseguia se lembrar, Ellie sempre se portara como uma perfeita dama – educada, elegante e exemplar.

Ele era uma das poucas pessoas capazes de enxergar a jovem que havia sob a fachada erguida com todo o cuidado – uma moça que era, ao mesmo tempo, terrivelmente insegura e absurdamente leal; uma moça que sempre intuíra o caráter fraco e ganancioso do pai, mas nunca conseguira reconhecer aquilo, nem para si mesma.

E ele era o homem destinado a abrir os olhos dela. Lawrence aceitara aquele fato brutal havia seis meses. Na época, ele era um humilde advogado e sua única ambição era se tornar digno de se casar com a filha de um conde, mas o destino o colocara no caminho de certo incendiário, a primeira migalha de pão em uma trilha que levava direto ao pai de Ellie. E, depois de descobrir a verdade sobre Daventry, não houvera mais volta.

Ellie pareceu despertar de seu estado pensativo e Lawrence voltou novamente a atenção para ela, que ergueu a moeda e a examinou. Sem chapéu, não havia nada que o impedisse de observar o perfil da jovem, e ele pôde ver o nariz arrebitado, as maçãs do rosto destacadas e a covinha no queixo que Lawrence conhecia desde a infância. O sol fazia cintilar os cabelos loiros como trigo, o que lhe trouxe à memória outra tarde ensolarada – uma tarde fria e clara de janeiro – em que a única mulher que ele já amara quisera que ele esquecesse a própria honra e ignorasse a verdade.

Lawrence sentiu um aperto no peito ao se lembrar das palavras amargas que os dois haviam trocado naquele dia. No fim, Ellie escolhera a lealdade ao pai em vez do amor por Lawrence e ele escolhera a honra e o dever em lugar do amor que sentia por ela. Nenhum dos dois poderia mais alterar o curso que seguiram.

Ele fechou os olhos com força, esforçando-se para deixar o passado de lado e se concentrar em suas prioridades. Muitos homens morreram por causa da ganância de Daventry e, por mais que Ellie parecesse disposta a se casar com um homem que não amava para salvar o pai das consequências de seus atos, Lawrence não pretendia permitir que ela fizesse aquele sacrifício. Ele esperava logo ter a última prova para anexar ao caso e, assim, provar a Ellie e ao mundo que tipo de homem Daventry era. Naquele meio-tempo, no entanto, Lawrence precisava evitar que ela se casasse com o filho do duque de Wilchelsey.

Ele olhou de novo para Ellie e ficou observando enquanto ela enfiava a moeda de 6 *pence* com cuidado no bolso da saia, então se lembrou do apego emocional que ela e as amigas tinham à moeda. Naquele momento, uma ideia lhe surgiu.

De sua parte, Lawrence era um homem racional. Acreditava em fatos e na ciência, não em tolices como amuletos da sorte. Sabia que gatos pretos e espelhos quebrados não decidiam a sorte de uma pessoa e que moedas jamais haviam encontrado marido ou esposa para ninguém, a menos que viessem na forma de um dote. Mas, embora tivesse implicado muitas vezes com Ellie e as amigas por causa da moeda quando eram todos crianças, Lawrence nunca conseguira convencê-las de que a peça de metal não tinha poderes para encontrar maridos para elas. Talvez aquele fracasso trabalhasse a favor dele no momento.

Lawrence observou Ellie por mais um instante, pensativo, então ajeitou a gravata, passou a mão pelo cabelo e tirou algumas folhas da sebe grudadas no paletó. Precisava estar com a melhor aparência possível para o que pretendia fazer.

CAPÍTULO 2

Ellie não era particularmente supersticiosa, mas a moeda de 6 *pence* era uma exceção. Com aquela moeda em seu bolso, ela sentiu uma súbita onda de alívio. Talvez tivesse sido com uma alegria quase infantil que Ellie e as amigas imaginaram que aquele pedaço de prata conseguiria maridos para elas, mas a suposição acabara provando ser verdadeira tanto para Anne quanto para Cordelia, então Ellie só poderia torcer para que acontecesse o mesmo com ela.

No baile Delamere, quando Bluestone deixara óbvias sua admiração e suas intenções em relação a Ellie, a jovem logo contemplara o que aquilo poderia significar para a família dela e visualizara o próprio futuro, claro como o dia.

Lawrence estava tão determinado a arruinar seu pai que renunciara a ela para cumprir o que considerava ser seu dever. Ellie ficara de coração partido. Agora ela poderia detê-lo ao se casar com outro homem.

Ellie se lembrou de como Lawrence gostava de xadrez, um jogo em que ele a derrotara várias vezes, e sorriu para si mesma. *Xeque-mate, Lawrence,* pensou, dando uma palmadinha no bolso da saia. *Xeque-mate, finalmente.*

O som de alguém tossindo tirou Ellie de seu devaneio e, quando ergueu os olhos, avistou a poucos metros de si o objeto de seus pensamentos. Ver Lawrence ali, encostado contra o tronco nodoso de uma ameixeira, de braços cruzados diante do peito largo, bastou para acabar de vez com a satisfação e o alívio que Ellie sentia.

– O que está fazendo aqui? – perguntou.

– Ora, sou padrinho de Thornton.

Ele se afastou da árvore e caminhou na direção dela.

– Imagino que minha presença no casamento dele não seja grande surpresa. Deve ter me visto na igreja.

– Sabe muito bem do que estou falando. O que está fazendo aqui, se esgueirando pelo jardim?

– Tomando um pouco de ar fresco? – sugeriu ele em um tom inocente que não a enganou nem por um segundo. – Admirando as rosas?

– Ou me espionando – acusou Ellie, quando ele parou na frente dela. – Bisbilhotar os assuntos da minha família parece ser seu esporte favorito atualmente.

– Ah, por favor, Ellie – começou Lawrence, mas ela o interrompeu.

– Não me chame de Ellie. Para o senhor, sou lady Elinor, Sr. Blackthorne.

Se ela esperava que aquele lembrete de que era filha de um nobre faria com que ele se sentisse humilhado, ficou desapontada.

– Esse tipo de formalidade é mesmo necessário entre amigos? Afinal – acrescentou Lawrence, aproximando-se um pouco mais –, nos conhecemos por metade de nossas vidas.

– Essa é a minha maior desventura – retrucou Ellie.

A jovem se adiantou para passar por ele, mas Lawrence não se afastou para lhe dar espaço. Com o caminho à frente bloqueado por ele, à direita pela sebe e à esquerda pelas roseiras, Ellie se viu forçada a ficar onde estava. Sua única alternativa de fuga era recuar, mas, diante de Lawrence Blackthorne, aquela parecia uma opção nauseante.

– Impedir a passagem de uma mulher desacompanhada é um ato bastante impróprio – lembrou Ellie. – Mas combina com o comportamento desprezível que passei a esperar do senhor.

– Não vamos repassar esse assunto mais uma vez, não é mesmo? Já faz séculos. Além do mais...

Ele fez uma pausa e inclinou a cabeça para o lado, observando-a.

– ... o que era ou não impróprio nunca foi uma grande preocupação para nós, certo, Ellie?

A pergunta feita em voz baixa a fez arquejar. O aroma da colônia de Lawrence a invadiu junto dos perfumes do jardim. As lembranças a atingiram na mesma hora – de dias felizes, quando ela estava perdidamente apaixonada por Lawrence e não apenas disposta, mas determinada a arriscar a própria virtude em qualquer oportunidade, só para ficar sozinha com ele. Seu coração saltou de modo desconfortável no peito ao recordar aqueles dias inebriantes em que escapulia dos olhos atentos de lady Wolford para se encontrar com Lawrence em algum canto escondido dos jardins de Wolford Grange ou de Blackthorne Hall, ou para se esconder com ele dentro do armário embaixo da escada, na casa do pai dela em Londres, para alguns beijos roubados. Que tola apaixonada tinha sido...

Só que não era mais. Agora tinha plena consciência de que sob o encanto dele havia uma determinação cruel e uma implacável dedicação ao dever. Lembrar-se desses traços do caráter dele fez com que ela apagasse qualquer vestígio da paixão que nutrira quando era mais jovem.

Ellie estreitou os olhos num esforço para menosprezar tudo aquilo que antes adorava em Lawrence. Para ela, o cabelo negro e os olhos muito azuis já não eram uma combinação estonteante. A cicatriz minúscula sobre a sobrancelha esquerda não era nem um pouco atraente e o sorriso de pirata não tinha nada de encantador. A linha forte do maxilar era resultado da mais absoluta teimosia – o que dificilmente poderia ser encarado como uma qualidade admirável – e os ângulos do rosto dele não eram assim tão belos; lembravam um falcão.

– O que quer dizer – falou Ellie por fim, no tom mais severo que conseguiu – é que o que era ou não impróprio nunca foi uma grande preocupação para *o senhor*.

– Que seja – reconheceu Lawrence e se inclinou na direção dela, adotando um ar confiante. – Não vai funcionar, sabia? Casar-se com Bluestone não vai salvar seu pai.

– Estava ouvindo às escondidas?

Assim que fez a pergunta, Ellie se repreendeu por ter mostrado surpresa.

– É claro que estava. A esta altura, eu já deveria saber que o senhor é capaz de qualquer tipo de conduta reprovável.

– Reprovável?

Lawrence chegou ainda mais perto, tanto que Ellie conseguiu ver o azul mais escuro que contornava a íris dos olhos dele.

– Não me lembro de você me achar reprovável até seis meses atrás.

Apesar do juramento que fizera, a proximidade de Lawrence provocava sensações estranhas em Ellie, incitando-a a mudar de opinião sobre não recuar. Ela deu alguns passos para trás, mas sua perna logo encostou no banco às suas costas. Não havia mais para onde ir. Como Lawrence acompanhara seus passos, Ellie agora se via encurralada contra a roseira. Ela ergueu o queixo, com uma expressão severa.

– Saia do caminho e me deixe passar.

Em vez de atender à exigência, ele fez o oposto: venceu a distância restante que os separava.

– Em um primeiro momento, admito que seu plano pareceu lógico – murmurou Lawrence.

O sorriso dele se alargou porque, sendo a cobra que era, sabia que ela não teria como passar por ele sem rasgar o lindo vestido nos espinhos.

– E aplaudo sua engenhosidade – prosseguiu ele. – Contudo creio que Wilchelsey seja o tipo de homem que coloca o dever em relação ao país acima do dever em relação à família. E, mesmo que ele não seja assim, não é o único homem naquele comitê. Ainda que você se case com o filho dele, acha mesmo que Wilchelsey tem a disposição e a influência necessárias para persuadir os outros a ignorar minha evidência?

Por mais irritante que fosse o fato de Lawrence saber de seus planos, não havia nada a fazer àquela altura a não ser agir com confiança. Ellie se forçou a curvar os lábios no que esperava ser um sorriso condescendente.

– Na verdade, acho que o duque de Wilchelsey tem mais influência do que um dos subsecretários insignificantes de Peel. E, quando seus esforços derem em nada, Peel provavelmente o rebaixará ao cargo de simples advogado de novo.

Se Lawrence se preocupava com aquela possibilidade, não demonstrou.

– Talvez esteja certa – retrucou ele em um tom amigável. – Mas só se você for bem-sucedida.

– E, já que o senhor parece acreditar que não há a menor possibilidade de que isso aconteça – voltou a falar Ellie –, não há razão para me deter aqui por mais tempo.

– Não?

Ele abaixou o olhar emoldurado por cílios cheios e escuros, então voltou a encará-la com um leve sorriso nos lábios.

– Posso pensar em uma razão.

O coração de Ellie disparou e ela detestou perceber que, mesmo depois de tanto tempo, Lawrence era capaz de virá-la do avesso com apenas um olhar e algumas palavras.

– Pois eu não consigo pensar em nenhuma.

A expressão bem-humorada dele deu lugar a algo que cintilou brevemente em seus olhos, algo que talvez fosse arrependimento. O que quer que fosse, porém, sumiu antes que Ellie pudesse ter certeza e as palavras seguintes de Lawrence deixaram bem claro que ele não se arrependia de nada.

– Devo admitir que estou curioso, Ellie. O que a leva a temer minha investigação? – perguntou ele, inclinando-se mais na direção dela. – Acho que tem medo que eu esteja prestes a derrubar seu querido papai do pedestal em que o colocou.

Ellie abriu a boca para negar com veemência aquela declaração absurda, mas voltou a fechá-la. Lawrence só estava tentando provocá-la.

– Prefere manter-se calada. Entendo – murmurou ele, com os lábios tão próximos do rosto dela que seu hálito era quase uma carícia. – Tudo bem. Mas, sinceramente, Ellie... Bluestone? Eu acreditava que tivesse mais bom gosto. Afinal, já considerou a possibilidade de se casar comigo.

– Foi um caso de loucura temporária, eu lhe garanto.

– É mesmo?

Lawrence pousou a mão no contorno do quadril dela enquanto falava e Ellie se sobressaltou. Contudo não havia como escapar e, embora conseguisse sentir o calor da palma da mão dele queimando sua pele através das camadas de roupa, Ellie forçou-se a permanecer imóvel.

– Foi temporária mesmo, Ellie?

Ela agarrou o braço dele, aflita para interromper a carícia ousada.

– Sim – respondeu e afastou a mão dele. – Absolutamente temporária.

– Para minha grande tristeza.

Para o alívio de Ellie, Lawrence recuou. Porém, antes que ela pudesse driblá-lo e escapar, ele voltou a falar.

– Você deve saber que não vou permitir que seu plano tenha sucesso.

– Não há nada que possa fazer para impedi-lo.

– Acha mesmo?

Lawrence abriu a mão e ela viu o brilho da prata cintilando.

– Discordo.

Ellie olhou, incrédula, para a moeda de 6 *pence*.

– O senhor a furtou do meu bolso?

– Sim.

Ele jogou a moeda para o alto com o polegar, mas Ellie nem sequer conseguiu sonhar em pegá-la antes que Lawrence a tivesse de volta na mão.

– E você nem percebeu.

Ellie o encarou e, ao ver o brilho astuto em seus olhos junto ao sorriso de pirata, sentiu uma fúria tão intensa que seu peito doeu.

– Seu canalha! – sussurrou ela. – Seu canalha desprezível e sem honra.

– Eu não tenho honra?

Qualquer traço de bom humor desapareceu da voz dele e um súbito cintilar de raiva surgiu em seus olhos.

– Não, Elinor, a desonra aqui está em um homem que vendeu mosquetes de qualidade inferior ao exército britânico.

– Isso não é verdade! – bradou ela, embora já soubesse que não adiantava discutir com Lawrence aquele assunto. – Meu pai não sabia que eram de qualidade inferior.

– Sabia e foi responsável por isso.

– A única responsabilidade dele foi deixar que o enganassem.

– Enganassem? A fábrica era dele. A escolha do material de fabricação foi dele. Seu pai escolheu usar metais de qualidade inferior para as travas a fim de obter mais lucros.

– Mentira! Os mosquetes foram feitos de acordo com o projeto e as especificações da Companhia das Índias Orientais, usando-se exatamente os mesmos materiais.

Lawrence a encarou com piedade.

– Minha caríssima Ellie, foi isso que ele lhe disse?

A fúria que Ellie sentia se tornou tão ardente que ela se viu prestes a cometer uma violência, mas conseguiu se controlar e cerrou os punhos junto ao corpo.

– Qualquer arma que meu pai tenha fornecido ao exército foi inspecionada pela artilharia britânica.

– Está brincando? No final da guerra, os procedimentos de inspeção e de registro da artilharia estavam um caos. Seu pai e os conglomerados industriais como os dele em Birmingham produziram mais de um milhão de mosquetes nos últimos anos da guerra, Ellie, e muitas dessas armas eram de qualidade tão baixa que deixaram de funcionar poucas semanas depois de serem entregues aos regimentos.

– E onde está a prova disso?

– Imagine só – continuou Lawrence, ignorando solenemente a pergunta dela – o pobre soldado que se viu indefeso no campo de batalha quando o cão do mosquete quebrou, ou a mola do gatilho não funcionou, ou a trava emperrou e a arma dele não atirou mais. Quantos desses soldados morreram, Ellie? Centenas? Milhares?

– Isso é um absurdo! – revoltou-se ela. – Meu pai jamais permitiria, em sã consciência, que alguém morresse.

– O diabo que não! Seu pai estava ciente da qualidade inferior dos materiais que usou e não se importou nem um pouco com isso ou com quem pudesse morrer em consequência de sua ganância. E, ao fim da guerra, quando os rumores sobre a péssima qualidade das armas começaram a vir à tona, ele se livrou dos metais e mandou colocar fogo na fábrica, para que não tivesse que entregar os registros ao exército.

Ellie respirou fundo para se acalmar.

– O senhor não tem certeza de nada disso e certamente não pode provar suas acusações. Outros inimigos do meu pai tentaram arruiná-lo com esses mesmos rumores mais de dez anos atrás e fracassaram, porque, assim como o senhor, não tinham provas contra ele. Agora deixe-me passar, pois não vou tolerar por mais nem um instante essa difamação de meu pai, tampouco vou permitir que o difame para outras pessoas através de seu precioso comitê e que arruíne seu bom nome.

– Casando-se com Bluestone?

Lawrence guardou a moeda no bolso do cós da calça.

– Isso está fora de cogitação agora, não é? – provocou ele.

Ellie o observou dar uma palmadinha no bolso e sentiu uma súbita pontada de medo, mas a disfarçou com uma risadinha de escárnio.

– Acha mesmo que preciso de uma moeda para garantir o afeto de lorde Bluestone?

Ele deu de ombros.

– Não sei. Não quero menosprezar seus encantos, mas talvez nem mesmo esse sorriso com covinhas e seus grandes olhos castanhos sejam suficientes para superar os desígnios do destino.

– Vou arriscar.

– Por que teria que fazer isso? – perguntou Lawrence.

A pergunta deteve Ellie quando ela mais uma vez tentava se desviar dele para passar.

– Não seria melhor ter a moeda ao seu lado? – acrescentou ele, ajeitando o colete sobre o bolso onde a guardara. – Só para garantir?

– Muito melhor – concordou Ellie na mesma hora e estendeu a mão. – Então me devolva.

Lawrence sorriu.

– Talvez pudéssemos fazer um acordo?

Ela abriu a boca para recusar, mas logo se lembrou de Anne e de Cordelia, do sucesso das duas no que se referia a casamentos. Também se deu conta de que suas apostas no assunto eram altas, e o tempo, curto. Apesar de suas bravatas, precisava de toda ajuda que pudesse conseguir.

– Que tipo de acordo?

– Eu lhe devolverei a moeda se me der sua palavra de que não se casará com Bluestone em menos de... digamos... dois meses?

Ellie quase riu ao ouvir aquilo, de tão absurdo que lhe pareceu.

– Por quê? Para lhe dar mais tempo de forjar um caso?

– Não estou forjando nada. É a verdade.

– Se é assim, então me mostre a prova que tem contra meu pai.

– Sabe que não posso revelar essa informação, principalmente para você.

– Sim, foi o que disse há seis meses. E esperou que eu aceitasse em sua palavra de que meu pai é um criminoso. Meu próprio pai, o homem mais importante no mundo para mim.

– O homem mais importante – repetiu Lawrence baixinho e torceu os lábios. – Houve um tempo em que achei que era eu que ocupava esse lugar no seu coração.

Ellie sentiu uma pontada de tristeza atravessá-la e não conseguiu suportar ouvir mais nada. Ela pousou a mão no peito de Lawrence, o empurrou com toda a força e, para seu alívio, ele cedeu.

– Não faço acordos com demônios – disse ela, passando por ele. – Fique com a moeda. Não vou precisar dela.

Ellie se afastou, torcendo para não ter acabado de desafiar o sobrenatural.

CAPÍTULO 3

Ellie seguiu pela alameda o mais rápido que o decoro, o espartilho apertado e os buracos no caminho permitiram. Enquanto andava, tentou se concentrar no futuro. Porém, quando se aproximou da curva que levava a Blackthorne Hall, diminuiu o passo e não conseguiu evitar que sua mente voltasse ao passado.

Quantas vezes já andara por aquela mesma alameda com Lawrence? Vinte, trinta vezes? Mais?

Depois de conhecer Cordelia na escola de madame Rochambeaux, Ellie começara a passar as férias de verão ali, já que preferia muito mais Wolford Grange a Daventry Close, tão grandiosa e remota. Como podia ficar com lady Wolford, uma prima distante, ela passara inúmeros verões ali, explorando o bosque, comendo peras firmes e amoras silvestres suculentas e brincando no riacho com Cordelia, Beatrice e Anne.

Fora assim que elas haviam conhecido Lawrence – um barco virado, quatro meninas molhadas e enlameadas e um menino parado na margem dando boas risadas à custa delas. O divertimento dele com o apuro em que se encontravam lhe valera uma bela reprimenda de Ellie, mas Lawrence se redimira do lapso de boas maneiras fazendo um resgate valente das varas de pescar, da cesta de piquenique e do barquinho delas. E, assim, eles se tornaram amigos.

Por quase quinze anos, Ellie e Lawrence tinham passado o verão daquela forma: brigando, fazendo as pazes e se apaixonando. Mas nenhuma briga, por mais acalorada que fosse, jamais conseguira separá-los – não até aquele dia fatídico, seis meses antes, quando tiveram uma briga tão séria que nenhum resgate valente, nenhum pedido de desculpas, nenhum ajuste, nada fora capaz de resolver o problema. Uma única hora fatídica, pensou ela com amargura, e fora como se quinze verões felizes nunca tivessem acontecido.

Ellie parou de andar e se virou para observar o caminho arborizado que levava a Blackthorne Hall. Como Lawrence tivera coragem de fazer aquilo?, perguntou a si mesma, ainda desnorteada, ainda sem conseguir aceitar o que acontecera com um amor que acreditara que seria para sempre.

Porque, além de dar ouvidos aos rumores maldosos em vez de acreditar no pai dela, que os negara veementemente, Lawrence usara aqueles boatos para se promover e conseguira que o secretário do Interior lhe desse um cargo mais alto para que investigasse o suposto escândalo. Pior ainda, Lawrence nunca oferecera a Ellie nenhuma prova contra o pai dela – alegava que não poderia lhe confiar essa informação –, mas esperara que ela aceitasse como verdade a palavra dele sobre os tais crimes. Lawrence tivera a expectativa de que, baseada em nada além do que ele lhe contara, Ellie ficasse ao lado dele e contra o próprio pai, que virasse as costas ao homem que sempre lhe dera amor e carinho.

O caminho sulcado de repente pareceu embaçar e Ellie precisou desviar os olhos e piscar várias vezes para conter as lágrimas. Não adiantava nada chorar pelo passado. O homem que ela amara escolhera a ambição e chamava aquilo de honra. Ele se colocara contra alguém que o via quase como um filho e, ao fazer essa escolha, rejeitara o amor de Ellie e todos os sonhos dela de um futuro que teriam juntos.

Um latido soou próximo, forçando Ellie a retornar do passado. Quando ela virou a cabeça, viu uma massa de pelos brancos e cinza em disparada pela alameda, indo direto para cima dela.

– Não, Baxter! – gritou Ellie, consternada.

Contudo suas palavras chegaram tarde demais para deter o levado cão pastor de Lawrence. O animal se jogou no ar e atirou as patas dianteiras nos ombros dela.

Ellie cambaleou para trás e, embora tentasse se equilibrar, seu pé encontrou um buraco no caminho, seu tornozelo virou e ela caiu com força no chão de terra, com Baxter sobre si.

Tentou afastar o cão, mas ele estava feliz demais por vê-la e nem percebeu o esforço dela. Seus quase 50 quilos se agitavam com alegria em cima dela enquanto ele lambia seu rosto e a cumprimentava com latidos entusiasmados. Baxter estava tão feliz que, apesar da queda, Ellie não conseguiu conter uma gargalhada e demorou alguns minutos para recuperar o fôlego e conseguir falar com a autoridade necessária.

– Baxter, não – disse ela, empurrando-o de novo. – Sente.

O cachorro obedeceu na mesma hora, sentando-se bem em cima da barriga dela.

– Au – latiu ele em resposta, parecendo muito satisfeito consigo mesmo e olhando para ela com seus olhos escuros por entre os tufos de pelo que cobriam sua cara.

– Você está bem?

Ellie se virou e viu Lawrence a cerca de 15 metros, indo na direção deles a cavalo.

Baxter saiu de cima de Ellie na mesma hora e ela soltou um suspiro de alívio enquanto o cão corria para cumprimentar o dono.

– Sim, estou bem – respondeu Ellie, sentando-se no chão. – Mas está claro que seu cachorro precisa de treinamento. Ele virou um selvagem desde a última vez que o vi.

– Pelo contrário.

Lawrence freou o cavalo perto dos pés dela e olhou para Baxter, que se sentou na mesma hora, parecendo a imagem canina do autocontrole.

– Ele é muito bem-comportado.

– Ah, sim, muito... – concordou ela, com ironia, e começou a limpar as marcas de patas e a poeira do vestido.

– Ele é, sim – insistiu Lawrence. – Ao menos na maior parte do tempo. E, no seu caso – acrescentou ele ao desmontar do cavalo –, não se pode culpá-lo. Já faz muito tempo que você não visita Blackthorne Hall.

– Eu não estava visitando Blackthorne Hall – observou Ellie enquanto ele soltava as rédeas e se aproximava dela. – Apenas passava a caminho de casa.

– Eu sei, mas...

Lawrence parou ao lado de Ellie e tirou o chapéu.

– Ele sentiu sua falta, Ellie.

Ela sentiu o coração apertar um pouco, mas desviou os olhos antes que Lawrence, sempre perspicaz, pudesse ver o que ela sentia. Ficou grata quando ele voltou a falar.

– Sinto muito por ele ter derrubado você. Está bem mesmo?

– Acho que sim.

Ele assentiu e estendeu a mão para ajudá-la a se erguer. Ellie tentou se levantar, mas, no momento em que apoiou o peso no pé direito, uma dor aguda atravessou seu tornozelo. Ela gritou e se deixou cair no chão.

Na mesma hora Lawrence atirou o chapéu longe, se ajoelhou ao lado dela e, sem nem pedir licença, levantou a barra de sua saia.

– O que está fazendo? – indagou Ellie em um arquejo e tentou puxar a saia de volta para baixo, em um esforço vão. – Não tem o direito de tomar esse tipo de liberdade!

Ela foi ignorada, o que não a surpreendeu. Afinal, aquele era Lawrence. Ele passou a mão por baixo do calcanhar dela e ergueu o pé machucado e as palavras que dissera pouco antes voltaram à mente de Ellie.

216

O que era ou não impróprio nunca foi uma grande preocupação para nós, certo, Ellie?

Ela se lembrou dos beijos ardentes no armário embaixo da escada, do corpo de Lawrence pressionado contra o dela, de suas mãos deslizando por lugares muito mais íntimos do que um pé, e uma súbita onda de calor a inundou.

Mortificada, ela ergueu os olhos. Para seu alívio, Lawrence estava de cabeça baixa, concentrado no pé dela, em busca de algum ferimento, o que deu a Ellie a oportunidade de recuperar o controle. Mesmo lembrando a si mesma que a paixão louca e incontrolável que ele acendia nela havia ficado no passado, o toque quente das mãos de Lawrence em sua pele parecia queimá-la através da meia de seda, tornando-a uma mentirosa.

Por sorte, Lawrence descalçou o sapato dela naquele momento e a dor intensa que sentiu no pé afastou qualquer sensação erótica de sua mente. Ellie arquejou.

– Perdão – disse ele de imediato. – Mas é importante saber se quebrou alguma coisa.

Ele segurou o calcanhar dela na palma da mão e continuou a examiná-la, passando a mão livre por toda a extensão do pé. Apesar de o toque ser gentil, pareceu levar uma eternidade até Lawrence pousar de novo o pé dela no chão.

– Você não quebrou nenhum osso – declarou ele, por fim. – Porém, temo que tenha torcido o tornozelo.

Ellie soltou um gemido de frustração, mas o abafou na mesma hora. Não tinha tempo para lamentar o que não poderia ser mudado.

– Então terá que me levar para Wolford Grange no seu cavalo.

Ela estendeu a mão, mas dessa vez Lawrence não a ajudou a se pôr de pé.

– Ora, vamos – insistiu Ellie, balançando a mão. – Partirei para Londres com lady Wolford esta tarde. Não podemos ficar sentados aqui, perdendo tempo.

– Não?

Ele deu de ombros e olhou ao redor.

– Está um lindo dia. Além do mais, você acabou de se machucar. Perder algum tempo aqui, fazendo nada, parece uma ótima ideia.

– Mas a marquesa não vai esperar se eu me atrasar. Partirá para Londres sem mim.

Antes mesmo de terminar de falar, Ellie se deu conta do que ele estava fazendo.

– Ah, entendo. Se não estiver em Londres, não poderá jantar com lorde Bluestone esta noite.

– Exato.

Lawrence se agachou.

– E, se não estiver com ele, o homem não poderá pedi-la em casamento, certo?

Ellie o encarou com raiva, revoltada com o sorrisinho de satisfação que curvava os lábios dele.

– Ainda fico impressionada com os limites que está disposto a cruzar para atingir seus objetivos.

– Mas, Ellie, você está optando pelo que só pode ser visto como um caminho temerário. Esse atraso pode lhe dar algum tempo para pensar, para reconsiderar. Ora, eu posso vir a ser o responsável por salvá-la de um casamento desastroso e de se ver condenada a uma vida inteira ao lado de um idiota inútil.

– Nossa, o senhor é mesmo um herói...

O sarcasmo dela o machucou tanto quanto uma flecha poderia ferir uma rocha.

– Sou mesmo – disse Lawrence com uma falsa modéstia que só aumentou a fúria de Ellie.

– Talvez a seus olhos.

Ellie se inclinou para a frente para cobrir os tornozelos com a saia.

– De minha parte, ainda o considero um canalha.

– Não é muito inteligente me insultar neste momento, já que sou seu único recurso para voltar para casa.

– Isso não importa nem um pouco – retrucou ela na mesma hora. – Porque sei que vai me levar para casa, não importa o que eu lhe diga.

– Parece muito segura disso.

– Estou segura. Não importa minha opinião a seu respeito, o senhor se vê como um cavalheiro e, se quer continuar tendo a si mesmo em tão alta conta, não deixará uma jovem dama machucada no meio da estrada, sozinha e indefesa.

Ela estendeu a mão.

Lawrence abriu um sorriso irônico.

– Ora, você realmente me pegou – murmurou.

E, para o grande alívio de Ellie, ele se levantou e a puxou junto.

Entretanto aquele alívio não durou muito. Depois de colocá-la sobre a sela do cavalo, Lawrence montou logo atrás e, ao sentir o corpo dele colado ao seu, em um toque íntimo, Ellie se pegou tensa e inquieta. Quando ele passou os braços ao redor da cintura dela para pegar as rédeas, Ellie enrubesceu de constrangimento. Mas aquele estado enervante se tornou enfurecedor assim que Lawrence colocou o cavalo em movimento, a um passo tão lento que, mesmo com o tornozelo torcido, ela poderia chegar mais depressa a pé, mancando.

– Ah, pelo amor de Deus! – bradou Ellie, olhando, irritada, para ele por sobre o ombro. – Está sendo ridículo. Se Bluestone não puder me pedir em casamento esta noite, o fará outro dia. Esse plano para me manter longe dele não vai funcionar.

– Provavelmente, não – concordou Lawrence com um bom humor irritante e sem parecer nem um pouco inclinado a acelerar o passo do cavalo.

– Não pode impedir que eu me case com lorde Bluestone. Se eu me atrasar hoje, voltarei para Londres amanhã. Meu pai oferecerá outro jantar, convidará lorde Bluestone e pronto.

– Tenho certeza de que está certa.

O fato de ele concordar de forma tão cordial só serviu para fazer com que Ellie afirmasse seu ponto de vista com mais insistência.

– Ele me pedirá em casamento, eu aceitarei e seus planos irão por água abaixo.

– Sem dúvida, sem dúvida, mas ainda há muita água para correr por baixo dessa ponte, como dizem. Afinal, eu ainda estou com sua moeda de 6 *pence*.

– Como se isso significasse algo. Minhas amigas e eu acreditávamos nessa bobagem quando éramos meninas, mas a moeda não passa disto: uma bobagem.

– Veremos.

– Sim, veremos.

Depois disso, Ellie cerrou os lábios com força e não disse mais uma palavra sequer. Ignorou os comentários de Lawrence sobre a beleza do dia, do cenário ao redor e sobre o prazer de um passeio a cavalo em um ritmo preguiçoso.

Eles chegaram a Wolford Grange muito mais tarde do que Ellie pretendera, mas ela ficou feliz por não ter se deixado enredar em mais nenhuma discussão com Lawrence.

Os criados provavelmente haviam sido instruídos a ficarem atentos à chegada dela, porque o cavalo de Lawrence mal havia se aproximado do caminho circular diante da casa quando as portas foram abertas. O mordomo, Sr. Hymes, saiu, apressado, e foi até eles.

– Lady Elinor – cumprimentou ele assim que Lawrence parou o cavalo perto dos degraus da casa e desmontou. – Estávamos preocupados.

– Imagino – concordou ela, lançando um olhar contundente para Lawrence enquanto ele a tirava da sela e a segurava nos braços. – Torci o tornozelo quando caminhava de volta para cá, vindo de Prior's Lodge, e, como pode ver, o Sr. Blackthorne fez a *gentileza* de me trazer a cavalo pelo que restava do caminho.

A ênfase sarcástica a sua gentileza não escapou a Lawrence. Ele sorriu e a ajeitou nos braços. Ellie apenas ergueu o queixo e se virou na direção do mordomo.

– Onde está lady Wolford?

– Sinto muito, mas ela já partiu, milady.

O mordomo fez uma pausa ao ouvir o gemido de Ellie e lhe lançou um olhar contrito.

– A senhorita sabe como lady Wolford é insistente em relação à pontualidade... e temo que ela tenha ficado um pouco aborrecida com a senhorita por não ter chegado a tempo de acompanhá-la.

– Tenho certeza disso.

Elinor voltou a olhar, furiosa, para Lawrence e o descobriu com um sorrisinho insolente no rosto.

– Obrigada mais uma vez, Sr. Blackthorne. Agora já pode me colocar no chão.

– E deixar que suba aos pulos esses degraus? Não, não, eu não poderia fazer isso. Minha *gentileza* não permitiria.

Ele fitou o mordomo.

– Vá na frente, Sr. Hymes.

– Isso não é necessário – começou Ellie.

Porém o mordomo já se afastara e entrara em casa.

Lawrence o seguiu – atravessou o saguão de entrada com ela no colo, subiu a escada e seguiu pelo largo corredor que levava até o salão de visitas, onde acomodou Ellie em um sofá.

– É melhor não colocar peso sobre esse pé pelos próximos dias – aconselhou Lawrence, endireitando o corpo. – Não tenho ideia de como pretende viajar de volta para Londres. Talvez deva adiar seu retorno, não?

A expressão dele era séria, mas um traço de humor se revelava em seus olhos.

Ellie sorriu em resposta.

– Que cavalheiro atencioso é o senhor, mas eu não sonharia em desapontar meu pai dessa forma. Ele tem grandes planos para mim nesta temporada social, sabe?

Ainda sorrindo, ela acenou em direção à porta.

– Não precisamos mais retê-lo aqui, Sr. Blackthorne. Tenho certeza de que tem muito a fazer.

– É verdade. Preciso arrumar minha bagagem, já que também voltarei para Londres hoje.

O sorriso de Ellie vacilou.

– Também vai voltar para Londres?

– Sim. Eu me ofereceria para levá-la em minha carruagem, mas não seria adequado. Tenho certeza de que seu pai ficará preocupado, mas eu o procurarei quando chegar e contarei o motivo do seu atraso.

Ellie estreitou os olhos, desconfiada.

– O senhor chegou ontem a Berkshire. Por que voltaria a Londres tão cedo?

– Ao contrário de outros cavalheiros que a senhorita conhece, meu tempo não é todo meu. Tenho deveres a cumprir. E entretenimentos a organizar.

Ela menosprezou a posição dele no gabinete de Peel com uma risadinha de desprezo e se concentrou na última parte do que Lawrence dissera.

– Acha mesmo que lorde Bluestone trocaria um jantar na casa do meu pai esta noite por um jogo de cartas ou uma noite de bebedeira pela cidade com o senhor?

– Como ele provavelmente me vê como um rival na disputa de seu afeto, duvido.

Como sempre, aquele jeito irritante dele de concordar com ela a deixou ainda mais inclinada a discutir.

– Ele não parece vê-lo como um rival em nada. Por que deveria?

– Não há mesmo nenhuma razão.

– Além disso, lorde Bluestone jamais seria rude a ponto de cancelar um compromisso em cima da hora, menos ainda para gozar de sua companhia.

– Quanto a minha companhia, tenho certeza de que está certa. Por outro lado, Bluestone gosta bastante de jogar e de beber... talvez até demais, mas essa é uma história para outro dia. Portanto, talvez ele ache as mesas de jogos e o uísque do White's bem mais atraentes do que a perspectiva de jantar com seu pai... ainda mais se você não estiver lá.

– Seus esforços para diminuir o visconde a meus olhos não terão sucesso. E, mesmo que, de alguma forma, consiga afastá-lo da casa de meu pai esta noite, não terá como fazer o mesmo todas as noites.

– Acredito que esteja certa. Sua beleza é muito mais atraente do que as mesas de jogos. Nem mesmo Bluestone é tão tolo a ponto de não se dar conta disso.

Ellie discordaria daquela avaliação da inteligência do visconde, mas não teve chance de se pronunciar, pois Lawrence prosseguiu:

– Mas me diga: Daventry sabe sobre Bluestone, não é? E ele aprova o casamento?

– É claro que sim – respondeu ela com rispidez e se arrependeu na mesma hora. – Meu pai não me sugeriu esse compromisso!

– Mas também não tentou livrá-la dele, não é?

Ellie sentiu certo incômodo – por dúvida ou medo, não conseguiu decidir –, mas lembrou a si mesma a motivação do homem diante dela, que fazia de tudo para irritá-la, e afastou a sensação.

– Meu pai aprova porque sabe que seria um bom casamento para mim. Não há nenhuma outra razão.

Ellie não daria oportunidade a Lawrence de expressar qualquer dúvida a respeito daquela questão.

– Além disso, é por sua causa que minhas chances de conseguir um bom casamento ficaram comprometidas.

Se ele tinha algum arrependimento em relação àquilo, não demonstrou. Em vez disso, inclinou a cabeça para o lado e ficou olhando para ela por tanto tempo e com uma expressão tão pensativa que a deixou desconfortável.

– Por que está me encarando? – perguntou Ellie, na defensiva, sentindo-se estranhamente vulnerável. – Em que está pensando?

– Estou imaginando que tipo de homem aprova que a filha se venda para salvar a pele dele.

Ellie ficou de pé na mesma hora, mal se dando conta da dor no pé machucado e sem ao menos pensar no que fazia. Só quando ouviu o som da palma da mão atingindo o rosto de Lawrence ela se deu conta de que o esbofeteara.

Na mesma hora, ela levou a mão ardida aos lábios, estarrecida por ter permitido que ele a provocasse a ponto de levá-la a cometer uma violência.

Lawrence a encarou, sério.

– Não precisa se preocupar com Bluestone, Ellie – falou ele, baixo. – Não vou fazer nada para afastá-lo de você.

Ellie franziu o cenho, incrédula.

– Não?

– Não.

O rosto dele voltara a mostrar o bom humor de sempre.

– Planejo uma forma de ataque bem diferente.

Ela respirou fundo, forçando-se a ignorar outra pontada de preocupação.

– Faça o que achar que deve – falou. – Eu farei o mesmo.

– Fico feliz por entrarmos em acordo afinal, minha cara – falou Lawrence. Ele tocou a aba do chapéu e se inclinou em despedida.

– Agora preciso deixá-la aos cuidados das mãos capazes do Sr. Hymes e seguir meu caminho. Minha tia-avó Agatha vai ficar bastante preocupada se eu não estiver de volta a Cavendish Square até o cair da noite.

E, assim, Lawrence partiu. Embora ficasse aliviada por finalmente se ver livre dele, Ellie não parava de imaginar o que ele estaria planejando.

Com Lawrence, infelizmente, não havia como saber. Ele era capaz de criar um sem-número de planos para causar problemas, o que justificava ainda mais que ela voltasse o mais rápido possível para Londres.

Ellie estendeu a mão e puxou a corda da campainha que ficava na parede atrás dela. Um instante depois, o Sr. Hymes apareceu e ela pediu que ele se aproximasse.

– Vou precisar de ajuda para chegar a meu quarto, Sr. Hymes. Então, por favor, mande chamar minha camareira e peça que aprontem outra carruagem de viagem.

– Outra carruagem, milady?

– Sim. Vou voltar a Londres ainda esta noite.

Hymes a encarou, perturbado.

– Oh... lady Elinor... acredito que lady Wolford não gostaria que a senhorita viajasse sozinha, desacompanhada.

– Não tenho intenção de fazer isso. Por favor, mande um criado a Prior's Lodge para contar às tias de Cordelia sobre o apuro em que me encontro. Peça que ele explique a elas que preciso voltar a Londres ainda hoje, com certa urgência, e que pergunto se alguma daquelas boas damas estaria disposta a me acompanhar.

– Mas, milady, e seu tornozelo?

– Esqueça o tornozelo.

Ela fez uma pausa e olhou pela janela, fuzilando com o olhar as costas largas do homem que seguia a cavalo pela alameda.

– Com o tornozelo torcido ou não – acrescentou baixinho –, eu me recuso a ficar parada enquanto aquele homem faz de tudo para arruinar minha família.

A resposta vinda de Prior's Lodge chegou uma hora depois. Para a grande satisfação de Ellie, uma das tias de Cordelia teria prazer em acompanhá-la de volta à cidade. Passou-se mais uma hora e Ellie por fim se viu a caminho de Londres, com tia Bunty a seu lado.

Para que aproveitassem o belo dia, a capota da carruagem fora abaixada e, com o tornozelo confortavelmente apoiado sobre uma pilha de almofadas e a brisa refrescando seu rosto, as preocupações da jovem começaram a ceder.

No entanto, elas mal haviam percorrido 10 quilômetros quando a carruagem diminuiu a velocidade e Ellie se endireitou no assento, subitamente alerta.

– O que houve, Avery? – perguntou ao cocheiro.

– Um dos cavalos está com algum problema, milady. Parece estar mancando.

Ela observou, consternada, enquanto Avery descia da carruagem para examinar os cascos do cavalo em questão.

– Estava mesmo mancando – declarou o cocheiro. – Perdeu uma ferradura.

Ellie se deixou afundar no assento e soltou um gemido.

– Mas é muita falta de sorte... – murmurou, passando a mão enluvada na testa. – E agora, o que vamos fazer?

– Chipping Clarkson fica logo adiante, milady – disse o cocheiro. – Vamos levar a carruagem até o vilarejo e pedir ao ferreiro que resolva o assunto.

Entretanto o ferreiro de Chipping Clarkson não pôde cuidar do animal, pois estava na cama.

– Na cama? – perguntou Ellie, fitando, confusa e desalentada, a proprietária da hospedaria Black Swan, que por acaso também era esposa do ferreiro. – A esta hora do dia?

– Ele pegou uma gripe forte, senhorita. Nosso menino também. E meia dúzia de outros moradores da cidade.

Ellie se sentiu culpada na mesma hora.

– Ah, sinto muito.

– Eles vão ficar bem, senhorita. Ao menos foi o que o médico disse hoje de manhã. A febre baixou, mas a maior parte dos doentes ainda está muito fraca. Mandamos um mensageiro a Chalmsby, para chamar o ferreiro deles, mas ele respondeu que não poderá vir nem mandar ninguém em seu lugar até depois de amanhã.

– Há mais alguém no vilarejo que seja capaz de recolocar uma ferradura?

– Ah, não, senhora – respondeu a estalajadeira. – Ao menos não agora. Somos um vilarejo pequeno, como a senhorita vê, e, com tantas pessoas doentes, todos os homens disponíveis estão cuidando dos campos, porque é época de plantio. Eles saem ao amanhecer e trabalham até já estar bem escuro. Com tão poucos homens para ajudar, cada minuto da luz do dia é necessário.

– É claro. Talvez pudéssemos alugar outra parelha de cavalos, então, para continuarmos viagem?

Foi como se ela tivesse pedido um jantar preparado por um chef francês.

– Ah, senhorita, não temos cavalos disponíveis para alugar. Como eu disse, somos um vilarejo pequeno.

Ellie começou a se sentir realmente desesperada.

– Talvez um dos homens esteja disposto a nos levar a Londres.

A ideia pareceu ainda mais absurda para a boa dama.

– Ah, não, senhorita. Nenhum dos nossos homens iria a Londres. Eles não podem se afastar do trabalho para ir tão longe. A senhorita entende, somos...

– Um vilarejo pequeno – disse Ellie ao mesmo tempo que a mulher. – Sim, eu entendo.

– Muito bem, então.

A proprietária ruiva e robusta do Black Swan abriu o livro de reservas diante dela com um ar enérgico.

– Suponho que a senhorita vá precisar de acomodações para as próximas duas noites, certo?

Ellie suspirou e Bunty lhe deu uma palmadinha carinhosa no ombro.

– É mesmo decepcionante, minha cara, mas não há muito mais que possamos fazer. Parece que estamos presas aqui até quarta-feira.

Aquela estimativa provou ser generosa demais. O rapaz mandado pelo ferreiro de Chalmsby demorou um dia além do previsto para chegar. Assim, a viagem de seis horas de Ellie até Londres acabou levando três dias inteiros. Ela chegou à casa em Portman Square na noite de quinta-feira, tarde demais para ver o pai, que já havia se recolhido.

Na manhã seguinte, durante o café da manhã, o conde expressou seu grande alívio pela chegada da filha, mas também certa perplexidade.

– Graças a Deus por finalmente ter chegado – disse ele quando os dois entraram juntos no salão do café da manhã. – Aquele desaforado do Blackthorne me avisou que você havia torcido o tornozelo e que se atrasaria, mas três dias?

Ele balançou a cabeça e franziu o cenho ao se acomodarem à mesa.

– Ora, Elinor, o que a deteve por tanto tempo?

Ela lançou um olhar de esguelha ao pai enquanto se sentava.

– Vários contratempos absurdos, papai.

– De fato, lorde Daventry – confirmou Bunty, acomodando-se à direita do conde. – Foi uma série de eventos tão desafortunados que pareceram quase obra do destino.

Ellie enrijeceu o corpo na cadeira, sentindo mais uma vez aquela pontada de inquietude. Enquanto Bunty relatava os eventos dos últimos dias, Ellie tentou deixar de lado aquela sensação, porque era absurdo pensar que de fato alguém pudesse ser predestinado a ter má sorte. A ausência da moeda de 6 *pence* não tinha nada a ver com os eventos recentes. Nada.

– Nossa, que falta de sorte de vocês! – comentou o conde quando Bunty chegou ao fim da história.

– Fomos detidas pelos acontecimentos, é verdade – falou Ellie e então ergueu a xícara em um brinde. – Mas estamos aqui agora.

– Sim – acrescentou Bunty. – Parece que desafiamos o destino.

Ellie se engasgou com o chá, o que fez com que o pai e Bunty se voltassem para ela, preocupados.

– Estou bem – conseguiu dizer.

Porém as palavras de Lawrence ecoavam em sua cabeça. "Talvez nem mesmo esse sorriso com covinhas e esses grandes olhos castanhos sejam suficientes para superar os desígnios do destino."

Irritada consigo mesma, Ellie pousou a xícara e se obrigou a lembrar que era um absurdo achar que uma moeda poderia ter qualquer influência sobre o destino dela. Era hora de mudar o rumo daquela conversa para algo mais agradável e produtivo, decidiu.

– Como foi o jantar com lorde Bluestone? – perguntou Ellie, pegando a faca e o garfo. – Imagino que tenham tido uma noite agradável juntos.

O pai parou de comer os ovos e o bacon apenas por um instante, mas foi o suficiente para que Elinor visse um lampejo de preocupação atravessar seu rosto.

– Lamento dizer que Bluestone não pôde vir jantar.

A irritação que Ellie sentira consigo mesma por especular sobre bobagens supersticiosas deu lugar a uma raiva de outro tipo, que a levou a amaldiçoar Lawrence por chegar a Londres antes dela e sabotar o jantar. Mas o pai voltou a falar e ela viu que se precipitara ao culpar Lawrence.

– O visconde pegou um resfriado. Mas está bem – apressou-se a acrescentar o conde. – Ele mesmo me garantiu isso, no bilhete que enviou. O médico prescreveu repouso. Com certeza estará de pé em poucos dias.

– Ora, isso é um alívio.

Ellie parou por um momento ao reparar que o pai não parecia compartilhar daquela opinião. Ao perceber que ele não faria comentários, insistiu no assunto:

– Ora, se é. Um resfriado é uma bobagem. O visconde logo estará bem e poderemos tentar de novo. Jantar e cartas junto a outros amigos nossos? Para esse tipo de noite, é perfeitamente aceitável um convite mais em cima da hora.

O conde assentiu, concordando.

– Talvez eu deva passar na casa de lorde Bluestone esta tarde, o que acha? Para saber como ele está de saúde, entende? Dizer que ficamos preocupados. Ele talvez até esteja recebendo visitas e, se for esse o caso, eu mesmo poderia fazer o convite. Quem sabe? – sugeriu o pai.

A expressão dele se desanuviou um pouco.

– O visconde pode levantar o assunto de seu futuro e acertaríamos a questão ali mesmo.

Ellie se sentiu súbita e inexplicavelmente desanimada.

– Não – disse ela sem pensar, em uma voz muito aguda, então notou a surpresa do pai e acrescentou: – O senhor é muito antiquado, papai. Se vou ter a honra de me casar com o visconde, gostaria que o pedido fosse feito a mim, não a meu pai. Além do mais, se o visconde não está bem, não iríamos querer colocá-lo na posição desconfortável de se sentir obrigado a receber o senhor. Vá à casa dele, mas faça isso de manhã, apenas para deixar seu cartão. Se a doença que o aflige for passageira, como parece, o

227

visconde estará bem para comparecer ao baile Atherton na sexta-feira e o senhor poderá convidá-lo para o jantar. Mais cedo do que isso vai parecer um pouco de... bem... de desespero. E espero que não tenhamos chegado a isso – falou ela, com uma risada forçada.

O pai riu também, mas Ellie viu no rosto dele uma ponta do desespero que ambos negavam. Mais uma vez, a voz de Lawrence pareceu sussurrar em sua mente como um vento gelado. "Estou imaginando que tipo de homem aprova que a filha se venda para salvar a pele dele."

O pai olhou para ela e franziu o cenho, como se pudesse ver a apreensão em seu rosto. Então pegou a mão de Ellie.

– Eu quero muito vê-la com a vida encaminhada, minha querida. É importante que isso aconteça logo, antes que...

Ele fez uma pausa, engoliu em seco, depois olhou para Bunty e de novo para a filha.

– Quero vê-la encaminhada – repetiu.

Ele soltou a mão da filha para pegar de novo o garfo e a faca.

– Fala como um bom pai – comentou Bunty, aprovando. – Nem todos os pais seriam tão generosos. Muitos prefeririam que as filhas nunca se casassem e continuassem para sempre em casa, para tomar conta deles.

O pai riu, mas, ainda assim, ao observá-lo pelo canto do olho, Ellie não conseguiu afastar a inquietude que sentia. *Maldito Lawrence*, pensou enquanto também pegava a faca e o garfo. Ele era tão diabolicamente esperto que seria capaz de descobrir e explorar as fraquezas e os medos de qualquer um, por menores que fossem.

"Planejo uma forma de ataque bem diferente." O que ele quisera dizer com aquilo?, perguntou Ellie a si mesma, com as mãos paradas acima do prato. Se pretendia afastar Bluestone dela, qual seria o plano?

Infelizmente, ela não tinha como saber. Partindo Lawrence, poderia ser qualquer coisa, por isso Ellie desistiu de tentar prever seu próximo passo e voltou a atenção para o café da manhã. Qualquer que fosse o plano dele, Ellie pretendia já estar casada antes que ele pudesse colocá-lo em prática.

CAPÍTULO 4

A travessia do mar da Irlanda foi difícil, pois chovia torrencialmente. E todas as estradas que saíam de Dublin estavam cobertas de lama. Foi só três dias depois do encontro com Ellie que Lawrence conseguiu alcançar Drummullin, um pequeno vilarejo no meio do condado de Roscommon. A noite caíra e a chuva se transformara em uma garoa quando ele chegou à estalagem decadente nos arredores do vilarejo.

A batida inicial à porta não teve resposta, a seguinte também não. Ele tentou uma terceira vez, sem sucesso. Começava a temer que aquela terrível viagem tivesse sido perda de tempo quando, por fim, a porta foi aberta.

O homem de idade que o atendeu não pareceu nada satisfeito por vê-lo, o que não foi surpresa para Lawrence.

– Maldição, homem, eu lhe disse na minha última carta que precisava de mais tempo para pensar.

Lawrence pousou a valise de viagem e tirou o chapéu encharcado.

– Temo que talvez não tenhamos mais o luxo do tempo, senhor.

John Hammersmith mirou Lawrence de cima a baixo, reparando na capa encharcada e nas botas enlameadas, e soltou um suspiro pesado.

– É melhor entrar – resmungou ele, abrindo mais a porta. – Mas tire as botas – acrescentou.

O homem já subia a escada com o passo desajeitado e a perna esquerda rígida como uma tábua.

– Minha senhoria tem um péssimo gênio – avisou.

Lawrence fez o que Hammersmith pediu: deixou as botas no saguão minúsculo, com a capa, o chapéu e a valise. Apenas de meias, seguiu o homem mais velho escada acima, até uma saleta.

– Eu lhe ofereceria um vinho do Porto – falou Hammersmith, abrindo um armário na parede oposta. – Mas, pela sua aparência, uísque talvez seja uma escolha melhor.

Com um murmúrio de agradecimento, Lawrence aceitou o copo de uísque e o convite para se sentar diante do fogo.

– Afinal, o que o trouxe até aqui? – perguntou Hammersmith, acomodando-se na cadeira ao lado. – Embora eu não imagine por que iria querer saber.

– Há uma possibilidade de minha investigação sobre Daventry vir a ser cancelada.

Para a profunda irritação de Lawrence, Hammersmith não pareceu surpreso.

– Eu lhe disse que o verme conseguiria escapar do anzol.

Ele parou para engolir o uísque.

– Por que isso aconteceria?

– É provável que a filha do conde fique noiva em breve.

Lawrence fez uma pausa, vendo-se com dificuldade de pronunciar as palavras.

– Do visconde Bluestone.

– A pequena Ellie casando-se com o filho de um duque?

O homem mais velho ergueu os olhos, com uma expressão atenta.

– Ela não ia se casar com você?

– Sim.

Lawrence tomou um longo gole de uísque.

– Até eu escolher cumprir com meu dever.

– Ah.

Aquele único murmúrio carregava um mundo de compreensão.

– Um duque, é mesmo? – voltou a falar Hammersmith depois de um instante e deixou escapar um som de desdém. – Bem, lá se vão as ideias de Peel sobre mudar o sistema. A aristocracia sempre consegue frustrar o trabalho da Justiça quando um dos seus está encrencado, e isso não vai mudar tão cedo, mesmo que Peel conte com a polícia metropolitana que deseja.

Lawrence ficou ainda mais irritado, principalmente porque temia que o outro estivesse certo.

– Não é apenas o fato de Wilchelsey ser um duque. É pior do que isso. Ele também está à frente do comitê de investigação a que devo apresentar o resultado do inquérito. Ele decidirá se as evidências são suficientes para levar Daventry a julgamento diante da Câmara dos Lordes.

Hammersmith deu uma risadinha.

– É melhor andar logo com isso, então, antes que Ellie se case com alguém da família do duque.

– Exato. Mas preciso de uma prova que ligue as armas com defeito à fábrica de munição de Daventry.

– Quando me procurou em dezembro, você disse que havia eliminado a possibilidade de qualquer outro fornecedor de munição operando em

Birmingham na época ter sido responsável pelas armas com defeito. Isso não é uma evidência?

– Dificilmente seria considerada uma evidência conclusiva. Daventry pode alegar que outro fabricante falsificou registros para cobrir os próprios rastros. Como a fábrica dele foi destruída pelo fogo, junto de todos os documentos, não tenho as provas necessárias para abrir um inquérito contra ele.

– Conseguiu pegar o Sharpe, não foi? E o sujeito disse que Daventry ordenou que ele colocasse fogo no lugar.

Lawrence se recostou com o copo na mão e encarou o outro com uma expressão sardônica.

– O testemunho de um presidiário não terá um peso muito grande.

– Mesmo se ele estiver preso por incêndio criminoso?

– Isso só provaria que Daventry mandou colocar fogo na própria fábrica, não o motivo pelo qual fez isso. E a condenação de Sharpe por incêndio criminoso não foi pela fábrica de Daventry. Ele só me contou a história porque eu era o promotor do caso, e Sharpe tinha esperança de que eu concordasse em diminuir a sentença dele em troca de seu testemunho sobre Daventry. Aceitei os termos dele, mas, para que o testemunho seja realmente útil, ainda preciso que a história seja confirmada. Consegui adquirir uma coleção de armas com defeito, mas nenhuma delas tem a marca do fabricante.

Lawrence encontrou os olhos do outro homem.

– Mas isso – acrescentou baixinho – você já sabia.

Hammersmith endireitou o corpo na cadeira como se previsse que os dois estavam prestes a repetir a conversa tida em dezembro, quando Lawrence o descobrira ali, escondido em um lugar obscuro na região rural da Irlanda. Naquela primeira conversa, Hammersmith confirmara os piores temores de Lawrence em relação ao pai de Ellie, mas se recusara a tornar públicas suas declarações. Os contatos subsequentes de Lawrence por carta não o haviam feito mudar de ideia, e as palavras seguintes do homem deixaram claro para Lawrence, naquele momento, que ele se mantinha firme em sua decisão.

– Senhor Blackthorne, com certeza os registros do exército podem lhe dar a prova de que precisa. A artilharia britânica...

– As ordens de compra das armas fornecidas pela fábrica de Daventry desapareceram. Procurei em cada caixa empoeirada de documentos da artilharia britânica e não consegui encontrar nenhum vestígio das armas de Daventry.

– Isso é uma pena.

– Você tem um grande talento para atenuar os fatos – falou Lawrence com amargura. – Não tenho nada que ligue Daventry à fabricação das armas com defeito além do testemunho de um homem condenado por incêndio criminoso.

Ele fez uma pausa e indicou Hammersmith com o copo.

– E você.

– Já lhe disse várias vezes que não posso ajudá-lo.

– Você era o responsável pela contabilidade de Daventry. Se alguém pode testemunhar sobre o que o conde fez, esse alguém é você.

– Eu já lhe disse que não posso testemunhar.

– E, como eu também lhe disse na minha última carta, Peel concordou em lhe garantir imunidade em troca do seu testemunho. Ele quer Daventry, não você.

– Não posso, estou lhe dizendo.

– Não pode? Ou não quer?

– Isso importa?

Sua expressão agora era hostil.

– Não estou morando na Irlanda porque gosto do clima, você sabe disso. Daventry acha que John Hammersmith morreu no incêndio. Pretendo manter as coisas assim.

– Entendo que possa se sentir apreensivo em relação a retornar à Inglaterra e encarar Daventry...

– Apreensivo? – repetiu Hammersmith e deu uma gargalhada, embora Lawrence imaginasse que ele não estava achando a menor graça em tudo aquilo. – Sim, pode-se dizer que sim. Eu mal escapei do incêndio com vida.

– Já era tarde da noite. Daventry não poderia saber que você ainda estava lá quando Sharpe começou o incêndio.

– Não? Por algum motivo, acredito mais do que você na habilidade do conde de saber de tudo.

Lawrence suspirou, pois sabia que o outro poderia estar certo. Quem teria certeza da extensão da vilania de Daventry?

– Eu lhe conseguirei proteção.

– Muito gentil da sua parte.

Lawrence ignorou o tom irônico.

– Você é minha maior esperança. Sabe o que ele fez, as decisões que tomou. Estava lá.

– Eu era um mero escriturário! Não poderia fazer nada para detê-lo. Daventry estava determinado a conseguir o máximo de dinheiro possível e eu não tinha como impedi-lo!

Havia angústia na voz de Hammersmith, por isso Lawrence sentiu uma ponta de esperança. Depois de um instante, porém, o homem se deixou cair no assento com um suspiro.

– Que importância tem isso agora?

– Centenas de homens, talvez milhares, morreram por causa da ganância de Daventry. Não se importa com isso?

Hammersmith não respondeu.

– Pelo amor de Deus – continuou Lawrence –, você foi da marinha britânica, foi ferido na batalha de Trafalgar.

– Sim. E o que consegui lutando pelo rei e pelo país?

Hammersmith levou a mão ao joelho.

– Isto.

– Esqueça o rei e o país! E os homens que lutaram com você? Seus companheiros de batalha? Não deseja vingar os que morreram por causa de Daventry? Você disse que não pôde fazer nada na época. Mas agora pode.

Hammersmith virou o rosto, com o maxilar tenso, e ficou olhando para o fogo, esfregando o joelho. Permaneceu em silêncio por tanto tempo que Lawrence temeu ter usado sua última cartada em vão. Então o homem mais velho se esticou e pegou a bengala.

– Espere aqui – disse, levantando-se e saindo da sala.

Quando voltou, alguns minutos mais tarde, trazia um livro grande, um volume gasto pelo tempo e escurecido pela fuligem.

– O fogo não queimou tudo.

Ele enfiou o livro sob o nariz de Lawrence.

– Consegui salvar isto enquanto fugia do prédio. Pegue.

Lawrence pegou o livro, pousou-o no colo e abriu devagar a capa encadernada com tecido. Quando viu as colunas de números cuidadosamente anotados e os nomes e descrições ao lado, seu coração saltou no peito. Ele percebeu que havia compras de quantidades significativas de estanho. Nenhuma parte de um mosquete britânico deveria ser feita de um metal frágil como estanho. No entanto, o estanho poderia ser trabalhado de forma a parecer aço em uma inspeção superficial. E era barato.

Lawrence ergueu os olhos.

– Por que não me deu isto na primeira vez que vim procurá-lo, em dezembro?

– Porque você é um deles. Faz parte da esfera social de Daventry.

– Na verdade, não sou. Meu pai era um mero escudeiro. Tenho uma propriedade, sim, mas não sou um nobre.

– Não, mas é um *cavalheiro*.

O desprezo dele por aquela classe ficou claro em sua voz.

– Homens do seu tipo costumam se unir nesses casos – falou Hammersmith. – Nunca achei que você realmente o denunciaria.

– Se está me entregando este livro contábil, é porque mudou de opinião a respeito de mim. Por quê?

Hammersmith deu de ombros.

– Você desistiu da moça.

Lawrence sentiu um frio súbito ao se lembrar daquela tarde de janeiro, das palavras amargas que ele e Ellie haviam trocado e da escolha que fizera. Tomou o resto do uísque de um só gole.

– A decisão foi mútua – falou e deixou de lado o copo vazio.

Hammersmith apontou para o livro contábil no colo de Lawrence.

– Isso é confirmação suficiente para o que precisa?

Lawrence folheou mais algumas páginas frágeis do livro, examinando rapidamente as anotações e os números na letra elegante de Hammersmith, então ergueu os olhos para encontrar os do outro homem.

– Talvez seja o bastante, talvez não. É difícil dizer. Daventry ainda tem muita influência. Assim como o duque de Wilchelsey.

– E é por isso que sua luta, embora nobre, está condenada ao fracasso.

– Não se você testemunhar. Seu testemunho, somado a esta prova, tornaria consistente o inquérito contra Daventry.

O outro o encarou com severidade, mas não respondeu, e Lawrence resolveu interpretar aquilo como um sinal encorajador. Ele esperou, sustentando o olhar de Hammersmith, até que por fim o homem mais velho falou:

– Leia isso primeiro. Então... veremos.

Lawrence não sabia se deveria se sentir aliviado ou decepcionado com aquela declaração. Contudo, agora tinha mais uma prova, pensou, segurando com força o livro contábil. Teria que se contentar com aquilo, ao menos por ora, mas a viagem até ali não fora em vão.

Durante a temporada de eventos sociais, o fato de se possuir uma casa grande em Londres era mais importante do que o Santo Graal. A marquesa de Atherton estava em excelente posição nesse quesito: sua linda casa na Park Lane garantia que o baile Atherton fosse sempre um dos convites mais ansiados na temporada londrina.

Mais de trezentas pessoas já se encontravam no salão de baile da marquesa quando Ellie chegou com o pai. Ao correr os olhos pela aglomeração de convidados, ela se deu conta de que descobrir lorde Bluestone ali seria uma tarefa difícil. Contudo, encontrar outro cavalheiro se provou fácil demais. Os olhos de Ellie logo avistaram, além dos pares que deslizavam pelo salão de baile, o rosto moreno e de feições bem-definidas de Lawrence Blackthorne.

Ela sentiu uma súbita pontada de apreensão. Desde que aquele homem reaparecera em sua vida, ela só tivera problemas. E só Deus sabia que outros aborrecimentos a aguardavam.

Como se em resposta àquilo, Lawrence desviou os olhos das pessoas na pista de dança e notou que ela o observava. Ele sorriu de imediato, pegou algo no bolsinho que ficava no cós da calça e ergueu para que ela visse. Os receios de Ellie deram lugar ao ultraje quando ela viu a moeda de 6 *pence*. *Desgraçado arrogante*, pensou enquanto Lawrence guardava a moeda no bolso. Como ele ousava provocá-la com algo que furtara dela?

– Lady Elinor – chamou uma voz feminina agradável, interrompendo os pensamentos de Ellie.

Grata pela interrupção, ela se voltou e viu a duquesa de Wilchelsey ao seu lado.

– Duquesa – cumprimentou, fazendo uma mesura.

Ellie endireitou o corpo e olhou ao redor, mas, para sua consternação, o filho da duquesa não estava à vista.

– É um prazer vê-la.

– É mesmo? – indagou a outra mulher com uma risada, o que capturou de novo a atenção de Ellie. – Imagino que o prazer seria maior se meu filho estivesse comigo.

Tendo sido pega em flagrante, Ellie enrubesceu, mas a duquesa pareceu achar aquilo ainda mais divertido, pois riu outra vez.

– Está procurando por ele em vão, minha cara. Bluestone não virá esta noite. Tanto ele quanto o pai me deixaram por minha conta aqui, consegue acreditar?

– Ah.

Ellie engoliu em seco diante da decepção daquela notícia, mas se recompôs.

– Sua companhia me agrada muito, duquesa.

– Você é um encanto de menina – disse a outra mulher, batendo delicadamente com o leque no braço de Ellie –, mas não me engana.

Ela se virou então para o pai de Ellie e o cumprimentou com um aceno de cabeça.

– Daventry.

– Duquesa.

Em um gesto galante, o conde beijou a mão dela e continuou a segurá-la quando endireitou o corpo, colocando no rosto o sorriso deslumbrante que, no passado, lhe garantira a fama de sedutor.

– Minha filha talvez esteja desapontada pela ausência de seu marido e seu filho esta noite, mas eu não, já que, assim, terei a senhora só para mim.

– Nem tanto. Lorde Wetherby já me pediu a próxima dança.

– Aquele bandido! – disse o conde na mesma hora, recebendo como recompensa uma risada divertida da duquesa.

– Você é um galanteador descarado, Daventry. Sempre foi.

Ellie deslizou o pé para o lado, encostando-o de leve no do pai, para que ele parasse com aquelas brincadeiras. O conde, felizmente, entendeu.

– Então, como a senhora foi cruel e aceitou o convite de Wetherby para dançar antes mesmo de me dar a oportunidade de convidá-la, deve se redimir aceitando um tipo diferente de convite. Que tal jantar na minha casa e jogarmos cartas depois, talvez na próxima segunda-feira?

– Adoro a ideia, mas não poderia aceitar. Não sem o duque. Vir desacompanhada a um baile não é um problema, mas ir jantar e jogar cartas na casa de um viúvo? Parece um programa íntimo demais para comparecer sozinha. Sabe, meu marido é do tipo ciumento e muito possessivo.

– Leve seu marido, então.

Daventry fez uma pausa e abriu um sorriso.

– Se acha que deve. E seu filho também – acrescentou em um tom despreocupado. – Se ele estiver disponível...

– Meu caro conde, lamento, mas isso não será possível. Nenhum dos dois estará de volta antes de quinze dias.

236

– De volta? – ecoaram Ellie e o pai ao mesmo tempo.

Os dois trocaram um olhar, mas foi Ellie quem pediu mais esclarecimentos.

– Mas para onde eles foram?

– Para Somerset. Wilchelsey recebeu uma carta expressa esta tarde, do administrador da propriedade, recomendando que ele voltasse imediatamente para Crosshedges. E foi o que meu marido fez, na companhia de Bluestone.

Levando em consideração tudo o que vinha lhe acontecendo, Ellie não ficou nem um pouco surpresa. Àquela altura, algum novo obstáculo para a execução de seu plano parecia quase inevitável.

– Não foram más notícias, eu espero.

– Foram devastadoras, na verdade. O chalé de um dos arrendatários se incendiou. O fogo se espalhou para vários outros chalés e queimou dois campos de cultivo, antes que uma tempestade caísse e apagasse tudo.

– Alguém ficou ferido?

– Por sorte, não.

Satisfeita ao menos em saber daquilo, Ellie voltou ao assunto que não saía de sua cabeça.

– Eles realmente só retornarão em quinze dias?

A duquesa sorriu.

– Não se aflija, minha cara. Um rostinho triste não os trará de volta mais cedo. Agora, preciso ir, pois já vejo Wetherby vindo me cobrar a dança combinada.

– É claro – murmurou Ellie, fazendo uma mesura para se despedir da mulher mais velha, que já se afastava.

– Pode ter a honra da próxima dança, Daventry – acrescentou a duquesa por sobre o ombro. – Se estiver suficientemente em forma para dançar uma polca...

Depois que o conde garantiu que uma polca estava dentro de sua capacidade física, a duquesa pegou o braço de Wetherby e partiu, deixando Ellie e o pai a fitá-los com uma expressão abatida.

– Ora, ora.

O conde se virou para a filha e tentou sorrir, mas Ellie viu a expressão dele vacilar.

– Temos tido uma onda de má sorte ultimamente, não é mesmo?

– Tem razão – concordou ela e perguntou a si mesma se aquela má sorte na verdade poderia ser uma questão de causa e efeito.

A culpada seria a moeda de 6 *pence*? Com certeza, não. Ainda assim, Bluestone estivera prestes a pedi-la em casamento e tudo ia bem até...

Os olhos de Ellie se voltaram para o homem do outro lado do salão de baile. Aquela sequência absurda de desventuras e contratempos começara com Lawrence e o furto descarado que ele cometera. Mas se aquela ideia louca fosse verdade, se a perda da moeda de 6 *pence* fosse responsável por ela não receber o pedido de casamento de lorde Bluestone, o que poderia fazer a respeito?

Ellie examinou Lawrence por um longo tempo, pensando na questão, mas sabia que só havia uma coisa a fazer. Quando o viu deixar o círculo de amigos onde estava e rumar para a mesa de aperitivos, percebeu que era sua oportunidade de agir.

Ela se virou para o pai.

– Pode me dar licença por um instante, papai? Tenho um assunto importante a resolver.

– Assunto importante? – repetiu ele. – Em um baile?

– Acredite se quiser, sim.

Ela já se preparava para passar por ele, mais a voz perplexa do conde a deteve.

– Minha cara menina, aonde vai?

– Mudar nossa sorte.

E, com a aquela resposta enigmática, Ellie começou a atravessar o salão de baile.

CAPÍTULO 5

Lawrence fitou sem grande entusiasmo o líquido amarelo-claro na poncheira diante dele. Enquanto pegava um copo, perguntou a si mesmo por que limonada quente sempre parecia ser a única bebida disponível nos bailes.

– Lawrence?

O som daquela voz, que já tinha sido tão querida e ainda era tão dolorosamente familiar, o pegou desprevenido. Apesar de tê-la provocado ao acenar com a moeda de 6 *pence*, Lawrence não esperava que Ellie se aproximasse nem que se dignasse a falar com ele.

– Ora, Ellie...

– Precisamos conversar – disse ela, impedindo qualquer chance de falarem sobre amenidades.

– É mesmo?

– Sim.

Sem olhar para ele, Ellie pegou um copo na mesa redonda diante deles e parou em frente a Lawrence, fingindo grande interesse na poncheira entre os dois.

– Você está com algo que me pertence – continuou ela, servindo-se de limonada. – E quero de volta.

– Imagino que sim.

Ele sorriu.

– Anda bastante sem sorte ultimamente.

– Não sei do que está falando.

A tentativa de dissimulação não o enganou nem por um instante.

– Primeiro, um tornozelo torcido e três dias de atraso para chegar a Londres. Depois, seu precioso Bluestone pega um resfriado...

– É surpreendente que você saiba do estado de saúde de Bluestone.

Lawrence deu de ombros.

– Tenho meus espiões. Parece que seus planos de fisgar Bluestone estão sendo adiados o tempo todo pelas circunstâncias.

Os olhos escuros de Ellie cintilaram de raiva.

– Quero minha moeda de volta, Lawrence.

– E se eu não quiser devolvê-la?

– Estou disposta a negociar.

Lawrence começou a visualizar possibilidades tentadoras, mas se forçou a deixá-las de lado e bebeu um gole de limonada.

– Estou ouvindo.

– Não aqui.

Ela pousou a concha de volta na poncheira e olhou depressa ao redor.

– Encontre-me mais tarde no gazebo.

Lawrence ficou tão surpreso que quase deixou o copo cair. Demorou um momento para conseguir dar uma resposta que fosse suficientemente despreocupada.

– Ora, lady Elinor, que convite escandaloso.

Ele se inclinou um pouco mais na direção dela, por cima da mesa.

– Devo ousar nutrir esperanças de que tenha algo deliciosamente malicioso em mente?

– Não diga absurdos!

– Suponho que isso seja um não – falou Lawrence e suspirou. – Que decepção!

Para sua consternação, ele se deu conta de que as palavras não carregavam o sarcasmo que pretendera. Ellie o fitou e, para que ela se distraísse e não percebesse o que ele sentia, Lawrence voltou a falar.

– A que horas gostaria que fosse esse encontro?

– À meia-noite. E, pelo amor de Deus, certifique-se de que ninguém o veja esgueirar-se até lá.

Ela colocou uma fatia de limão no copo e se afastou, indo se juntar a um grupo de amigos.

O que isso significa?, perguntou-se Lawrence. Ao se encontrar a sós com ele, Ellie estaria colocando em risco a própria reputação, comprometendo seu futuro e os planos de salvar o pai. Ela devia estar mesmo desesperada para pegar a moeda de volta.

Quão desesperada estaria? Lawrence deixou os olhos percorrerem a pele macia que estava à mostra acima do decote quadrado do vestido de baile rosa-claro que ela usava. Mas, depois de um instante, se forçou a desviar o olhar e lembrou a si mesmo que não podia permitir que seu corpo pensasse por ele.

Lawrence imaginou que talvez a moeda fosse apenas uma desculpa para Ellie encontrá-lo sozinho, mas não viu motivo para isso – a menos que ela tivesse intenção de seduzi-lo para conseguir que ele parasse a investigação, e nisso Lawrence não apostaria. Quanto à moeda, era apenas um pedaço de metal sem graça e, embora tivesse certo valor sentimental para Ellie e as amigas, dificilmente valeria o risco que ela se dispunha a correr.

A única outra possibilidade era que, apesar de ter negado com veemência no dia do casamento de Thornton, Ellie acreditasse de verdade no mito de infância dela sobre o poder da moeda. Se fosse isso, ela veria todos os contratempos que vinham acontecendo em relação a seus planos na última semana não como uma série de coincidências, mas como resultado de ela não estar de posse da moeda, o que significava que ele estava em vantagem naquela negociação.

Lawrence sorriu. Sempre preferia estar em vantagem, sobretudo no que dizia respeito a Ellie.

Ellie talvez o visse como um vilão no momento, mas Lawrence não tinha intenção de provar que isso era verdade comprometendo a reputação dela. Ele se despediu da anfitriã e saiu do baile. Depois, deu a volta pelos fundos da casa, escalou o muro do jardim e chegou com quinze minutos de antecedência ao pequeno gazebo de pedra construído em um canto do jardim de lady Atherton.

Os minutos pareceram se arrastar. Lawrence se lembrava das muitas vezes que ele e Ellie haviam se esgueirado para fora de um evento para terem um encontro como aquele. Não, corrigiu-se Lawrence na mesma hora, sentindo uma pontada de amargura: não como aquele.

Ele apoiou as costas no interior sólido de pedra do gazebo, com o olhar fixo na entrada da estrutura circular, e mais uma vez seus pensamentos voltaram ao passado. Todas as outras vezes que tinham se encontrado às escondidas, os dois estavam loucos de paixão. E eram imprudentes também – como estavam convencidos de que se casariam, achavam que valia a pena correr o risco de ficarem sozinhos. E agora?

Agora, tudo é diferente, pensou Lawrence. A paixão dera lugar a palavras raivosas e à falta de confiança, e não havia mais lugar para a insensatez amorosa de seis meses antes. Agora, Ellie e ele trilhavam caminhos diferentes e os sentimentos que compartilharam foram subjugados pela lealdade deles a outras pessoas. E não haveria volta.

Às vezes, Lawrence queria que houvesse. Ele se pegara com frequência desejando nunca ter sido designado como representante da Coroa contra o incendiário James Sharpe, nunca ter ouvido a história dele, nem levado o assunto a Peel, nem descoberto o paradeiro de John Hammersmith. Poderia ter guardado tudo para si mesmo e enterrado o segredo de Daventry. Assim, embora tivesse um patife como sogro, ao menos ainda estaria com Ellie.

Porém escolhera cumprir seu dever como representante de Sua Majestade e tentara não olhar para trás nem pensar no que perdera. Mais do que isso, tentara não questionar se todo aquele sacrifício valia a pena.

Um movimento discreto captou a atenção de Lawrence e ele viu Ellie parar no arco que se abria para o gazebo, com uma das mãos apoiada na pedra.

– Lawrence? – chamou baixinho.

Um raio de luar que entrava pelo portal atrás dele não permitiu que visse o rosto de Ellie, mas o mesmo luar iluminava o contorno do vestido de seda, destacando as curvas elegantes do corpo dela, trazendo à tona o desejo que ele ainda sentia e levando-o a ansiar mais do que nunca pelos velhos tempos.

– Lawrence – chamou Ellie de novo, com mais urgência.

Ele engoliu em seco, forçando-se a deixar de lado os arrependimentos e lembranças, depois se afastou da parede e saiu das sombras.

– Estou aqui.

Ao vê-lo, ela entrou, mas parou no centro da construção redonda, ainda a quase dois metros de onde ele estava.

– Não temos muito tempo – disse Ellie. – Como eu lhe disse, quero minha moeda de volta.

– E se eu a devolver, o que ganho em troca?

– Por que eu deveria lhe dar algo para retomar posse do que é meu?

– Porque, como dizem, posse é nove décimos da lei, ou seja, se não está de posse do que diz que é seu, então não deve ser de fato.

– Lei? – zombou ela. – Isso é ótimo. Você furta do meu bolso e agora ousa falar em lei?

– É com esse argumento que pretende me persuadir? Porque, se for, lamento dizer que não está sendo bem-sucedida. Vai ter que se esforçar mais, Ellie, se quiser a moeda de volta. E você disse que estava disposta a negociar – acrescentou ele.

Ellie o fitou por um momento, então cedeu com um suspiro exasperado.

– Ah, está bem. Eu lhe darei o que você quiser.

– O que eu quiser – repetiu Lawrence.

Antes que ele pudesse se conter, seus olhos percorreram o corpo dela e ele sentiu arder o desejo que mantivera sob controle por tantos meses. Sob o luar, a pele de Ellie cintilava como alabastro, pálida e luminosa, mas ele sabia por experiência própria que seu toque se assemelhava mais à maciez e ao calor da seda. O olhar de Lawrence encontrou o ponto sombreado onde os seios pequenos e bem-feitos dela se juntavam e ele ficou ainda mais excitado.

– Pare com isso, Lawrence – ordenou Ellie, como se pudesse ler a mente dele. – Não é a isso que estou me referindo.

Ele se forçou a fitar o rosto dela.

– É uma pena.

– Mencionou que me devolveria a moeda se eu retardasse meu noivado com lorde Bluestone. Muito bem, concordo com seus termos. Eu lhe darei minha palavra de que adiarei qualquer anúncio de noivado entre nós por quinze dias.

– Se a memória não me falha, eu pedi dois meses.

– Estou lhe oferecendo duas semanas.

Ele riu.

– Como Bluestone estará em Somerset por pelo menos quinze dias, não ganharei nada concordando com seus termos. Sim – acrescentou ele, diante do olhar irritado de Ellie –, eu soube que o visconde se recuperou bem do resfriado e que ele e o pai partiram para Crosshedges esta tarde. Houve um incêndio e os chalés de alguns arrendatários pegaram fogo, pelo que sei.

Lawrence fez uma pausa.

– Humm... você anda mesmo sofrendo com uma terrível falta de sorte ultimamente. Imagino qual seria o motivo...

Ellie deixou escapar um som de impaciência.

– Não aja como se acreditasse que a minha moeda tem poderes mágico, porque nós dois sabemos que não é o caso.

– Mas parece que você acredita. Do contrário, não estaria arriscando sua reputação em um encontro clandestino à meia-noite para pegá-la de volta.

O fato de suas intenções terem ficado tão claras não pareceu agradar Ellie, pois ela cruzou os braços e aqueles lindos olhos escuros se estreitaram ao encará-lo. Mas, depois de um momento, ela relaxou a postura e deixou os braços caírem junto ao corpo.

– Mesmo que Bluestone tenha ido para Somerset – disse ela com uma falsa indiferença que não o enganou nem por um instante –, não há nada que o impeça de me pedir em casamento por carta.

– É verdade. Mas conheço Bluestone há muito tempo. Frequentamos a escola juntos. E lhe garanto que ele não é do tipo que escreve cartas, em especial as de natureza romântica.

Lawrence fez uma pausa, com uma expressão cética no rosto.

– Nem sequer tenho certeza se ele saberia escrever esse tipo de carta.

– Não seja ridículo. É claro que ele seria capaz.

– Se está dizendo... – falou Lawrence com um dar de ombros. – Ainda assim, mantenho minha opinião.

Apesar de ter garantido a capacidade de Bluestone de escrever cartas, Ellie não parecia disposta a confiar naquela possibilidade.

– Eu poderia conseguir um convite para visitar Crosshedges com meu pai.

– Uma atitude que cheira a desespero e que deixaria qualquer homem de pé atrás. Ainda não está noiva dele, sabe disso. E Bluestone talvez comece a fazer perguntas e acabe ouvindo alguns boatos há muito esquecidos...

– Não vou concordar em esperar dois meses – interrompeu Ellie. – Pode tirar essa ideia da cabeça. Deve haver outro acordo que possamos fazer.

Lawrence não resistiu e abaixou os olhos novamente.

– Talvez – concordou ele e se aproximou mais. – O que mais tem a oferecer?

Ellie abriu a boca para responder, mas não disse nada. Em vez disso, passou a língua pelo lábio carnudo.

Lawrence sentiu o desejo crescer e disparar por seu corpo e se preparou para ser condenado à perdição.

Contudo, pela segunda vez naquela noite, Ellie o surpreendeu.

– Acho que já sabe a resposta para isso – sussurrou ela, e deu um passo na direção dele. – Não sabe, Lawrence?

Já dominado pelo desejo, ele respirou fundo para tentar se conter. No entanto, ao inspirar, foi envolvido pelo aroma de sabonete de limão, o favorito de Ellie, e as lembranças voltaram a invadir sua mente, imagens de muitas outras noites como aquela, quando ela saía escondida para encontrá-lo e ele se deleitava com o aroma doce da pele dela e com os beijos ansiosos. Naquele instante, Lawrence compreendeu que era tarde demais para tentar se conter. *Tarde demais*, pensou, mortificado, *para estar em vantagem*.

Ellie se adiantou, cruzando a pouca distância entre eles, deixando os seios pequenos roçarem no peito dele.

– Que tal um beijo? – sussurrou ela, e a sugestão colocou todos os sentidos de Lawrence em alerta. – Isso o convenceria?

Ele abriu a boca para dizer que não, mas Ellie ergueu o rosto e ficou na ponta dos pés e a recusa morreu nos lábios de Lawrence.

– E então? – murmurou Ellie, quebrando o silêncio que se seguiu. – Temos um trato?

Desesperado, Lawrence fez um último esforço.

– Ellie... – começou a dizer.

Porém ela se encostou no corpo dele, destruindo qualquer ideia de resistência, e Lawrence ficou parado, imóvel, como uma mosca colada no mel, enquanto Ellie se inclinava e colava os lábios aos dele.

O contato foi leve, mas o prazer, tão grande que o deixou de pernas bambas. Lawrence gemeu com os lábios junto aos de Ellie e passou os braços ao redor da cintura dela para puxá-la para mais perto.

Ellie levou a mão ao rosto de Lawrence e ele sentiu o toque macio e frio da luva acetinada. Ela deixou os dedos correrem pelo cabelo de Lawrence e abriu a boca ainda colada à dele para aprofundar o beijo.

A boca de Ellie era quente e doce e Lawrence fechou os olhos, saboreando um prazer que achara que nunca mais voltaria a experimentar. *Ellie*, pensou, com o coração ansiando por ela, a cabeça rodando, o desejo trovejando dentro dele.

Ellie segurou o cabelo dele com mais força para saboreá-lo. Sua mão livre entrou por baixo do paletó dele para tocar seu peito, correndo os dedos pela pele acima do coração disparado. Então ela deixou a mão descer e acariciou as costelas dele. Mas, quando Ellie deixou os dedos na cintura dele e os deslizou por dentro do cós da calça, foi como se um balde de água fria fosse jogado nos sentidos inflamados de Lawrence, que subitamente compreendeu qual era a verdadeira intenção dela.

Ele sentiu uma onda de raiva dominá-lo, sufocando o desejo, e interrompeu o beijo, segurando-a pelos pulsos.

– Pelo amor de Deus, mulher! – falou Lawrence em uma voz estrangulada, afastando a mão dela do bolso onde ele guardara a moeda de 6 *pence*. – Você é impossível!

– Por quê? – questionou Ellie, irritada.

Ela tentou se afastar, mas não conseguiu, porque Lawrence segurava seu pulso com força.

– Porque tentei recuperar o que é meu? Porque, para fazer isso, tive a ousadia de usar as mesmas táticas que você usou para furtar de mim?

Lawrence não podia negar aquilo, e doeu admiti-lo.

– Não – retrucou, também irritado. – Você é impossível porque está se dispondo a casar com outro homem quando está claro que ainda sente algo por mim.

Ellie tentou soltar o pulso, empurrando o ombro dele com a mão livre.

– Isso é um absurdo!

– É? – contra-atacou Lawrence, segurando-a com mais firmeza. – Não é o que os fatos sugerem.

– Fatos? Que fatos?

– Você está aqui, não está? Veio até mim exatamente como costumava fazer. O que mais posso concluir além de que ainda nutre sentimentos por mim?

– Vir até aqui não foi nada além de uma tática.

– Sim, uma tática de sedução. É verdade, foi a mesma que usei no dia do casamento de Kipp e Cordelia, mas eu não teria sido bem-sucedido se você não nutrisse sentimentos por mim. Encare a realidade, Ellie – acrescentou ele, sorrindo ao ver que ela começava a gaguejar –, você ainda me quer.

– Que ideia arrogante, presunçosa e...

Ela fez uma pausa, sem saber o que dizer, e respirou fundo.

– Qualquer sentimento terno que eu já tenha tido por você – disse por fim – se esgotou há seis meses, quando fui forçada a encarar a verdade. Você não tem honradez, só ambição.

– O quê?

Lawrence ficou tão perplexo com a acusação que afrouxou o aperto no pulso de Ellis, o que lhe deu a chance de se desvencilhar dele.

– Não precisa encarar isso como uma revelação – continuou Ellie, recuando e se colocando fora do alcance dele. – Quer falar sobre fatos? Muito bem: quando você ouviu aqueles rumores antigos sobre meu pai e o questionou a respeito, ele jurou que era inocente.

– E supõe que eu deveria ter simplesmente aceitado a palavra dele?

– Ora, na certa não foi o que você fez, não é mesmo? Em vez disso, procurou Peel para regalá-lo com essa... essa fofoca, usou isso para conseguir de forma suja uma posição no grupo dele e deu até um jeito de ser colocado à frente da investigação contra meu pai.

– Eu não consegui nada de forma suja. Peel me ofereceu um cargo.

– E você aceitou. Não considera isso uma atitude desonrada?

Lawrence não conseguia acreditar no que ouvia.

– Então, só porque o secretário do Interior me confiou esse caso, sou um escravo da ambição? Porque não optei por ignorar as evidências ou simplesmente aceitar a palavra de seu pai, sou desonrado?

– Que evidências? Ainda não vi nenhuma. Mas, seja qual for a suposta evidência que tem, com certeza foi forjada pelos inimigos do meu pai, homens que o traíram...

– Não foram inimigos – bradou Lawrence.

Ao se dar conta de que quase traíra Hammersmith, ele se conteve. Amaldiçoou a si mesmo em silêncio e respirou fundo.

– Você não acredita de fato que seu pai seja vítima da perseguição de inimigos, não é mesmo?

– Acredito, sim. Meu pai jurou que era inocente. Jurou sobre o túmulo da minha mãe. E ele nunca faria um juramento desses se fosse culpado. Família é tudo para nós. Tudo. Achei que você seria parte dessa família, mas colocou suas ambições em primeiro lugar. E é isso que o torna desonrado.

– Não foi ambição. Era meu dever.

– Você traiu meu pai – continuou Ellie, ignorando a resposta dele. – E, ao fazer isso, me traiu também, Lawrence. Não entende? Você me traiu. E não confiou o bastante em mim para me mostrar qualquer evidência que possuísse e me provar que tinha razão.

– Não posso lhe mostrar as evidências que tenho. Você é filha dele, pelo amor de Deus!

– Se não confia em mim, como poderia esperar que eu confiasse em você?

E, com isso, Ellie se virou e saiu correndo, deixando Lawrence para trás com o frio consolo de estar cumprindo seu dever.

CAPÍTULO 6

A noite de Ellie foi longa e inquieta, com o sono assombrado pelo que acontecera no jardim, a voz de Lawrence ecoando sem parar em sua cabeça.

Você é impossível.

Ela se virou para o outro lado, tentando bani-lo de seus pensamentos para conseguir dormir. Mas, apesar dos esforços, a voz dele continuou a persegui-la.

Está se dispondo a se casar com outro homem quando está claro que ainda sente algo por mim.

— Mas que presunçoso! — resmungou para si mesma, puxando a coberta mais para cima dos ombros. — E arrogante. E desonrado.

Infelizmente, lembrar-se dos defeitos de Lawrence não adiantou de nada para tirá-lo de seus pensamentos. Ellie se deu conta de que a tática que usara para recuperar a moeda de 6 *pence* acabara se voltando contra ela.

Uma tática de sedução.

Ela gemeu, irritada, pegou o travesseiro extra e o pressionou contra o ouvido em um esforço inútil.

Encare a realidade, Ellie, você ainda me quer.

Ondas de calor a invadiram, misturando constrangimento e desejo. Ellie jogou o travesseiro para o lado e afastou a coberta, mas nem isso serviu para esfriar seu sangue. Mesmo ali, na privacidade do quarto, ela não conseguia se esconder dos acontecimentos de poucas horas antes.

Ellie pressionou os dedos contra os lábios, que pareciam vibrar, sentindo o desejo ardente e cruel percorrer seu corpo. Tentou contê-lo, mas foi em vão.

A madrugada deu lugar à aurora e Ellie foi forçada a admitir que Lawrence tinha razão: ela ainda o queria, apesar de tudo. Ela se lembrou do dia em que os dois se conheceram, quando estava encharcada e furiosa no meio de um riacho em Berkshire e avistara o rosto belo e risonho do menino na margem do rio. Havia entregado seu coração àquele menino e, quase quinze anos depois, ainda não o recuperara.

E era humilhante se dar conta disso.

Só que aquela constatação não mudava nada. Ellie se sentou, afastou de vez as cobertas com uma atitude desafiadora e saiu da cama. A noite anterior ficara no passado, lembrou a si mesma, já puxando a campainha para chamar a camareira. Não importava que o desejo estúpido por ele ainda a assombrasse: Lawrence jamais poderia ser dela. Nunca faria parte da sua vida. Era o inimigo determinado a arruinar seu pai.

A única esperança de detê-lo era se casar com lorde Bluestone, mas aquele plano parecia estar saindo de seu alcance – o que ficou mais patente pouco tempo depois, quando Ellie desceu para tomar o café da manhã e não encontrou nenhuma carta do visconde ao lado do prato.

Enquanto examinava o resto da correspondência, ela tentou se convencer de que o fato de ele não ter lhe deixado uma mensagem antes de viajar não significava nada. A partida do visconde fora precipitada por uma tragédia. Ellie não poderia esperar que ele pensasse em se explicar por escrito para ela numa situação dessas. Mesmo lembrando a si mesma de tudo aquilo, porém, a sensação de mau presságio que a assombrava só aumentava.

Ela se viu impelida a examinar a correspondência mais uma vez. Mas foi inútil e ela acabou deixando as cartas de lado com um suspiro.

– Ora, minha cara, não precisa se preocupar – disse Bunty, interpretando corretamente o significado daquele suspiro. – Bluestone partiu ontem para Somerset, ainda é cedo. Tenho certeza de que logo ele lhe escreverá.

Ele não é do tipo que escreve cartas.

Ellie suspirou de novo, dessa vez de irritação. Precisava parar de se lembrar a toda hora de cada palavra que Lawrence dissera, senão acabaria enlouquecendo.

– Acredito que sim – respondeu, tentando soar o mais animada possível.

Quando levantou a cabeça, contudo, encontrou o olhar preocupado do pai observando-a por cima do jornal, o que fez com que ela desviasse os próprios olhos de novo.

– Todos os jornais já chegaram? – perguntou, desesperada para mudar de assunto.

– Sim – respondeu Bunty. – Seu pai está com o *Punch* e eu estou com o *Times*. Mas os outros estão bem ali – acrescentou, gesticulando com o jornal que segurava para a pilha no outro extremo da mesa.

Ellie olhou para os outros dois periódicos, mas não conseguiu se forçar a lê-los. O obstáculo que enfrentava parecia muito mais grave do que qualquer notícia que pudesse ver naquele dia. Ela começou a ler as cartas que recebera, mas aquilo também não serviu para distraí-la do problema que tinha em mãos nem da causa dele.

Nunca acreditara – não de fato – que a moeda de 6 *pence* influenciasse a possibilidade de ela e as amigas se casarem, mas os eventos recentes haviam lhe dado motivo para questionar se aquilo não teria um fundo de verdade. Desde que Lawrence pegara a moeda, os planos de casamento dela haviam entrado em colapso. Ellie temia que, caso não conseguisse pegar a moeda de volta, os rumores sobre o comitê de Peel começariam a se espalhar e tanto ela quanto o pai seriam excluídos da sociedade e estariam sujeitos a todo tipo de condenação e zombarias. Talvez seu pai até fosse preso.

Ellie tentou afastar da cabeça aquele cenário sombrio. Tudo que acontecera para atrapalhar seus planos não era nada além de coincidência.

Mesmo assim, pensou ela, com indignação renovada, havia a origem de tudo. Ora, a moeda era dela e de suas amigas! Lawrence não tinha o direito de pegá-la. Se Ellie não conseguisse recuperá-la e não se casasse, já podia imaginar Lawrence levando a moeda a todo baile ou festa a que ela comparecesse e lhe exibindo o objeto furtado para alardear a própria vitória.

Ellie não pretendia tolerar aquilo.

Talvez pudesse invadir a casa dele e recuperar a moeda sem ser vista. Ellie considerou aquela possibilidade por alguns minutos enquanto comia, mas depois se viu forçada a deixar a ideia de lado. Provavelmente Lawrence só carregava a moeda consigo quando sabia que teria a oportunidade de se encontrar com ela e provocá-la, mas a tia dele tinha pelo menos uma dúzia de criados pela casa, de modo que invadir a residência jamais funcionaria.

Ou, quem sabe, pudesse escrever para ele e oferecer outro acordo? O problema era que, por mais que tentasse, não conseguia ver Lawrence concordando com nenhuma proposta que ela fizesse. E por que deveria? Qualquer troca soava como uma possibilidade igualmente remota. O que ela poderia ter que Lawrence desejasse?

No instante em que Ellie fez a si mesma aquela pergunta, seus lábios começaram a vibrar e ela sentiu o corpo tomado por uma onda de calor. *Pelo amor de Deus!*, pensou.

Pegou um jornal para poder se esconder atrás dele. Reviver os eventos da noite anterior era um exercício de humilhação de que ela não precisava.

A risada de Bunty interrompeu seus pensamentos e Ellie se agarrou àquela distração como se fosse uma tábua de salvação.

– Não tinha ideia de que o *Times* podia ser tão divertido, tia Bunty – falou, erguendo os olhos do jornal para fitar a mulher sentada à sua frente.

– O que está lendo?

– A coluna de classificados. Sempre a acho muito divertida. Escute esse.

A dama mais velha se inclinou um pouco mais na direção de Ellie, erguendo o jornal.

– "Camareira experiente busca posição bem-paga junto a dama da aristocracia. Disposta a viajar a serviço da patroa." Aposto que sim – acrescentou Bunty, levantando os olhos. – Quem não estaria disposta? Eu me pergunto se essas moças se dão conta de como soam insolentes. Posição bem-paga junto a dama da aristocracia e disposta a viajar... sinceramente.

– Mas se ela tem experiência – comentou o conde, levantando os olhos do *Punch* –, não teria o direito de esperar uma posição bem-paga?

– É claro que não, Daventry – retrucou Bunty. – Não fale absurdos!

E, com isso, voltou a atenção para o jornal em suas mãos, deixando o conde com uma expressão perplexa no rosto.

– Nenhuma camareira experiente colocaria um anúncio no *Times*, papai – explicou Ellie enquanto gesticulava para que um lacaio lhe servisse mais chá. – Não se ela tiver cartas de recomendação.

– Não vejo por que não. Um anúncio parece uma forma perfeitamente sensata de encontrar trabalho.

– Não para uma camareira – declarou Bunty. – Não no *Times*. O único jornal adequado para esse tipo de anúncio é o *La Belle Assemblée*.

– Ah.

Depois de o assunto ser esclarecido, Daventry perdeu o interesse na conversa e voltou a atenção para a própria gazeta enquanto Bunty continuava a comentar trechos do *London Times* com Ellie.

– "Vendo dentadura. Marfim de hipopótamo genuíno." Não consigo imaginar por que alguém iria querer uma dentadura descartada por outra pessoa. "Retratos pintados por jovem artista talentoso. Preços razoáveis." E um endereço no Soho... Ora, nós sabemos o que *isso* significa, não sabemos? Retratos, até parece!

– Não vou nem perguntar – murmurou Daventry por trás do *Punch*.

A ironia em sua voz fez Ellie sorrir.

– "Moça respeitável deseja se corresponder com rapaz honrado. Intenção: casamento." Está vendo, Daventry? É bem como eu lhe disse. Essas moças são insolentes. Atrevidas demais hoje em dia. O que pode acabar acontecendo com elas, eu lhe pergunto?

– Sou forçado a discordar nesse ponto – manifestou-se o conde, abaixando um pouco o jornal. – Minha Ellie é um modelo de decoro e recato. Não há nada de atrevido nela.

Ellie sentiu o corpo todo vibrando mais uma vez e o rosto quente. Escondeu-se atrás do jornal enquanto Bunty se apressava a concordar com o pai dela a respeito de sua natureza virtuosa.

– É claro que eu não me referia à cara Ellie, lorde Daventry. Ora, ela é a moça mais recatada e decorosa que qualquer pai poderia desejar.

Ellie deu um sorriso sem graça, já que não se sentia nem um pouco recatada ou decorosa depois da última noite. Os braços de Lawrence ao seu redor e o modo ousado como ela pressionara o corpo ao dele e o beijara ainda eram cenas muito vívidas em sua cabeça. O comportamento que tivera, reconheceu com profundo constrangimento, fora absolutamente libertino.

– "Busca-se criada doméstica com experiência" – anunciou Bunty, voltando a ler os anúncios. – "Exigem-se referências impecáveis. Entregá-las no número 78 da Cavendish Square."

Ellie se agitou na cadeira e baixou seu jornal, por fim desviando a atenção dos eventos embaraçosos da noite anterior.

– Número 78 da Cavendish Square? – perguntou, animada. – Número 78?

– Sim – respondeu Bunty, parecendo surpresa com a animação repentina na voz de Ellie. – Por que pergunta?

Ellie fingiu desinteresse.

– Por nada – mentiu, refugiando-se mais uma vez atrás do *Daily Mail*. – Por nenhum motivo.

Duas horas depois, Ellie se encontrava na sala de estar da Sra. Pope, a governanta de lady Agatha Standish, torcendo para parecer convincente no papel de Jane Halloway, uma criada séria e respeitável.

A Sra. Pope era uma mulher de aparência temível, de cerca de 60 anos – sua compleição robusta e o vestido cinza que usava lembravam um navio de guerra inafundável. Seus olhos azuis fitavam Ellie de forma tão arguta que a jovem teve que lutar contra o impulso de se remexer na cadeira como uma menininha culpada de alguma travessura. Na sua opinião, a Sra. Pope passava a impressão de devorar falsas criadas no café da manhã.

Por outro lado, pensou Ellie, era filha de um conde. Não havia muito que a governanta da tia-avó de Lawrence pudesse fazer contra ela. Se fosse pega, Ellie simplesmente diria que fora tudo uma brincadeira – e ela não enxergava grande possibilidade de ser pega.

Abaixou os olhos enquanto a governanta a avaliava em silêncio por um longo tempo e disse a si mesma que sua aparência estava convincente. Ellie pegara emprestados com uma criada da casa do pai um vestido cinza simples, de algodão, botas pretas práticas e luvas brancas de lã. E o chapéu sem enfeites que usava era o mais velho e simples que possuía. Não havia nada em sua aparência que a delatasse. E Ellie pretendia cumprir sua missão e já estar fora da casa antes que qualquer pessoa se desse conta de sua pouca familiaridade com os deveres específicos das criadas.

– Foi muito bem-recomendada em seu último emprego – comentou a Sra. Pope, erguendo os olhos da carta de referência que tinha em mãos.

O tom da mulher foi tão irônico que Ellie temeu ter exagerado nos elogios que fizera às próprias habilidades.

– Lady Elinor Daventry é uma dama generosa, senhora – murmurou.

– Humpf.

Aquele som cético incomodou um pouco Ellie, mas a governanta voltou a falar antes que ela pudesse especular mais a respeito.

– Confesso que estou curiosa. Por que não foi a governanta do conde que assinou sua carta de referência? É assim que costuma ser feito, sabe?

Ellie, que jamais soubera daquilo, assentiu.

– Sim, senhora, mas a Sra. Overton está... bem...

Ela tossiu e improvisou.

– ... fisicamente impossibilitada.

– A Sra. Overton está doente?

A Sra. Pope ergueu as sobrancelhas.

– Doente a ponto de não conseguir escrever uma carta de referência?

Aquilo parecia improvável.

– Ela quebrou o braço, senhora. Assim, é claro, não tem como escrever no momento, então pediu que lady Elinor escrevesse minha carta. E Lady Elinor não se incomodou nem um pouco – acrescentou Ellie, com sinceridade. – Ela é muito gentil.

A Sra. Pope, para a humilhação de Ellie, deu uma risadinha cética.

– Se você diz... embora pouca gente nesta casa concorde. Se perguntar por aqui, vão lhe dizer que ela não passa de uma jovem insolente e volúvel.

Dispensar um rapaz tão bonito e gentil como o Sr. Blackthorne... deplorável, é o que eu tenho a dizer.

Ellie estava a ponto de abrir a boca para refutar aquela versão nada precisa e bastante injusta de seu rompimento com Lawrence, mas, por sorte, a Sra. Pope voltou a falar antes que ela pudesse defender as próprias ações ou o próprio caráter.

– Tendo isso em vista, fico um pouco preocupada com sua adaptação aqui, Jane. Ter opinião tão favorável da ex-patroa é um ponto a seu favor, é claro, mas não será bem vista nesta casa, como deve compreender.

Ellie engoliu o orgulho e se forçou a dar a resposta mais dócil possível.

– Não, senhora – falou, levando a mão ao peito e esforçando-se para ser a imagem da sinceridade. – Se me permite aliviar sua preocupação, acredito fortemente que minha lealdade deve ser com meus empregadores do momento.

– Entendo. E tem certeza de que não vai sentir falta de passar a maior parte do ano no campo? Esta casa é a única residência de lady Agatha.

Ellie arregalou os olhos, fingindo inocência.

– Ah, não, senhora. Eu prefiro Londres. Como disse antes, minha tia que mora aqui está doente e passar a maior parte do ano tão longe dela foi o que me fez decidir deixar meu trabalho com o conde de Daventry e procurar uma posição aqui.

Para o alívio da jovem, a Sra. Pope assentiu.

– Muito bem, então – falou, dobrando a carta e levantando-se. – O trabalho é seu. Vai dividi-lo com Betsy, a outra criada. Eu a apresentarei a ela, que lhe mostrará seu quarto. E poderá conhecer os outros criados na hora do almoço.

– Sim, senhora.

Ellie não conseguiu conter um sorriso nem o passo animado ao seguir a outra mulher para fora da sala de estar. Aquela parte do plano, ao menos, fora fácil. Só lamentava não poder ver a expressão de Lawrence quando ele descobrisse já não estar de posse da moeda de 6 *pence*.

Talvez no baile seguinte ela pudesse lhe mostrar onde estava a moeda... A ideia de ficar diante dele em um salão de baile girando a moeda de 6 *pence* no ar e fitando-o com o mesmo sorrisinho pretensioso que ele lhe dera era imensamente agradável.

Lawrence ficou observando pela janela da carruagem enquanto contornava a Charing Cross. Embora estivesse a apenas poucos minutos de seu escritório em White Hall, sua mente não estava no trabalho.

Naquele fatídico dia de janeiro em que rompera o noivado com Ellie e a deixara, tivera certeza de que nunca mais a teria nos braços ou provaria o sabor de seus lábios. Ele se esforçara para esquecê-la e acreditava ter conseguido, mas agora se dava conta de que vinha se enganando.

Lawrence fechou os olhos e se recostou no assento, relembrando mais uma vez os momentos inebriantes no jardim de lady Atherton. Mesmo depois de longas onze horas insones, ainda conseguia sentir a pressão suave dos lábios dela e o doce sabor de sua boca. A mera lembrança do corpo de Ellie junto ao dele já era suficiente para provocar uma onda de desejo e reavivar todo o anseio que passara os últimos seis meses abafando.

E fora tudo um artifício – o beijo de Ellie não fora por paixão, mas para distraí-lo. A mão que ela deslizara pelo peito dele não fora uma carícia. Ele se comportara como um idiota dominado pelo desejo... Não vira que era tudo um ardil até ser quase tarde demais.

E, para piorar tudo, nem poderia culpar Ellie por suas ações. A moeda pertencia a ela. Ele a pegara para usá-la como um trunfo. Como fracassara, contudo, deveria tê-la devolvido. Em vez disso, quisera atormentar Ellie exibindo-a do outro lado do salão de baile. Agora se via atormentado pelas próprias lembranças do que já tivera e perdera. E era o único culpado disso.

Lawrence abriu os olhos e ficou olhando o teto negro da carruagem, mas, em sua mente, não via nada além do rosto de Ellie iluminado pelo luar, os lábios entreabertos.

E que tal um beijo? Isso o convenceria?

Ele ficou ainda mais excitado, deixou escapar um gemido de frustração e passou a mão pelo rosto, amaldiçoando a própria tolice. Por que não devolvera a maldita moeda quando Ellie pedira? Se tivesse feito isso, teria sido poupado da tortura que vivia no momento. Ainda assim...

Lawrence deixou as mãos caírem junto ao corpo e fechou os olhos mais uma vez. Sim, ele teria sido poupado do sabor de Ellie, de seu perfume e da sensação de tê-la nos braços. Mas então se deu conta, muito envergonhado, de que se tivesse que fazer tudo de novo, faria sem pestanejar. Ainda queria Ellie e, apesar da agonia de reviver aquele momento depois, o que acontecera no gazebo lhe permitira ter a ilusão de acreditar, mesmo que por poucos e abençoados minutos, que nunca a perdera.

A carruagem parou de repente. Lawrence abriu os olhos e viu pela janela que já havia chegado ao trabalho. Infelizmente, estava com uma ereção plena, ardendo de desejo não satisfeito, e não podia ser visto daquela forma.

Lawrence se deixou afundar no assento, respirou fundo e passou a mão pelo cabelo, num esforço para conter a excitação e se concentrar no dever. Precisava trabalhar. Suas tarefas não deixavam de existir só porque seu corpo reagia de forma descontrolada às lembranças do beijo de Ellie.

Quando o cocheiro baixou os degraus e abriu a porta, Lawrence já se sentia controlado o bastante para entrar nos gabinetes do governo de Sua Majestade sem se tornar motivo de sobrancelhas erguidas e risadinhas dos colegas. Mas, embora seu corpo estivesse de novo sob controle, ele logo percebeu que o mesmo não acontecia com sua mente. Quando se virou para pegar a pasta que continha a prova que Hammersmith lhe dera, descobriu que a deixara em casa.

Que estupidez! Lawrence praguejou baixinho e olhou para o cocheiro.

– Lamento, mas teremos que voltar para casa, Jamison. Esqueci algo.

– Muito bem, senhor.

Jamison recolheu os degraus e fechou a porta. Meia hora mais tarde, a carruagem parava diante da casa da tia-avó dele, na Cavendish Square.

Quando Lawrence entrou e subiu a escada até seu quarto, jurou que, quando voltasse a sair para o escritório, além de levar toda a sua concentração e a prova dada por Hammersmith, deixaria para trás qualquer lembrança de Ellie. Não a veria, disse a si mesmo, nem pensaria nela até o julgamento haver terminado. Ele a evitaria como se ela fosse a peste.

Porém, no momento em que abriu a porta do quarto, qualquer possibilidade de tirar Ellie Daventry da cabeça desapareceu. Porque ela estava parada bem ali, diante dele.

CAPÍTULO 7

ue diabo está fazendo aqui?

No instante em que fez a pergunta Lawrence olhou além de Ellie e soube a resposta, pois conseguia ver um dos cantos do livro de contabilidade preto de Hammersmith em cima da escrivaninha dele.

Ele olhou de volta para ela, reparou no uniforme sem graça de criada, na touca branca e no avental, e sentiu a fúria arder em seu peito, inflamando todas as outras emoções que tentara tão desesperadamente conter desde a noite anterior.

Ellie pareceu perceber a intensidade da fúria dele, pois, mesmo estando no lado oposto do cômodo, no instante em que seus olhos se encontraram, os dela se arregalaram um pouco. Quando a porta bateu atrás dele, o som a sobressaltou. E assim que Lawrence começou a cruzar a distância que os separava, ela recuou. Mas Ellie mal dera um passo para trás quando seu traseiro encontrou a beira da escrivaninha e ela se viu forçada a parar.

Sem escolha a não ser enfrentar a ira dele, Ellie o encarou.

– Vim pegar minha moeda de 6 *pence*.

– Entendo.

Lawrence se inclinou um pouco para o lado e percebeu que, além do livro de contabilidade da Hammersmith, havia várias cartas do homem espalhadas em cima da escrivaninha.

– Mas – falou por entre os dentes – parece que não foi a moeda que você encontrou.

– Lawrence... – começou Ellie.

Contudo, a tentativa de tranquilizá-lo foi demais para o temperamento já inflamado dele.

– Não! – ordenou Lawrence com determinação. – Você foi pega bisbilhotando meus pertences, inclusive lendo minha correspondência. Por Deus, não quero ouvir qualquer tentativa sua de se justificar.

– Não precisa se preocupar.

Ellie desviou o olhar.

– Você me interrompeu antes que eu conseguisse encontrar algo útil.

– Mesmo se isso for verdade, o que eu duvido, ainda assim você leu material suficiente para comprometer toda a minha investigação.

Ellie tentou contorná-lo, mas Lawrence a impediu.

– Ah, não, você não vai a lugar nenhum. Conte-me tudo que sabe.

Ela tentou se desvencilhar, mas ele não a soltou. Ellie deixou escapar um suspiro e ficou imóvel.

– Sei que John Hammersmith está vivo. Embora não entenda por que esteja morando na Irlanda.

Lawrence sentiu uma pontada de pânico.

– O que pretende fazer com essa informação?

Ellie não respondeu. Lawrence lhe deu uma sacudidela.

– Pretende contar a seu pai?

– E se eu fizer isso? – retrucou Ellie, com os olhos cintilando. – O que vai fazer para me deter? Pretende me trancar em uma cela na prisão?

Ele examinou o rosto dela, reparando na expressão desafiadora em seus olhos, nos lábios cerrados. Aquela era uma expressão que Lawrence conhecia, a de uma mula sendo puxada para onde não queria ir. Depois de lidar com aquele traço de teimosia de Ellie muitas vezes na vida, ele lembrou a si mesmo que, em circunstâncias como aquela, a persuasão costumava ser muito mais eficiente do que o autoritarismo.

Lawrence respirou fundo, forçando-se a engolir a raiva, e relaxou o aperto no braço de Ellie, embora não a tenha soltado.

– Sabe, colocá-la na prisão é uma ideia fantástica. Alguns dias lá, em uma cela escura e úmida, com os ratos...

Ele fez uma pausa, como se contemplasse a cena, e, quando a sentiu estremecer, aproveitou a vantagem.

– Ratos grandes e famintos que mordem e roem sua pele. E também as larvas que surgem na sua ração diária de pão e...

– Está certo, está certo – disse ela, abalada. – Eu descobri que, quando trabalhou na fábrica do meu pai, o Sr. Hammersmith parece ter pagado por uma grande quantidade de estanho.

– Exatamente. E que conclusões tirou disso?

Como Ellie não respondeu, Lawrence continuou.

– Humm... por que uma fábrica que produz armas poderia querer estanho? Ah, sim – acrescentou ele, em um tom animado, já que ela continuava em silêncio –, as armas com defeito mandadas para o exército britânico pela fábrica do seu pai tinham alguns componentes feitos de estanho. Isso mesmo.

– Não se trata de uma prova. Apenas de uma teoria. Mesmo que, de algum modo, você conseguisse provar que esse estanho supostamente comprado pela fábrica do meu pai foi usado para fazer mosquetes de má qualidade, todas as decisões de compra teriam sido tomadas pelo Sr. Hammersmith.

– Ah, então é assim que sua cabeça funciona? É tudo culpa de Hammersmith e seu pai é um tolo inocente?

Ellie ergueu um pouco o queixo, assumindo a expressão que era sua forma favorita de demonstrar altivez e dignidade.

– Não vi nada no que li que prove que meu pai sabia o que o Sr. Hammersmith estava fazendo.

Se o que Ellie dizia era verdade, ela não vira a parte em que Hammersmith registrara as datas verdadeiras em que as armas tinham sido despachadas e os regimentos para onde foram. Ou talvez tivesse visto e ainda não tivesse se dado conta da pista valiosa que aquele registro era.

– Se isso é tudo que sabe – falou Lawrence, observando-a com atenção –, então não leu muito do material. Ótimo.

A expressão de altivez dela vacilou um pouco e seus olhos mostraram um lampejo de medo.

– Está vendo? Sei muito pouco. Pode me deixar ir agora.

– Não há a menor possibilidade de isso acontecer. Quero saber cada detalhe das informações que você viu. Cada um, Ellie, não importa quão banal pareça.

Ela não respondeu.

– Se continuar calada – murmurou Lawrence –, terei que voltar ao tema das larvas.

Ellie suspirou, irritada.

– Li as cartas que ele lhe enviou. Por mais que você tenha tentado, não conseguiu persuadi-lo a se apresentar diante de seu precioso comitê para contar mentiras sobre meu pai. Portanto, tudo que tem é um livro de contabilidade que Hammersmith pode muito bem ter forjado. E, embora eu não tenha tido a chance de ler muito do livro antes que você chegasse, é óbvio para mim que, sem o testemunho de Hammersmith sob juramento, o livro não lhe é de grande valia. Você ainda precisa de algo que o corrobore. Não é assim que vocês, meros advogados, falam?

Lawrence se amaldiçoou por todas as vezes que havia conversado sobre leis com ela, quando trabalhava como um "mero" advogado.

– Você não tem ideia das outras evidências que tenho – falou, tentando se consolar com o fato de Ellie não saber sobre Sharpe. – E não terá até seu pai estar diante da Câmara dos Lordes. Mas me diga – acrescentou ele, antes que ela pudesse responder –, tem alguma teoria sobre por que o Sr. Hammersmith não se dispôs a testemunhar?

– Porque ele teria que mentir sob juramento?

O olhar de Lawrence encontrou o dela.

– Ou porque ele teme pela própria vida.

Ellie o encarou por um instante, então balançou a cabeça, rindo, como se a sugestão fosse absurda.

– O que está dizendo? Que meu pai faria... faria algum mal a John Hammersmith? Que absurdo!

Ele não respondeu. Em vez disso, examinou o rosto dela e reparou no lampejo de incerteza em sua expressão, que parecia ficar mais intenso a cada segundo. Incerteza era algo que Lawrence nunca vira no rosto de Ellie. Aquilo lhe deu uma ponta de esperança.

– Você também achava que a ideia de Daventry ser um especulador de guerra era absurda. Até hoje.

– Maldito seja!

Ellie girou o corpo com súbita violência e acertou as costelas dele com o cotovelo. O golpe deixou Lawrence sem ar e ele afrouxou o aperto no braço dela. Ellie se desvencilhou e passou por ele, mas mal tinha dado um passo em direção à porta quando Lawrence se virou e a segurou de novo, passando os braços ao redor dela com a firmeza de uma camisa de força.

– Solte-me!

Ela se debateu, sacudindo as pernas enquanto ele a erguia do chão. Ellie tentou chutar as canelas dele com os calcanhares, mas as camadas de saia amorteceram o golpe, que não foi doloroso o bastante para que ele a soltasse.

– Me solte, maldito!

– De jeito nenhum.

– Vou gritar.

– Fique à vontade. Quer que todos na casa de minha tia venham correndo e a encontrem aqui? Essa história seria uma sensação. Já consigo ver as manchetes nos jornais de escândalos: "Lady Elinor Daventry flagrada no quarto de Sr. Lawrence Blackthorne!" Nossa, o que Bluestone e o pai dele pensariam disso?

Ellie ficou imóvel, arfando.

– Deus – sussurrou ela por entre os dentes enquanto virava a cabeça para olhá-lo por cima do ombro –, como odeio você!

Lawrence fitou o rosto dela por um longo momento e, embora visse ressentimento misturado àquela nova incerteza, não viu o ódio que Ellie declarava com tanta veemência.

– Não acho que me odeie – disse ele, torcendo para não ser vítima de um caso grave de esperança sem fundamento. – O que odeia é estar começando a perceber que seu pai mentiu para você a maior parte da sua vida.

Ellie balançou a cabeça, negando com vigor.

– Meu pai jamais mataria nem machucaria ninguém.

– Nem mesmo o homem que pode expor todos os crimes dele? Hammersmith sabe...

Ele parou, envergonhado de si mesmo, ao se dar conta de que quase revelara uma informação crucial à filha leal e amorosa de Daventry, uma mulher em quem não poderia confiar.

Mas, que Deus o ajudasse, queria contar a ela.

Queria contar a Ellie tudo que sabia. Queria confidenciar a ela cada detalhe e lhe mostrar todas as provas que tinha, porque ainda a amava e, se de alguma forma conseguisse convencê-la da culpa do pai, talvez recuperasse o amor que um dia Ellie sentira por ele. Mas aquilo era uma fantasia e, mesmo se não fosse, ele ainda tinha um dever a cumprir.

Lawrence reforçou sua determinação e deixou de lado as vãs esperanças.

– Tenho todas as evidências de que preciso para provar que seu pai é culpado e farei isso. Quando eu mostrar ao comitê o que tenho, Daventry será julgado diante da Câmara dos Lordes por apropriação indébita de fundos militares, por especulação durante a guerra e, se eu conseguir atingir todos os meus objetivos, por traição. O que você sabe agora ou o que venha a contar a seu pai não vai impedir que ele enfrente as consequências do que fez.

– Ele não fez nada de errado. Nada do que você disser me convencerá do contrário. Mesmo que as armas com defeito tenham saído da fábrica dele, mesmo que tenha sido meu pai, não o Sr. Hammersmith quem tomou a decisão de usar material de má qualidade na fabricação dessas armas, nada vai me convencer de que ele sabia que isso faria mal a alguém. Ele não sabia!

A dúvida na voz dela era mais forte agora, forte o bastante para ser inegável. Como Lawrence não tinha certeza do que ela sabia, o único trunfo que poderia usar para conseguir o silêncio de Ellie era a consciência dela.

– O Sr. Hammersmith não parece compartilhar da sua fé em seu pai.

– Eu já lhe disse: meu pai nunca faria mal a John Hammersmith. Pelo amor de Deus, o homem é meu padrinho! Os dois são amigos de infância. Meu pai jamais faria mal a ele.

– Não? Hammersmith deixou que todos acreditassem que ele havia morrido no incêndio que consumiu a fábrica do seu pai. Por que faria isso? Por que permaneceria escondido pelos últimos treze anos, vivendo em um país estrangeiro? Ele tem pavor de que Daventry descubra seu paradeiro e mande matá-lo. Goste você disso ou não, Ellie – falou Lawrence enquanto ela balançava a cabeça –, se contar a seu pai algo do que descobriu hoje, estará colocando em risco a vida de um homem bom e honrado. Por que faria isso? Por que arriscaria a vida do seu padrinho, um homem que a chamava de pequena Ellie e a colocava nos ombros para andar pela fábrica? Um homem que, de acordo com o que você me contou, a amava como filha e ainda ama?

Ela estremeceu e deixou escapar um soluço de tristeza.

– Meu pai não é especulador nem criminoso! – bradou e começou mais uma vez a se debater para se soltar, negando a verdade com todas as forças. – Ele não é assassino nem traidor. Não é. Não é. Não é!

A cada negativa, a veemência dela diminuía – se por fadiga ou porque era inútil, Lawrence não sabia. Até que, por fim, Ellie ficou imóvel e afrouxou o corpo nos braços dele.

– Ele não é – sussurrou, ofegante, com os olhos no chão.

– De qualquer modo, insisto na pergunta. Vai contar a seu pai o que descobriu?

– Vai me colocar na prisão para me impedir?

O tom amargo na voz dela foi como uma faca atravessando o peito dele.

– Não – murmurou Lawrence. – Sei que sou um idiota, mas não.

– O que...

Ellie parou e ergueu o queixo, mas não virou a cabeça para encará-lo.

– O que vai fazer então?

Ele sabia que suas opções eram limitadas. Na verdade, só tinha uma.

– Deixá-la ir embora.

Lawrence a soltou, mas, antes que Ellie pudesse se afastar, pousou as mãos em seus ombros e a virou para que o encarasse.

– Ontem à noite, você me acusou de não confiar em você. Bem, terá que retirar o que disse, porque estou escolhendo fazer exatamente isso. Estou confiando que não vai contar a seu pai nada do que descobriu.

– Espera mesmo que eu fique sentada, dócil e em silêncio, enquanto monta um inquérito contra ele?

Lawrence não conseguiu conter uma risada ao ouvir aquilo.

– Esperar que seja dócil e fique em silêncio seria tão inútil quanto esperar que a Inglaterra tenha um período de seca.

Ele fez uma pausa e respirou fundo, torcendo muito para que o que estava prestes a fazer não comprometesse ainda mais a investigação nem colocasse em risco a vida de Hammersmith.

– Estou confiando que o afeto que sente por seu padrinho é forte o bastante para não querer correr o menor risco de colocar a vida dele em perigo. Estou confiando que comece a pensar nos homens que morreram, homens bons que lutaram pela Inglaterra e que não mereciam morrer por carregarem mosquetes de má qualidade. E estou confiando que você encontre coragem para confrontar seu pai em relação a todos esses rumores antigos. Que fite os olhos dele como se não soubesse de nada e pergunte sobre os mosquetes e sobre o incêndio que destruiu a fábrica...

– Por que deveria perguntar sobre o incêndio? – indagou Ellie, encarando-o, estupefata. – Aquele incêndio foi um acidente!

– Foi?

– É claro que foi!

– Se perguntar a seu pai, ele dirá que sim. Na verdade, negará qualquer malfeito, exatamente como fez comigo. Mas, quando ele negar, certifique-se de olhar bem nos olhos dele. Assim, espero que veja a verdade.

– Eu já sei a verdade.

– Ou talvez a verdade seja o que você sempre teve medo de encarar.

Lawrence percebeu que aquilo mexera com ela. Ellie ergueu o queixo, mostrando no rosto todo o orgulho e a arrogância da filha de um conde.

– Não tenho medo de nada. Não sou criança.

– Eu não disse que é.

Ele falou em um tom tranquilo, mas aquilo pareceu deixá-la ainda mais furiosa. Ellie endireitou o corpo e olhou com raiva para ele.

– Sou capaz de encarar verdades desagradáveis.

– Ótimo. Então confronte seu pai, pergunte o que aconteceu e veja o que ele lhe diz.

Lawrence abaixou os braços e se afastou, soltando-a, e Ellie na mesma hora se encaminhou para a porta. Porém ele voltou a falar antes que ela conseguisse abri-la.

– Ellie?

Ela parou com a mão na fechadura e olhou por cima do ombro.

Lawrence encontrou com dureza o olhar inquisitivo dela.

– Você sabe que Hammersmith está vivo, sabe que ele está morando na Irlanda. Não posso fazer nada para mudar isso. Mas quero sua palavra de honra de que não vai contar a seu pai sobre ele nem sobre qualquer outra coisa que tenha descoberto hoje. Sei que não acredita que estaria colocando a vida de seu padrinho em perigo, mas precisa confiar em mim quando digo que cautela e a mais completa discrição são essenciais neste caso.

Ellie pareceu inclinada a contestar aquilo, mas, depois de um momento, mordeu o lábio e assentiu com relutância.

– Muito bem – concordou. – Não vou contar a meu pai nem a ninguém sobre o Sr. Hammersmith e não revelarei o que descobri hoje. Eu lhe dou minha palavra.

Com isso, ela abriu a porta e partiu. Enquanto a observava se afastar, Lawrence compreendeu que acabara de fazer a maior aposta de sua vida. Agora só poderia torcer para que não fosse também seu maior erro.

Ellie ficou olhando pela janela de seu quarto na casa da Portman Square. Não havia muito a ver naquele momento, porque chovia e a noite caíra, mas pouco importava: só havia uma imagem na cabeça dela e não era a das árvores cuidadosamente podadas e dos jardins bem-aparados visíveis sob as luzes da rua. Não, a única coisa que ela conseguia ver era uma coluna de registro de compra de estanho com os preços pagos.

Por que uma fábrica que produz armas poderia querer estanho?

Ela apoiou o corpo na janela e descansou o rosto no vidro frio, sentindo a pergunta de Lawrence formar um nó nauseante em seu estômago. Era a mesma sensação que experimentara depois de descobrir o livro contábil e as cartas na escrivaninha dele. Era medo.

Uma carruagem passou na rua: vizinhos a caminho de um dos eventos noturnos da temporada social. Ellie também tinha um compromisso naquela noite – jantar e jogos de cartas na casa de lady Wolford com o pai. Mas, embora já estivesse com sua roupa de noite e a escuridão do lado de fora indicasse que devia ser quase hora de partir, ela não se afastou do assento à janela.

Sentia-se curiosamente letárgica. Seu espírito parecia embotado. Só conseguia pensar no que descobrira naquela manhã e na sugestão de Lawrence do que deveria fazer com aquele conhecimento recém-adquirido. "Fite os olhos dele como se não soubesse de nada e pergunte sobre os mosquetes e sobre o incêndio que destruiu a fábrica...”

Ela nunca achara aquilo necessário. Durante toda a vida ouvira rumores acerca da fábrica de munições do pai, além de suspeitas a respeito de como ela pegara fogo. Houvera especulações sobre como a renda das propriedades do conde sustentava seu estilo de vida opulento. Mas, para Ellie, tudo aquilo não passara de fofocas maliciosas. A inocência do pai sempre lhe parecera óbvia e os rumores eram tão absurdos que ela nunca sentira necessidade de pedir explicações a ele. A fé que tinha no pai servira de armadura contra qualquer rumor.

E se aquela fé estivesse equivocada?

No momento em que formulou aquela pergunta, tudo dentro dela quis gritar que era impossível. Ainda assim, as perguntas continuaram a surgir. E se os rumores fossem verdadeiros? E se o pai de fato fosse um especulador? E se, quando confrontado por Lawrence, o conde tivesse mentido?

Aquilo, percebeu Ellie, era o que tornava tão difícil vê-lo como culpado. O pai não era mentiroso. Ou era?

Ela tentou considerar a questão de forma objetiva. Lembrou-se da infância, mas em todas as recordações que tinha, não conseguia se lembrar de mentiras. O ombro que deslocara quando caíra de uma árvore, aos 9 anos – o pai lhe dissera sem rodeios como iria doer antes de colocá-lo no lugar. Ellie continuou a revirar suas memórias e chegou aos 5 anos, quando a mãe adoecera. Ela perguntara ao pai se a mãe iria morrer e, com infinita ternura, ele lhe contara a verdade. E, quando o fim estava próximo e ela quisera se despedir da mãe, o pai ignorara os protestos da babá e a levara ao quarto da doente. E mais tarde, segurando-a no colo enquanto ela chorava e soluçava, o pai acariciara seu cabelo e lhe dissera que tudo iria ficar bem. Mas também dissera, com sinceridade, que a vida dela nunca mais seria a mesma sem a mãe.

Ellie não conseguia se lembrar de uma única vez que o pai tivesse mentido para ela sobre qualquer assunto, mesmo quando uma mentira teria sido a opção mais gentil, mais fácil ou mais conveniente. Aquilo, mais até do que o amor que sentia por ele, era o que tornava tão plena sua fé no pai e, em consequência, tão absurdas as acusações de Lawrence. Ellie sempre tivera a mais absoluta certeza, acreditara de todo o coração, que seu pai jamais mentiria para ela.

Ah, mas mentir para ela não era a questão, era?

Aquela perguntinha incômoda se infiltrou na mente de Ellie como os sussurros da serpente para Eva, no Jardim do Éden, insidiosa, persistente e impossível de ignorar.

Era verdade que o pai nunca mentira para ela. Mas também era verdade que nunca fora ela a fazer perguntas sobre aquele assunto. E quando Lawrence o questionara, acusando o conde de especulação durante a guerra, o pai dela negara de forma veemente, chegando ao ponto de jurar sua inocência sobre o túmulo da falecida esposa.

Apesar da garantia solene, Lawrence não acreditara nele e agira de acordo. Ellie ainda não tinha certeza se a ambição tivera ou não algum papel nas ações de Lawrence, mas sabia que ele não teria seguido em frente se acreditasse no pai dela.

Ellie sempre achara que a recusa de Lawrence em lhe mostrar alguma prova concreta significava que não possuía nenhuma, mas agora se via forçada a admitir que ele tinha provas, sim, já que vira ao menos algumas com os próprios olhos. E Lawrence dissera que existiam outras.

Contudo, por mais que Lawrence juntasse evidências, poderia haver explicações inocentes para tudo. No momento em que aquela ideia lhe ocorreu, ela se lembrou da sugestão de Lawrence sobre questionar o pai.

A porta foi aberta e, quando se virou, Ellie viu a camareira, Morrell, entrando.

– A carruagem está pronta, milady.

Ellie endireitou o corpo, mas não se moveu, porque o cansaço ainda a envolvia como uma névoa.

– A carruagem?

– Sim, milady. Para levar a senhorita e o patrão à casa de lady Wolford. A senhorita não esqueceu, não é mesmo?

– Ah, não, é claro que não.

Ela não devia ter soado muito convincente, já que a outra mulher franziu o cenho.

– Só fiquei surpresa quando você falou da carruagem – sentiu-se impelida a justificar. – São apenas duas quadras até a casa de lady Wolford e normalmente caminhamos.

– Está chovendo, milady.

– Ah, sim, é claro.

Ellie suspirou, tentando reunir energia para se levantar.

– Onde está meu pai?

– Lá embaixo, esperando pela senhorita.

Com aquelas palavras vieram todas as implicações da noite que a aguardava. O nó que vinha incomodando o estômago de Ellie a tarde toda pareceu se apertar, deixando-a nauseada. Jantar e jogos de cartas significavam passar a noite sentada diante do pai – na mesa de jantar e talvez na de jogos. Ele perceberia que havia algo errado. Veria no rosto dela. Como não? Ela não conseguiria esconder dele as dúvidas que a atormentavam.

– Eu não vou. Diga a meu pai que vá sem mim.

Ellie deu as costas à mulher sentindo-se a pior das covardes. Garantira a Lawrence que não tinha medo, mas tinha. Ah, Deus, tinha. E não era o que o pai veria em seu rosto que ela temia, mas o que ela poderia ver no dele.

Pergunte o que aconteceu.

– Milady?

Ellie se sobressaltou, olhou na direção da porta e percebeu que a camareira continuava ali.

– Sinto muito, Morrell – murmurou, e esfregou a testa. – Algo mais?

– A senhorita...

A criada fez uma pausa e, quando Ellie olhou para ela, viu que a ruga na testa da jovem ficara mais funda, de preocupação.

– Está tudo bem, milady?

– É claro que sim. Estou apenas com dor de cabeça. Só isso.

– Gostaria que eu lhe trouxesse um chá? Ou uma bandeja com o jantar?

O estômago de Ellie se revirou. Ela levou a mão à boca e balançou a cabeça.

– Não. Nada, obrigada.

– Muito bem, milady. Direi a seu pai que a senhorita não irá, depois voltarei para ajudá-la a se vestir para dormir. Trarei também uma garrafa de água quente – acrescentou quase em um tom de desafio, como se esperasse que Ellie fosse contra. – Pode estar pegando um resfriado. Ou febre intermitente.

A febre intermitente não era o que a afligia.

– Estou perfeitamente bem, Morrell. Não preciso ser paparicada. Não sou mais criança.

Não sou criança. Sou capaz de encarar verdades desagradáveis.

De repente, a névoa que parecera envolvê-la durante todo o dia se dissipou, e ela sentiu a mente clarear, fria como um dia ensolarado de inverno.

– Espere – disse, quando a criada já se preparava para sair do quarto. – Não se preocupe, Morrell, vou descer e falar eu mesma com meu pai.

Ela endireitou os ombros e passou pela criada, que estava surpresa.

– Falarei com ele neste exato momento.

CAPÍTULO 8

O estrondo de um trovão soou alto o bastante para desviar a atenção de Lawrence do livro de contabilidade, das cartas e dos relatórios sobre sua escrivaninha. Ele olhou pela janela quando um relâmpago iluminou o céu e, naquele breve instante, viu que chovia a cântaros.

Assim que a luz do relâmpago se foi, o céu voltou a ficar muito escuro e Lawrence percebeu que já devia ser bem tarde da noite. A última vez que ele levantara a cabeça do trabalho fora para acender um lampião, no crepúsculo.

Bastou uma rápida conferida no relógio de bolso para confirmar que já passava das oito da noite. Porém ele não tinha intenção de ir para casa, pois ainda havia muito trabalho a fazer.

Depois de deixar que Ellie partisse naquela manhã, ele descera para informar à Sra. Pope que a nova criada fora embora e não voltaria. Enquanto estava lá, o lacaio lhe entregara as correspondências do dia. Uma delas era de Hammersmith, concordando em testemunhar se Lawrence lhe prometesse que ele não seria processado, além de protegê-lo de Daventry.

Lawrence retornara às pressas ao escritório e passara cada segundo do dia desde então examinando o livro de contabilidade que Hammersmith lhe dera e trabalhando para juntar todas as peças que tinha em um relatório para sir Robert Peel. Aquele relatório também recomendaria a garantia de imunidade a Hammersmith e sugeriria, nos termos mais fortes possíveis, que o comitê se reunisse imediatamente com o propósito de exigir que o conde de Daventry fosse levado diante da Câmara dos Lordes e respondesse por seus crimes.

Lawrence estava determinado a terminar o relatório ainda naquela noite, para apresentá-lo a Peel no início da manhã seguinte. Quando aquilo estivesse feito, o assunto não seria mais sua responsabilidade, e Lawrence poderia voltar a atenção para todos os outros deveres de seu cargo, deveres que negligenciara por estar tão ocupado com o caso Daventry.

Depois de lançar um olhar de esguelha para a pilha de arquivos e documentos que acumulavam poeira em um dos cantos da escrivaninha, Lawrence enfiou o relógio de volta no bolso do colete, afastou da cabeça qualquer ideia de ir para casa e voltou a atenção para o relatório à sua frente. Levou mais uma hora para terminar, mas, por fim, conseguiu pousar a pena.

Lawrence se recostou na cadeira e passou as mãos pelos olhos cansados. Fizera tudo que estava a seu alcance para garantir que a justiça fosse feita e, no dia seguinte, o destino de Daventry estaria nas mãos dos pares dele. Lawrence sabia que deveria se sentir aliviado, mas, quando pensava em Ellie, não era alívio que sentia.

Estava certo de que ela manteria a promessa que lhe fizera naquela manhã – ao menos, o mais certo que se pode estar sobre outra pessoa. Porque, por mais que amasse o conde, Ellie possuía mais caráter, bondade e coragem do que o pai poderia sequer sonhar ter e Lawrence acreditava que ela cumpriria com a palavra. Em relação a outros assuntos, ele já não tinha tanta certeza.

Ellie confrontaria o pai, como ele sugerira? E adiantaria? Daventry mentiria para ela e Ellie poderia muito bem escolher acreditar nele, apesar do que sabia agora. Ela poderia até não acreditar, mas mesmo assim seguir adiante com os planos de se casar com Bluestone, em uma tentativa de salvar o conde de seu destino, apostando que Wilchelsey o apoiaria apesar das provas.

E se ela fizesse uma escolha diferente? Lawrence sentiu a esperança aquecer seu peito, porém a afastou na mesma hora. Se o pai de Ellie fosse preso, julgado na Câmara dos Lordes e condenado por seus crimes, a experiência seria humilhante demais para ela e para toda a família, e Ellie poderia muito bem passar a ver Lawrence como o homem responsável pela vergonha dos Daventrys. Como ele conseguiria conquistar um espaço no coração dela depois daquilo?

Lawrence ouviu uma batida à porta e, ao erguer os olhos, ficou surpreso ao ver o objeto de seus pensamentos parado ali.

– Ellie?

Ele se levantou.

– Que diabos está fazendo aqui?

Ela parecia triste ao entrar no cubículo que era o escritório dele.

– É a segunda vez em cerca de doze horas que você me faz exatamente a mesma pergunta.

– Sim, bem, você desenvolveu a tendência enervante de surgir de repente nos lugares em que menos espero vê-la.

Antes que ela pudesse responder, o robusto Jim McGowan, o vigia noturno, parou atrás de Ellie à porta.

– Perdão, senhor – falou ele, tirando o quepe. – Eu disse a ela que não são permitidos visitantes aqui a esta hora da noite. Mas...

Ele fez uma pausa, envergonhado, girando o quepe nas mãos e lançando um olhar de desalento para Lawrence.

– É que se trata de uma *dama*, senhor.

Sendo um cavalheiro de baixo escalão hierárquico, Lawrence reconhecia a pressão feita sobre as pessoas do povo para cederem à aristocracia em todas as circunstâncias. Ele nem sempre concordava com aquela regra social em particular, mas a compreendia.

– Exatamente, McGowan. Pode retornar a seu posto. Eu mesmo acompanharei a dama até a saída.

O vigia assentiu, voltou a colocar o quepe e lançou um olhar de gratidão a Lawrence. Então se foi, fechando a porta ao sair, e Lawrence voltou a atenção para a visita inesperada.

– Não deveria estar aqui, Ellie – falou enquanto recolhia o relatório que preparara, as cartas e os documentos e enfiava tudo na pasta de Hammersmith. – Não a esta hora da noite – acrescentou ele, abrindo uma gaveta da escrivaninha e deixando a pasta ali dentro. – E certamente não desacompanhada.

– Eu sei. Deveria estar em um jantar, mas aleguei dor de cabeça, então Bunty e meu pai foram sem mim. Depois que eles partiram, eu me esgueirei pela escada dos fundos, chamei um coche de aluguel e vim ver você.

– Ellie, se isso é uma tentativa de me convencer a não seguir com a investigação...

– Não foi por isso que eu vim.

– Ótimo, porque não tenho intenção de parar. Na verdade – acrescentou Lawrence, impelido a expor os fatos da forma mais brutal possível –, entregarei minha recomendação a Peel amanhã bem cedo, para que o comitê seja convocado...

– Lawrence, não vim para persuadi-lo a não fazer isso. Vim porque...

Ela fez uma pausa e respirou fundo.

– Eu queria vê-lo.

– Como soube que eu estava aqui?

– Sei que você gosta de trabalhar até tarde da noite quando não há ninguém por perto para incomodá-lo.

Lawrence sorriu.

– Ora, não sei se "gostar" é a palavra certa...

Lawrence parou no meio da frase, deixando de lado a tentativa de tornar a situação mais leve, ao perceber a palidez e a exaustão no rosto dela.

– Ellie, você está bem?

Ellie não respondeu. Ele fechou a gaveta, contornou a escrivaninha e atravessou em dois passos a distância que os separava.

– O que aconteceu?

– Eu precisava vê-lo porque...

Ela fez uma pausa, levantou a cabeça e encontrou o olhar dele.

– Segui sua sugestão.

Lawrence sentiu uma onda de esperança, alegria e alívio invadi-lo, explodindo como fogos de artifício, mas controlou suas emoções e disse a si mesmo para não chegar a qualquer conclusão precipitada.

– Que sugestão seria essa?

– Falei com meu pai.

– E...? – instigou ele e se aproximou mais. – Qual foi o resultado?

Os olhos castanhos de Ellie pareceram escurecer, tornando-se sombrios de repente.

– Acho que você pode imaginar – sussurrou ela.

– Ele admitiu a culpa?

No momento em que perguntou, porém, Lawrence já não conseguia acreditar naquela possibilidade, de modo que não ficou surpreso quando ela balançou a cabeça.

– Não. Eu não cheguei a pedir que ele admitisse nada. Não...

Ela fez uma pausa e abaixou a cabeça.

– Não precisei.

Lawrence franziu o cenho.

– Não estou entenden...

– Só perguntei a ele de que metal deveriam ser feitos os mosquetes.

Ela ergueu os olhos e deixou escapar uma risadinha sem humor que fez com que Lawrence sentisse um aperto no peito.

– Todos esses meses... anos... eu neguei que os boatos sobre meu pai fossem verdadeiros. E quando você me procurou, seis meses atrás, eu não me permiti acreditar no que me dizia, principalmente porque se recusou a mostrar qualquer prova. Mas, quando perguntei sobre os mosquetes a papai hoje, a resposta que ele me deu e a expressão em seu rosto me disseram tudo. Eu vi a verdade, clara como o dia.

– E qual foi a resposta dele?

– "Aço e bronze, é claro." Foi isso que ele disse. E falou sem hesitar, sem nem sequer piscar, olhando bem dentro dos meus olhos, tão... tão à vontade... como se já esperasse pelo dia em que eu começaria a fazer perguntas. E foi então que tive certeza de que ele sabia de tudo sobre aquelas armas com defeito. Tive certeza de que o que você disse é verdade. Porque meu pai em nenhum momento me perguntou por que eu queria saber sobre aquele assunto.

– Acha que ele percebeu que você sabe a verdade sobre as armas?

– Acho que não, embora não possa ter certeza. É impressionante – acrescentou Ellie, baixinho – como uma simples pergunta, quando finalmente tomamos coragem para fazê-la, pode destruir tudo que achávamos ser verdade.

Lawrence viu uma lágrima escorrer pelo rosto dela, cintilando sob a luz do lampião, e teve vontade de arrancar o próprio coração. Ele começara aquilo, ele empurrara Ellie por aquele caminho. Quisera que ela descobrisse que tipo de homem era o pai. Agora que conseguira o que desejava, sentia-se um cretino.

– Ellie – começou, chegando mais perto dela.

Porém, quando pousou a mão no braço de Ellie, qualquer palavra de conforto que estivera prestes a dizer desapareceu de sua cabeça.

– Pelo amor de Deus, criatura – murmurou em vez disso e segurou uma dobra da capa verde-escura dela –, você está encharcada.

Ela riu ao ouvir aquilo, uma risada de verdade que aliviou um pouco o peso que parecia esmagar o peito dele.

– Ora, está chovendo – argumentou ela e secou a lágrima com os dedos enluvados. – Está caindo um temporal. E eu estava tão ansiosa para encontrá-lo que esqueci o guarda-chuva. Seu vigia não abriu o portão para o cocheiro, mas me deixou entrar e me trouxe até aqui. Acho que fiquei encharcada enquanto atravessava o pátio.

Imagens eróticas de Ellie com as roupas molhadas e transparentes coladas ao corpo tomaram a mente de Lawrence, deixando-o consciente demais da situação íntima em que se encontravam.

– Precisamos levá-la para casa – disse ele. – Antes que se resfrie.

– Não, não. Estou ótima. Por favor – acrescentou ela quando Lawrence se preparava para discutir. – Não quero voltar para casa. Ainda não.

Ele sabia que deixá-la ficar não era uma boa ideia. Já podia sentir o desejo disparando por seu corpo.

– Ellie, não pode ficar fora de casa dessa forma à noite. Não é adequado.

Por algum motivo inexplicável, ela sorriu.

– Fala o homem que sempre diz que decoro não importa.

– Sim, ora, talvez haja momentos em que eu esteja errado a respeito disso. Esta é uma das ocasiões.

Ele olhou, inquieto, para a janela escura, ciente de que podiam vê-los do pátio. E, embora provavelmente a única pessoa ali fosse McGowan, Lawrence se apressou a fechar as cortinas.

– A questão é que você não deveria estar aqui. Vou levá-la para casa.

– Posso pelo menos me secar um pouco antes de irmos?

Lawrence ficou olhando, desalentado, enquanto Ellie tentava abrir o botão que prendia a capa ao pescoço. Sua imaginação mais uma vez conjurou imagens deliciosas dela toda molhada, o que o deixou ainda mais excitado.

Ele a segurou pelos pulsos e abaixou suas mãos, mas qualquer ideia de levá-la em direção à porta morreu ali.

– Deixe que eu faça isso – falou Lawrence.

No instante em que ele assumiu a tarefa de ajudá-la a despir a capa, ele teve consciência de estar pisando em gelo muito fino. Enquanto tentava abrir o fecho encharcado, os nós de seus dedos roçaram na pele sedosa do pescoço dela e sua cabeça voltou aos dias inebriantes em que eles se refugiavam no armário sob a escada ou se escondiam atrás de uma sebe e, desafiando qualquer noção de decoro que tivesse sido ensinada aos dois, se entregavam a beijos muito apaixonados.

Lawrence sentia o corpo arder quando por fim conseguiu abrir o fecho da capa. Ele afastou o tecido encharcado dos ombros dela e o pendurou no cabideiro ao lado da porta com um suspiro de alívio. Mas, quando voltou a atenção para Ellie, seu alívio desapareceu na mesma hora.

O vestido de noite, de seda verde cintilante, embora estivesse úmido, não estava molhado o bastante para ficar transparente, mas aquilo não importava, porque o decote atraiu o olhar dele como um ímã. Lawrence respirou fundo e o aroma de limão que Ellie exalava invadiu suas narinas, fazendo o desejo disparar por suas veias.

Ela sentiu o mesmo, pois entreabriu ligeiramente os lábios e baixou o olhar, um pouco agitada.

– Lawrence...

Só que ele não a deixou terminar, porque a beijou.

De todos os beijos que já haviam trocado, aquele foi o mais terno e Lawrence o saboreou, pois sabia que, por mais que vivesse, jamais experimentaria nada tão doce. Mas também sabia que se equilibrava com dificuldade na beira de um penhasco e que a queda o aniquilaria. Ele interrompeu o beijo enquanto ainda tinha forças para isso.

– Ellie, isso precisa parar.

Lawrence a segurou pelos braços, mas não teve a determinação necessária para afastá-la.

– É mesmo?

Ela ficou na ponta dos pés, puxando-o para mais perto de novo.

– Por quê? – perguntou, roçando os lábios nos dele.

– Você está em uma condição muito vulnerável no momento. E eu também – acrescentou Lawrence, dolorosamente consciente daquele fato em particular. – E não está se dando conta de com que está brincando.

– Estou, sim – sussurrou Ellie, voltando a roçar os lábios nos dele. – Acha que esqueci os velhos tempos, quando me puxava para o armário embaixo da escada?

Lawrence decidiu que era melhor manter a atenção de ambos no presente.

– Não vai se casar com lorde Bluestone?

– Essa era minha intenção.

Ela passou os braços ao redor do pescoço dele.

– Mas alguém furtou minha moeda de 6 *pence* e estragou meus planos.

O toque dos lábios de Ellie e o calor de seu corpo tão junto ao dele fazia o desejo pulsar em cada nervo do corpo de Lawrence. A força de vontade dele também se esvaiu, junto do senso de honra e dever. Tudo nele, na verdade, estava cedendo ao lado mais primitivo de sua natureza. Desesperado, ele segurou os braços de Ellie e a empurrou um passo para trás para então soltá-la.

– Ellie, pare de tentar me seduzir. Você não sabe nada sobre isso.

A risada dela o interrompeu.

– Fala o homem que passou todo verão desde que eu tinha 16 anos me mostrando como fazer isso.

– Sim, mas aquilo era diferente. Nós éramos...

Ele fez uma pausa e engoliu em seco, com dificuldade para dizer o que precisava ser dito.

– Na época em que a puxava para dentro do armário embaixo da escada, eu não achava que tomar aquele tipo de liberdade importaria muito, pois estava certo de que nos casaríamos. Eu a amava. Maldição! – acrescentou, sentindo uma dor profunda apertar seu peito. – Eu amava você.

Parte da dor que ele sentia se refletiu na expressão do rosto dela.

– Eu também amava você. Eu...

Ela fez uma pausa, engoliu com dificuldade, mas não desviou os olhos.

– ... ainda amo.

Lawrence enrijeceu o corpo.

– É uma mudança de opinião bastante conveniente.

– Sei que parece isso – falou Ellie.

Naquele instante, Lawrence enxergou nos olhos dela algo que não vira por seis longos meses, algo que nunca imaginara voltar a ver, algo que fez com que seu peito voltasse a se encher de esperança.

Ele respirou fundo, procurando acalmar-se, lembrando a si mesmo como ficara magoado quando Ellie escolhera a lealdade ao pai em vez do amor por ele. Lawrence achava que não seria capaz de aguentar se ela voltasse a fazer a mesma escolha.

– Não sei por que eu deveria acreditar.

– Porque estou aqui.

Ele permaneceu calado. Ela sorriu.

– Ah, Lawrence, acha mesmo que eu não sabia o que poderia acontecer se viesse procurá-lo esta noite?

Ele supunha que ela não tinha a menor ideia. Apesar dos momentos roubados entre os dois, em armários embaixo de escadas e atrás de sebes, eles nunca haviam tido oportunidade de levar todos aqueles beijos apaixonados mais além.

Como Lawrence não respondeu, Ellie se colocou na ponta dos pés de novo e deu um beijo no rosto dele.

– Eu vim até aqui sozinha – lembrou ela, encostando os lábios no canto dos dele. – Desacompanhada – acrescentou, beijando o outro lado da boca de Lawrence. – À noite.

Deus, tenha piedade! Ele estava perdendo o controle. A única escapatória era ser direto.

– Ellie, eu juro que, se ficar aqui mais um minuto, vou perder a cabeça e acabar com sua virtude. Bem aqui, em cima da minha escrivaninha.

– Espero que sim.

A expressão dele provavelmente mostrou ceticismo quanto à sinceridade dela, porque Ellie se inclinou ainda mais, voltou a ficar na ponta dos pés e beijou a orelha dele.

– Foi por isso – sussurrou ela – que tirei o espartilho antes de vir.

Aquela informação fez com que ele perdesse de vez o controle e mandasse às favas o cavalheirismo e o senso de autopreservação. Lawrence passou o braço ao redor da cintura dela, puxando-a com força junto ao corpo, e a beijou.

Ellie se rendeu sem resistência, afastando os lábios em comum acordo com ele. Ela pressionou mais o corpo contra o dele, inflamando o desejo que o atormentava além do suportável, e Lawrence precisou se segurar. Ele iria tirar a virtude dela em um cubículo cheirando a mofo em Whitehall, mas o momento não precisava ser tão pouco romântico quanto o ambiente.

Lawrence foi mais devagar, saboreando a boca de Ellie em beijos longos e lentos, envolvendo e moldando os seios dela por cima do vestido, provocando nela o mesmo desejo que sentia. E isso pareceu funcionar, porque ela deixou escapar um gemido baixo e seu corpo ficou lânguido.

Ele a segurou pela cintura e a abraçou com força, ainda beijando-a, enquanto a guiava ao redor do espaço apertado. Então, de súbito, se afastou e deixou as mãos caírem junto ao corpo.

– Não vai parar, vai? – perguntou Ellie, desesperada.

– Pelo amor de Deus, não! – murmurou Lawrence.

Ele pegou o lampião e o tinteiro na escrivaninha e os colocou em cima da mesa minúscula ao lado da cadeira, em segurança, fora do caminho. Então parou de novo na frente dela.

– Só paro se você me disser para parar, Ellie.

Lawrence se inclinou para o lado e, com um movimento ágil, afastou com o braço tudo o que restava na mesa. Livros caíram no chão, papéis se espalharam e ela deixou escapar uma risadinha.

– Está achando divertido, não é? – perguntou ele.

– Sim, porque não é nem um pouco o seu estilo ser tão descuidado com suas coisas.

– Você talvez devesse me dar algum crédito – falou Lawrence, passando as mãos ao redor da cintura dela. – Eu pelo menos me lembrei de tirar o lampião do caminho primeiro.

– Sim, fazer com que White Hall ardesse até sobrarem apenas cinzas teria dado um toque lúgubre a esta noite.

– Que se dane Whitehall! – disse ele e sentou Ellie na mesa. – O problema é que um incêndio lhe daria tempo de mudar de ideia.

– Não vou mudar de ideia – prometeu ela, ainda rindo.

Ellie se inclinou para trás, apoiando o peso nos braços, mas, quando seu olhar encontrou o dele, a intensidade nos olhos azuis de Lawrence a fez prender a respiração e a risada morreu em seus lábios.

– Erga o quadril – pediu ele.

Quando Ellie obedeceu, ele levantou as muitas camadas de sua saia, amontoando-as ao redor da cintura. Então Lawrence deixou a mão quente deslizar pela coxa dela até encontrar a musselina fina dos calções de baixo e Ellie sentiu o desejo aumentar, pois se lembrava do que significava aquilo.

– Você se lembra disso, não é, Ellie? – murmurou ele, como se lesse a mente dela.

Lawrence deixou a mão chegar ao meio das pernas dela, por dentro da abertura nos calções.

– Não se lembra?

– Sim – respondeu ela.

Aquilo foi tudo que conseguiu dizer, porque ele a tocou em seu ponto mais íntimo e o puro prazer que provocou tornou impossível para ela pronunciar qualquer palavra.

Ellie gemeu, jogou a cabeça para trás e fechou os olhos enquanto Lawrence a acariciava. Logo ela arquejava e o prazer atingiu um nível mais febril do que qualquer coisa que ela já sentira.

Seu quadril se movimentava de forma frenética contra a mão de Lawrence, tudo nela buscando algo que Ellie não conseguia compreender ou sequer identificar. Então aconteceu: um prazer tão intenso que ela gritou o nome dele. Ellie contraiu as coxas ao redor da mão dele, que ainda a acariciava, com o corpo empenhado em aproveitar cada momento perfeito, cada sensação, até ela se deixar cair na escrivaninha, arfando.

Lawrence recuou e Ellie abriu os olhos, fixando o olhar nas mãos dele, que desabotoavam a calça. Quando ele a abaixou até o quadril, Ellie sentiu uma pontada de alarme. Lawrence pareceu perceber isso, pois suas mãos ficaram imóveis.

– Ellie, olhe para mim.

Ela ergueu os olhos para encontrar os dele e viu que os olhos azuis de Lawrence pareciam muito escuros, insondáveis, e, mesmo sob a luz suave do lampião, o rosto dele tinha uma expressão tensa, quase como se estivesse com dor. As respirações de ambos se destacavam no silêncio, a dela baixa e acelerada, e a dele, entrecortada e difícil.

– Diga-me que tem certeza de que deseja fazer isso – pediu Lawrence.

Porém, enquanto falava, ele já se aproximava, colocando-se entre as pernas de Ellie, levantando ainda mais as saias dela. E, quando voltou a tocá-la, ela arquejou, pois o toque quente dele pareceu fazer sua pele arder.

– Diga – suplicou ele, passando as mãos sob o quadril dela e envolvendo suas nádegas.

– Tenho certeza.

Ellie assentiu, instando-o a continuar quando ele não se moveu.

– Tenho certeza, Lawrence.

Aquela foi toda a garantia de que ele precisava. Lawrence a puxou para a beira da escrivaninha e, por puro instinto, Ellie abriu bem as pernas, deslizando o quadril contra a ponta do membro muito rígido dele, o que despertou mais uma vez o próprio desejo. Ela se sentiu deliciosamente devassa e se moveu com um abandono que a deixou envergonhada e empolgada ao mesmo tempo.

Foi quando as mãos de Lawrence seguraram com força as nádegas dela e a parte mais rígida dele a pressionou, penetrando-a. Ele arremeteu fundo e Ellie gritou ao se ver atravessada por uma dor intensa.

Lawrence a ergueu da escrivaninha e ela se sentou instintivamente, passando as pernas ao redor do quadril dele e os braços em volta do tronco enquanto ele a puxava para mais perto e a segurava contra o corpo daquela forma, preenchida e surpresa.

– Vai ficar tudo bem – disse Lawrence, beijando o rosto e o cabelo dela. – Ellie, Ellie, vai ficar tudo bem.

– Não tenho tanta certeza disso – murmurou ela contra o pescoço dele, com a voz trêmula, os braços tensos.

– Prometo que vai.

Ainda abraçando-a, ele mudou de posição e sentou na beira da escrivaninha.

– O que está fazendo? – perguntou Ellie.

– Deixando você assumir o controle.

E, com aquele comentário enigmático, Lawrence se recostou, puxando-a junto a si e guiando-a para que ela montasse nele, até Ellie tê-lo todo de novo dentro de si, com as mãos pousadas nos ombros dele e um joelho de cada lado de seu quadril.

– Pronto – disse Lawrence com um leve sorriso no rosto, embora sua respiração ainda estivesse irregular. – Você está no comando agora.

– Não sei bem o que fazer.

Ele fechou os olhos.

– Faça o que sentir vontade.

Ellie mexeu o corpo, mexendo o quadril com cuidado, e percebeu que a dor felizmente diminuíra. Mais tranquila, ela se moveu mais, balançando-se, tentando se acostumar com a sensação de tê-lo dentro de si.

Lawrence gemeu. Ellie parou, insegura.

– Lawrence?

– Não pare – pediu ele, segurando-a pelo quadril. – Ellie, pelo amor de Deus, não pare.

Ela sorriu, reconhecendo o que ele sentia, e começou a achar que aquela parte talvez não fosse tão ruim assim, afinal. Ellie usou o próprio corpo para acariciar o membro rígido dele, para cima e para baixo, uma vez, e outra, e outra, deliciando-se com o modo como ele gemia de prazer. Ela se moveu mais rápido, depois ainda mais rápido, até a respiração dele sair em arquejos difíceis e seu quadril se ergueu para encontrar o dela.

Então, com um súbito grito rouco, Lawrence a puxou para baixo e passou os braços ao redor dela enquanto arremetia com o quadril. O corpo inteiro dele estremeceu e, quando um gemido baixo e fundo escapou de sua garganta, Ellie soube que Lawrence estava sentindo o mesmo prazer delicioso que proporcionara a ela. Ele a penetrou várias vezes mais, então ficou imóvel e afrouxou os braços que a seguravam.

Ellie se sentou. Sorria quando ele abriu os olhos.

– Você está bem? – perguntou Lawrence, levando a mão ao rosto dela.

Ela assentiu.

– Acho que sim. E você?

– Se estou!

Ele ergueu o tronco na direção dela e Ellie o encontrou no meio do caminho e beijou sua boca.

– Bem, agora está feito – disse Lawrence, recostando-se de novo na mesa e acariciando o rosto dela. – Sua virtude se foi definitivamente.

– Sim – concordou Ellie, e riu, sentindo uma onda de alegria envolvê-la e se espalhar, até parecer que preencheria o mundo todo. – Ela se foi.

Lawrence não riu com ela. Em vez disso, franziu o cenho e Ellie sentiu a felicidade diminuir um pouco.

– Algum arrependimento? – perguntou ela, baixinho.

– Apenas um.

Ainda com uma das mãos no rosto dela, ele colocou a outra debaixo do próprio corpo e puxou uma pena de escrever.

– Na próxima vez que fizermos amor – disse Lawrence, enquanto jogava por cima da cabeça de Ellie a pena, que foi parar na porta –, será em uma cama.

CAPÍTULO 9

A chuva já cessara quando Ellie e Lawrence saíram do escritório dele e, apesar de já ser tarde da noite, ele conseguiu um coche de aluguel para levá-los para casa. Os dois não conversaram muito no caminho e Ellie ficou feliz com isso. Ela temia que qualquer conversa pudesse levar a falarem sobre o pai dela e não queria que aquilo se intrometesse em sua felicidade.

Ainda assim, conforme se aproximavam da casa dela, Ellie sentia a alegria recuar e ceder espaço à realidade dura e fria que a aguardava. Não tinha ilusões sobre o que acontecera naquela noite – Lawrence prosseguiria com o caso – e, embora não se ressentisse mais da opção que ele fizera seis meses antes, estava ciente do efeito devastador que aquela escolha teria na família dela.

Ellie também não tinha ilusões sobre o pai, não mais. Agora ela se via diante de um futuro onde o pai que tanto amava se revelara um canalha e um criminoso de guerra e a família dela se veria diante da vergonha e da desgraça por associação, mas não havia como voltar atrás.

– E quanto a você?

A voz de Lawrence interrompeu os pensamentos de Ellie, que ergueu os olhos e o pegou fitando-a com uma expressão séria e pensativa.

– Perdão – disse ela, balançando a cabeça com um sorriso pálido no rosto. – Eu estava distraída. O que disse?

– Mais cedo me perguntou se eu tinha algum arrependimento do que aconteceu. Não tenho. E você?

Ela nem precisou de tempo para pensar.

– Não. Nenhum.

Ellie percebeu que aquilo o deixou satisfeito, pois, embora sua expressão permanecesse séria, ele pegou a mão dela e a beijou. De repente, contudo, a carruagem parou e Lawrence não teve tempo de dizer nada.

Ellie espiou por entre as cortinas e, à luz suave do amanhecer, viu a fachada simples de pedra da parte de trás da casa dela.

– Foi uma boa ideia dizer ao cocheiro para parar nos fundos – disse Ellie, soltando a cortina. – O dia já está clareando.

– Não vou ajudá-la a descer – falou Lawrence. – Podemos não estar bem em frente à sua casa, mas ainda assim não seria bom ser visto na sua companhia a esta hora. Não que isso importe, eu imagino – acrescentou ele, então levou a mão dela aos lábios e a beijou de novo. – Já que vai se casar comigo.

Aquelas palavras provocaram um estranho arrepio de mau presságio na espinha de Ellie, mas ela forçou um sorriso, porque não queria que ele percebesse.

– Não foi um pedido de casamento muito romântico.

Lawrence a fitou por cima da luva dela.

– Farei um melhor assim que eu tiver a licença de casamento – falou ele, beijando a mão dela mais uma vez e deixando-a partir quando o cocheiro abriu a porta.

Ellie desceu a escada até a entrada de serviço de casa enquanto o coche de aluguel partia. Morrell deixara a porta destrancada, como prometera, e Ellie se esgueirou para dentro o mais silenciosamente possível.

Por sorte, nem mesmo a criada da cozinha estava de pé. Ela subiu a escada de serviço em silêncio e conseguiu chegar ao quarto sem encontrar ninguém. Como Lawrence dissera, já não importava se a reputação dela estava comprometida, mas, enquanto se despia, Ellie não conseguiu afastar a vaga apreensão que a dominara no coche de aluguel depois de ouvir as palavras de Lawrence sobre casamento. Porém ela não teve tempo de determinar a causa da sua inquietude, porque, quando se enfiou na cama, a exaustão foi maior do que qualquer preocupação e ela adormeceu no momento em que sua cabeça encostou no travesseiro.

Era quase hora do almoço quando Ellie acordou, ainda grogue e com a cabeça pesada. Sua refeição foi levada ao quarto e, depois de uma omelete, um filé de linguado e várias xícaras de chá quente, ela se sentia muito melhor.

Perguntou a Morrell sobre o paradeiro do pai e ficou aliviada ao saber que ele fora ao clube. A última coisa que Ellie desejava naquele momento era vê-lo e ter que fingir que a pergunta que fizera não abrira um abismo entre eles que jamais poderia ser transposto. Pior: se o pai tivesse percebido que ela sabia a verdade, Ellie teria que aguentar os esforços dele para se explicar ou, mais doloroso ainda, para se justificar.

Ela se vestiu, então saiu com Bunty para fazer visitas e compras que ocupassem sua tarde. Mas não poderia evitar o pai para sempre e acabou se vendo forçada a voltar para a Portman Square. O mordomo informou que o conde retornara, mas só por uma hora, e partira de novo, levando um baú e uma valise.

Ellie encarou o mordomo, pasma, porque, entre todas as coisas que imaginara que o pai pudesse fazer, partir não fora uma delas.

– Ele disse para onde iria, Brandon?

– Não, milady. Mas deixou uma carta para a senhorita no salão de visitas.

Ela subiu a escada e adentrou o salão de visitas em questão de segundos. Ali estava uma carta em cima do console da lareira, enfiada entre o relógio e um vaso. Ellie abriu o envelope, e o medo crescia dentro dela enquanto desdobrava a única folha de papel.

Minha caríssima Ellie,

Quando você estiver lendo esta carta, já estarei a caminho do porto de Dover. Ao pôr do sol, estarei em um navio, partindo para lugares desconhecidos. Dadas as circunstâncias desesperadoras em que me encontro, passar o resto de meus dias em algum canto obscuro do mundo é a melhor opção.

Certamente não preciso lhe explicar as razões de minha partida. Eu a conheço bem demais, minha querida, e vi em seus olhos na noite passada que, de algum modo, foi persuadida a acreditar nas mentiras desprezíveis a meu respeito. Parte meu coração saber que acreditou nos meus inimigos, mas não tenho tempo para lhe dar explicações agora.

Esta tarde, Wilchelsey me informou que o secretário do Interior pretende levar adiante uma investigação sobre os odiosos rumores que me molestam há tanto tempo. Garanti ao duque que, apesar de as alegações de Blackthorne aparentemente terem enganado sir Robert Peel, elas são absolutamente falsas. Lamento dizer que Wilchelsey não se deixou convencer pelas minhas garantias e disse que há provas suficientes para minha prisão.

Não consigo sequer suportar pensar nisso! Você me conhece muito bem, cara filha, e imagino que saiba que meu maior defeito é meu orgulho. Eu me recuso a me curvar diante de mentiras e dar a meus inimigos a satisfação de me verem humilhado e com a honra manchada diante da Câmara dos Lordes. Sei que você também não suportaria me ver assim, portanto optei por salvar nós dois desse constrangimento.

Não acredito que poderei retornar à Inglaterra algum dia, mas me con-

forta saber que a deixo nas mãos capazes de minha prima, lady Wolford. Não se preocupe comigo, minha querida, e saiba que estarei a salvo de meus inimigos em alguma costa distante.

Com afeto do seu pai,
Daventry

Ellie leu a carta duas vezes – na primeira vez em um estado de entorpecimento e estupefação e, na segunda, com aceitação, alívio e até perdão.

O pai, ela agora via, era um homem fraco e egoísta. Embora a carta dele falasse em poupá-la da humilhação de um julgamento, Ellie supunha que seu bem-estar não fora levado em conta em momento algum. Agora sabia que o pai não era a figura heroica e perseguida que ela sempre imaginara. Um herói não abandona a filha para fugir. As ilusões foram arrancadas dela, mas Ellie não as desejava de volta. A verdade, por mais difícil que fosse, era melhor do que se enganar.

Ela se levantou e pensou que talvez devesse informar Lawrence da partida do pai, já que, a menos que ele tomasse alguma atitude logo, sua presa escaparia para sempre. Mas então ela parou e releu o primeiro parágrafo da carta.

Ao pôr do sol, estarei em um navio, partindo para lugares desconhecidos.

Ellie conferiu o relógio em cima do console da lareira, olhou pela janela, então sentou e pensou por um longo tempo nas implicações do que estava prestes a fazer. Decidida, ela dobrou a carta, a colocou de volta onde a encontrara e foi até a biblioteca para pegar um livro. Ainda faltavam pelo menos duas horas até o pôr-do-sol e, naquele meio-tempo, ela precisava de algo para fazer.

Quando Ellie sentiu que era seguro agir, já se via o crepúsculo. Ela escreveu um bilhete para informar Lawrence do que acontecera e pediu a um criado que o entregasse na Cavendish Square. Meia hora depois, Lawrence entrou intempestivamente no salão de visitas.

– Ele fugiu, não é? – indagou.

Ellie confirmou com um movimento de cabeça.

– Covarde – acrescentou ele. – Para onde foi?

– Não sei, mas ele me deixou isto.

Ela entregou a ele a carta que o pai lhe escrevera. Lawrence pegou o papel e começou a ler, mas parou pouco depois para deixar escapar um murmúrio de escárnio.

– Inimigos? – citou, revirando os olhos. – Suponho que, pelo modo de pensar dele, qualquer pessoa que queira justiça é vista como inimiga.

– Tenho certeza disso – concordou Ellie.

Lawrence voltou novamente a atenção para a carta e leu o resto.

– Inacreditável! – disse por fim, balançando a cabeça. – Ele só fala de si mesmo. A humilhação dele, a vergonha dele... em toda a carta não há uma gota de preocupação com você, com seu bem-estar, com seu futuro.

– Ele me deixou aos cuidados de lady Wolford.

– Muito gentil da parte dele.

Lawrence voltou a baixar os olhos para a carta e deu uma risada.

– O conde acha que o maior defeito dele é o orgulho? Que piada! O orgulho dele não é nada diante da cobiça e da covardia.

Ellie não respondeu, então Lawrence a fitou. Algo no rosto dela o levou a franzir o cenho.

– Ele é um covarde, Ellie. Não me diga que não.

– Ah, não direi – respondeu ela na mesma hora. – Ele é um covarde, não há como negar.

Satisfeito, Lawrence se voltou mais uma vez para a carta.

– Pôr do sol – murmurou. – Ora, ele já se foi há muito tempo, então... está escuro lá fora.

Ele encarou Ellie.

– Quando você recebeu isto?

Ela poderia ter mentido. Uma mentira teria sido a coisa mais fácil do mundo naquele momento. Mas, ao contrário do pai, Ellie não era mentirosa.

– Há cerca de três horas.

– Três horas?

Lawrence pareceu furioso, com o cenho franzido, as feições duras e implacáveis.

– Sabe desta carta há mais de três horas e só agora está me mostrando?

– Sim.

– Por que diabos esperou tanto?

Ele não lhe deu tempo de responder.

284

– Fez isso de propósito – acusou, estreitando os olhos. – Queria que ele tivesse tempo de escapar.

– Sim.

Ela endireitou os ombros, enfrentando sem pestanejar a escolha que fizera e a ira de Lawrence.

– Sim, eu fiz.

– Como pôde? Sabe o que ele fez. Já admitiu para mim que sabe que seu pai é culpado. Ele não mostrou uma gota de remorso pelos crimes que cometeu. Mas, graças a você, ele escapou.

– É bem possível.

Ellie mordeu o lábio e observou o rosto severo dele.

– Está muito furioso comigo?

– Furioso?

Lawrence balançou a cabeça e deu uma risada sem nenhum traço de humor.

– Mulher, "fúria" é uma palavra que nem começa a descrever como me sinto no momento. Por que, Ellie? – perguntou, com a voz dura como granito, os olhos azuis cintilando como pedras preciosas. – Por que você faria uma coisa dessas?

– Porque ele é meu pai – disse ela.

Lawrence respirou fundo e soltou o ar lentamente.

– Uma figura paterna nada exemplar – murmurou.

– Sim – concordou Ellie. – Ele é um canalha de primeira linha, me permito dizer, e um covarde. E admito sem qualquer problema que meu pai teria merecido cada punição que a lei pudesse ter aplicado e mais ainda. Mas...

Ela fez uma pausa e suspirou.

– Eu ainda o amo, Lawrence, apesar de tudo.

– Ele tem bem menos apreço por você do que você por ele.

– Eu sei. Mas as coisas são o que são. Tenho plena consciência das consequências do que fiz e estou certa de que você deve estar ressentido comigo no momento...

– Ressentido? Isso é para dizer o mínimo.

Ellie respirou fundo e persistiu.

– Eu não o culparia se recuasse e decidisse não se casar comigo...

– Não posso recuar – interrompeu Lawrence mais uma vez. – Sua virtude foi comprometida. Nenhum cavalheiro poderia recuar nessas circunstâncias.

A amargura na voz dele era inegável e Ellie sentiu o coração se apertar.

– Não sei se algum dia vai conseguir me perdoar por ter arruinado seu caso, mas torço para que consiga, porque amo você e quero me casar com você mais do que já quis qualquer coisa na vida. Acho que não conseguiria suportar se a única razão para seguir adiante com esse casamento fosse a obrigação, por causa da noite passada.

Lawrence não respondeu e, diante do silêncio dele, Ellie fechou os olhos, temendo que a escolha que fizera os afastasse para sempre. Pareceu passar uma eternidade antes de ele voltar a falar.

– Você não arruinou meu caso.

Ao ouvir aquelas palavras murmuradas, Ellie abriu os olhos.

– Não?

– Nem um pouco.

Ele estreitou os olhos e a fitou com severidade.

– Logo vou descobrir em que navio o conde embarcou e para onde ele foi e usarei os serviços de todos os investigadores que forem necessários para encontrá-lo. Não me importa quanto tempo leve. Não me importa se já estivermos casados há duas décadas, com uma dezena de filhos, Ellie. Vou encontrar aquele patife do seu pai.

Aquelas palavras fizeram com que Ellie fosse invadida por uma onda de alegria e alívio, acabando com qualquer dúvida ou medo. Ela abriu a boca para responder, mas Lawrence a cortou.

– E, se a Coroa permitir, vou arrastá-lo de volta para cá, para que encare seus pares na Câmara dos Lordes e preste contas pelo que fez. Portanto – acrescentou Lawrence, deixando a carta de lado e cruzando os braços, com uma expressão beligerante no rosto –, talvez seja você quem queria recuar do casamento.

– Não.

Ellie balançou a cabeça.

– Não vou recuar. Se você encontrar meu pai e o trouxer de volta, ele terá que enfrentar a punição que lhe é devida, e não chorarei por ele.

– Ótimo.

Ele relaxou um pouco e deixou os braços caírem junto ao corpo.

– Então nós vamos nos casar?

– Suponho que sim.

Ellie suspirou e o fitou, fingindo estar aborrecida.

– Embora eu ainda não tenha recebido um pedido de casamento adequado.

– Não abuse da sorte.

Ele passou os braços ao redor dela e a puxou para mais perto.

– Ainda estou com sua moeda de 6 *pence*.

– É verdade – disse Ellie, sorrindo e passando os braços ao redor do pescoço dele. – O que significa que não tenho nenhuma garantia de sucesso no que diz respeito a casamento, não é mesmo?

Lawrence se afastou e pegou a moeda no bolso.

– Sabe – comentou ele em um tom de reflexão, erguendo a moeda entre eles –, eu não deveria duvidar de que haja algum poder nesta moeda, afinal.

Ellie examinou a moeda, pensativa.

– Houve momentos na última semana em que também me questionei a respeito. Mas não vejo como isso possa ser possível, Lawrence. Quero dizer, a moeda deveria ser minha solução para encontrar um marido, mas estou sem ela há mais de uma semana e vou me casar de qualquer forma. Isso não prova que ela não funciona?

– Pelo contrário.

Ele girou a moeda no ar, pegou-a de novo e piscou para Ellie.

– Você não é a única que vai se casar, não é mesmo?

– É verdade – concordou Ellie, rindo. – Isso deve significar que a moeda funciona para quem quer que esteja com ela, não apenas para mim e para minhas amigas. Mas, pelo amor de Deus, se funciona mesmo, não podemos perdê-la.

– Não se preocupe – falou Lawrence e voltou a guardar a moeda no bolso. – Até que esteja casada comigo, manterei esta moeda em meu poder o tempo todo. Mas o que vou fazer com ela depois disso? Guardar para nossa primeira filha?

– É claro que não! Você tem que dá-la para Bea.

– Bea não vai querer. Ela sempre disse que nunca vai se casar, com ou sem a moeda – ressaltou Lawrence.

– Se estivermos certos, duvido que ela tenha escolha. Talvez a vejamos colocar a moeda no sapato antes de nos darmos conta.

– No sapato? – repetiu Lawrence e encarou Ellie, surpreso. – O que um sapato tem a ver com isso?

– É o último verso: "Algo antigo, algo novo, algo emprestado, algo azul e uma moeda de 6 *pence* no sapato."

– Ah, eu havia me esquecido do último verso. Mas não sei se as coisas funcionaram como estão em cada verso.

– É claro que sim, Lawrence. A moeda obviamente é "algo antigo". E o duque de Anne... sem dúvida foi "algo novo" na vida dela. Então veio Cordelia...

A risada de Lawrence a interrompeu.

– Ora, essa parte pelo menos se encaixa. Pegar o noivo de outra pessoa emprestado... Quem além de Cordelia pensaria em uma ideia louca como essa?

– Foi bem louca mesmo, não foi? Mas Cordelia é assim.

Ela ergueu os olhos, sorrindo.

– Então – disse baixinho –, chegamos a nós.

– E é aí que as coisas não se encaixam mais. Você deve ter pensado que Bluestone seria o seu "algo azul", por causa do sobrenome, porém não vai se casar com ele, mas comigo.

Ela balançou a cabeça, perplexa.

– Apenas uma semana atrás eu acreditava que me casar com ele era meu destino. O que eu estava pensando, pelo amor de Deus?

– Ora... – começou Lawrence.

Porém Ellie o interrompeu.

– Era uma pergunta retórica – disse ela com firmeza.

– Seja como for, seu plano de se casar com Bluestone não funcionou, graças a Deus.

Lawrence a abraçou com mais força e franziu o cenho, parecendo confuso.

– Então que diabos é seu "algo azul"?

Ellie riu enquanto fitava os olhos azuis cintilantes do único homem que já amara na vida.

– É você, meu amor – falou e se pôs na ponta dos pés para beijá-lo.
– É você.

Julia Quinn

... E UMA MOEDA DE 6 PENCE NO SAPATO

CAPÍTULO 1

Um quarto no segundo andar de Wolford Grange
Herefordshire
Logo após o casamento de
Lawrence Blackthorne e lady Elinor Daventry

— Vocês estão brincando.

Porém estava claro, pela expressão no rosto delas, que Anne, Cordelia e Ellie *não* estavam brincando. Bea só conseguiu ficar olhando primeiro para elas, depois para a moeda que fora colocada na palma de sua mão.

Ela voltou a olhar para as amigas porque, pelo amor de Deus, *elas* tiveram ideias, agiram e moldaram o próprio futuro. Não a moeda. Nunca a moeda.

— Você fez um juramento – lembrou Cordelia.

— Ah, por favor...

— Um *juramento*, Bea.

— Éramos crianças!

Bea olhou para Ellie na esperança de encontrar uma centelha de sanidade em seus olhos.

Só que Ellie assentia, assim como Cordelia.

— Funcionou para nós, Bea. Você tem que dar uma chance à moeda.

— Não consigo acreditar que vocês três pensem que esta... – rebateu Bea e estendeu a mão, como se as amigas não soubessem exatamente o que havia ali – que esta... esta *moeda* tenha poderes sobrenaturais.

— Não estou dizendo que *tem* – falou Anne, cujo casamento recente com o duque de Dorset a tornara uma das damas de posição social mais alta do país. – Só estou dizendo que não estou convencida de que não tem.

— Passei por uma má sorte terrível enquanto a moeda esteve nas mãos de Lawrence – admitiu Ellie.

— Ainda não consigo acreditar que você a entregou a ele – repreendeu Cordelia.

— Ele a furtou do meu bolso!

— Já *eu* não consigo acreditar que você se casou com um batedor de carteiras – comentou Anne, balançando a cabeça.

Sua expressão era de uma seriedade impressionante, mas ela só conseguiu mantê-la no rosto por um segundo antes de uma risada ruidosa escapar.

– Ora, ele é *meu* batedor de carteiras – falou Ellie. – Isso é a única coisa que importa.

Ela se virou para Bea.

– *Você*...

– *Não* diga que eu poderia ter meu próprio batedor de carteiras – alertou Bea.

Céus, as amigas haviam perdido a cabeça. Era *aquilo* que o amor fazia com as pessoas?

– Precisa ficar com a moeda – falou Ellie.

Bea abaixou os olhos para o disco de prata em sua mão.

– Acredito que já esteja com ela.

– Tem que *usá-la* – esclareceu Ellie.

Bea revirou os olhos.

– A maior parte das pessoas concordaria que o uso *normal* de uma moeda seria gastá-la.

– Bea! – gritaram suas três amigas ao mesmo tempo.

Bea ficou olhando para elas, que ainda usavam trajes elegantes. Ellie estava vestida de noiva, Deus do Céu! Lawrence provavelmente estaria andando de um lado para outro, gastando o tapete da sala de estar no térreo, esperando que a esposa descesse para que eles pudessem partir em lua de mel.

Em vez disso, estavam todas enfiadas em um quarto, discutindo *aquela* bobagem.

Cordelia estendeu a mão e dobrou os dedos de Bea sobre a moeda.

– Coloque no sapato.

– Agora?

– Só assim vamos acreditar que fez isso.

– Sabe que eu poderia simplesmente tirá-la do sapato assim que for embora, não é?

– Só que não faria isso – falou Ellie. – Porque não quebra promessas.

Bea abriu a boca para discutir, então soltou um gemido. Elas a haviam encurralado. Aquele era o problema de suas amigas. As três a conheciam bem demais.

– A questão é que eu nem quero me casar – argumentou Bea.

Anne desviou os olhos por um instante das luvas que calçava.

– É o que você diz.

– E é sério!

– Deveria reconsiderar a ideia – declarou Anne, dando de ombros. – A condição de casada é muito recomendável.

– Eu posso vir a concordar – falou Ellie em um tom petulante. – Se algum dia conseguir sair deste quarto para me juntar ao homem com quem acabei de me casar.

– Não estou detendo você – lembrou Bea.

Porém Ellie não recuou.

– Não vou a lugar nenhum até que você coloque essa maldita moeda no sapato.

Bea suspirou. Não havia como escapar. Não com as três amigas encarando-a como se pudessem transformá-la em pedra. Ela girou a moeda na mão algumas vezes.

– Ora – disse, pensativa –, imagino que isto conte como algo antigo.

Anne sorriu e bateu os dedos no próprio peito.

– E eu sou algo novo.

– O quê?

– Sou uma nova duquesa – explicou.

– Está ampliando o sentido dessa história o máximo que pode, não é? – comentou Bea.

Anne deu de ombros, sem a menor vergonha.

– Ora, já eu peguei meu noivo emprestado – disse Cordelia.

Ellie acenou com a mão diante do rosto de Bea, e o anel de noivado de safira cintilou sob a luz fraca do fim de tarde.

– E eu consegui algo azul.

– Tudo se encaixa – falou Anne. – É brilhante.

Ela apontou para a moeda e depois para si mesma, para Cordelia e Ellie enquanto recitava:

– Algo antigo, algo novo, algo emprestado, algo azul...

Ninguém precisou de estímulo para terminar:

– E uma moeda de 6 *pence* no sapato.

Bem, exceto Bea. Ela manteve a boca fechada o tempo todo. Por fim, só conseguiu balançar a cabeça.

– Não tenho como vencer, não é mesmo?

– No sapato – ordenou Anne. – Agora.

– Você se tornou mesmo uma duquesa – resmungou Bea, sentando-se em uma cadeira próxima para descalçar o sapato.

– Ela sempre foi mandona assim – comentou Ellie.

Ellie abriu um sorriso para Anne, que o retribuiu prontamente. Bea não conseguiu conter um sorrisinho também, ainda que suspirasse, aceitando a derrota. Aquela, pensou, era a própria definição de amizade. A risada compartilhada, os sorrisos que não precisavam ser escondidos por trás da mão. Saber que se ela algum dia precisasse de algo, se algum dia se visse sozinha ou sem rumo...

Jamais ficaria sozinha ou sem rumo. Essa era a questão.

Bea não acreditava nem por um momento que uma moeda pudesse ajudar uma dama a encontrar um marido, mas acreditava em amizade.

Ela colocou a moeda no sapato.

Uma semana depois
Centro de Wallingford
Oxfordshire

Bea franziu o cenho e girou o tornozelo, torcendo para que ninguém percebesse como passara a andar de forma estranha nos últimos dez passos mais ou menos. Era de imaginar que uma moeda – ainda mais uma tão fina e gasta – seria quase imperceptível sob os pés, mas não: era como se houvesse uma maldita pedrinha ali, entre a meia e o sapato.

Ela se sentia como a mocinha de "A princesa e a ervilha". Exceto pelo fato de não ser uma princesa. Também não era uma dama da nobreza ou algo do tipo. Era apenas a simples Srta. Beatrice Mary Heywood, filha dos falecidos Robert e Elizabeth Heywood, sobrinha grata e devotada das Srtas. Calpurnia e Henrietta Heywood.

Ellie morava em uma casa comum, que tinha três andares, dois criados e um jardim. Gostava de ler e de tricotar, atividades muito básicas. Na verdade, a única coisa extraordinária em relação a ela (sem contar seu círculo de amigas mais queridas, que – o que parecia bastante improvável para uma jovem na posição dela – incluía uma duquesa, uma condessa e a filha de um conde) era sua paixão pelo céu. Não era um interesse muito feminino, mas Bea nunca se preocupara com isso. Quando erguia os olhos para o céu, ela só via possibilidades. E aquilo era tão glorioso que a deixava sem fôlego.

Toda vez.

Naquele exato momento, na verdade, as nuvens cúmulos logo à direita (presumindo que a torre da igreja fosse o centro – e Bea sempre visualizava a estrutura mais alta assim) pareciam o Taj Mahal. Não que ela já tivesse visitado o Taj Mahal ou que algum dia viesse a visitá-lo, mas vira uma ilustração colorida da magnífica construção indiana e, sem dúvida, fora o bastante para fazê-la enxergá-lo nos contornos de uma nuvem.

Um pouco mais abaixo, ela avistou uma xícara de chá e logo depois...

– Com licença!

Bea saiu de seu devaneio com um segundo de atraso e acabou esbarrando no cavalheiro que vinha da direção oposta na calçada. O corpo dela bateu no dele com uma força de tirar o fôlego e a bolsinha que carregava voou de sua mão, aterrissando um pouco adiante, no calçamento. Bea também teria caído se um par de mãos grandes não a tivesse segurado vigorosamente pelos ombros, firmando-a antes que ela tombasse.

– Perdão! – falou ela e recuperou a bolsinha, grata por não ter se aberto o fecho. – Eu procurava por um banco.

– No céu?

A tirada sarcástica fez com que Bea sentisse o rosto quente. Ele a pegara. Ainda assim, não precisava ser indelicado.

– É claro que não – murmurou. – Eu estava distraída e... bem...

Ela não terminou a frase. De que adiantaria? Apenas pigarreou e, por fim, encontrou os olhos do cavalheiro.

– Por favor, aceite minhas desculpas. Foi muito descuido da...

Da...

Santo Deus! Bea piscou algumas vezes, tão impressionada com a aparência dele que se viu incapaz de falar por um momento. Um tapa-olho cobria o olho direito do homem, mas aquilo era o que menos importava. Porque o outro... o olho esquerdo... era da cor exata do céu: um pouco azul, um pouco cinza. Como uma pequena tempestade.

– Sinto muitíssimo – voltou a falar ela.

Embora... sinceramente, quem ficava tão furioso por um mero passo descuidado? Aquele homem nunca dera um esbarrão em uma calçada antes?

Ele cerrou os lábios e franziu as sobrancelhas – que eram do mesmo tom castanho-escuro intenso do cabelo. Quando o homem falou, o tom foi tão rígido quanto sua expressão.

– Da próxima vez, preste atenção aonde vai.

Bea sentiu o maxilar se enrijecer.

– Farei isso.

Ele a encarou por mais um longo e desconfortável momento.

– Bom dia – grunhiu ele de repente, e passou por ela.

– Bom dia para o senhor também – murmurou Bea para o espaço vazio diante dela.

Que homem irritante!

Então ela se virou, porque não conseguiu se conter. O homem insuportável seguia pela rua como se fosse dono dela. Talvez fosse mesmo. Bea conhecia o bastante sobre moda masculina para saber que as botas e o chapéu que ele usava eram extremamente bem-feitos. E o paletó – azul, muito elegante, com botões dourados – com certeza fora feito por um alfaiate exclusivo de Londres. Ninguém mais teria conseguido cortar e costurar o tecido de forma a cobrir com tamanha elegância o corpo musculoso do homem. O que a levou a outra consideração.

– Um homem irritante com ombros irritantemente largos – murmurou.

Como era possível uma injustiça daquelas – os piores exemplos de seres humanos com frequência serem também os mais agradáveis de se olhar?

Bea suspirou, balançou a cabeça e seguiu seu caminho, ansiosa para terminar o que ainda tinha para resolver na rua. Como se para zombar dela, a moeda de 6 *pence* se deslocou dentro do sapato e se enfiou embaixo do seu dedão.

– Ah, pelo amor de Deus! – falou Bea para o próprio pé.

Se aquele era o tipo de homem que a moeda lhe conseguiria, era melhor jogá-la no lago de uma vez.

Lorde Frederick Grey-Osbourne tinha três irmãos mais velhos, dois diplomas de Oxford e um único olho funcional.

No momento, o olho era o que mais o importunava, embora os irmãos normalmente disputassem esse posto.

Ele supunha que deveria ficar grato por ter sido a jovem dama atrapalhada quem esbarrara nele, não o contrário. Era um pequeno prazer lembrar que não era o único ser desajeitado circulando pelo calçamento irregular do centro da cidade.

Era engraçado que as pessoas nunca percebessem como os dois olhos eram essenciais para se ter noção de profundidade até um deles ficar inútil.

No entanto, Frederick só conseguia se lembrar da expressão no rosto da jovem quando por fim erguera os olhos para encontrar os dele (o dele, no singular, na verdade). Ela ficara paralisada, mal conseguindo disfarçar a repulsa.

Ele nunca fora um canalha com as mulheres, nunca fora do tipo que roubava beijos e catalogava conquistas, mas já fora belo – todos os rapazes de sua família eram. Acostumara-se a ver um rápido brilho de apreciação nos olhos de uma mulher, a ouvir um brevíssimo arquejo quando eram apresentadas a ele. Era alto e forte e não se considerava vaidoso até então, mas era óbvio que se equivocara, porque a repulsa... a piedade... eram mais do que conseguia suportar.

Não, pensou ao adentrar a Plinkington's ("Fornecendo papéis finos desde 1745"), obviamente aquilo *não* era mais do que ele conseguia suportar, já que continuava ali, andando e falando e, acima de tudo, pensando. Mas não passaria o dia sem algum lembrete de que não era mais o homem de antes. Na certa havia outro modo, mais shakespeariano, de dizer aquilo – com ácido no estômago ou fúria ardendo na alma –, mas a verdade era mais simples e provavelmente mais profunda.

Isso o deixava furioso.

E o mantinha furioso.

– Lorde Frederick – saudou-o o Sr. Plinkington, dono da papelaria, com o rosto iluminando-se para seu cliente mais elegante. – É um prazer vê-lo. Em que posso servi-lo hoje, milorde?

Frederick o cumprimentou com um aceno de cabeça. Ele era relativamente novo em Wallingford, mas estivera várias vezes na loja desde o acidente. O Sr. Plinkington estava acostumado ao rosto de Frederick e, se reparava no tapa-olho – ou na cicatriz que podia ser vista pela borda do tecido e que serpenteava pelo rosto até chegar à orelha –, já não demonstrava.

– Três cadernos – pediu Frederick.

– Já? – indagou o dono da loja com as sobrancelhas erguidas e um sorriso. – O senhor comprou a mesma quantidade ainda no mês passado.

Frederick deu de ombros com simpatia.

– Faço muitas anotações.

– Este é um bom negócio – comentou o Sr. Plinkington com um aceno de cabeça. – Ter uma papelaria tão próxima de uma universidade. Parece que vocês, acadêmicos, sempre têm anotações a fazer.

– Era de imaginar que o senhor estaria ainda melhor na cidade de Oxford – lembrou Frederick.

– Ah, mas lá o aluguel seria mais alto.

– É um bom argumento – murmurou Frederick.

Ele andou pela loja enquanto o Sr. Plinkington corria os dedos pelas lombadas dos muitos cadernos que enchiam as prateleiras, procurando pelo tipo específico de que Frederick gostava.

A loja de Plinkington também oferecia uma boa seleção de papéis de carta. Frederick achou que talvez precisasse repor seu estoque – parecia ter uma quantidade muito maior de correspondência depois que comprara uma pequena propriedade. Escrever tanto deixava seu olho bom exausto no fim do dia. Ele sabia que não havia vergonha nenhuma em ditar suas cartas a alguém – na verdade era o que a maior parte dos contemporâneos dele faziam –, mas, para ele, aquilo ainda parecia um sinal de fracasso, um reconhecimento de que já não era tão capaz quanto antes.

– Senhor Plinkington – chamou ele, com a intenção de perguntar o preço de diferentes tamanhos de papel vergê.

Contudo, antes que pudesse falar mais, ouviu a porta da loja ser aberta, depois o som de um sininho.

– Posso ajudá-la, senhorita? – perguntou o dono da loja.

– Sim, obrigada – respondeu uma voz feminina.

Frederick ficou imóvel. Reconheceu a voz. Era a mesma que atacara seus ouvidos fazia menos de dois minutos.

– Estou procurando um caderno científico – disse ela.

– Sem dúvida posso ajudá-la com isso – falou o Sr. Plinkington, muito prestativo e de boa vontade.

Frederick se afastou um pouco para a esquerda, tanto para vê-la melhor quanto para se esconder parcialmente atrás de uma estante. Era a dama que esbarrara nele na rua, é claro. Ela sorria de forma simpática para o dono da loja, com uma expressão nada semelhante à que dirigira a ele minutos antes.

Ele lembrava que os olhos dela eram verdes, ou melhor, castanho-esverdeados. Estava usando uma daquelas atrozes toucas com babados que as damas pareciam achar indispensáveis, mas ele percebera os fios que escapavam dela, de um castanho-claro bastante comum. Só não conseguira ver se eram cacheados.

Não que ele se importasse se eram cacheados ou não. Mas era treinado para observar. Não conseguia *não* observar. Por exemplo, percebera mais cedo que os cílios dela tinham um tom mais escuro do que as sobrancelhas. E naquele momento, enquanto a jovem se juntava ao Sr. Plinkington ao balcão, Frederick viu que a costura em suas luvas pequenas e finas não eram de uma cor uniforme.

Ela as consertara. Provavelmente, mais de uma vez.

– Sem pauta, se possível – pediu a jovem, inclinando a cabeça na direção da estante atrás dela. – Costumo fazer desenhos junto das anotações.

– Não recebemos muitas damas em busca de cadernos científicos – comentou o Sr. Plinkington.

O sorriso dela ficou tenso.

– Não que eu a esteja criticando – garantiu o dono da loja. – É só uma observação.

A expressão dele se tornou mais divertida e ele puxou vários cadernos.

– Uma observação científica, se preferir – emendou ele.

A dama assentiu com graciosidade e estendeu a mão.

– Ah, sinto muito – falou o Sr. Plinkington. – Estes são para o cavalheiro.

Ele indicou o fundo da loja com a cabeça.

– Pegarei os seus assim que terminar esta venda.

– É claro – respondeu ela, virando a cabeça instintivamente na direção que o homem indicara. – Quem chega primeiro deve ser atendido...

Frederick lhe dirigiu um meneio de cabeça.

– Senhor – disse a jovem, em um tom que deixava claro que o cumprimento era devido apenas às boas maneiras.

Frederick respondeu da mesma forma.

– Senhorita.

– Vocês se conhecem? – perguntou o Sr. Plinkington em um tom jovial. – Suponho que seja inevitável em uma cidade deste tamanho.

– Não fomos apresentados – falou a dama, sem dar *completamente* as costas para ele.

Frederick quase riu. Mais uma vez aquelas boas maneiras incômodas. Ela não conseguia se obrigar a ser rude, por mais que desejasse.

– Lorde Frederick Grey-Osbourne – disse Frederick, inclinando-se para cumprimentá-la.

Não lhe restava muito a fazer naquelas circunstâncias. Além disso, sentia um prazer especial em ser extremamente educado com alguém que não queria ter nada a ver com ele.

– Sou a Srta. Heywood – apresentou-se ela de modo recatado.

Frederick imaginou se a jovem seria professora. Ou preceptora. Tinha esse ar.

– Lorde Frederick é novo em Wallingford – contou o Sr. Plinkington, prestativo. – Ele é professor na universidade.

– Não exatamente – murmurou Frederick.

Ele não lecionava em Oxford, mas, depois de uma década de estudos e de uma doação substancial à universidade, tinha acesso irrestrito às bibliotecas e aos laboratórios. De modo geral, era um excelente arranjo.

– Qual é sua área de estudo? – perguntou a Srta. Heywood.

Frederick não conseguia acreditar que ela se importasse, mas lhe deu o crédito por perguntar. Além disso, sabia, por experiência própria, que a maneira mais certa de encerrar uma conversa era se entregar a uma descrição de sua pesquisa. Por isso disse apenas:

– Física, principalmente.

Ela piscou três vezes.

– Prática ou teórica?

Ele a encarou.

– Como?

– O senhor estuda física prática ou teórica? – repetiu.

Frederick pigarreou. Aquela não era uma pergunta que ele costumasse ouvir fora dos círculos acadêmicos.

– Teórica – falou. – Principalmente.

– É um grande número de "principalmentes".

Moça insolente. Frederick se pegou sorrindo.

– É um tema complicado.

– Imagino – falou a jovem, e olhou de relance para o Sr. Plinkington, que embrulhava a compra de Frederick.

A Srta. Heywood parecia ansiosa para que o dono da loja passasse a se dedicar ao pedido dela.

A postura da jovem indicava que ela já se cansara da conversa. Frederick *de fato* mencionara a física teórica com aquela intenção, mas quando ela perguntara sobre seu trabalho ele poderia jurar que vira um lampejo de interesse sincero nos olhos dela.

Então algo nele não conseguiu resistir.

Frederick se adiantou alguns passos, colocando-se entre ela e o dono da loja, mas mantendo espaço suficiente entre eles para não ser desagradável.

– E o que a *senhorita* estuda?

Ela se virou para ele, surpresa.

– Nada – respondeu.

Frederick se deu conta do equívoco da pergunta. Tão perto de uma das melhores universidades do mundo, "estudar" era interpretado como algo oficial, geralmente não permitido às mulheres.

– Está comprando os cadernos para outra pessoa, então? – Tentou de novo, embora soubesse a resposta.

A jovem dissera que gostava de desenhar ao lado das anotações que fazia. Só que ela não sabia que ele ouvira.

– Não, são para mim – admitiu a Srta. Heywood, parecendo um pouco desconcertada com a atenção dele.

Ela pigarreou.

– Tenho interesse em astronomia.

– Muito louvável – disse ele.

Ela sorriu, mas não foi um sorriso sincero, e ocorreu a Frederick que a jovem achara que ele debochava dela.

– Há uma boa parcela de física na ciência dos céus – disse ele. – Em teoria, talvez um dia possamos visitar a lua.

A jovem deixou escapar uma risada abafada.

– Ah, o senhor está falando sério? – falou, quando conseguiu conter o sorriso.

– Muito – respondeu Frederick. – Embora isso não seja algo que eu espere ver no meu tempo de vida.

– Nem eu no meu – concordou a Srta. Heywood.

Ele ergueu uma sobrancelha em uma expressão travessa.

– Espera viver muito mais do que eu?

– O quê? Não, eu...

A jovem cerrou os lábios, mas eles logo se curvaram em um sorriso quando ela se deu conta de que se tratava de uma brincadeira.

– A lua – falou o Sr. Plinkington com uma risadinha. – Nossa! Isso, sim, é um sonho para um homem rico.

Frederick deu um sorriso irônico.

– Suponho que haja um motivo, então, para eu não seguir os caminhos da física prática.

– Não sei – falou a Srta. Heywood. – Um dia a teoria vira prática. Ao menos é o que se espera, certo?

Frederick se pegou encarando-a por um pouco mais de tempo do que seria socialmente necessário. Aquela centelha de inteligência que vira nos olhos da moça era mais do que um fogo passageiro. Era intrigante encontrar uma mulher interessada naquele tema. Não. Era intrigante encontrar um *ser humano* interessado. Havia muito ele desistira de tentar despertar a curiosidade dos irmãos em discussões científicas. Na verdade, desistira de abordar o assunto com qualquer pessoa além de seus colegas da universidade.

– Aqui está, milorde – disse o Sr. Plinkington.

Ele entregou a Frederick os cadernos, que estavam embrulhados em papel pardo e amarrados com barbante, um pacote bem-feito a ser usado em futuras pesquisas.

– Devo colocar na sua conta?

– Por favor.

Frederick pegou a compra e avaliou brevemente seu peso. Deveria ir embora. Já conseguira o que fora buscar ali. Não havia razão para permanecer mais tempo na papelaria.

– Cadernos sem pauta para a senhorita – murmurou o Sr. Plinkington, dirigindo-se então à Srta. Heywood.

– Só um – esclareceu ela.

– Este lhe atende? – perguntou o dono da loja, pegando um caderno na prateleira e exibindo-o.

A moça pegou o caderno, folheou-o e assentiu.

– É perfeito.

– Devo colocar na sua conta, Srta. Heywood?

– Não – disse ela e levou a mão à bolsinha. – Vou pagar agora. Obrigada.

Frederick a observou colocar algumas moedas na palma da mão, depois separar com cuidado o necessário para pagar a compra. O restante foi devolvido à bolsa.

– Não há necessidade de embrulhar – disse a jovem ao Sr. Plinkington. – Acho que não vai chover até eu chegar em casa.

– Imagino que não – respondeu o dono da loja com um sorriso.

Então ela morava por perto, supôs Frederick. Ou talvez não. O Sr. Plinkington poderia estar se referindo aos trechos de céu azul que aos poucos venciam as nuvens. O clima estava bom naquela tarde. A Srta. Heywood poderia andar até Oxford e provavelmente não encontraria chuva.

– Volte sempre, Srta. Heywood – disse o Sr. Plinkington, entregando o caderno a ela.

– Obrigada. E, por favor, transmita meus cumprimentos e os das minhas tias à Sra. Plinkington.

A jovem virou a cabeça e seus olhos pousaram em Frederick, ainda parado perto da porta. Ela o fitou com uma expressão desinteressada que, sem dúvida, significava "O que o senhor ainda está fazendo aqui?".

– Obrigado, Sr. Plinkington – disse Frederick, com um aceno de cabeça formal.

Era bastante plausível que ele tivesse sentido a necessidade de esperar ali dentro até que pudesse também agradecer ao dono da loja.

– Bom dia – disse à Srta. Heywood, meneando a cabeça. – Bom dia – repetiu.

– Milorde – murmurou a Srta. Heywood.

Como não tinha mais nenhuma desculpa para permanecer ali, Frederick assentiu uma última vez, saiu da loja e começou a caminhar em direção a seu cabriolé.

Antes, porém, ele olhou para cima. As nuvens pareciam mais fofas naquela tarde. E uma em especial – a que começava a se esconder atrás da torre da igreja – era particularmente majestosa. Quase como o Taj Mahal.

O Taj Mahal: Frederick gostaria de conhecê-lo um dia, com um olho só ou não.

CAPÍTULO 2

Dois dias depois, Bea se viu de volta ao centro da cidade, seguindo depressa a caminho do açougue e da padaria que, muito inconvenientemente, ficavam em extremidades opostas. Não era comum ela assumir aquele tipo de tarefa, mas a Sra. Wembley, cozinheira de longa data da casa e camareira ocasional das duas tias idosas de Bea, fora para Nottinghamshire cuidar da irmã doente e Bea não tinha energia nem dinheiro para encontrar uma substituta por apenas quinze dias.

As tias, Callie e Hennie, conseguiam resolver o básico da cozinha e a governanta delas, Martha, também sabia fazer alguma coisa, portanto elas não passariam fome – desde que, é claro, tivessem ingredientes para cozinhar. Era onde entrava Bea. Ela era uma tragédia na cozinha, mas comprar ingredientes não era nada além de matemática básica, certo? Era capaz de comprar um presunto. Uma perna de cordeiro? Sem problema. Mas estava impressionada com a extensão da lista que lhe deram. Será mesmo que precisavam de quatro pães? De dois pedaços de bacon? Quanto as tias pretendiam comer?

Bea balançou a cabeça, determinada a cortar a lista ao meio (pelo menos), abriu a porta do açougue da família Farnsworth ("Desde 1612, uma tradição de longa data de Wallingford") e sorriu para o proprietário.

– Srta. Heywood! – cumprimentou o Sr. Farnsworth. – O que a traz aqui? A Sra. Wembley ainda está com a irmã?

– Sim – respondeu Bea. – Ficará por pelo menos mais uma semana, eu acho. Talvez duas.

O Sr. Farnsworth respirou fundo.

– Fico feliz por não ser uma mosca na parede daquela casa. A Sra. Wembley *detesta* a irmã.

– É mesmo? – perguntou Bea.

O Sr. Farnsworth – que gostava de uma fofoca – assentiu.

– Fala dela o tempo todo quando está aqui. Sempre diz que é uma pedra no sapato. Mas vamos ser sinceros: a própria Sra. Wembley não é exatamente um doce, não é mesmo?

Bea encolheu de leve os ombros e meneou a cabeça, que era o máximo que estava disposta a responder. A Sra. Wembley não tinha mesmo um temperamento fácil, mas era uma *excelente* cozinheira e Bea não via razão para hostilizá-la, mesmo em sua ausência.

– Suponho que nenhuma de vocês saiba cozinhar – comentou o açougueiro.

– Bem, conseguimos preparar torradas – falou Bea e conferiu sua lista. – E bacon, ao que parece.

– A Srta. Martha sabe se virar na cozinha. Não deixe que ela lhe diga o contrário – contou o Sr. Farnsworth e estendeu a mão indicando a vitrine. – Diga, de que a senhorita precisa hoje?

– Tia Hennie fez uma lista – falou Bea, franzindo o cenho e balançando a cabeça –, mas devo admitir que, a meu ver, ela talvez tenha sido um pouco ambiciosa.

Bea passou o papel para a mão gorducha do Sr. Farnsworth. Ele soltou uma gargalhada enquanto desvendava a letra longa e fina de Henrietta Heywood.

– Que tal eu lhe dar apenas o que a Sra. Wembley costuma levar?

– Isso seria maravilhoso – garantiu Bea e abriu o fecho da bolsinha. – Quanto custa?

O açougueiro desconsiderou a pergunta com um aceno de mão.

– Pode colocar na conta. Mandarei para sua casa no fim do mês.

– Não, não, prefiro pagar agora – falou Bea.

Ela examinara as contas da casa do mês anterior e ficara horrorizada com o estado das finanças. Precisavam parar com aquela história de colocar tudo na conta nos estabelecimentos, até todas as dívidas já feitas estarem pagas. Era de espantar que os comerciantes da cidade ainda as recebessem.

– Como desejar – disse o Sr. Farnsworth sem se abalar.

Ele não mencionou que elas ainda lhe deviam mais de 2 libras de compras anteriores. Bea ficou extremamente grata por isso.

– Mais alguma coisa? – perguntou o açougueiro ao lhe entregar o frango cortado em pedaços. – Estou ignorando o pernil de cordeiro. Não acho que precisarão dele.

– Para não mencionar que não sabemos cozinhá-lo – falou Bea, com uma risada.

– A Srta. Martha sabe – lembrou o homem.

– Martha é muito ocupada – garantiu Bea –, mas com certeza pedirei conselhos a ela caso seja preciso preparar algo mais complicado do que ovos e torrada.

Ela pegou o pacote.

– E bacon – lembrou-se Bea. – Talvez passemos a tomar café da manhã várias vezes ao dia até a Sra. Wembley retornar.

– Devo pegar o frango de volta?

– Ah, não, estou só brincando. Até mesmo eu me cansaria de bacon depois de duas semanas comendo apenas isso.

Bea pousou os pacotes e pegou o porta-moedas na bolsinha.

– Agora, quanto lhe devo?

O Sr. Farnsworth lhe disse e ela contou as moedas, evitando cuidadosamente a de prata de 6 *pence* que enfiara na bolsa depois que a bendita quase lhe fizera uma bolha na véspera.

– Aqui está – murmurou ela, colocando a maior parte das moedas necessárias na mão do açougueiro. – Só mais um cent... Oh!

Bea não sabia como aquilo acontecera – na verdade, sua mente era científica o bastante para saber que não seria *possível* aquilo acontecer –, mas poderia jurar que a moeda de 6 *pence* havia saltado da bolsa dela e rolado direto porta afora no instante em que outro cliente entrava.

– Só um momento! – gritou Bea, abandonando a bolsa no açougue e disparando para fora da loja.

Aquela moeda idiota talvez fosse a ruína do pé dela, mas não poderia *perdê-la*. O que as amigas diriam?

Bea quase caiu descendo os dois degraus que levavam até a calçada, olhou para um lado e para outro, até seus olhos encontrarem o brilho do metal que refletia o sol e ela sair correndo na direção da moeda.

Bem a tempo de ver a mão de outra pessoa pegá-la.

– Perdão – disse Bea em um tom equilibrado. – Essa moeda é minha.

Um homem que ela não reconheceu jogou a moeda de 6 *pence* no ar e a pegou de volta com habilidade.

– Era – corrigiu ele com um sorriso insolente. – Agora é minha.

Bea recuou, estupefata, diante da grosseria dele.

– Não, o senhor não entendeu. Eu estava no açougue e...

– E a deixou cair – interrompeu ele. – Agora ela é minha.

– Senhor – falou ela, adiantando-se para bloquear a passagem dele na calçada. – Preciso discordar. O Sr. Farnsworth pode atestar que estou dizendo a verdade. Ele viu tudo.

Porém um rápido olhar por sobre o ombro a fez ver que o Sr. Farnsworth estava ocupado com outro cliente. E, se Bea entrasse na loja para chamá-lo, aquele patife diante dela na certa iria embora com a moeda.

– Escute – disse Bea, tentando parecer razoável –, eu lhe darei outra moeda de 6 *pence* em troca.

Seria basicamente aceitar ser roubada, mas o que mais poderia fazer? Precisava daquela moeda. Não acreditava que trouxesse sorte – na verdade, estava bem certa do contrário. Mas era importante. A moeda guardava lembranças felizes de risadas e amizade. Era a única coisa que ela e as amigas ainda compartilhavam.

O homem recuou, e os olhos escuros cintilaram com interesse renovado.

– A senhorita me pagaria por isto?

– Sim.

– E me daria 6 *pence*.

– Sim – confirmou Bea.

Ele passou a mão pelo queixo.

– Então acho que também estaria disposta a me pagar o dobro.

Bea arquejou.

– O quê?

O homem deu de ombros.

– É claro que esta moeda vale mais do que 6 *pence* para a senhorita.

– Ora, por...

– Algum problema? – perguntou uma nova voz.

Bea nunca imaginou que ficaria encantada ao rever lorde Frederick Dois-Sobrenomes (ela esquecera o nome completo dele), mas não poderia ter se sentido mais grata ao vê-lo fitando-a de forma inquiridora com aquele olho espetacular.

– Nenhum – disse com toda a tranquilidade o homem.

Bea se recusava sequer a pensar nele como um cavalheiro.

– Não é verdade! – redarguiu Bea e se empertigou, com os braços esticados e os punhos cerrados junto ao corpo. – Esse homem roubou minha moeda de 6 *pence*.

– Sua moeda de 6 *pence* – repetiu lorde Frederick, e o tom talvez sugerisse que achava aquilo um drama exagerado.

Ou talvez não. A expressão dele era impassível. Bea não conseguiu decifrar o que ele pensava.

– É a minha moeda de 6 *pence* da sorte – explicou, mortificada por dizer algo assim a um homem da ciência.

Lorde Frederick voltou um olhar frio para o outro homem.

– Devolva – disse apenas.

O homem franziu os lábios.

– Eu peguei a moeda do chão.

– Depois que caiu da minha bolsa e rolou para fora do açougue do Sr. Farnsworth! – bradou Bea, quase jogando os braços para cima, frustrada. – Eu disse a ele que lhe daria outra moeda de 6 *pence* e ele me exigiu o dobro.

– Isso é verdade? – murmurou lorde Frederick.

Só que foi mais do que um murmúrio. Havia um traço ameaçador no tom dele. Quando Bea se virou para olhar para seu rosto, quase recuou um passo.

Alguns diriam que o tapa-olho lhe dava um ar ameaçador, mas Bea sabia que não era o caso. Aquele tapa-olho era a única coisa que impedia lorde Frederick de incinerar o ladrão ali mesmo. Seu olho bom praticamente fuzilava o outro homem – Bea nem conseguia imaginar como seria encarar a intensidade plena do olhar dele.

– Que se dane – falou o ladrão com desdém.

Então jogou a moeda no ar na direção de Bea.

– Não vale a pena – concluiu o homem.

A moeda aterrissou no chão e Bea se abaixou para pegá-la, decidindo que não era o momento de se mostrar orgulhosa. Ao se levantar, percebeu que lorde Frederick dera um passo para a esquerda, bloqueando a passagem do homem.

Bea arregalou os olhos quando lorde Frederick disse em um tom perigosamente calmo:

– Use uma linguagem decente na frente de uma dama.

– Ou o quê?

– Ou serei obrigado a machucá-lo.

Bea se adiantou.

– Ah, isso não é nece...

Lorde Frederick a silenciou com um gesto, sem desviar os olhos do rosto do patife à sua frente.

– Vai se desculpar ou terei que machucá-lo? – perguntou no mesmo tom calmo e ameaçador.

O ladrão tentou acertar o oponente no abdômen, mas lorde Frederick foi muito rápido e, antes que Bea tivesse tempo de piscar, ele já havia bloqueado o golpe do outro e acertado um soco no rosto dele.

Bea ficou boquiaberta ao ver o ladrão caído. Ela olhou para lorde Frederick, então para o homem no chão, depois de volta para lorde Frederick.

– O senhor não precisava...

– Eu lhe asseguro que precisava.

Ele fitou o próprio punho com uma expressão de lamento.

– Isso vai doer amanhã – constatou lorde Frederick.

Ele fez uma careta ao esticar e dobrar os dedos enluvados.

– É uma pena – concluiu.

– Posso lhe conseguir gelo – falou Bea e olhou por cima do ombro para o açougue. – Talvez o Sr. Farnsworth...

As palavras morreram quando ela percebeu que lorde Frederick, sem nem parecer ter olhado para baixo, havia plantado o pé na barriga do ladrão, impedindo que o homem se levantasse.

– Um pedido de desculpas, por favor – exigiu lorde Frederick.

– Pelo amor de...

A bota de lorde Frederick mudou de posição.

– Perdão! – gritou o homem.

– Muito bem, então – falou o lorde, retirando o pé, e se virou para Bea. – Posso acompanhá-la até seu próximo compromisso?

– Hum – disse Bea, sentindo-se estranhamente sem ar –, isso não é...

Ela deu uma rápida olhada no rosto dele, tão impassível e educado, mas ainda assim com um toque de ferocidade no olho, e repensou o que estava prestes a dizer.

– Obrigada – falou. – Seria um prazer.

Lorde Frederick assentiu e estendeu o braço, mas ela indicou o açougue.

– Preciso buscar minhas compras. Se não se importa...

– Eu a esperarei aqui – confirmou ele.

Bea correu de volta à loja, onde o Sr. Farnsworth ainda atendia um cliente, parecendo não ter se dado conta do drama que se desenrolara na calçada diante da loja.

– Srta. Heywood – disse ele, num tom jovial. – Está tudo bem ali, no balcão.

Ela assentiu em agradecimento e, tendo decidido que não era preciso ver o ladrão ir embora, demorou só um pouco mais do que o necessário para sair de novo do açougue.

E, como esperava, lorde Frederick se encontrava agora sozinho na calçada e acabara de guardar o relógio no bolso quando ela apareceu.

– Srta. Heywood – falou ele e esticou a mão para pegar os pacotes dela.

Bea ficou muda por um momento, mas entregou as compras aos cuidados dele. Estava tão acostumada a cuidar de si mesma – além dos cuidados das tias, é claro –, que o mero gesto de entregar seus pacotes a um cavalheiro lhe pareceu estranho.

– Preciso parar na padaria – avisou ela, constrangida. – Para comprar pão, eu acho, e bolinhos, se a padeira tiver assado uma fornada hoje.

Lorde Frederick inclinou a cabeça com elegância e deixou que ela o guiasse.

– Eu normalmente não faço as compras – ouviu-se explicando. – Nossa cozinheira teve que ir para Nottinghamshire, para ficar com a irmã. Ela está doente. A irmã, quero dizer, não a cozinheira.

Por que diabos estava dizendo tudo aquilo?

– Com um problema de pulmão – deixou escapar ainda.

E por que parecia não conseguir parar?

– Espero que ela melhore logo – disse Frederick, e deu um leve sorriso. – A irmã, quero dizer. Não a cozinheira.

O tom foi simpático o bastante para indicar que ele estava brincando. Bea sorriu, envergonhada.

– Tenho certeza de que a Sra. Wembley também lhe desejaria tudo de bom. Ela provavelmente está meio insana no momento.

Então, porque uma declaração daquelas parecia exigir mais explicações, Bea confidenciou:

– Ela não é muito apegada à irmã.

Lorde Frederick sorriu.

– O que torna ainda mais admirável, então, que sua cozinheira tenha se deslocado para cuidar da irmã.

– É o que se faz quando alguém da família tem problemas – comentou Bea, inclinando a cabeça para o lado para olhar para ele.

– Imagino que sim. Embora deva dizer que não consigo imaginar nenhum dos meus irmãos correndo para o meu lado caso eu estivesse doente do pulmão.

– Não? E quanto a...

Bea se interrompeu, horrorizada. Ela quase perguntara sobre o olho dele. O que estava pensando, pelo amor de Deus?

Houve um instante de silêncio, longo o bastante para que Bea desejasse abrir um buraco no chão e se jogar dentro dele. Mas então lorde Frederick se voltou para ela com uma expressão irônica e disse:

– Eles estiveram ao meu lado nesse caso.

– Peço perdão – falou ela, deixando as palavras escaparem de seus lábios.

– Não é necessário.

– É, sim. Foi terrivelmente rude da minha parte e...

– Pare.

Enquanto Bea tentava determinar o tamanho de sua ofensa, lorde Frederick acrescentou:

– Por favor.

Ela engoliu em seco e assentiu, desejando muito pedir desculpas mais uma vez. Só que não seria o certo a fazer, e Bea se viu imaginando quantas vezes os pedidos de desculpas eram mais para o bem de quem pedia do que de quem recebia.

– Foi um acidente de carruagem – contou lorde Frederick.

Bea o fitou, surpresa. Não esperara que ele fosse dizer mais nada a respeito. E tinha a estranha sensação de que lorde Frederick também.

– Ainda tenho um olho.

Ele se voltou para ela, que percebeu que ele se posicionara à sua direita. Lorde Frederick fizera aquilo para poder ver melhor quem estava a seu lado? Bea fechou o olho esquerdo para conferir como ficava sua visão periférica, então o abriu depressa. Será que ele a vira fazer aquilo? Não queria que o homem achasse que estava zombando dele.

Lorde Frederick deu um sorrisinho – discreto, mas que carregava suficiente pesar para que Bea percebesse que ele vira o que ela fizera e compreendera o motivo.

– Já me disseram que é bastante perturbador ver o olho afetado – continuou lorde Frederick. – Ele é inegavelmente cego.

Bea assentiu. Já vira olhos cegos. Era difícil não ficar encarando, sobretudo em um primeiro encontro.

– Acredito que o nervo ao redor do olho tenha sido danificado – prosseguiu ele, surpreendendo-a por se mostrar tão acessível. – Ele não se move direito. E a pupila também não se dilata nem se contrai.

– É mesmo? – disse ela, voltando-se para ele com interesse. – Isso é fascinante... Terrível, mas fascinante.

Ele a fitou, parecendo surpreso com o tom dela.

Bea pensou por um momento.

– Será que...

– O quê?

– Nada – apressou-se ela a dizer.

Onde estavam suas boas maneiras? Acabara de jurar para si mesma que não faria perguntas, então, na primeira oportunidade, um "será que" escapava de sua boca. Sempre fora curiosa demais.

– O que a senhorita indagava? – insistiu ele.

Bea mordeu a parte interna da bochecha, questionando o bom senso de completar a pergunta, mas acabou decidindo que lorde Frederick não parecia bravo. E ela *estava* curiosa...

– Isso lhe causa dor de cabeça? – perguntou.

Ele deu um sorriso terno e irônico ao mesmo tempo.

– Uma boa parte de uma carruagem puxada por quatro cavalos acertou minha cabeça. Portanto, sim, houve dores de cabeça.

– Não – disse Bea, rindo sem querer. – Estou falando de agora. Por causa da luz.

Ele franziu o cenho.

– Não sei se compreendi o que quer dizer.

– Se sua pupila não se contrai nem se expande adequadamente – explicou Bea –, ela não consegue regular a quantidade de luz que entra em seu olho.

Lorde Frederick inclinou a cabeça, indicando a ela que continuasse.

– Às vezes sinto dor de cabeça quando o dia está claro demais – continuou Bea. – Mas será que é porque eu *vejo* a luz ou apenas porque ela está lá?

Ele a encarava com atenção.

– Uma pessoa tem que *ver* a luz para que ela lhe provoque dor? – explicou ela. – Ou, para ser mais precisa, tem que *perceber* que a está vendo? Será que...

Ela sentiu o rosto quente. As palavras haviam saído conforme o fluxo de seus pensamentos, algo que acontecia com frequência excessiva diante de questões científicas.

– Sinto muito – falou Bea, esquecendo-se de que estava determinada a não se desculpar de novo. – O senhor deve me achar uma tola.

– Não – falou lorde Frederick, devagar. – Acredito que a senhorita seja brilhante.

Bea entreabriu os lábios. Na verdade, se esqueceu de respirar.

– Sofro, sim, com dores de cabeça – confirmou ele. – Mas não sei dizer se são por causa da luz. Não sei se há um modo de determinar a causa.

– Imagino que não.

Bea franziu o cenho. Ciência não fora uma das matérias ensinadas na escola de madame Rochambeaux, mas o que lhe faltava em educação formal ela compensava com um apetite voraz por livros e estava bastante familiarizada com o método científico. Para determinar se a luz forte causava as dores de cabeça dele, seria preciso eliminar as outras possíveis causas, mas aquilo certamente seria inatingível, levando-se em consideração que, como ele mesmo dissera, uma boa parte de uma carruagem acertara sua cabeça.

Ou talvez fosse uma parte ruim. Bea ponderou que qualquer parte de uma carruagem seria ruim se acertasse a cabeça de alguém.

– Srta. Heywood?

Ela ergueu os olhos e viu que ele a fitava com uma expressão divertida.

– Desculpe. Estava divagando.

– Eu ofereceria 1 *penny* por seus pensamentos, mas acho que uma moeda de 6 *pence* seria mais apropriada.

Bea deu um sorriso contrito.

– Imagino que o senhor deva me achar muito tola...

Ele ergueu uma sobrancelha.

– Toda essa história de moeda da sorte... – prosseguiu a jovem.

Ela se sentia constrangida só de pensar, mas, depois do comportamento galante dele, achava que não tinha o direito de evitar o assunto. Embora lorde Frederick jamais fosse saber a verdade completa a respeito – que as amigas dela estavam convencidas de que a moeda a levaria ao encontro do amor verdadeiro.

Mas lorde Frederick apenas deu de ombros.

– Se a moeda é especial para a senhorita, isso é tudo o que importa.

– Eu a conheço há anos – falou Bea, enquanto se perguntava o que havia naquele homem que a levava a compartilhar seus segredos. – Nós a encontramos na escola.

– Nós?

– Minhas amigas e eu. Somos quatro. Ellie, Anne, Cordelia e eu. Éramos inseparáveis.

– A senhorita sente falta delas?

– Muita. Não temos muitas oportunidades de nos vermos atualmente. Todas elas estão casadas. E muito bem-casadas.

Ela o pegou fitando-a com curiosidade e se apressou a acrescentar:

– Nunca tive intenção de me casar. Tenho que cuidar das minhas tias.

– Isso é muito louvável de sua parte – murmurou ele.

E, subitamente, Bea se sentiu cansada de ser louvável. Mas prosseguiu mesmo assim.

– Elas cuidaram de mim – falou, quase na defensiva. – Devo fazer o mesmo.

Lorde Frederick assentiu devagar.

– Meus pais morreram quando eu era pequena – contou Bea. – Tinha acabado de fazer 8 anos.

– Sinto muito.

Ela aceitou as condolências com um sorrisinho. Então, por razões que não conseguiria explicar, continuou a falar.

– Foi varíola.

Ele estremeceu.

– Os dois – continuou Bea. – Metade dos habitantes do vilarejo pegou. E, desses, metade morreu. Provavelmente a única razão de eu ter sobrevivido é que havia acabado de ser mandada para a escola.

Ela ficou com o olhar perdido e, como sempre, a ironia da situação levou um sorriso triste a seus lábios.

– Chorei sem parar quando eles me forçaram a ir e é provável que minha partida tenha salvado minha vida.

– Uma história como essa nos faz considerar a possibilidade de que o destino de fato exista – comentou lorde Frederick.

– Pois é – concordou Bea. – Nunca acreditei nisso, mas...

Ela o pegou fitando-a com um olhar questionador e teve que acrescentar:

– Eu não acho *de verdade* que a moeda traga sorte.

– É claro que não – disse ele, para não contrariá-la.

Bea contraiu os lábios para não sorrir.

– De qualquer modo – disse –, tive muita sorte. Quero dizer, se esse era o destino dos meus pais, tive muita sorte de contar com minhas tias.

– O melhor cenário na pior situação possível.

– Exato.

Bea ergueu a cabeça e fitou aquele olho da cor perfeita de um céu nublado e lá estava: uma afinidade estranha e pouco familiar, como se ela por fim houvesse encontrado a única pessoa no mundo capaz de compreendê-la.

O que era loucura. Afinal, tinha Cordelia, Ellie e Anne. Todas elas conheciam aquela história triste e haviam demonstrado reações semelhantes.

Só que a sensação não era a mesma. Talvez porque ela fosse adulta agora. Ou talvez fosse porque a moeda de 6 *pence* parecia arder em sua bolsa, quase abrindo um buraco no tecido. Aquilo a deixava inclinada a fantasias. E ela não era inclinada a fantasias. Não podia se dar a esse luxo.

Bea se deu uma sacudidela mental.

– Na maior parte do tempo, eu ficava na escola. Minhas tias achavam que eu deveria ter a companhia de outras crianças. Mas é claro que tive que partir de lá quando fiz 20 anos.

– Vinte?

Ele pareceu surpreso.

– Dei aulas por dois anos na escola depois de terminar meus estudos. Teria ficado mais tempo, mas a escola foi fechada. A diretora se aposentou e ninguém quis assumir o posto.

– A senhorita gostava de ensinar?

– Muito! Eu tinha muita liberdade. Foi a primeira vez que a escola ensinou ciências. Mas nada de física, lamento dizer.

Bea olhou para ele com um sorrisinho enviesado.

– Não tenho qualificação para isso. Estudamos as plantas e as árvores e astronomia, é claro, quando o tempo cooperava.

– Então a senhorita é autodidata – observou lorde Frederick.

Bea deu de ombros e abaixou os olhos, constrangida e orgulhosa ao mesmo tempo.

– Isso é muito impressionante.

Ela arriscou um breve olhar para o rosto dele e sentiu uma onda de prazer ao ver sinceridade em sua expressão.

– Obrigada.

Lorde Frederick parou de andar e inclinou a cabeça, ainda a fitando.

– Algum problema? – perguntou Bea.

– Não – disse ele, pensativo. – É só que...

Então lorde Frederick piscou algumas vezes e algo pareceu clarear em seu rosto. Sua voz saiu muito mais animada quando ele voltou a falar.

– Há um excelente observatório na universidade. Já esteve lá?

Bea balançou a cabeça.

– Não. Já o vi por fora, é claro, mas nunca entrei.

Não se podia simplesmente aparecer lá e entrar.

– A senhorita gostaria de ir até lá?

Foi como se todo o corpo de Bea despertasse num estalo. Não era possível que lorde Frederick tivesse acabado de se oferecer para levá-la ao Observatório Radcliffe. *Não* era possível.

– O que disse?

– Espero que não seja muita ousadia...

– Não é ousadia – interrompeu Bea, e a empolgação subiu por seu peito como bolhas em um riacho. – Bem, é ousadia, mas não me importo.

– Tenho autorização para usar as dependências da universidade sempre que desejar. Seria um prazer levá-la.

– Isso seria maravilhoso. Incrível. Muito obrigada! Ah, meu Deus, muito obrigada!

Bea não conseguia parar de ficar na ponta dos pés – não porque estivesse tentando se aproximar dele em altura, embora a ideia não fosse tão ruim –, porque se sentia inacreditavelmente, absurdamente, *incandescentemente* feliz. Precisava usar aquela energia de alguma forma.

Já que não podia abraçá-lo.

Abraçá-lo? De onde saíra aquilo?

Bea cambaleou. Não deveria nem *pensar* em abraçá-lo.

– Srta. Heywood?

– Perdão – apressou-se ela a dizer.

Precisava se recompor, senão lorde Frederick a julgaria uma tonta, tão pouco educada que caíra por pura empolgação ao contemplar a possibilidade de visitar o observatório. E era só isso: empolgação. Aquele homem iria realizar o sonho da vida dela – ver as estrelas com clareza.

Viajar para mais perto do céu.

Se havia sentido vontade de abraçá-lo, fora só por gratidão. Apenas isso. Uma gratidão muito merecida. Lorde Frederick Dois-Sobrenomes não imaginava o tamanho do sonho que iria realizar. Era homem, rico e acadêmico. Se quisesse usar um telescópio, poderia simplesmente ir até lá e solicitar. Jamais lhe ocorreria a possibilidade de alguém lhe recusar o pedido.

Ela, por outro lado, nunca sequer pensara em... a não ser pelo telescópio portátil muito básico que certa vez pegara emprestado de um ex-capitão de navio...

Bea suspirou.

– A senhorita está feliz – comentou lorde Frederick.

Ela o fitou e sorriu.

– Mais do que eu seria capaz de expressar.

– Preciso verificar os horários disponíveis – avisou ele, e voltaram a caminhar em direção à padaria – Em geral, é preciso agendar um horário para usar o observatório.

– É claro – disse ela de pronto.

– Assim que eu souber os horários disponíveis...

– Posso ir a qualquer hora. A qualquer hora mesmo.

Ele assentiu.

– Não tenho nada na agenda. Bem, nada que não possa ser remarcado.

Ela iria ao Observatório Radcliffe. Para isso, remarcaria até a *igreja*, se fosse preciso.

– É sério – voltou a falar Bea, como se já não tivesse sido bem clara. – Darei um jeito de estar disponível a qualquer hora que o senhor achar conveniente. Sou a flexibilidade em pessoa.

Na verdade, era a loucura em pessoa, mas lorde Frederick não pareceu se importar. Deu a impressão de até compreender.

Obviamente ele compreendia. Era um cientista. Ainda assim, Bea deu um sorriso envergonhado e pediu desculpas pela empolgação.

– Sinto muito. Estou falando em uma velocidade absurda. Não consigo me conter. É só que... esse é um sonho que tenho há muito tempo.

– Creio que a senhorita vai achar o lugar muito interessante – disse lorde Frederick. – Há alguns telescópios lá.

– Alguns? – repetiu ela, mal conseguindo acreditar que ele pudesse estar descrevendo uma das melhores coleções de instrumentos astronômicos do mundo como *alguns*. – Eles têm um telescópio para acompanhamento do trânsito celeste feito por John Bird!

– É seu fabricante favorito?

– Ah, sim – respondeu Bea, e a empolgação derramava-se por sua voz. – Ele é brilhante. Sei que alguns preferem Dollond, e é claro que não se pode deixar de admirar sir William Herschel, mas há muito tempo acho que a qualidade dos instrumentos de Bird é incomparável.

Lorde Frederick piscou algumas vezes, espantado.

– Então já os usou em algum outro lugar.

– Não – admitiu Bea, sentindo um leve rubor de embaraço colorir seu rosto. – Mas li sobre eles.

Ela fez uma pausa.

– É possível saber muito sobre a qualidade de instrumentos astronômicos lendo sobre eles.

– É claro – concordou lorde Frederick.

Bea desejou ser capaz de distinguir se ele estava falando sério ou apenas sendo educado.

– Eu já encontrei sir William – contou Frederick. – Várias vezes. E a irmã dele também. Ela trabalha como assistente dele, sabia?

Bea assentiu.

– Isso é muito evoluído da parte dele.

– Fico feliz por termos feito esses planos – falou lorde Frederick. – Está mesmo na hora de eu voltar ao observatório. Não vou lá desde...

A voz dele pareceu sumir por um instante. Mal foi perceptível, apenas o bastante para acrescentar um breve momento de silêncio antes que ele completasse:

– ... desde o acidente.

Bea abriu os lábios e conteve as palavras por um segundo.

– Sua lesão vai fazer alguma diferença? O telescópio é um equipamento de apenas uma lente. Coloca-se apenas um olho no visor.

– É verdade, mas eu preferia o outro olho.

– Ah.

Bea engoliu em seco, torcendo para que a expressão em seu rosto demonstrasse solidariedade, porque supôs que ele não gostaria que nenhuma palavra mais fosse dita com aquela intenção.

Então sua curiosidade natural falou mais alto e Bea se pegou piscando várias vezes – uma vez com o olho direito, outra com o esquerdo, depois com o direito novamente –, espantada com a forma como a cena na rua diante dela parecia se mover para a frente e para trás, dependendo do olho que mantinha aberto. Eram só alguns milímetros, mas era perceptível.

– Tem a ver com qual olho é o dominante – esclareceu lorde Frederick.

Bea parou de piscar e o fitou com curiosidade.

– O senhor sabia de tudo isso antes do acidente?

– Nunca tive razão para ter curiosidade a respeito.

Ela mordeu o lábio, pensativa.

– O senhor usa o tapa-olho o tempo todo?

– Não – disse ele. – Não uso quando estou sozinho.

Bea quis perguntar se era desconfortável, se o tecido era áspero ou quente, mas aquilo pareceu o cúmulo da grosseria. Além do mais, eles haviam chegado à padaria – Tortas e Doces da Sra. Bradford ("Os melhores bolinhos do sul da Escócia").

Lorde Frederick inclinou a cabeça na direção da porta.

– Seu pão a aguarda – disse ele.

– Quer entrar? – convidou Bea.

Parecia rude deixá-lo ali fora carregando os pacotes dela.

– Não sei. São realmente os melhores bolinhos do sul da Escócia?

– Não posso provar que *não* são – respondeu Bea, com um sorriso animado, e entrou.

CAPÍTULO 3

Eles entraram juntos e foram imediatamente envolvidos pelo aroma aconchegante de pão quente.

– Ah, não há nada como uma padaria! – comentou Bea, inspirando com prazer.

Ela viu a proprietária inclinada sobre uma prateleira perto do fundo.

– Bom dia, Sra. Finchley! – falou.

– Não é Bradford? – perguntou lorde Frederick.

Bea deu de ombros.

– Faz uns cem anos que não, pelo que me disseram.

– Srta. Heywood – disse a Sra. Finchley com um sorriso. – Que prazer vê-la esta manhã!

Bea olhou para lorde Frederick, mas ele havia se virado, distraído pela enorme casa feita de biscoito de gengibre que ficava em exibição perto da vitrine da frente.

– A mãe da Sra. Finchley é de Heildelberg – murmurou ela, quando ele se inclinou para examinar o trabalho. – Sabia que essas casinhas são tradicionais por lá?

Bea passou por lorde Frederick para chegar ao balcão dianteiro. Sorriu para si mesma quando olhou para trás e o pegou dando uma batidinha disfarçada na cobertura. Provavelmente avaliava a resistência à tração. Ela adorou vê-lo verificar aquilo.

A Sra. Finchley a aguardava, por isso Bea voltou sua atenção para a padeira.

– Vou querer o de sempre, mas com dois bolinhos extras.

– Estão famintos, é? – disse a Sra. Finchley com uma risadinha.

Ela enfiou a mão embaixo do balcão para pegar uma fôrma de pão recém-assado.

– E como estão suas queridas tias? Não as vejo há semanas.

– Do mesmo jeito. Tia Hennie colocou na cabeça que quer criar um novo tipo de quebra-cabeça numérico.

– Ela sempre gostou de quebra-cabeças.

– Esse parece estar exigindo certa prática – afirmou Bea. – Temos gastado papel em quantidades alarmantes.

– E a Srta. Calpurnia?

– Ainda tentando domesticar os patos. Terei que esconder o pão dela, caso contrário não teremos torradas no café da manhã.

A Sra. Finchley riu.

– Tenho um pão de dois dias que não foi vendido. Você pode ficar com ele para os patos em troca de um ovo, caso ela algum dia tenha sucesso.

– Temo que esse seja um mau negócio para a senhora – alertou Bea. – Tia Callie já foi mordida três vezes nesta semana. Aqueles patos são perversos.

Bea ouviu a voz profunda de lorde Frederick a seu lado.

– Patos mordem?

Bea tomou um susto. Não o ouvira se aproximar.

– Não creio que eles tenham dentes – murmurou ele.

– A *sensação* é de uma mordida – corrigiu Bea.

Ela mesma já tivera a infeliz experiência. Provavelmente fora bem-feito, por tentar ajudar a tia no que sabia ser uma causa perdida.

Ela olhou de novo para a Sra. Finchley, que aguardava com expectativa. Ah, claro. As apresentações. Era sempre uma situação desagradável quando uma pessoa não se lembrava do nome completo de quem a acompanhava.

– Lorde Frederick – disse Bea, grata por o título permitir apresentá-lo daquela forma –, permita-me apresentá-lo à Sra. Finchley. A esta altura o senhor já deve ter comido o pão que ela faz, agora que, bem...

Ela parou por um instante, confusa.

– O senhor mora perto de Wallingford, não é mesmo?

– A menos de 4 quilômetros – confirmou ele, então se voltou para a Sra. Finchley e, por sorte, disse seu nome completo. – Lorde Frederick Grey-Osborne, senhora.

Os olhos da Sra. Finchley se arregalaram e ela se inclinou em uma mesura.

– Milorde – murmurou.

– Comprei Fairgrove recentemente – contou ele, mais para Bea do que para a Sra. Finchley.

– Ah, sim, do Sr. Oldham – confirmou Bea.

Ela olhou para a Sra. Finchley.

– Ele foi para Brighton, não é mesmo?

Porém a Sra. Finchley estava ocupada atrás do balcão e agora falava alto demais consigo mesma sobre o pão duro ser perfeito para os patos.

Bea olhou para lorde Frederick e deu de ombros brevemente, mas a expressão dele se tornara fechada e fria.

321

– Eu a esperarei do lado de fora – disse, então se inclinou em despedida e saiu rápido.

Bea ficou olhando para ele, boquiaberta, sem entender.

– Qual pode ter sido o problema?

Ela se virou de volta para a Sra. Finchley, que levantou a cabeça como um boneco de mola.

– Ah, aquele pobre homem...

Bea olhou em desespero na direção da porta, que não estava de todo fechada, e então de volta para a Sra. Finchley.

– Do que está falando?

– O olho dele. Que tragédia! Aquele pobre homem...

Bea se perguntou se ela teria a mesma opinião caso tivesse visto lorde Frederick despachar o ladrão da moeda mais cedo. O homem ou tinha um futuro ou um passado no boxe.

– Ele me parece perfeitamente capaz – comentou Bea.

– É uma sombra do que já foi – disse a Sra. Finchley, balançando a cabeça.

– A senhora já o conhecia, então?

– É claro que não. Mas soube de tudo sobre o acidente. Todos soubemos.

– Soubemos? – repetiu Bea.

Porque ela não soubera de nada.

A Sra. Finchley deu de ombros e Bea teve a sensação de que o gesto era uma crítica velada, como se ela tivesse negligenciado seu dever civil ao não saber de uma história tão importante.

– Talvez eu estivesse visitando amigos – murmurou.

Houvera uma quantidade absurda de casamentos nos últimos tempos, o que exigira que ela passasse um longo período distante de casa.

– O pai dele é o marquês de Pendlethorpe, sabe?

Bea arregalou os olhos e, de novo, se pegou olhando de relance em direção à porta, embora não conseguisse ver lorde Frederick através do vidro ondulado e fosco. Todos conheciam o marquês de Pendlethorpe. Sua grandiosa propriedade no campo ficava a uns 30 quilômetros dali, e ele ainda era o nobre de hierarquia mais alta da região.

A renda da cidade aumentava ou diminuía de acordo com a fortuna dele.

– Foi um acidente terrível, terrível – continuou a Sra. Finchley. – Ah, aquele pobre homem... Parte meu coração, ora, se parte! Ele era tão belo.

– Ainda é – retrucou Bea.

A Sra. Finchley olhou pra ela com uma expressão gentil. Gentil e com um ligeiro toque de piedade. Bea se pegou trincando os dentes.

– Acharam que ele morreria – falou a outra mulher. – O cocheiro morreu, só que não na hora.

Bea arquejou e levou a mão à boca. Que provação terrível, sobreviver quando outra pessoa não... Ela não conseguia imaginar como uma pessoa conseguiria conviver com uma situação dessas sem se sentir devastada pela culpa.

– Havia outra pessoa na carruagem também – disse a Sra. Finchley. – Um amigo, eu acho. Não consigo me lembrar o nome. Mas esse teve apenas ferimentos leves, nada comparado a perder um olho. *Ele* vai conseguir seguir com a própria vida.

– Ele? – repetiu Bea.

– O amigo – esclareceu a Sra. Finchley. – Mas o pobre lorde Frederick... Ninguém nunca mais vai olhar para ele da mesma forma. As pessoas podem fingir que não reparam, mas acho que isso é até pior.

– Se eu perdesse um olho – declarou Bea, em um tom ácido –, acho que ficaria mais preocupada com a perda de visão do que com minha aparência.

A Sra. Finchley lhe entregou dois pães, um ainda quente e cheirando a fermento e o outro duro como pedra e pronto para os patos.

– Talvez – disse ela, encolhendo os ombros para deixar claro que só estava sendo educada.

Ela pôs os bolinhos em um saco e o entregou também.

– Meia dúzia, como de costume. Ah! Mas a senhorita quer mais dois.

Ela acrescentou rapidamente os bolinhos.

– São para lorde Frederick? Não vou cobrar por eles. É o mínimo que posso fazer.

– Obrigada – agradeceu Bea, dirigindo um olhar de preocupação para a porta.

Lorde Frederick dissera que a esperaria do lado de fora, mas ela não queria deixá-lo esperando demais, depois de a Sra. Finchley ter sido tão rude...

Ela fora? Bea franziu o cenho. A Sra. Finchley *fora* rude? Com toda a sinceridade, Bea não sabia bem *o que* acontecera. Num instante lorde Frederick se mostrava simpático e sorridente, no outro saía porta afora. A Sra. Finchley não dissera nada mal-educado, mas depois não parara de falar sobre o pobre homem... Se a piedade tivesse transparecido em seu rosto, não era de estranhar que lorde Frederick tenha sentido necessidade de se afastar.

Bea tentou imaginar como seria exibir de forma tão evidente um problema físico. Ela falara sério ao defender que ficaria mais preocupada com a cegueira do que com a própria aparência, mas talvez aquilo tivesse sido ingenuidade sua. Perder a visão de um dos olhos era algo privado. Já um tapa-olho, uma cicatriz... aquilo permanecia para sempre no rosto da pessoa, à vista de todos. Bea jamais gostara de ser o centro das atenções e, ao conjecturar como os outros a veriam em uma situação daquela...

Devia ser terrível.

Lorde Frederick Grey-Osborne devia ser um homem notável por sofrer uma lesão como aquela e suportar...

– Quer colocar na sua conta? – perguntou a Sra. Finchley.

– N...

As mãos de Bea ficaram imóveis a caminho da bolsinha.

– *Sim* – respondeu com firmeza, porque não tinha tempo para contar moedas. – Por favor.

E saiu, apressada, pela porta.

– Aceita um bolinho?

Frederick se forçou a abandonar seus devaneios. A Srta. Heywood saíra da padaria e agora estava diante dele, oferecendo-lhe um bolinho coberto de groselha.

– Sei que é deselegante comer e caminhar ao mesmo tempo – falou ela –, mas eu não conto se o senhor não contar.

– Obrigado – disse ele, aceitando o doce.

Contudo Frederick não comeu. Por alguma razão, não quis.

Ele esperava que a Srta. Heywood comentasse algo sobre seu mau comportamento, mas ela não fez isso, apenas o fitou com os olhos cintilantes e, se não sorria, ao menos também não franzia o cenho.

– Sinto muito por aquilo – disse ela.

Ele inclinou a cabeça de modo indagador.

– A intenção dela era boa – falou a Srta. Heywood, indicando a padaria com um gesto. – Não pretendia ser rude.

– Ela não foi rude – retrucou Frederick.

Porém ele teve a sensação de que seu tom brusco diminuiu o efeito das palavras.

– Não – concordou a Srta. Heywood –, suponho que não.

Frederick estreitou os olhos. Não esperava que ela concordasse. Talvez, o que era ainda mais estranho, não quisesse que ela concordasse.

– Mas não sei... Eu não gostaria de ter que suportar aquele tipo de reação – continuou ela.

Ele deixou escapar uma risadinha sem humor.

– Repulsa?

A Srta. Heywood pareceu surpresa.

– Eu ia dizer "pena".

– É da natureza humana – disse Frederick, dando de ombros.

– Imagino que sim – concordou a jovem.

Ela mordiscou o bolinho e teve que esticar a língua para capturar uma groselha antes que ela se soltasse e caísse no chão. Frederick ficou hipnotizado e um discreto lampejo de calor aqueceu seu peito.

Ele ficou imóvel. Não sentia nada semelhante havia um ano. Se não tivesse prendido a respiração, se seu coração não tivesse disparado, talvez ele não tivesse reconhecido: desejo.

Ou talvez fosse um anseio, o despertar de uma sensação de encanto e fascínio. O que a Srta. Heywood faria se ele a beijasse? Não ali, obviamente. Wallingford inteira passava às pressas por eles. Era um ambiente barulhento, agitado e, sem dúvida, nada romântico. E se o mundo desaparecesse? E se não houvesse nada além deles dois, o ar e o céu?

A Srta. Heywood limpou um farelo e ergueu os olhos.

– Mas estou certa de que nem todo mundo reage assim – disse ela, franzindo o cenho, pensativa. – Com pena, quero dizer. Eu não reagi assim.

Ele a encarou com desconfiança.

– Não reagi, não!

A verdade era que reagira, sim. Frederick lembrava bem. E aquilo ainda o aborrecia.

– Ora, seja sincero – protestou a jovem, ainda que ele não houvesse dito uma palavra sequer. – O senhor acha que reagi de forma rude quando o conheci?

Frederick não teve a oportunidade de responder antes de ela voltar à carga.

– Se fui rude, foi apenas porque *seu* comportamento foi abominável.

– Como é? – perguntou ele, em um tom gelado.

Aquilo era intolerável. Se *ele* havia sido rude fora porque ela agira como se ele fosse uma espécie de besta terrível.

A Srta. Heywood fungou e ergueu o queixo com desdém.

– Se me comportei mal...

– A senhorita olhou para mim como seu eu fosse um monstro.

– Eu com certeza não fiz isso.

Mais uma vez ele apenas a encarou.

– Não fiz! Se olhei para o senhor de forma estranha...

As palavras foram interrompidas de repente.

– O que foi?

– Nada.

– *O que foi?*

– Coma seu bolinho.

Ele jogou o bolinho fora.

– Responda.

Frederick se sentia ridículo. Pelo amor de Deus, ele nem sabia o primeiro nome da moça, ainda assim ansiava por descobrir o que ela estivera prestes a dizer.

A Srta. Heywood bufou baixinho e ergueu o queixo.

– Se o senhor quer mesmo saber, eu estava olhando para seu olho bom – revelou.

Aquilo o paralisou.

– Meu... olho bom?

Ela contraiu os lábios e pareceu ligeiramente embaraçada quando por fim voltou a falar.

– É da cor do céu.

Ele olhou para cima.

– Não do céu de *hoje*. Ah, pelo amor de Deus – murmurou ela.

– Não do céu de hoje? – repetiu ele.

A Srta. Heywood mudou o peso do corpo do pé direito para o esquerdo.

– O céu estava com mais nuvens – disse baixinho.

Frederick teve a sensação de que perdera a capacidade de se comunicar de forma inteligente, porque mais uma vez só conseguiu repetir o que ela dissera.

– Com mais nuvens?

A jovem ergueu os olhos para o céu azul que abençoava a região rural inglesa naquele dia.

– Seu olho – disse ela. – É azul, mas não de todo azul.

– Sempre achei que fosse cinza – Frederick ouviu-se dizer.

– Ah, não. Não mesmo. Há um pouco de azul.

A Srta. Heywood se inclinou, indicando o olho dele com a mão, como se Frederick fosse conseguir ver o ponto que ela mostrava.

– Bem ali, ao redor da íris. É um pouco...

As palavras se perderam e ela entreabriu os lábios, surpresa, como se só então se desse conta de como aquela conversa se tornara estranha.

– Perdão – falou, hesitante.

A Srta. Heywood parecia um pouco estupefata.

Ele se sentia um pouco estupefato. E não sabia bem por quê. No entanto, uma coisa estava clara:

– Devo me desculpar – disse Frederick.

Ela o fitou com aqueles olhos lindos e questionadores. Ele não estava acostumado a se desculpar daquela forma, mas as palavras saíram com uma facilidade impressionante e de forma sincera.

– Interpretei mal a sua expressão quando nos conhecemos. Peço que me perdoe.

Mais uma vez os lábios da Srta. Heywood se entreabriram, de surpresa, e sua língua surgiu. Frederick sentiu centelhas percorrerem seu corpo até as pontas dos dedos.

– Tenho certeza de que é compreensível – disse ela. – Se está acostumado às pessoas se comportando de forma tão...

– Não importa, eu não deveria ter tirado conclusões precipitadas. E, no mínimo, depois de passar tempo suficiente com a senhorita para conhecer seu caráter, deveria ter revisto minha suposição inicial.

– Obrigada – disse a jovem, baixinho.

Então, para sua grande surpresa, Frederick deixou escapar sem pensar:

– Não sei seu nome.

Foi a vez dela de parecer um tanto atônita. Ou talvez apenas espantada. Ele começava a ponderar se era preciso ter os dois olhos funcionando para conseguir interpretar as expressões de uma mulher.

– Seu primeiro nome – explicou Frederick, apesar do constrangimento. – Não sei qual é.

Não havia motivo para ele *dever* saber o primeiro nome dela – e ambos tinham consciência disso. Frederick não pretendia fugir às regras do decoro chamando-a de nada além do adequado "Srta. Heywood". Por algum motivo, porém, era irritante não saber se a jovem à sua frente era uma Mary, uma Elizabeth ou talvez uma...

– Beatrice.

Beatrice. Ele gostou. Combinava com ela.

– A maioria das pessoas me chama de Bea.

Frederick assentiu. Nada no tom dela indicava um convite para que *ele* a chamasse daquela forma, mas em sua mente, em seus sonhos...

Em seus *sonhos*?

E lá estava de novo a centelha de desejo, dessa vez ameaçando se transformar em chamas ardentes. Que diabos havia de errado com ele?

– Milorde?

Frederick se sobressaltou ao se dar conta de que deixara passar uma quantidade constrangedora de tempo desde que ela falara.

– Peço perdão, Srta. Heywood – disse. – Acho que me perdi em pensamentos.

Mais uma vez, a jovem o fitou com aquele olhar aberto, como se aguardasse que ele dissesse algo mais. Talvez até *tivesse esperanças* de que dissesse.

– É um risco ocupacional? – perguntou ela.

– Ficar perdido em pensamentos?

A Srta. Heywood assentiu.

– Física teórica. Está tudo na cabeça da pessoa, não é mesmo? – indagou ela.

– Nem tudo – disse Frederick. – Mas a pessoa de fato passa uma quantidade impressionante de tempo olhando para o nada.

– Eu lhe ofereceria 6 *pence* pelos seus pensamentos... – falou ela, com um sorriso brincalhão.

– Eu jamais aceitaria sua moeda da sorte.

– Ora, eu não disse que lhe daria *aquela* moeda – retrucou a jovem –, embora o senhor provavelmente a mereça. Obrigada, mais uma vez, por intervir a meu favor.

– Detesto valentões – declarou ele com um dar de ombros.

O que Frederick não contou foi como se sentira *maravilhosamente* bem ao usar os punhos contra aquele cretino.

A Srta. Heywood sorriu e, mais uma vez, foi como se o sol brilhasse um pouco mais forte, só para eles dois.

– Eu também – revelou ela, então se inclinou para a frente em uma atitude conspiratória. – Só que não tenho seu gancho de direita.

– De esquerda – corrigiu Frederick com um sorriso e cerrou o punho só por diversão. – Escrevo com a mão direita, mas luto com a esquerda.

– Que intrigante!

Frederick pensou na quantidade de vezes que já ouvira aquelas palavras... parado em um salão de baile, tomando um conhaque em seu clube.

Que intrigante...

Que interessante...

Que divertido...

Ninguém falava *a sério*. Exceto por...

Ele acreditava que ela era sincera. A Srta. Beatrice Heywood. A incrível Srta. Beatrice Heywood.

Frederick ainda não estava preparado para se despedir dela. Ele pigarreou.

– Posso acompanhá-la até sua casa?

– Ah, não, fica muito longe – apressou-se a dizer ela.

– Se prefere que eu não...

– Não, não é isso. Só não é necessário.

– Nunca achei que fosse – falou Frederick, muito sincero.

E quando olhou para ela, para os olhos castanhos muito grandes, para as sardas que dançavam sobre o nariz arrebitado, subitamente lhe ocorreu que poderia se apaixonar por aquela moça. E talvez, apenas talvez, ela não se importasse com o fato de ele não ser mais uma pessoa inteira.

Ou talvez fosse *por isso* que ele achava que poderia se apaixonar por ela. Porque a Srta. Heywood olhava para ele e não via um defeito físico, mas uma fascinante questão científica. O que acontecia quando a luz atingia a retina dele? Havia alguma diferença quando um homem com apenas um olho usava um telescópio?

Naquele momento, por algum motivo, se tornou vital para Frederick que ela lhe permitisse acompanhá-la até em casa. Foi como se o mundo inteiro dele dependesse dela. Frederick podia visualizar dois caminhos para sua vida. Sua jornada seria decidida por um simples sim ou não da Srta. Heywood.

E ele sabia – *com toda a certeza* – que jamais se perdoaria se não tentasse fazer com que a balança pendesse para um lado específico.

Frederick lhe estendeu a mão.

– Por favor – pediu.

CAPÍTULO 4

Na semana seguinte
Na sala de visitas de Rose Cottage
Casa das três Srtas. Heywoods

Bea nunca considerara os próprios modos impulsivos, mas, enquanto esperava que lorde Frederick chegasse para acompanhá-la a Oxford, praticamente quicava de um pé para o outro. Isso já seria ruim o bastante, mas era ainda pior porque ela colocara no sapato a moeda da sorte, que não parava de escorregar sob a meia, recusando-se a permanecer em anonimato.

Bea se sentia muito tola. Ali estava ela, uma mulher da ciência, prestes a fazer uma visita científica ao lado de um homem da ciência. E essa mesma mulher usava uma moeda dentro do sapato porque alguma trovinha infantil declarava que aquilo a ajudaria a encontrar um marido.

E, por mais que não acreditasse que uma moeda possuísse qualquer tipo de magia, Bea *admitia* que, se por acaso encontrasse um marido... queria que fosse lorde Frederick Grey-Osborne.

Estava apaixonada. Nunca experimentara uma sensação daquelas, nunca sequer pensara em desejá-la. Mas algo acontecera no dia em que ele a acompanhara até sua casa. Lorde Frederick estendera a mão e ela a pegara. Então um pensamento impressionante surgira em sua mente: ela desejara que os dois não estivessem de luvas, porque gostaria de sentir o calor da pele dele.

Bea erguera o rosto na direção do dele e, por um momento inebriante, achara que lorde Frederick a beijaria.

Só que ele não fizera isso, claro. Os dois estavam no meio da cidade, pelo amor de Deus! Mas ela não parava de imaginar... e se eles estivessem em outro lugar? E se o mundo tivesse se apagado ao redor deles, e fossem apenas os dois, sozinhos, sob um céu azul e ensolarado?

Ele a teria beijado?

Ela o teria beijado?

Lorde Frederick a visitara duas vezes em Rose Cottage desde então, uma para informá-la de que fizera os arranjos necessários para a ida deles ao

330

Observatório Radcliffe e outra – particularmente emocionante – por nenhuma razão especial.

Ele só deveria chegar em dez minutos, mas gostava de se adiantar. Bea sabia disso não por experiência própria, mas porque lorde Frederick lhe contara, durante a conversa de duas horas que tiveram quando ele fora vê-la sem nenhum motivo. Ela também sabia (não por experiência própria, mas porque era senso comum, ora) que cavalheiros não costumavam permanecer por duas horas quando visitavam uma dama.

Apesar de mulheres mais experientes do que ela a terem alertado de que uma dama não deveria parecer ansiosa demais, Bea o esperava na sala de visitas, já de luvas e com o chapéu à mão. Pelo amor de Deus, ele *sabia* que ela estava empolgada para visitar o observatório. Seria ridículo supor que ela pareceria mais desejável caso fingisse não estar pronta quando ele chegasse.

Mas é claro que não poderiam ir juntos a Oxford sem uma acompanhante, por mais acadêmica e nobre que fosse a saída deles. Por isso tia Callie também aguardava na sala de visitas, fingindo tricotar enquanto observava Bea olhar pela janela.

No fim, a tia desistiu de fingir.

– Estamos esperando a chegada de uma carruagem? – perguntou, parando ao lado da sobrinha.

Bea não se deu o trabalho de fingir que não sabia de que a tia falava.

– Estamos.

Tia Callie assentiu.

– Ele gosta de você.

Mais uma vez, Bea não desconversou.

– Também gosto dele.

A tia se manteve calada por tempo suficiente para que Bea se perdesse nos próprios pensamentos.

– Você deveria se casar com dele.

Bea se virou para encará-la.

– Tia Callie!

Calpurnia Heywood – sempre a mais direta das irmãs Heywoods – deu de ombros de forma despreocupada.

– Deveria mesmo.

– Preciso lembrá-la de que ele não me pediu em casamento.

– Vai pedir.

Os olhos de tia Callie encontraram os de Bea e guardavam uma expressão astuta.

– Se lhe der um pouco de encorajamento – sugeriu.

– Encorajamento? – repetiu Bea.

– Exatamente.

– Não acredito que a senhora esteja dizendo isso.

Tia Callie ergueu as sobrancelhas.

– Está certo, acredito – corrigiu-se Bea.

A tia nunca fora conhecida por escolher as palavras com cautela.

– Entenda que estou me referindo ao tipo *certo* de encorajamento – acrescentou tia Callie.

– Estou com medo de perguntar.

– Não ao que sua *outra* tia pensaria ser o tipo certo, devo dizer.

Aquilo não esclareceu nem um pouco a questão, mas Bea achou que não era um tema a ser investigado.

– Ainda assim – declarou tia Callie –, fico feliz por finalmente ter conseguido um pretendente.

– Eu...

– E não diga que ele não é seu pretendente, porque nós duas sabemos que é.

Bea estivera mesmo prestes a dizer que lorde Frederick não era seu pretendente. Ela *achava* que ele estava interessado. Achava que ele sabia que *ela* estava interessada. Mas lorde Frederick ainda não se declarara de nenhuma forma e ela não queria atrair má sorte ao presumir nada. Não parecia certo lhe dar um rótulo que ele não reivindicara.

– Além do mais – continuou tia Callie, ignorando a confusão interna de Bea –, como você *finalmente* tem um pretendente...

– A senhora leva a crer, desse jeito, que há algo errado comigo – falou Bea, aproveitando-se do hábito da tia de inserir pausas dramáticas em suas frases.

– De forma alguma. Tenho plena consciência de que abriu mão de buscar um matrimônio para poder permanecer com Hennie e comigo.

Ela se virou para a sobrinha, com um olhar terno.

– Se não fosse por nós, a esta altura já estaria casada e com filhos.

– Ah – disse Bea, subitamente mortificada.

Ela não tinha ideia de que as tias estavam cientes do sacrifício que fizera. Parecia óbvio, mas elas nunca comentaram a respeito.

332

E quanto a Bea... ela jamais se dera conta da extensão do próprio sacrifício. Dissera a si mesma que não se importava se permanecesse solteira. Chegara até a acreditar naquilo. Entretanto, ao ver as amigas felizes com seus pares, e conhecer Frederick...

– Somos muito gratas a você – falou tia Callie com ternura.

Bea pegou a mão da tia e a apertou com carinho.

– E eu a vocês.

A tia se permitiu um sorriso emocionado, depois voltou a seu sermão enérgico.

– Como eu dizia – falou, soltando a mão de Bea para que pudesse assumir uma postura mais autoritária –, levando em consideração que finalmente tem um pretendente, fico muito grata por se tratar de lorde Frederick. Não me impressiona nem um pouco o fato de o pai dele ser um marquês...

Ela parou e franziu o cenho.

– Bem, me impressiona um pouco, sim. Não se pode ignorar os privilégios de uma posição social como essa, mesmo sendo improvável que ele venha a herdar o título.

Bea conteve um sorriso.

– Ele parece ser um jovem muito sensato – concluiu tia Callie. – Acredito que o acidente seja a melhor coisa que tenha lhe acontecido.

– *O quê?*

– Ah, estou certa de que *ele* nunca verá a situação dessa forma, mas a adversidade com frequência é o que forma um homem, ainda mais um homem que nunca trabalhou para viver.

Bea ficou tão pasma que seu queixo caiu.

– Tia Callie, ele perdeu um olho.

A tia franziu o cenho.

– Achei que tivesse dito que ele ainda tinha o olho.

– Ele perdeu a função do olho. É quase o mesmo.

– Não estou certa disso, mas não importa, não é esse o meu argumento.

Bea estava determinada a não perguntar. Jurou a si mesma que não perguntaria. Ainda assim...

– E qual *é* o seu argumento?

A tia deu de ombros.

– Acho que você vai descobrir que a deficiência física força lorde Frederick a ver o mundo de forma diferente. Porque o mundo agora *o* vê de forma diferente. E suponho que isso seja muito difícil.

Em momentos como aquele, Bea não conseguia ver naquela sábia senhora a mesma mulher que passava metade do tempo cuidando de patos.

– Ah, lá vem ele – disse a sábia cuidadora de patos.

Bea ergueu os olhos e, de fato, a carruagem de Frederick vinha em direção à casa. Ela tremeu de expectativa.

– Você está sorrindo – observou tia Callie.

Bea não olhou, mas sabia que a tia também estava. Notara na voz dela.

– Declaro que estou transbordando de empolgação – falou tia Callie, calçando as luvas. – Um telescópio! E eu que pensava que já não viveria novas experiências.

– Que coisa tola de se dizer – repreendeu-a Bea.

– Estou na minha *sétima* década, minha cara.

A senhora se encaminhou para a porta.

– Venha, vamos esperá-lo lá fora. Você está ansiosa demais para ir a Oxford para perder tempo sentada na sala de visitas.

– Exatamente – concordou Bea, apressando-se a sair.

Talvez o entusiasmo dela fosse inapropriado, mas Frederick compreenderia. Afinal, fora por isso que ela se apaixonara por ele.

Universidade de Oxford
Algum tempo depois, naquela tarde

– Chegamos – disse Frederick, indicando com um gesto o gramado que levava ao Observatório Radcliffe.

Ele sempre gostara daquele prédio, com a inconfundível torre octogonal e as reconfortantes pedras amarelas. Não ficava do centro da cidade, mas próximo dele, de modo que podiam chegar bem perto com a carruagem. A tia de Bea parecia possuir uma constituição vigorosa, mas devia ter pelo menos 70 anos e já havia lances de escada suficientes no observatório para que ela ainda tivesse que abrir caminho entre os universitários.

– Estou tão empolgada! – disse Bea, provavelmente pela quadragésima vez.

Frederick sentiu vontade de segurar a mão dela e apertá-la com carinho.

– Não consigo parar de sorrir.

Ele olhou para ela. Se algum dia um sorriso viera do fundo da alma de uma mulher... Frederick sentiu vontade de passar o resto da vida tornando-a feliz daquele jeito.

– Ainda acho que chegamos um tanto cedo demais – comentou a Srta. Calpurnia, olhando para o céu com o cenho franzido.

Frederick supunha que ela estava certa. Ainda não se via nem o crepúsculo. E demoraria mais de uma hora até que as estrelas ficassem à vista.

– Posso observar as nuvens – disse Bea.

A tia revirou os olhos.

– Há apenas três.

– Melhor assim para quando a noite cair. As constelações estarão magníficas.

Calpurnia cutucou o braço de Frederick.

– Essa aí sempre vê o lado bom das coisas.

– É um traço bastante admirável – comentou ele.

– Sempre achei que fosse – disse a tia, ignorando o rubor que naquele momento coloria o rosto de Bea.

Ou talvez ela não ignorasse. Frederick tinha a sensação de que a Srta. Calpurnia Heywood era muito mais arguta do que deixava transparecer.

– Sei que eu deveria me comportar de forma discreta, sóbria – disse Bea –, e murmurar frases como "Isso vai ser muito divertido", mas não consigo.

Ela encarou Frederick com os olhos cintilando.

– Não consegui dormir na noite passada de tanta empolgação.

Frederick sabia que a maior parte da empolgação dela era por causa da coleção de telescópios que no momento aguardava por eles no alto da torre, mas achava que uma fração daquele entusiasmo talvez fosse reservada ao fato de estar com ele. Ao menos esperava que sim, porque estava certo de que se apaixonara por ela.

Quem teria imaginado? Quando ele comprara a pequena propriedade e fixara residência perto de Wallingford, fora com a intenção de se retirar da sociedade. Mais do que tudo, Frederick desejava se afastar das expressões de pena e dos olhares fixos constantes que tornavam tão difícil para ele circular pelos lugares. Presumira, então, que levaria uma vida solitária.

Em vez disso, encontrara Beatrice Heywood.

Ela não era o tipo de dama que alguém teria imaginado para ele. Tinha bom berço, era verdade, mas era pouco provável que a jovem cruzasse o caminho do filho de um marquês.

Não que ele se importasse. De forma alguma. Na verdade, aquilo quase era suficiente para deixá-lo feliz pelo acidente que sofrera. Se aquele veado não tivesse pulado na frente da carruagem dele... se o cocheiro, que Deus guardasse sua alma, não tivesse se desviado... se eles não tivessem tombado e se a madeira não tivesse se partido... se ele não tivesse perdido o olho... não teria encontrado Bea.

Num átimo, Frederick se deu conta de que aquilo não era *quase* suficiente para deixá-lo feliz pelo acidente, *era* suficiente. Ele lamentaria para sempre a morte do cocheiro e sabia que nada, nem mesmo a própria felicidade, compensaria a perda da vida daquele homem. Mas quanto ao olho que perdera... parecia algo sem importância se comparado a uma vida toda com Bea.

Ela não parava de fasciná-lo. Era extremamente inteligente, mas, ao contrário de tantos colegas acadêmicos de Frederick, também possuía uma dose saudável de bom senso. E quando sorria... o coração dele ficava leve.

Frederick sabia que outros talvez considerassem o rosto de Bea comum, porém, quando ele olhava para ela, via – via não, *sentia* – um resplendor que o aquecia da cabeça aos pés.

De repente, a promessa de uma vida feliz já não era mais tão absurda.

Ele ainda não se declarara a ela. Aquilo parecia prematuro, mesmo sabendo que ela já devia ter percebido pelo menos parte da extensão dos sentimentos dele. Afinal, ele a visitara duas vezes. Em uma semana. Bea na certa sabia o que aquilo significava.

Ele a amava.

Bem, *isso* ela provavelmente não sabia. Mas, sem dúvida, já se dera conta de que ele estava muito interessado. Frederick quase a beijara duas vezes. Houvera aquele momento na frente da padaria – ele achava que Bea notara o desejo em seu rosto. Na verdade, ela chegara a oscilar na direção dele apenas alguns milímetros... e fora inebriante.

Ela o queria. Talvez ainda não tivesse consciência disso, mas ele vira em seus olhos.

A segunda vez que ele quase a beijara acontecera havia poucos dias. Ele fora visitá-la em Rose Cottage e ficara lá por espantosas duas horas, rindo, conversando e, de vez em quando, caindo em um silêncio sem motivo.

Um desses momentos ocorrera quando eles haviam saído para um breve passeio no jardim da casa das Heywoods. Bea lhe mostrava as rosas e Frederick se vira dominado por uma urgência absurda de tomá-la nos braços. Bea não percebera... ele estava quase certo disso. Estava concentrada nas plantas, explicando uma nova técnica de enxerto que descobrira ao ler um artigo de jornal, e Frederick tivera que se afastar um passo, tamanha sua dificuldade em controlar suas emoções.

Mas, *santo Deus*, como quisera beijá-la! Na verdade, para ser franco, seu desejo fora fazer muito mais, o que fortalecia sua decisão de se declarar logo. Seria algo repentino e louco, mas, se a pedisse em casamento, ela aceitaria.

Aceitaria, não?

Bea não parecia nem reparar no olho dele. Bea fazia com que ele se sentisse inteiro.

– Aqui estamos – disse Frederick, indicando o observatório com um gesto. – Seu telescópio a aguarda.

– Ah, Frederick! – exclamou Bea com um suspiro. – Obrigada.

Se ela quisesse o mundo, ele teria lhe dado, mas aquela era Bea, por isso ele lhe daria o céu.

Ele devia estar com uma expressão apaixonada no rosto, porque a tia de Bea disse:

– O senhor parece quase tão feliz quanto ela.

Frederick tossiu.

– Estou apenas encantado pela companhia de duas damas tão belas.

– Apenas? – disse Calpurnia, em um tom de brincadeira. – Não há nada de *apenas* nisso, meu rapaz.

– Ora, tia, pare com isso – falou Bea, balançando a cabeça.

– Não, não – disse Frederick, sentindo-se galante, disposto a flertar e tudo o mais que pensara ter deixado para trás para sempre. – Ela está certa.

– Geralmente estou – retrucou a dama mais velha.

– Precisa parar de encorajá-la – alertou Bea.

– Não diga absurdos – falou a tia. – É claro que ele deve me encorajar. É o caminho mais certo para encorajar *você*.

– Tia Calpurnia!

Calpurnia apenas deu de ombros.

– Ela me ama demais – contou a Frederick. – Fazer minhas vontades só a levará a vê-lo com bons olhos.

Frederick tentou não rir. Tentou de verdade.

– Aposto que também trata sua mãe muito bem – arriscou Calpurnia.

– Sempre – respondeu ele em um tom solene.

– Vejam, chegamos – disse Bea em voz alta.

Não haviam chegado, ainda faltava um pouco. Mas Bea subiu bem depressa os degraus até a entrada e logo eles se viram no observatório.

– Devo dizer que é muito grandioso – comentou Calpurnia, olhando ao redor.

– Espere até ver lá em cima – disse Frederick.

Ela franziu o cenho ao avistar a escada.

– É uma quantidade e tanto de degraus.

Bea se colocou ao seu lado na mesma hora, com o cenho franzido de preocupação.

– A senhora consegue? O observatório é lá no alto da torre, portanto haverá muito mais degraus além desses.

– Ficarei bem – garantiu Calpurnia. – Os lentos e determinados vencem a corrida, é o que sempre digo.

– A senhora nunca disse isso – observou Bea.

– Ora, estou dizendo agora. Não vou perder minha chance de ver aquele telescópio.

– Telescópios – lembrou Frederick. – Há vários.

– Mais uma razão para atacar esta escada. Avante!

Bea olhou para Frederick enquanto a tia seguia em direção à escada, então sorriu, deu de ombros e a seguiu.

Quando os três chegaram à biblioteca, Calpurnia afundou, agradecida, em uma poltrona de couro.

– Continuem sem mim – disse ela a Bea, que olhava para o lance de degraus seguinte com nítido anseio. – Seguirei vocês daqui a pouco. Só preciso de um minuto ou dois para recuperar o fôlego.

– Tem certeza? – perguntou Bea, já se dirigindo para a escada.

– Beatrice Mary Heywood, por tudo que é mais sagrado, vá ver seu telescópio.

– Telescópios! – falou Bea.

Ela abandonou de vez qualquer pretensão de decoro e subiu correndo a escada.

Frederick sorriu.

– É melhor você segui-la logo – disse Calpurnia em um tom malicioso. – Não ficarei sem fôlego por muito tempo.

Frederick primeiro ficou boquiaberto. Depois, como não era tolo, disparou escada acima atrás de Bea.

CAPÍTULO 5

Ah, meu Deus! – exclamou Bea em um arquejo.

Se o paraíso existia – e, depois de uma vida inteira indo à igreja aos domingos, ela não tinha por que achar o contrário –, com certeza seria como aquele lugar, com lustrosos quadrantes feitos de latão, um magnífico telescópio de zênite e um telescópio de trânsito apontado para o céu.

Ela caminhou lentamente entre as três salas que compunham o observatório, olhando, encantada, todos os instrumentos magníficos, mal conseguindo se conter para não tocá-los e mais ainda para não encostar o olho em uma lente e ver através dela.

Bea não saberia dizer quanto tempo ficou andando pelas salas até se lembrar da presença de Frederick. Ele a seguia em silêncio – ao menos foi o que ela deduziu. Na verdade, estivera tão perdida em alegria que esquecera que não estava sozinha.

– Sinto muito – falou Bea com um sorriso envergonhado.

– Por quê?

– Por ignorá-lo. É só que... é tudo tão...

Ela acenou com a mão na direção do telescópio de trânsito ao seu lado, como se um gesto simples como aquele fosse capaz de indicar o nível de reverência que ela sentia por aquele instrumento.

– Gosto de observá-la – disse ele baixinho.

Bea sentiu o coração saltar.

– A maior parte das pessoas não encontra paixão em suas vidas – comentou Frederick. – O fato de você ter isso, mesmo sem ter recebido uma educação formal no tema, é impressionante.

– Obrigada.

Bea não sabia o que dizer. Frederick a fitava com tamanha intensidade que ela não tinha certeza de ser capaz de encontrar uma palavra.

– Posso lhe mostrar uma coisa? – perguntou ele.

Sua voz era muito tranquila, quase grave.

– É claro.

Bea achou que ele a levaria para conhecer alguma joia escondida, talvez um ábaco minúsculo enfiado em um canto, ou um documento importante em exibição sobre uma mesa. Em vez disso, Frederick levou as mãos ao rosto.

E começou a remover o tapa-olho.

Ela prendeu a respiração enquanto ele tirava o acessório por cima da cabeça. Bea tinha plena consciência da magnitude daquele gesto. Frederick estava se desnudando para ela, confiando-lhe sua dor mais profunda.

Por alguns segundos, Bea só fez fitá-lo. De certo modo, o olho afetado parecia normal. Permanecia encaixado na órbita como o outro e, embora Frederick exibisse uma cicatriz irregular que atravessava a face, por algum motivo aquilo não mudara o formato do olho.

Porém a vista afetada parecia mais escura do que a outra, muito mais escura, e Bea levou um instante para perceber que era porque a pupila se mantinha dilatada.

Ele dissera que o olho não enxergava e Bea supunha que não, mas havia algo lindo nele, algo quase inocente. Quase sagrado.

Bea engoliu em seco e estendeu a mão na direção do rosto dele. Só depois se lembrou de pedir permissão.

– Posso?

Frederick assentiu.

Ela tocou a cicatriz com a ponta dos dedos, bem na extremidade, onde a pele logo se tornava lisa de novo, perto da orelha. O olho bom dele fitava o rosto de Bea enquanto ela traçava o contorno da pele afetada. A maior parte da cicatriz se tornara branca, mas ainda havia traços de um vermelho inflamado em certos pontos, como as fibras rígidas de uma corda.

– Deve ter doído tanto – sussurrou ela.

– Ainda dói – confessou ele. – Às vezes. Não com frequência.

Bea se aproximou mais do olho dele, deixando a mão correr por seu rosto.

– Quanto tempo levou?

– Para cicatrizar?

Ela assentiu.

– Meses. Foi...

Frederick engoliu em seco.

– Não gosto de falar sobre isso.

– Tudo bem.

– Mas um dia... contarei. A você.

Os olhos de Bea voltaram a encontrar o dele – o que soa como algo estranho, uma vez que ela passara o último minuto a encará-lo –, mas, de algum modo, quando Frederick falou aquilo, os olhos dela foram além dos dele e fitaram sua alma.

– Eu te amo – confessou Frederick.

Ela entreabriu os lábios.

– Sei que faz pouco mais de uma semana que nos conhecemos e sei também que jamais estarei à sua altura, mas eu amo você. E, se estiver disposta a me dar a oportunidade, passarei o resto da vida devotado a torná-la feliz.

– Frederick – sussurrou Bea.

– Você aceita ser minha esposa?

Ela assentiu. Havia tantas palavras navegando dentro dela, só que Bea não conseguia organizá-las em frases. Parecia não conseguir fazer nada a não ser olhar o rosto amado e imperfeito de Frederick e pensar em quanto o amava.

– Não tenho um anel de noivado comigo – disse ele de repente. – Não tinha a intenção de fazer isto neste momento.

Bea estava muito feliz por ele ter feito.

– Eu te amo – repetiu Frederick.

Ela inclinou o rosto na direção do dele.

– Eu também te amo.

Frederick tocou o rosto de Bea e fixou o olhar em sua boca. Bea sentiu que seus olhos se arregalavam. Então, em um momento tão perfeito que rivalizava com as estrelas, os lábios dele tocaram os dela.

O beijo foi exatamente como um primeiro beijo deve ser – reverente e casto, com apenas um toque de...

– Isto não é o bastante – grunhiu Frederick.

Antes que Bea se desse conta do que acontecia, ele a puxou para seus braços e sua boca tomou a dela em um beijo ardente e possessivo.

Não é mesmo, pensou ela, arrebatada pela força do corpo de Frederick junto ao seu. Era *daquele jeito* que deveria ser um primeiro beijo. Era daquele jeito que todos os beijos deveriam ser. Longos, profundos e sensuais.

– Nosso noivado será muito curto – declarou Frederick, deixando a boca correr pela linha do maxilar dela.

Ah, sim, pensou Bea. Anne e Cordelia tinham lhe dado pistas deliciosas sobre a vida de casada, mas só naquele momento, com as mãos e os lábios de Frederick executando uma dança sedutora sobre a pele dela, Bea começou a entender de fato o que queriam dizer.

Então, rápido demais, ele recuou e segurou o rosto dela entre as mãos.

– Logo – prometeu ele. – Três semanas.

– Sem uma licença especial? – brincou ela.

Frederick gemeu.

– Se eu achasse que poderia conseguir uma mais rápido...

Bea sorriu e tocou a têmpora dele mais uma vez.

– Você conseguiu sobreviver a um ferimento como este – murmurou. – Sou muito sortuda.

Os olhos dele cintilaram de amor e, por um momento, ela achou que Frederick fosse beijá-la de novo, mas então eles ouviram os passos surpreendentemente pesados de tia Calpurnia.

– Ai, meu Deus! – exclamou Bea, afastando-se dele depressa.

Ela tentou arrumar o cabelo, mas tinha a sensação de que não havia nada que pudesse fazer para apagar o brilho de felicidade em seu rosto.

– Nova em folha! – falou a tia em voz alta. – Bem, quase nova. Acho que nunca mais haverá nada novo no que diz respeito a mim.

– Tia Callie, não seja tola – disse Bea, correndo para o lado dela.

A tia estreitou os olhos ao fitá-la.

– Você está... diferente.

Bea quase se engasgou.

– Lorde Frederick! – chamou tia Callie.

Ela se virou e caminhou na direção dele, deixando Bea com sua aflição.

– Mostre-me um desses telescópios.

– Sua sobrinha sabe muito mais a respeito deles do que eu.

– Tenho certeza disso, mas ela está estupefata demais para compartilhar seu conhecimento.

Frederick se voltou para Bea com os olhos arregalados.

– O senhor tirou o tapa-olho! – exclamou tia Callie.

Frederick se aprumou e levou a mão ao rosto. Era muito enternecedora a surpresa dele por ter esquecido, pensou Bea.

– Ahn... estava coçando um pouco.

– É mesmo? – falou tia Callie. – Eu teria imaginado que ele o estava atrapalhando.

– Ora, isso também – improvisou Frederick.

Bea passou os noventa minutos seguintes explicando os vários instrumentos para a tia – o magnífico telescópio de zênite de quase 4 metros, usado para medir a latitude; os belos quadrantes murais de metal; e seu favorito, o telescópio de trânsito de Bird.

– Não é lindo? – comentou ela, entusiasmada.

– Bem, sem dúvida, é impressionante – disse tia Callie.

Bea apenas sorriu. Ela sabia que as tias nunca haviam compartilhado sua paixão por astronomia. Mas elas amavam o que a sobrinha amava e isso sempre fora mais do que suficiente.

– Há algo que gostaria de me contar? – murmurou a tia quando elas estavam com as cabeças inclinadas, bem próximas, perto do mecanismo de rotação.

– Logo – respondeu Bea.

Ela contaria às tias quando voltasse para casa. Até lá, queria guardar o pedido de casamento de Frederick em seu coração.

Tia Callie avaliou a expressão da sobrinha.

– Entendo – murmurou.

Bea teve a sensação de que ela realmente entendia.

– Aonde leva essa escada? – indagou tia Callie.

Ela seguiu até a base de uma escada em caracol que ia até o alto da cúpula.

– À galeria superior – respondeu Frederick. – De lá se pode sair para o telhado.

– Santo Deus, não! – falou a tia. – Olharei daqui mesmo.

Ela foi até o telescópio.

– Acha que já está escuro o bastante para ver algo?

– Só há uma maneira de descobrir – disse Frederick e ajustou os mecanismos até estarem prontos para ela olhar através da lente.

– Ah, meu Deus! – disse tia Callie e se afastou do telescópio apenas o bastante para virar a cabeça na direção de Bea. – É lindo! Espetacular!

Bea abriu um enorme sorriso.

Então Calpurnia Heywood teve a reação que menos combinava com Calpurnia Heywood que Bea já vira.

Teve uma vertigem.

– Tia Callie! – gritou Bea.

Ela correu na direção da tia, mas Frederick foi mais rápido e segurou a dama mais velha antes que ela caísse no chão.

– Ah, meu Deus – disse tia Callie em uma voz vacilante. – Não consigo imaginar o que...

– Estamos de pé já faz algum tempo – falou Frederick. – A senhora está muito pálida.

Não estava mais pálida do que o normal, pensou Bea. A tia sempre se orgulhara de sua pele leitosa.

– Obrigada, meu caro rapaz – disse ela. – Eu com certeza teria caído no chão se você não tivesse vindo em meu auxílio.

Só que ela não teria caído. Tia Callie sem dúvida vacilara e levara a mão à testa, mas tudo aquilo acontecera perto o bastante de Frederick para garantir que ela nunca caísse de fato no chão. Bea se deu conta de que aquela havia sido a vertigem mais cuidadosamente coreografada da história das vertigens cuidadosamente coreografadas.

E Bea tinha a sensação de que vertigens cuidadosamente coreografadas tinham uma longa história.

– É tudo tão avassalador! – disse tia Callie, abanando-se de uma forma que não combinava em nada com ela.

– A senhora tem certeza de que está bem?

– Ficarei bem – respondeu a tia. – Só preciso me sentar.

– Venha – chamou Bea. – Vou acompanhá-la...

– Não!

Bea a fitou, surpresa.

– Quero dizer, não precisa. Este é seu sonho, Beatrice. Eu não poderia lhe pedir que abrisse mão de um único instante sequer do tempo que lhe foi reservado.

– Mas...

– Acho que vou voltar para a biblioteca – falou a tia, parecendo um pouco mais firme. – Gostei muito da poltrona em que me sentei antes.

– Lá embaixo? – questionou Bea.

Porque era cada vez mais óbvio o que acontecia ali.

– Exatamente. Estarei lá.

Tia Callie desviou os olhos para Frederick.

– Não se preocupe comigo. Ficarei muito bem. Por favor, levem o tempo que precisarem.

Então ela se voltou para a sobrinha e deu uma piscadela.

Ora, ora. Aquilo esclarecia qual era o tipo de encorajamento que tia Callie achava que Frederick deveria receber.

Antes que qualquer um dos dois pudesse se oferecer mais uma vez para acompanhá-la, tia Callie se apressou na direção da escada.

– O tempo que precisarem! – enfatizou.

– Devo acompanhá-la? – perguntou Frederick, franzindo o cenho em uma expressão pensativa. – Ela parece ter se recuperado quase por completo.

– Ah, é verdade.

Ele a fitou, e seus olhos cintilavam com... alguma coisa.

Bea decidiu arriscar.

– Tia Callie não sofreu uma vertigem – disse.

– Não?

Ela balançou a cabeça.

– Ela nunca sofre vertigens.

Os lábios de Frederick começaram a se curvar e o coração de Bea começou a acelerar.

– Na verdade – continuou Bea –, ela é mais forte do que qualquer outra pessoa que eu conheça.

Aquilo era, na opinião de Bea, o mais perto que poderia chegar de gritar "Me beije!".

Ele deu um passo na direção dela.

– Quer olhar o telescópio de novo?

Bea balançou a cabeça.

– Isso pode esperar.

– É mesmo?

Ele ergueu as sobrancelhas.

– Você ignoraria as estrelas?

– Só desta vez.

– Ora, Srta. Heywood, acho que talvez esteja flertando comigo.

E, como o amor fazia com que Bea se sentisse muito ousada, ela tocou o rosto dele com o dedo e falou:

– Estamos noivos, vamos nos casar. Com certeza estou autorizada a fazer isso.

– Deve ser até mesmo encorajada.

O rosto de tia Callie surgiu por um instante na mente de Bea, para lembrá-la de que desse algum encorajamento a Frederick. Uma bufadela pouco característica de uma dama escapou de seus lábios.

– O que houve? – perguntou ele, sorrindo para ela.

Bea balançou a cabeça. A tia fora mais do que óbvia naquela noite. Bea não precisava complicar a situação admitindo que Calpurnia estivera tramando o tempo todo.

– Eu poderia arrancar essa informação sob tortura – provocou Frederick.

– Ou poderia me beijar.

– Ou poderia beijá-la – concordou ele, já aproximando a boca para capturar a dela.

– Espere – falou Bea.

Ele se afastou com uma expressão de curiosidade no rosto.

– Ou *eu* poderia beijá-lo – sussurrou.

Com mãos gentis, Bea guiou o rosto de Frederick na direção de seus lábios, beijando delicadamente o canto do olho dele. E se deu conta de que, quaisquer que fossem as habilidades que o olho tivesse perdido, a de chorar permanecia.

Então ela afastou as lágrimas com beijos.

EPÍLOGO

Um mês depois
Em um quarto de hóspedes
de Farringdon Hall
Casa do marquês de Pendlethorpe

— O que acham que devemos fazer com isto?

A condessa de Thornton – Cordelia, para as amigas – estendeu a mão, mostrando a moeda de 6 *pence*.

A duquesa de Dorset olhou da cama, onde tentava se acomodar de forma confortável. A gravidez de Anne ainda estava no início, mas ela se sentia cansada o tempo todo.

— Vamos esperar por Bea – falou. – Não seria correto tomar uma decisão sem ela.

Cordelia desviou os olhos para lady Elinor Blackthorne, que estava parada diante da janela, olhando para fora com uma expressão pensativa.

— Ellie?

Ela não respondeu:

— Ellie!

Ellie se sobressaltou e se voltou para a amiga.

— Sim?

— O que acha que devemos fazer com a moeda de 6 *pence*?

Ellie franziu o cenho.

— Onde está Bea?

— *Essa* parece ser a pergunta do momento – comentou Anne em um tom extremamente irônico.

— Eu já disse a vocês – lembrou Cordelia – que a vi se esgueirando para algum canto com lorde Frederick.

— Bea jamais faria isso – declarou Anne.

— Acredito que todas nós fizemos coisas que não imaginávamos – comentou Cordelia, inclinando a cabeça na direção de Ellie.

— Por que está olhando para mim? – protestou Ellie e apontou para Anne. – É ela quem está esperando um bebê.

— Estou casada há mais de um ano! – retrucou Anne.

– E Bea está casada há mais de uma hora – comentou Cordelia, tranquila. – Vocês viram como ele olha para ela?

– É tão doce... – disse Ellie.

– Não havia nada "doce" naquilo – rebateu Anne.

Ellie lhe lançou um olhar ácido.

– Fala a grávida deitada na cama.

– A senhora grávida – lembrou Anne.

Ellie sorriu.

– É só brincadeira.

– Eu sei.

Ellie fitou cada uma das amigas, com os olhos arregalados de empolgação.

– Vocês acham que eles anteciparam os votos?

– Eles já estão casados – lembrou Cordelia.

Ellie revirou os olhos.

– Estou me referindo a antes disso.

Anne pensou por um momento.

– Bea não.

Cordelia balançou a cabeça com mais vigor, talvez, do que seria de esperar.

– *Bea* não.

Ela olhou para Ellie.

Anne olhou para Ellie.

Ellie entreabriu os lábios, sem entender direito.

– O que foi?

– Você...? – perguntou Cordelia.

– Que pergunta! – resmungou Ellie, e enrubesceu na mesma hora.

– Você, sim! – disse Cordelia em um arquejo.

– E *você*? – indagou Ellie.

Em menos de um segundo, o rosto de Cordelia ganhou o tom enrubescido do de Ellie.

– Rá, rá! – bradou Ellie. – O roto falando do esfarrapado.

Então, como se por um acordo telepático, as duas damas se voltaram para onde Anne estava deitada, assistindo com interesse ao debate.

– Você está quieta demais – observou Cordelia.

Anne fingiu olhar para as unhas.

– Não tenho nada a dizer.

Ellie cruzou os braços.

Cordelia levou as mãos ao quadril.

– Ah, está certo – aceitou Anne. – Nós também.

– Nós três, então – concluiu Ellie, balançando a cabeça.

– Mas Bea não – assegurou Anne. – Bea nunca faria isso.

Como se seguisse a deixa, a porta foi aberta e Bea entrou. Tinha um sorriso tão intenso quanto o rubor que coloria seu rosto.

– Desculpem o atraso – disse ela, tentando colocar uma expressão composta no rosto. – Estão esperando há muito tempo?

– Nem tanto – respondeu Ellie, mordendo o lábio.

– Provavelmente não por tempo *suficiente* – comentou Cordelia, maliciosa.

– O que foi? – perguntou Bea e olhou de uma amiga para outra. – Sinto muito, mas não estou entendendo.

– Só estamos felizes por você estar feliz – falou Anne, e as palavras saíram como um anúncio. – Estávamos falando sobre como todas nós gostamos de lorde Frederick.

– Ah.

Bea abiu um largo sorriso e olhou com amor para suas três amigas mais íntimas.

– Fico muito feliz por isso. Fico muito feliz por... Ora, só estou muito feliz!

– Ele é muito vistoso – comentou Ellie.

– Eu sei. E tem olhos lindos, não tem?

As amigas a encararam, confusas.

– Ora, o que vocês podem ver – corrigiu Bea. – Terão que aceitar minha palavra em relação ao outro.

– Ele sempre usa o tapa-olho? – perguntou Anne.

– Na maior parte do...

– Não temos tempo para isso – interrompeu Cordelia.

Ela olhou para Bea com uma expressão contrita.

– Não que a lesão no olho de lorde Frederick não seja da máxima importância.

Bea assentiu, compreensiva. Sabia que a amiga não tivera a intenção de ofender.

– Temos que decidir o que fazer a respeito disto.

Cordelia entregou a moeda de 6 *pence* a Bea, que a pegou e sentiu o peso familiar na palma da mão.

– Não sei. Não precisamos mais dela, não é mesmo?

– Todas nós já recebemos pelo que pagamos – brincou Anne.

Bea encarou a amiga.

– Nossa, isso foi terrível.

Anne deu de ombros.

– Ando tão cansada esses dias que só consigo fazer piadas ruins.

– Talvez devêssemos guardá-la para nossas filhas – sugeriu Ellie.

Bea pensou a respeito.

– Isso parece calculista demais.

– E não foi assim conosco? – argumentou Cordelia.

– Não acho certo deixarmos a moeda de lado por tantos anos – falou Anne. – Parece injusto.

– Com quem? – perguntou Bea.

Anne deu de ombros.

– Com o resto da humanidade, imagino.

– Então o que faremos? – foi a vez de Ellie perguntar. – Esconderemos a moeda de novo?

Cordelia arregalou os olhos.

– Por que não?

– Mas onde? – indagou Bea.

– Dentro de um colchão – declarou Cordelia com firmeza.

– Todas olharam para a cama.

Foi a vez de Bea arregalar os olhos.

– *Aqui?*

– Quem sabe quando estaremos todas juntas de novo? – argumentou Cordelia.

– Mas na casa do meu sogro... – disse Bea. – Com certeza ninguém que vá dormir aqui precisará desse tipo de sorte.

– *Nós* precisamos – falou Anne, sem rodeios.

Ela se levantou depressa da cama e puxou os lençóis, expondo a lateral do colchão.

– Concordo – disse Ellie. – Seria maravilhoso se pudéssemos levar a moeda de volta para a escola de madame Rochambeaux, mas não é possível. Portanto, teremos que nos contentar em deixá-la aqui.

– Alguém tem uma faca? – perguntou Anne.

Bea se adiantou.

– Não podem cortar o colchão do meu sogro!

– Não vai ser necessário – avisou Anne. – Já há um buraquinho aqui.

Ellie se inclinou para conferir.

– É como se este colchão estivesse predestinado.

– Vocês sabem que não acredito em nada disso – lembrou Bea, mas entregou a moeda.

– Parece que não é preciso acreditar – observou Anne, enfiando a moeda no colchão. – Você acabou encontrando lorde Frederick da mesma forma.

– É verdade – concordou Bea num tom suave. – Ou talvez ele tenha me encontrado.

– Vocês encontraram um ao outro – decidiu Ellie.

– Ajudem aqui a arrumar os lençóis de volta – pediu Anne.

Todas sabiam como fazer aquilo. Não importava a que classe social pertencessem, as três tinham começado a vida na escola de madame Rochambeaux, onde se esperava que todas as moças fizessem as próprias camas.

– Quanto tempo será que vai levar até alguém encontrar a moeda aí? – perguntou Ellie.

– Talvez cem anos – arriscou Anne.

– Talvez mais – disse Cordelia.

Bea entreabriu os lábios.

– Vocês acham...

Ela olhou para as amigas que lhe eram tão queridas.

– Acham que alguém escondeu a moeda para que a encontrássemos?

– Não há como saber – disse Ellie.

– Não – murmurou Bea. – Mas acho que sim. Acho que já houve outras quatro moças...

– Achei que você fosse a cética entre nós – comentou Ellie.

– E sou.

Bea deu de ombros, rendendo-se. Ela pensou em Frederick, que a esperava no andar de baixo.

– Ou talvez eu fosse.

Bea olhou para o colchão e soltou uma gargalhada, surpreendendo as amigas.

– Preciso ir – anunciou.

Ela jogou um beijo para a moeda de 6 *pence* aninhada em seu novo lar e gritou:

– Ao amor!

Tinha um casamento para começar.

CONHEÇA OS LIVROS DE JULIA QUINN

OS BRIDGERTONS
O duque e eu
O visconde que me amava
Um perfeito cavalheiro
Os segredos de Colin Bridgerton
Para Sir Phillip, com amor
O conde enfeitiçado
Um beijo inesquecível
A caminho do altar
E viveram felizes para sempre
Os Bridgertons, um amor de família

QUARTETO SMYTHE-SMITH
Simplesmente o paraíso
Uma noite como esta
A soma de todos os beijos
Os mistérios de sir Richard

AGENTES DA COROA
Como agarrar uma herdeira
Como se casar com um marquês

IRMÃS LYNDON
Mais lindo que a lua
Mais forte que o sol

OS ROKESBYS
Uma dama fora dos padrões
Um marido de faz de conta
Um cavalheiro a bordo
Uma noiva rebelde

TRILOGIA BEVELSTOKE
História de um grande amor
O que acontece em Londres
Dez coisas que eu amo em você

DAMAS REBELDES
Esplêndida – A história de Emma
Brilhante – A história de Belle
Indomável – A história de Henry

Os dois duques de Wyhdham – O fora da lei / O aristocrata

A Srta. Butterworth e o barão louco

editoraarqueiro.com.br